KB105418

세미다큐 대하소설

코리아 광시곡

강씨가의 형제들

세미다큐 대하소설

코리아 광시곡 ❷

인쇄	2016년 5월 20일
발행	2016년 5월 26일

지은이	고려성
펴낸곳	지식서관
펴낸이	이홍식
주소	경기도 고양시 덕양구 보광로 174번길 17-7 Tel: 031-969-9311, Fax: 031-969-9313 e-mail: jisiksa@hanmail.net

편집	숨은길
표지장정	김경호

값 15,000원

세미다큐 대하소설

코리아 광시곡

강씨가의 형제들

고려성 지음

차례

4

제 2 부 조카와 서삼촌

제16장 패주와 북진

80

철형이 예측했던 유엔군의 반격작전은 예상외로 신속하고 맹렬했다. 서울을 탈환하고 9월 29일 중앙청에서 이승만 대통령 주재하에 수복식을 거행한 맥아더 원수는, 이튿날 북괴군 최고사령부에 항복 권고문을 보냈고, 같은 날 미(美) 8군사령관 워커 중장은 한국군 부대에 삼팔선 월경 명령을 내렸다. 이어서 다음날에는 맥아더 원수가 또 적군에게 항복 권고 방송을 보내는 한편, 300만 장에 달하는 항복 권고 전단을 북한 28개 도시에 살포케 하는 가운데, 한국군 제3사단이 삼팔선을 돌파했다.

이에, 북괴군 최고사령부는 삼팔선의 방어 임무를 양분하여 서부는 최용건 대장을 사령관으로 하는 서해안 방위사령부가, 동부는 김책 대장을 사령관으로 하는 전선사령부가 각각 담당토록 하고, 최고사령부의 작전예비대를 삼팔선 일대에 투입했다.

"이자 삼팔선 이북으로다 후퇴하는 겁네까?"

사이드카의 운전병이 임진강 다리를 지났을 때 철형을 흘끗 쳐다보며 물었다.

"후퇴가 될지 항복이 될지 두고 봐야지."

철형은 반(半)체념 상태로 대답하며, 시야를 스쳐 지나가는 산야를 무표정하게 바라보았다. 임진강 유역에 펼쳐진 경기평야의 넓은 들녘이 쪽빛 가을 하늘 아래 황금 물결을 이루고 있었으나, 이러한 전원 풍경은 철형의 관심의 대상일 수가 없었다. 그에게 절실한 것은 오직 내일의 운명이었으니까.

후퇴━. 다시 패배자의 대열에 끼여들어야 하다니.

한때 반짝하고 오르막인 듯이 보이던 운명의 사인커브가 2년도 채 못 되어 다시 곤두박질치기 시작하는 것이었다.

비록 코뮤니스트일망정 일단 발을 들여놓은 이상, 그 사회에서나마 철저하게 입신(立身)을 하기 위해 본래의 '자기'를 헌신짝처럼 내팽개쳤던 그였다. 모든 것을 오직 한 사람—여수에서 본의 아니게 함께 북행했던 허(許)—에게 의지하고.

허달준(許達俊).

그는, 혈혈단신 고립무의로 북한 땅에 떨어진 철형에게는 유일한 지인이자 후견인이었다. '여수·순천 반란사건' 때 철형의 냉철한 기질을 예의 주시했던 허달준은, 남포에 도착하자마자 철형의 취약한 입지조건을 최대한으로 이용함으로써 그를 골수 공산주의자로 만드는 데 발벗고 나섰다.

철형이 그의 신세를 지면서 서서히 알게 된 사실이지만, 그는 광복 이듬해 북한이 남포에 최초로 설치한 인민군 간부 양성학원인 평양학원 대남반(對南班)의 제1기생으로, 그동안 지리산 지역에 남파되어 빨치산 간부로 활약하고 있었던 것이다.

"남반부에서 오면서도 말했지만, 우선 평양학원부터 들어가시오. 모든 걸 내가 책임질 테니."

허달준은 철형을 임시로 청진에 있는 자기 집에 유숙시키고 나서, 마치 친동생의 일을 처리하듯이 신속하게 수속을 밟아 한달 만에 평양학원에 입교시켜 주었다.

"이제 남은 건 강 동무가 열심히 학습하는 거뿐이오."

입교하기 전날, 허달준은 남포 시내의 중화요리점에서 저녁을 함께 하며 선배다운 투로 당부하면서 "강 동무의 성적만 우수하면 내가 삼촌한테 부탁해서 쏘련 유학까지 추천할 수 있소." 하고, 격려의 말까지 덧붙였다.

"정말 고맙습니다. 허 동무의 은혜, 평생 잊지 않겠습니다. 그것을 보답하기 위해서도 앞으로 잇쇼겐메이(一生懸命;일생현명)하겠습니다."

철형은 콧마루가 시큰할 정도로 허달준의 배려에 감격하면서, 그의 뜻에 어긋나지 않게 분투노력하리라 자신에게도 굳게 다짐했다.

"고맙소, 강 동무. 자, 우리 공화국을 위해 축배를 듭시다."

허달준의 카랑카랑한 목소리와 함께 두 사람은 배갈잔을 마주 쳐들었다.

스스로가 식언을 용납하지 못하는 철형은 입교한 후, 타고난 집념을 바탕으로 끈질긴 노력과 강인한 정신력을 한껏 발휘했다. 그러다 보니 자기도 모르는 새 '일본증후군'은 그의 뇌리에서 까마득히 사라져 갔고, 그 자리에 마르크스-레닌주의의 '붉은 물'이 피상적으로나마 스며들기 시작했다. 매력도 느꼈다.

그리하여 졸업 시에는 우수한 성적과 더불어 투철한 마르크시즘 사상성이 인정되어, 학원을 비롯한 여러 기관의 당원들이 찬사를 보내는 가운데 노동당 당증까지 받게 되었다. 게다가 또 하나의 출세 가교가 그를 기다리고 있었다.

철형이 소위로 임관된 지 2주일쯤 지난 어느 날, 한마디 예고도 없이 허달준이 철형의 부대로 찾아왔던 것이다.

"아니, 연락도 없이 갑자기 어쩐 일이십니까?"

철형이 반가워하며 그를 맞이하자, 허달준이 "나 강 동무하고 약속했던 대로 우리 삼촌한테 인사드리러 가자고 오지 않았소?" 하며, 철형의 채비를 서두르게 한 후, 그를 차에 태우고 평양으로 직행했다.

허달준이 철형을 안내한 곳은 뜻밖에도 노동당 중앙위원회 건물이었다. 두 사람은 입구 초소에서 철저한 검문을 받고 구내로 들어섰는데, 허달준이 삼촌의 집무실이라며 그 방 문앞에 이르렀을 때 철형은 또 한 번 눈을 크게 뜨고 놀라지 않을 수 없었다. 그의 삼촌이란 사람은 다름 아닌 노동당 중앙위원회 비서국의 고위 간부였던 것이다. 촌수(寸數)가 어찌 되는지는 모르되, 이 같은 거물을 친척으로 두고 있다는 것도 놀라운 사실이려니와, 철형이 잊어버리다시피 유념치도 않았던 일을, 약속을 지킨답시고 거기까지 데리고 간 것은 전혀 예상 밖의 일로서 그를 더욱 감동케 했다.

나중에, 그곳에서 나온 후 허달준으로부터 들어서 알게 된 일이지만, 그의 삼촌은 함경북도 청진 출신으로 어릴 때 부모를 따라 소련으로 이주한 후 모스크바에서 대학을 졸업하고 소련 국방부의 요직을 거쳐 8·15 광복 후 소련군 민정부 요원으로 북한에 들어온 소련파의 대표적 인물이었다.

"일본에서 컸습메?"

철형이 그의 앞에서 부동자세로 거수경례를 했을 때, 철형을 위아래로 훑어보며 던진 첫 질문이었다. 철형의 이력에 대해서는 신상기록과 허달준의 구두보고에 의해 어느 정도 알고 있었던 것이다.

"예, 그렇습니다."

철형이 그를 똑바로 보며 긴장된 어조로 대답하자,

"머릿속에 자본주의 물이 배어 있진 않겠지비?" 하고, 사상범을 신문하듯 예리한 눈빛으로 쏘아보았다.

"사상성은 평양학원에서 이미 증명되었습니다. 그 점에 대해선 저를 믿어주십시오, 삼촌."

허달준이 철형 대신 답변했다.

"그것만 이상 없다믄 다른 거는 문제될 게 없구만."

그는 철형의 신상기록을 한 차례 더 살펴보고 나더니, "쏘련에 유학할 생각 없습메?" 하고 물었다. 어투가 한결 부드러웠다.

"……예?"

느닷없는 물음에 철형은 얼떨떨했다.

"쏘련은 공산주의의 종주국이자 우리의 형제지국임메. 앞으로 쏘련의 여러 제도와 기술, 특히 정치와 군사를 모르고는 우리 공화국에서 유능한 간부가 되기 어렵습메."

"보내만 주신다면 제 힘 닿는 데까지 열심히 배우고 돌아오겠습니다."

철형의 자신 있는 대답에 그는 고개를 끄덕거렸다. "좋습메. 내가 부대장 앞으로 연락을 합지비."

"고맙습니다."

철형은 거수경례를 하며 짤막하게 대답했으나, 오히려 허달준이 주석(註釋)처럼 꼬리를 달았다.

"그렇게만 된다면 강 동무는 장차 우리 공화국의 훌륭한 군관이 될 겁니다, 삼촌."

철형과 허달준은 의기양양하여 그 방에서 나왔었다. 그리고 철형이 다시 한 번 허달준에게 감사를 보내면서 물었다. "저런 훌륭하신 삼촌을 두고 허 동무는 왜 쏘련 유학을 가시지 않은 겁니까?"

그러자 허달준은 고개를 가로저으며, 자기는 유학을 할 실력도 없을 뿐 아니라, 유격대가 생리에 맞는다면서 씁쓸하게 웃었다. 그리고, 다시 곧 유격 활동을 위해 남반부로 내려갈 것이라는 말도 했었다.

81

"상위 동무, 이자 개성에 도착했습네다. 근처 부대를 찾아볼까요?"

사이드카가 포장도로로 들어서자 운전병이 철형에게 물었다.

"아니, 그럴 거 없어. 가면서 여관을 찾아봐."

철형은 군부대나 관공서 대신 첫 번째로 눈에 띈 여관 간판 앞에 차를 멈추게 했다.

그는 손목시계를 들여다보고는 하늘을 올려다보았다. 시간은 오후 네시를 막 지났고 가을해는 이미 서편으로 기울어 있었다.

철형과 운전병이 느닷없이 여관 문 안으로 불쑥 들어서자, 안내실에 앉아 있던 안주인인 듯한 중년 여인이 놀란 눈빛으로 그들을 쳐다보았다.

"놀랄 것 없소. 하룻밤 눈을 붙이고 내일 새벽에 떠날 테니."

철형의 말을 듣고 나서야 여인은 "아, 예, 이쪽으로 오시지요." 하고, 일어서서 맨 안쪽 방으로 안내했는데, 방들은 텅텅 비어 있었다.

"이 방을 쓰세요. 두 분이 따로 주무실 거면 이 옆방까지 쓰셔도 좋고."

"알았소."

여주인이 물러간 뒤, 철형이 가죽 장화를 벗고 방으로 들어서자 운전병이 말했다. "시장하시디요?"

"우선 술부터 갖다 달라 그래. 보드카는 있을 리 없을 게고 아무거나 있는 대로……. 배고프면 김 전사나 먼저 먹어."

철형은 상의 주머니에서 지폐를 꺼내 운전병 앞으로 휙 날렸다.

"알겠습네다."

운전병이 냉큼 안내실로 가서 술을 주문했고, 그로부터 10분도 채 못 되어 술상이 나왔다.

"아시다시피 전쟁통이니깐두르 보통 막걸리나 청주도 구하기가 힘들어요. 술이라곤 접때 인민군 군관들이 마시다 남은 이것뿐이라요. 그리고 보드카란 술은 생전 듣도 보도 못했구요."

열댓 살쯤 돼 보이는 여급이 됫병에 삼분의 일쯤 남은 막소주와 함께 김치찌개와 콩장을 소반에 얹어 들여오며 철형의 눈치를 힐끗 살폈다.

"할 수 없지. 그나마 없는 것보단 낫구먼."

철형은 소주잔 대신, 방구석의 주전자 옆에 놓여 있는 물컵에다 술을 가득 따르고는 거푸 두 잔을 들이켰다. 안주는 거들떠보지도 않고.

문설주에 기대선 채 철형이 술 마시는 모습을 지켜본 여급은 눈을 동그랗게 뜨고 물러가더니, 곧바로 옆방 운전병의 밥상을 들고 와서는 "어째 군관님은 반편스레 저리도 무지막지하게 술을 드실까? 깡술을 냉수 마시듯." 하고 말하면서 자기가 마시기라도 한 듯 진저리를 치며 눈살을 찌푸렸다.

운전병이 말조심하라는 시늉으로 집게손가락을 입에다 수직으로 갖다 대며 눈을 찡긋거렸다.

빈속에 들어온 알코올은 금세 온몸에 퍼지며 철형의 취기를 돋우었다. 그는 간잔지런해지면서 방바닥에 큰대자로 벌렁 드러누웠다.

'그래, 네 말처럼 '반편' 인지도 모르지.'

철형은 눈이 감겨 왔다. 그러나 곧바로 잠으로 이어지지는 않았다. 눈앞에 모스크바의 고리키 공원이 아른거린다.

애초에 철형의 부대에서는 그를 극동군사학교로 보낼 예정이었다. 그런데 허달준의 삼촌이 철형을 면담하고 난 후 그를 모스크바의 군사학교로 추천했던 것이다.

철형은 허달준과 그의 삼촌의 뜻을 생각해서라도 유학 기간 동안 오직 본연의 학습에만 전념했다. 상부로부터 지시받은 대로 '군사학' 보다 '정치학습' 위주로.

철형의 이 같은 열성은 제일 먼저 '정보' 담당 교관인 페트로비치 소좌의 관심을 끌었다. 다행스럽게도 초보적인 한국어를 구사하는 페트로비치는 철형의 학습열을 찬양·고무하면서 그를 각별히 지도해 주었고, 철형도 수업 중에 의문 나는 점들을 체크해 두었다가 개별적으로 질문을 하곤 했다.

그러던 어느 날, 페트로비치는 부인의 생일 만찬에 철형을 초대했는데, 그 자리에는 그의 여동생도 참석해 있었다.

"나탈리야, 인사해. 장래가 촉망되는 북조선의 강 중위야. 이쪽은 내 누이동생이고."

페트로비치의 소개로 철형과 나탈리야는 서로 손을 맞잡고 인사를 나누었다.

"처음 뵙겠습니다."

"오빠한테 얘기 많이 들었어요."

전형적 슬라브족인 단두형(短頭形)의 나탈리야는 명랑하고 쾌활했다. 그녀는 외무부에 근무하고 있었는데, 철형을 알고 나서부터 한 달도 채 못 되어 일주일에 한 번꼴로 그를 찾아왔다. 토요일 오후에 철형이 학습을 마칠 시간에 맞추어 기숙사 정문 앞에서 그를 기다리는 것이었다.

"레이쩨난뜨(중위) 강, 제가 시내 구경을 시켜 드릴게요."

이런 식으로 그녀는 철형이 제대로 알아듣건 못 알아듣건 일방적으로 끌다시피 하고 갔다. 처음 몇 차례는 철형도 그녀의 행동을 호의적으로 받아들였다. 단순히 담당 교관의 여동생으로서.

시내 관광은 짜장 좋았다. 모스크바 강변의 크렘린 궁전을 비롯하여 그 일대의 붉은 광장과 레닌 묘, 볼쇼이 극장, 성(聖)바실리 사원, 굼 백화점, 푸슈킨 광장의 혁명박물관, 레닌 동상 등 그 규모나 예술적인 면에서 어느 것 하나 철형을 감탄시키지 않는 게 없었다.

그러나 시간이 흐름에 따라 이러한 일이 연이어 계속되면서 철형은 그녀가 부담스러워지다 못해 귀찮아지기 시작했다. 철형이 과외로 러시아어를 비롯하여 그 밖의 학습을 위한 시간을 방해받는 것도 문제였지만, 그녀가 철형에게 연정을 품고 있음을 감지할 때마다 꺼림칙한 감정이 일곤 했다.

어쩌다 시내 구경을 하고 나서 레스토랑이나 카페 같은 데에 들어갈 때, 철형의 팔을 끼고 몸을 바짝 밀착시키는가 하면, 《로조(露朝)사전》까지 사들고 다니면서 철형을 생각해 한국어를 구사하려 했다.

하루는 카페에서 셰리를 두어 잔 들고 난 그녀가 상기된 얼굴로 "나 당신 사랑하고파요." 하고 한국어로 말했다.

"나는 사랑 같은 거 모릅니다. 나는 여행자가 아닙니다. 우리 조선인민공화국을 위하여 학습하러 온 군인입니다."

철형은 코냑을 입에 털어 넣으며 정색하고 말했으나, 나탈리야는 "학습은 오빠가 알아서 잘 봐줄 거예요." 하고, 의례적인 말로 흘려 넘겼다. 게다가 며칠 후에는 페트로비치가 강의를 마치고 나오다가 철형을 보고는 "나탈리야하고는 잘돼 가?" 하며, 얼굴에 의미 있는 웃음까지 흘렸다.

"……."

철형은 겸연쩍게 쓴웃음만 지었다.

'안되겠다. 단호히 잘라야 한다!'

철형은 허달준과 그의 삼촌을 생각하며 마음을 다잡았다.

그런데 그 주 토요일에도 나탈리야는 어김없이 철형을 찾아왔다. 그날은 톨스토이집 박물관을 관람한 후 모스크바 강의 크림스키 다리를 건너 고리키 공원으로 들어갔다. 모스크바 강을 끼고 드넓게 펼쳐진 공원 안은 저녁이 되면서 낮 동안 북적거리던 인파가 빠져나가 한산한 편이었다.

'무슨 말을 어떻게 한다?'

철형은 나탈리야와 함께 우거진 숲속을 걸어가면서도 평소의 그답지 않게 가슴이 답답하고 강박관념을 느꼈다. 상대방도 여느 때와는 달리 한동안 말 없이 거닐다가 "저기 가서 앉아요." 하고, 비교적 한적한 나무숲 아래의 빈 벤치를 가리키며 철형의 팔을 이끌었다.

철형은 아무 감정 없이 목석처럼 그녀 옆에 우두커니 앉았다. 그러고 있기를 수십 초.

이윽고 나탈리야가 말문을 열었다. 한국어로.

"강 중위님, 나하고 결혼해요."

이 무슨 '아닌 밤중에 홍두깨'인가! 철형의 눈이 화등잔이 되었다. 적합한 대답이 쉽게 떠오르지 않았다. 이렇게 단도직입적으로 나올 줄은 철형이 미처 생각지 못했던 것이다.

"그래서 함께 여기서 살아요."

말이 떨어짐과 동시에 그녀의 상반신이 철형의 가슴으로 접근해 왔다.

"이러면 안돼요!"

철형은 불에 데인 강아지처럼 벌떡 일어서며 그녀의 양 어깨를 잡고 완강하게 물리쳤다.

"난 사랑, 결혼 따위 몰라요!"

한순간 나탈리야의 절망과 증오에 찬 눈빛이 철형을 쏘는 듯하더니 그녀의 손이 그의 뺨으로 날아왔다.

"이디옷(바보)!"

분을 이기지 못하고 냉큼 벤치 위의 가방을 챙기고 몇 발짝 옮겨가던 그녀가 홱 돌아서서, "띠 부제트 라스끄라이바짜(당신은 후회할 거야)!" 하고 한마디 싸늘하게 내뱉고는 황망히 사라져갔다.

그로부터 한달쯤 후, 철형이 전정긍긍하는 가운데 행인지 불행인지 평양에서 소환장이 날아왔다. 남조선의 북침으로 전쟁이 시작되었다는 것이었다.

'차라리 나탈리야의 프러포즈를 받아들여 결혼해 버릴 걸 그랬나?'

철형은 눈을 감은 채 크렘린 궁전을 연상하며 다문 입술을 비딱하니 냉소했다. 그랬더라면 소련 영주권은 차치하고라도 신혼을 구실로 평양으로의 소환을 지연시킬 수 있었을 것이고, 적어도 정치보위부 요원으로서 남반부로 내려보내지지는 않았을지 모른다. 아니, 줄타기만 잘 했으면 지금쯤 이 개성의 삼류 여관에서 막소주를 켜는 신세가 아니라, 고리키 공원의 푸른 잔디 위에서 코냑을 빨며 〈프라우다〉 기사를 보면서 이른바 '남조선 해방전쟁'의 뉴스를 강 건너 불구경 하듯 느긋하게 접하고 있을지도 모를 일이었다.

그런데 덩굴째 굴러온 호박을 걷어차 버린 '반편' 짓 탓일까, 평양 당국은 철형이 돌아오자마자 기다렸다는 듯이 그를 상위(上尉)로 특진시킴과 동시에 서울로 내려보낸 것이었다.

"강 동무, 마침 잘 왔소. 그러지 않아도 우리 통신요원(정보 요원)이 부족한 형편인데, 강 동무 같은 유능한 군관이 우리 일을 도와주게 돼서 반갑소."

철형의 부대로 찾아온 내무성 고위 간부가 철형에게 악수를 청하며, "민족보위성(국방부)하고는 호상간에 이야기가 됐으니 강 동무는 마음의 준비만 하면 되는 거요. 그동안 모스크바에서 쌓은 학습을 남조선 해방을 위해 십이분 발휘해 보시오." 하고, 철형의 어깨를 투덕거려 주었다.

"예, 저의 모든 힘을 바치겠습니다."

철형은 어깨가 으쓱했었다. 부대장과 내무성 간부들의 환송을 받으며 서울행 지프에 오를 때만 해도 앞길이 경의(京義) 가도만큼이나 훤히, 그리고 원대하게 뚫려 있는 것 같았다.

그러나.

운(運)은 생명의 소장(消長), 그 춘하추동을 아무도 거부하지 못한다고 했던가. 철형의 운은 이제 가을도 지나 삭풍이 몰아치는 겨울로 치닫고 있었다. 이 겨울이 얼마나 오랫동안 꽁꽁 얼어붙을 것인가? 아니, 어쩌면 철형의 생애에 다시는 봄이 찾아오지 않을지도 모른다. 극히 짧기는 했지만 그를 따스하게 맞아 주었던 평양의 봄, 모스크바의 봄, 그리고 서울의 봄과 같은 그런 화창한 날들이.

'당치 않은 생각! 내 사전에 '후회'란 말은 없어!'

철형은 나탈리야가 휙 돌아서며 증오에 찬 눈으로 차디차게 내뱉던 마지막 외마디를 떠올리며 방바닥에 머리를 맞댄 채 도리질을 했다.

"그렇게 줏대 없이 비열하게 살 바엔 차라리 '그걸' 잘라 까마귀에게 주고 말지."

그는 취기 속에서 중얼거리다가 잠으로 빠졌다.

82

마침내 북진 명령이 떨어졌다.

10월 3일, 미 8군사령관은 미 제1군단에 대해, 1개 사단 이상의 병력으로 임진강 서안의 주요 방어진지를 탈취하여 군단의 공격 준비를 엄호케 하고, 군단 주력을 서울 북방에 집결시켜 평양 공격을 준비하며, 미 제1기갑사단을 주공으로 경의선을 따라 평양을 향해 진격하고, 미 제24사단과 한국군 제1사단으로 군단의 측방을 엄호케 한다는 요지의 명령을 하달했다.

이에 따라 이튿날 미 제1군단장 밀번 소장은 미 제1기갑사단에 예성강~38도선으로 진출하여 금천(金泉)에 대한 공격을 명령했고, 미 제24사단에는 서울 북쪽에, 한국군 제1사단 앞으론 고랑포 부근에 각각 집결토록 하는 한편, 영(英) 제27여단에는 대구에서 김포로 공수, 임진강 서안에 집결한다는 명령이 하달되었다.

한국군 제1사단의 공격로는 고랑포 전면에서 적의 삼팔선 진지를 돌파하고 시변리(市邊里)→미우동(尾隅洞)→수안(遂安)을 거쳐 평양을 향해 진격하는 것이었다.

11일 아침 공격을 개시해 삼팔선 진지를 돌파한 국군은 북괴군 제17전차사단 일부의 저지를 받았으나, 이를 격퇴하고 사미천(沙尾川)을 따라 순조롭게 북상을 계속했다.

북괴군의 삼팔선 진지는 금천이 포위됨으로써 돌파되었고, 드디어 평양으로 가는 길이 유엔군에 의해 열렸다. 이에 따라 미 제1군단에 속한 한국군 제1사단은 10월 18일 교통의 중심지인 시변리를 탈취하고, 이어서 산중의 험로를 따라 평양 남동쪽 50킬로미터 지점의 수안을 향해 진격하고 있었다.

다른 미 사단과는 달리, 한국군 제1사단은 하루에 식사 준비를 위해 오직 한 번의 휴식을 취할 뿐, 촌각을 아껴 가며 북진만을 계속하는 강행군이었다.

대원들 모두가 피로의 기색이 역력했고, 그들 중에는 졸면서 행군하다가 돌부리에 걸려 넘어지는 병사도 있었다.

"전쟁터에서도 엽전이라꼬 차별대우하는 긴가? 널찍한 경의 가도는 자기들이 차로 편안케 달리고, 우리보곤 산길로 가라카고, 나 참 더러버서."

손 하사가 졸음을 쫓기라도 하려는 듯 대열의 침묵을 깨뜨렸다.

"그럼 손 하사님은 일찌감치 운전병으로라도 자원할 걸 그랬어요."

모두들 묵묵부답이자, 노 일병이 한마디 거들었다.

"그래, 맞다. 나도 시방 그래 생각하고 안 있나?"

"편하다고 다 좋은 거 아니여. 전장에선 대로상이 제일 위험하당게. 고생스럽더라도 산길로 가는 게 집중포화를 덜 맞는다니께."

잠자코 듣고만 있던 건너편 대열의 신 하사가 끼어들었다.

"신 하사는 뭐 안다꼬 또 중뿔나게 구는 기고? 내사 마, 지금이라도 차만 태워 준다 카믄 얼씨구나 하고 타고 가뿔낀데."

손 하사의 억센 사투리 때문인지, 아니면 그의 말에 공감이 가서인지, 피로에 지쳐 있던 대원들 사이에서 웃음소리가 들렸다.

"손 하사, 애인 있어, 없어?"

그들의 대열 뒤쪽에 처져 있던 소대장이 어느새 손 하사 옆까지 다가와 있었다.

"애인 예?"

소대장의 느닷없는 질문에 손 하사가 얼떨떨해했다.

"그래, 애인! 우리말도 몰라? 달링, 리베라고 해야 알아듣겠어?"

조용하던 주위에서 다시 웃음이 터져 나왔다.

"우리 또래 머슴아치고 애인 없는 사람 몇이나 되겠십니꺼?"

소대장의 입에서 무슨 말이 이어질까 곁눈질하며 손 하사가 대답했다.

"흠, 손 하사는 '두말하면 잔소리' 란 말이지?"

"하모 예."

"그러면서 뭐 이까짓 행군을 힘들어하나?"

"애인캉 행군캉 무신 상관이 있십니꺼?"

"같이 걸어가란 말이다. 이 산길을 해운대 바닷가라 생각하고. 그래도 내 말 못 알아듣겠나?"

옆에서 나란히 걸으며 손 하사를 바라보는 소대장의 눈가에 익살맞은 웃음이 비꼈다. "애인이랑 껴안고 키스할 때만 일체가 되는 게 아니야. 자기 영혼과도 항상 함께해야지. 길이 있다면 달나라까지라도 함께 걸어갈 만큼. 그것도 어려움을 이겨내는 하나의 지혜란 말이다."

"소대장님, 그럼 애인이 없는 사람은 어떡합니까?"

대원 중의 한 병사가 물었다.

"지금부터 당장 만들어. 옆집의 금순이도 좋고 이쁜이도 좋고……. 그나마도 없을 땐 자기가 좋아하는 여배우 하나를 선택해라. 노경희든 주증녀든……, 그도 아니면 외국의 그레타 가르보나 비비안 리 등등. 어때, 이래도 애인 없는 사람 있나? 있으면 대열 밖으로 나와 봐."

비로소 대원들은 피로기가 역력했던 얼굴에 화색이 감돌며 절로 웃음꽃이 피었다.

"애인하고 같이 걷는데도 주저앉아 버릴 만큼 힘이 빠지면 어떡하지요?"

좀 전의 그 사병은 소대장의 말이 점점 흥미로워지는 모양이었다.

"피로회복제의 단위를 높여. 허니문 첫날의 신부가 평양에 있는 호텔에 먼저 가서 기다리고 있다고 생각하란 말야. 주저앉아 버리는 날엔 다시는 영영 만나지 못할 거라고. 그래도 다시 쓰러지고 싶을 땐 더 고단위의 '상상'이란 처방으로. 상상의 나래를 펴는 데 돈 드는 건 아니니까."

소대장은 웃음엣소리를 하고 나서 목소리를 가다듬고 손 하사를 보며 말을 이었다. "그리고 아까 미군들이 우리를 엽전이라고 차별 대우 한다고 불평했는데, 그것도 생각하기 나름이야. 그 사람들은 지금 생판 모르는 남의 나라 땅에 와서 목숨을 걸고 우리를 도와주고 있잖나. 생각해 보라구. 그들이 아니었다면 벌써 낙동강 전선이고 뭐고 다 무너져서 지금쯤 한반도가 김일성의 야욕대로 빨갛게 물들어 버렸을 게 아니겠나. 생각만 해도 아찔할 노릇이지. 미군들이 백프로 다 잘하는 건 아니지만, 우리가 작전권을 맡긴 이상 그 정도는 감수해야. 따지고 보면 모든 게 결국 '힘'이야. 국력이 강했던들 우리가 남침을 당했겠으며, 유엔군의 도움을 청했겠어? 그러니 이제 우리가 할 수 있는 건 병력과 장비의 열세임에도 그들보다 먼저 평양에 입성하는 거야. 그래서 우리의 매운 고추맛을 보여주는 거지."

그러곤 소대장은 대원들을 둘러보며 더붙였다. "중대장님께 말씀드려서 오늘 밤은 좀 더 휴식을 취할 수 있도록 해 보겠다."

대원들은 아이들처럼 좋아하며 박수까지 쳐댔다. 철준 역시 그 어느 때보다도 소대장의 유머러스하면서도 질박한 삶의 단편적 지혜를 듣게 된 것이 즐거웠다. 그러나 그에게는 험한 산길을 동반해 줄 마음속의 애인이 없었다.

소대장의 말을 빌리지 않더라도 철준은 서울 입성 때까지는 행군을 정말 '애인'과 함께했었다. 심지어 격렬한 전투 상황에서도 화력이 멈추었을 땐 참호 속에서 잠깐잠깐 지윤을 떠올리곤 했었다. 그러나 이제는 떠올리는 대신 지워 버리려고 애를 써야 할 처지였다.

"낮에 소대장님 말이 강 일병한텐 좀 그랬지?"

야간 휴식 시간에 참호 속에서 노 일병이 나직이 말했다.

"하지만 모두에게 참 유익한 말이었어. 난 우리 소대장이 그런 리더의 자질이랄까 유머 감각을 갖고 있는 줄 몰랐어."

철준의 말에 노 일병도 동감했다.

"나도 뜻밖이었어. 군복만 입고 있지 않다면 딱 중학교 문예반 선생이야. 안 그래?"

둘은, 구름에서 벗어나 하얗게 비치는 달빛 속에서 마주 보며 웃었다.

좌우 양쪽이 산으로 둘러싸인 조그만 분지에는 이미 찬이슬이 내린 풀숲 속에서 귀뚜라미 소리만이 또르르 또르르 간헐적으로 들릴 뿐, 사위가 쥐죽은 듯이 괴괴했다. 그런 가운데, 하루 종일 계속된 강행군으로 피로해진 병사들은 참호 속에 들어가자마자 잠에 곯아떨어졌다. 그러나 철준은 눈을 감고 잠을 청했는데도 정신은 말똥말똥했다.

"안 자는 거야?"

자는 줄 알았던 노 일병이 옆에서 철준의 부스럭거리는 소리를 듣고 반쯤 뜬 눈으로 쳐다보았다.

"응. 먼저 자."

"난 한숨 붙였어. 그새 우리 집 어머니랑 동생들도 보고 왔는걸."

"꿈길 속에 달려갔다 왔나 보군."

철준은 피식 웃었다.

"그래. 바람처럼 날아갔다 왔지. 색싯감을 봐 뒀다면서 어머님이 어찌나 반가워하시는지……. 내년엔 꼭 장가들라면서."

"평양 행군이 외롭지 않겠군. 그래, 예쁘게 생겼어?"

"아, 어머님이 동생더러 불러오라 해 놓고는 기다리던 참에 잠이 깨 버렸지 뭐야."

"만났으면 좋았을걸. 지금이라도 빨리 눈을 붙여 봐. 필름이 다시 돌아갈지도 모르잖아?"

"어디, 필름이 이어질까? 강 일병도 눈 좀 붙이라구. 금방 또 강행군이 시작될 텐데."

"그래, 알았어."

철준은 돌아누우며 눈을 감았다. 그리고 성경 속의 '군인의 기도'를 암송했다.

우리 주 예수 그리스도여,
먼저 우리로 하여금 영신 전장에서
마귀와 세속과 육신을 잘 대적하게 하시고,
굳은 신덕을 주시어,
특히 전쟁 동안에 용감한 군인이 되게 하소서.
주여, 우리 전우들을 돌보시어, 그들로 하여금 착한 군인이 되어
천주와 조국을 위하여 헌신한 보람을 느끼게 하소서.
우리가 집을 떠나 있는 동안에
집안 식구들에게 용기와 위로를 주시고,
이 전쟁이 끝난 후에는 무사히 집에 돌아가,
주의 모든 은혜를

맞갖은 정성으로 사례하게 하소서.

성자는 세세에 영원히 살아 계시며 다스리나이다.

아멘.

83

동이 틀 무렵이 되어 강행군은 다시 시작되었다. 여느 때보다 많은 휴식을 취한 데다 소대장이 주입시켜 준 '애인' 때문인지 대원들의 발걸음은 한결 가볍고 몸놀림도 거뜬해 보였다.

그러나 오전 내내 흐릿하던 하늘이 오후가 되면서 비를 뿌리기 시작하더니 어느새 장대비로 변하여, 먼지가 쌓인 길을 진창으로 만들어 대원들의 발길을 더디게 했다.

"제기랄. 웬 가을비가 이리도 짓궂게 온담!"

"아이고, 하느님도. 평양에 도착할 때까지 참아 주시지 않고."

"이런 진창엔 애인이고 뭐고 다 필요없구먼."

여기저기서 한마디씩 투덜거리는 소리가 들렸고, 이를 듣고 있던 신 하사가 "그래도 총탄에 비하면 빗줄기는 약과여." 하고 그다운 소리를 했다.

미상불, 신 하사의 말은 부대가 미우동에 이르렀을 때 사실로 드러났다. 수대의 전차를 동반한 1개 대대 규모의 북괴군으로부터 매복 기습을 받은 것이었다.

"엎드렷!"

소대장이 명령하며 적진을 우회 공격하려는 순간, 저격병으로부터 날아온 총탄이 소대장을 쓰러뜨렸다.

"소대장님!"

노 일병이 달려가는 것을 보며, 철준이 적의 저격병을 사살했을 때에는 노 일병도 소대장 옆에 쓰러진 뒤였다. 정면의 적군 진지를 향해 일제사격과 함

께 수류탄이 날아갔고, 뒤이어 좌우 양옆으로 포진한 중화기와 M-46형 전차
(패튼전차)가 불을 뿜어댔다.

"소대장님은 내가 맡을 테니, 강 일병은 노 일병을 돌보거라."

손 하사가 허리를 굽히고 날쌔게 달려가는 뒤를 철준이 따랐다.

"노 일병, 조금만 참아."

철준은, 오른쪽 가슴에 관통상을 입고 피를 흘리며 쓰러진 노 일병을 들쳐
업고 손 하사가 있는 엄폐물로 달려왔다. 가슴 복판에 직격탄을 맞은 소대장
은 이미 숨이 끊어졌으나, 노 일병은 눈을 뜬 채 가쁜 숨을 몰아쉬었다.

"노 일병, 정신을 놓으면 안돼! 손 하사님, 위생병을 불러 주세요."

손 하사는 벌써 뛰어가고 있었고, 철준과 대원들은 노 일병의 머리를 무릎
에 베이고 가슴에서 흘러나오는 피를 수건으로 지혈하고 있었다.

"소, 소대장님은……?"

노 일병이 꺼져 가는 목소리로 물었으나, 아무도 대답할 수가 없었다.

"죽었어……?"

"……."

"우리 모교…… 문예반 선생님…… 같았는데……."

노 일병의 눈이 감기면서 숨결이 점점 거칠어져 갔다.

"노 일병, 정신 차려!"

철준은 손바닥으로 노 일병의 뺨을 가볍게 찰싹거렸다.

"강 일병, 나-중-에…… 제-대-하-거-든…… 우-리-어-머-니-
와…… 누-이-동-생-을…… 찾-아-봐-줘……."

노 일병은 눈을 뜨려 안간힘을 쓰면서 철준의 눈과 한순간 마주치고는 힘
없이 고개를 떨구었다.

"노 일병……!"

철준은 울먹이며 전우의 얼굴에다 자기 것을 덮쳤다.

한 시간여의 공방전 끝에 적군은 골짜기로 퇴각했고, 아군은 수십 명의 희생자들을 뒤로한 채, 숨 돌릴 사이도 없이 수안을 향해 진격을 계속했다.

'전쟁이란 이다지도 비정한 것인가? 죽은 자는 한갓되이 비목―언제 날아가 버릴지 모르는―에 내맡겨 버린 채, 산 자는 그들을 넘고 넘어 앞으로 앞으로 가야만 하다니!'

행군 중에도 철준은 소대장과 노 일병의 죽음을 생각하면서 '살아 있는 것'의 무상함을 절감하지 않을 수 없었다.

"애인이란…… 길이 있다면 달나라까지라도 함께 걸어갈 만큼 일체감이 있어야 한다."던 그토록 감성 풍부한 소대장. 겉으로는 대원들에게 평범해 보이면서도 왠지 철준에게만은 유난히 친밀하고 온정적이었던 노 일병.

"영생(永生)이라는 건 있을 수 없는 것일까?"

그가 철준과 함께 지윤의 신당동 외가에 들렀다가 부대로 돌아가면서 철준의 슬픔에 찬 모습을 보며 한 말이었다. "그러면 몇십 년 후에 강 일병이 지윤 씨를 따라가서 만날 수 있잖아? 마치 한국과 미국에 멀리 떨어져 있다 만나는 것처럼."

노 일병의 진정 어린 위로에 철준도 고개를 끄덕이며 "나도 그렇게 마음먹기로 했어. 전쟁이 끝나면 영세도 받고." 하며, 눈물겹도록 고마워했었다.

아버지가 일찍 세상을 떠나는 바람에 대학 진학을 일년 연기하기로 하고 집안일을 돌보다가 전쟁이 일어나자 자원입대했던 노 일병, 어머니와 여동생을 이 세상에서 가장 사랑한다던, 철준의 단짝 전우. 그토록 착하고 순박한 그가 마지막 꿈속에서 어머니와 여동생을 만나고, 적탄에 맞은 소대장을 제일 먼저 구하려다 희생을 당하다니…….

"그들보다 먼저 평양에 입성해 우리의 매운 고추맛을 보여주는 거지."

그토록 부하들의 피로를 덜어 주고 사기를 돋우어 주던 소대장이 평양 땅을 밟지도 못하고 눈을 감다니.

철준은 오직 가슴에 품은, 파편 맞은 성경과 목에 걸고 있는 마리아 상에 자신을 의지하려고 애쓰다가도, 뜻하지 않은 불행이 일어날 때마다 걷잡을 수 없는 혼돈과 회의 속으로 빠져들지 않을 수 없었다.

"강 일병, 이제 그만 생각카그라 마, 다음 차례는 누가 될지 아나."

손 하사가 철준의 애달픈 마음을 헤아린 듯 무거운 목소리로 내뱉었다.

"차라리 같이 가 버렸으면 이런 괴로움은 없을 텐데."

"죽고 사는 게 맘대로 되는 게 아니랑게. 저승사자가 잡으러 와야재. 염라국의 호적에 올라가는 것도 다 순서가 있는 법이여."

철준의 말에 신 하사가 분위기를 환기하느라 익살을 부렸다. 철준은, 동료들에게 무관심한 것같이 보이면서도 느긋하게 말참견을 하는 그의 마음가짐이 한편으론 부럽기도 했다.

"혼자 똑똑한 척 말그레이. 하느님은 똑똑한 사람부터 데려간다 안 카나."

"나한테 악담을 하는 겨, 시방? 좋아, 욕먹는 사람이 오래 산다니께."

신 하사는 언성을 높이면서도 얼굴은 웃고 있었다.

'휴식 없는 공격'이라는 강행군으로 한국군 제1사단은 16일 수안을 점령한 데 이어, 이튿날 미 제1기갑사단과 영 제27여단이 각각 황주와 사리원을 함락할 무렵에는, 더욱더 빠른 속력으로 진격하여 적도(赤都)인 평양에서 30킬로미터밖에 떨어지지 않은 중화군의 상원(祥原)에 다다르고 있었다.

저지선만 없다면 이제 평양은 하루도 안되는 공격 거리였다. 평양의 함락을 전쟁의 승리와 동의어로 치부하는 병사들은 마치 종전이 눈앞에 다가오기라도 한 듯이 활기찬 모습을 띠고 있었다. 그도 그럴 것이, 그들에게 들리는 바로는 대부분의 미군 사단 장병들 사이에선 '평양을 점령하는 것이 전쟁의 목표니까 평양만 탈환하면 전쟁은 끝난다. 추수감사절(11월 24일)의 정찬은 도쿄에서 먹을 수 있다.'라는 소문이 떠돌고 있었기 때문이었다.

"이바라, 신(申) 도사, 지금쯤 김일성이 평양에 그냥 있겠나?"

잠깐의 휴식 동안 박달나무에 기대앉아 담배연기를 날리던 손 하사가, 건너편 바위에 걸터앉아 낡은 외국 잡지를 들여다보고 있는 신 하사를 바라보았다. 낙엽 위에 엉덩이를 깔고 담배를 피우던 대원들의 눈길도 신 하사에게로 쏠렸다.

"김일성이라고 '삼십육계 전법'을 모르고 있간디? 이미 신의주나 만주 어드로 줄행랑을 놓았겠지. 시방 똥줄이 탈 것이구먼."

"그라믄 슬슬 가도 될 낀데, 와 숨도 제대로 못 쉬고 채찍질해 쌓노?"

"손 하사는 뭘 모르고 있구먼."

신 하사가 피식 웃으며 책을 놓고 고개를 돌렸다. "평양이 우리 사단장님 고향 아닌가 벼. 그렇게 미군을 앞질러서 최선봉 부대의 영예를 차지하려는 거 아니겠어?"

"아, 그게 그래 되나?"

손 하사의 말문이 궁색해진다. 역시 일반 상식이나 정보에 관한 한 신 하사를 당해낼 수가 없었다.

"역시 도사님한텐 못 당한다니까요."

옆에 있던 김 일병도 고개를 저었다.

"야, 김일성은 똥줄 빠지게 줄행랑치고, 우리 사단장님은 일착으로 평양에 입성하고……, 참말로 거 뭐꼬, 그래 맞다, '드라마틱한' 순간 아니겠나!"

바야흐로 대원들이 신이 나려는 판에 앞쪽에서 출발 명령이 전달되었다. 모두들 떼기 싫은 엉덩이를 억지로 일으켰다.

"강 일병, 여가 안방인 줄 아나?"

옆에서 바위에 비스듬히 기대어 졸면서 입을 움찔거리고 있는 철준에게 손 하사가 소리쳤다.

"예, 예……?"

철준이 눈을 번쩍 떴다.

"꿈꿨나? 평양 가믄 실컷 재워 줄 낀게 피곤하드래도 쬐만 참그라."

손 하사가 내미는 손을 잡고 철준이 몸을 일으켰다.

"형이 있는가 보재?"

행군을 시작할 즈음에 손 하사가 물었다.

"제가 잠꼬댈 했나요?"

"그래, 형, 형 하다가 지, 지윤 씨, 안돼, 그카드라."

손 하사의 말대로 철준은 잠깐 눈을 붙인 사이에 철형이 형과 지윤의 꿈을 꾸었다. 꿈길이 몽롱하고 두서없이 끊기긴 했지만, 지윤이 권총을 겨누고 철형을 쏘려는 모습만은 선히 떠올랐다.

'하필이면 그런 꿈을……?'

꿈꾸이는 것 자체를 사위스럽게 생각하는 철준은 행군하면서도 마음이 영 개운치가 않았다.

84

"상위 동무, 날이 밝았습네다."

운전병의 목소리에 철형은 반사적으로 몸을 일으켜 머리맡에 풀어 놓은 권총대를 확인했다. 그러곤 곧바로 세면실로 가서 양치질과 면도를 하면서 거울에 비친 얼굴을 유심히 들여다보았다. 며칠 새 몰골이 까칠하고 수척해졌음을 자신의 눈으로도 확인할 수 있었다.

'하지만 정신만은 죽나지 말아야지.'

그가 홀쭉해진 뺨과 턱을 손바닥으로 쓰다듬으며 방으로 들어오자, 운전병이 때맞춰 여급에게 아침상을 챙기도록 했다.

"날래 아침부터 드시라요."

어제 저녁을 강술로 때웠으므로 허기가 졌는데도 입안이 깔끄러워 밥알이 모래 씹히는 듯했으나, 철형은 물에 말아 억지로 후룩후룩 목구멍으로 넘겼다.

"이자 평양까지 가는 겁네까?"

출발 후에 운전병이 물었으나 철형은 대답하지 않았다. 자기 자신도 어디까지 가야 할지 목표를 분명히 정할 수가 없었다. 오직 경의 가도를 따라 북쪽으로 이동할 뿐이었다.

"기름이 얼마 안 남았습네다."

운전병이 걱정스러운 투로 말했다.

"근처 부대에서 구해 보지 그랬어."

"자기네도 부족하다면서 주딜 않았습네다. 엊저녁에 상위 동무레 주무실 때 가 봐시오. 보위부 상위 동지의 차라고 말했는데두 말입네다."

"……."

사실 그랬다. 전선의 모든 보급로가 끊어졌는데 차량 연료가 남아돌 리 없을뿐더러, 시시각각 전선이 무너지면서 패퇴하는 마당에 군율이 제대로 유지될 수 없으려니와, 정치보위부 상위의 끗발인들 먹혀들 리가 없지 않은가. 이같은 불리한 전세를 드러내 보이기라도 하듯이 북쪽으로 올라갈수록 연료가 바닥나 버려진 소련제 트럭들이 길가 곳곳에서 발견되었다.

이런 상황에서 유엔군의 반격은 지상군의 추격뿐 아니라 공중 폭격도 날로 격렬해졌는데, 심한 때에는 하루에 연 458대나 출격하여 38도에서 48도선 사이의 북괴군 진지를 융단을 깔듯 폭탄 세례를 퍼붓기도 했다.

그날도 예외는 아니었다. 철형이 타고 있는 사이드카가 금천 가까이에 이르렀을 때, 갑자기 귀에 익은 비행음이 들려오더니 수십 대의 B-29 폭격기 편대가 머리 위로 날아오며 폭탄을 새카맣게 투하하기 시작했다.

"날래 엎디라우."

철형의 사이드카 전방에서 납북 인사들을 인솔하던 북괴군이 소리치며 길가의 엄폐물로 재빨리 몸을 피했다. 양손을 포박당한 채 금방이라도 길 위에 주저앉을 듯 힘없이 걸어가던 납북 인사들이 걸음을 빨리하여 숲속으로 다가가 엉거주춤 앉고는 하늘을 쳐다보았다.

철형의 운전병도 잽싸게 핸들을 꺾어 길섶의 나무 옆으로 차를 세웠다.

폭탄이 작렬하는 굉음과 몸을 피하는 사람들 때문에 주위가 소란스러웠다.

이때, 납북 인사 대열의 후미에 있던 중년 남자가 슬금슬금 주위를 살피며 십여 미터 뒷걸음질치는가 싶더니 이윽고 가까운 구릉을 향해 줄달음치기 시작했다. 이를 본 서너 명도 뒤따라 달렸다.

"도망자다!"

"야, 정지!"

뒤늦게 알아챈 북괴군 두 명이 소리를 지르며 쫓아갔다. 그러나 탈주자들은 멈추지 않고 계속 앞만 보고 달렸다. 곧이어 총성이 연달아 울렸고, 탈주하던 전원이 픽픽 쓰러졌다.

철형은 나무둥치에 손을 짚고 먼발치에서 이 광경을 바라보면서 머리를 흔들었다.

'이 판국에 저들을 끌고 가서 어쩌겠다는 건가? 당장 총을 들고 전선에 뛰어들 사람들도 아니고, 사상적으로도 악질 반동이 아닌데?'

철형은 유엔군의 서울 탈환 며칠 전에 하달되었던 처형 대상자(군·경·검 관계자 및 반공 인사) 외에 납북 대상자들을 생각해 보았다. 그들은 국회의원, 정당 간부, 대학교수, 법관, 문인, 신문기자, 종교인, 의사, 기술자 등 각 분야에 걸친 인재들로서, 사상적으로도 중립적인 인사들이었다. 그러니까 '나는 괜찮겠지.' 하고 서울에 남아 있다가 변을 당한 사람들이었는데, 그중에서도 북괴가 특히 눈독을 들인 대상은 의사와 건설 기술자들로서, 이 분야의 종사자들은 닥치는 대로 북으로 끌고 가라는 지시가 내려졌던 것이다.

"저자들이 다 반동분잡네까?"

운전병이 불쑥 물었다.

"······."

철형은 시선을 고정시키고 담배연기만 내뿜었다.

"반동분자라믄 몽땅 쏴죽이구 말디, 와 힘들게 끌고 갑네까?"

'그래, 저렇게 힘들게 끌려갈 바엔 차라리 쏴죽임을 당하는 편이 낫겠지. 어디까지 가서 무엇을 어떻게 강요당할지 모르는 처지에······.'

철형은 모든 것이 잘못되어 가고 있다는 판단이 들면서, 자기가 서울에 처음 도착했을 무렵의 반동 색출이 얼마나 맹목적인 처사였는가를 반추해 보았다. 특히 한경훈 검사를 색출하는 과정에서의 비열한 수단과 방법은 아무리 합리화시키려 해도 스스로가 용납되지 않았거니와, 그를 사살한 명분도 용렬하기 짝이 없는 것이었다.

"당신네 북한 공산군들이 패배한다는 건 사필귀정이오."

이 '패배'라는 말이 철형을 자극했고, 그리고 "공산주의가 제아무리 날뛰어도 대다수의 선진 민주국가를 능가할 수는 없소. 미구에 공산주의는 이 지구상에서……."라는 한경훈 검사의 말이 채 끝나기도 전에 그는 방아쇠를 당겼었다. 결국, 확고부동한 주장 앞에 굴복한 셈이었고, 그것을 무력으로 잠재운 것에 지나지 않았다.

'내가 진 거야.'

철준은 새삼 깊은 자괴에 빠져들었다.

"상위 동무, 이자 공습이 끝났습네다."

운전병이 납북 인사들의 움직이는 대열을 보며 차의 시동을 걸었다.

본 제16장에서 '유엔군의 북진' 전황은 '일본육전사연구보급회' 편 《한국전쟁(5권)》(명성출판사, 1986년) 중 제5장 제2절의 〈금천 포위〉 일부를 인용 · 참조하였음.

제17장 철형, 마침내 참사랑을 안고

85

철형이 금천을 통과한 바로 그날 저녁, 유엔군에 의한 금천 포위 공격이 개시되었다. 미 제1기갑사단의 제8기갑연대는 개성과 금천 중간 지점의 두석산을 공격하여 북괴군 2개 사단을 견제하고 있었고, 제5기갑연대는 북우(北隅)에서 북서쪽으로 진출하여 금천을 향하고 있었으며, 제7기갑연대는 한포리에서 북괴군의 퇴로를 차단하고 있었던 것이다.

"하마터면 금천에서 포위될 뻔했습네다, 상위 동무."

두석산 전투에서 도주해온 패잔병의 말을 들은 운전병이 놀라워하며 "기래두 이 싸이도카가 있길 천만다행입네다." 하고 은근히 공치사를 했다. 그러나 그 사이드카의 수명도 오래가지 못했다. 그들이 남천점(南川店)을 지났을 때 고갯길을 넘고 나더니 '부르륵' 하고 단말마와 같은 소리를 내면서 엔진이 꺼져 버린 것이었다.

"기름이 바닥났습네다."

오일 게이지를 들여다본 운전병이 낭패스러운 표정으로 철형을 쳐다보았다. 철형은 한순간 운전병의 시선을 멀뚱하게 받더니 말없이 차에서 내려 길섶으로 걸어갔다. 운전병도 차를 철형의 옆으로 끌다시피 옮겨다 세워 놓는다. 사이드카는 이제 교통 기구가 아니라 아무짝에도 쓸모없는 쇳덩이에 불과했다.

철형은 길가 풀숲 위에 두 무릎을 꺾고 앉아 담배에 불을 댕기곤 주위를 둘러보았다. 온 들과 산이 울긋불긋한 단풍으로 물들었고, 그 사이사이로 탐스럽게 무르익은 붉은 사과와 노란 감 열매들이 주렁주렁 매달려 있었다.

"거기 앉아 좀 쉬어."

철형은 담배연기를 날리며 운전병에게 고갯짓을 했다.

"예."

운전병이 대답하며 사이드카 안을 뒤지더니 "시장하실 텐데 이걸 드시라요." 하고, 보자기에 싸인 주먹밥을 철형에게 내놓는다. 금천을 출발할 때 식당에서 마련해 준 것이었다.

"김 전사부터 먹어."

철형은 주먹밥 대신 허리에 찼던 수통을 입으로 가져갔다. 물이 아니라 막소주였는데, 그나마 반 이상이나 비어 있었다. 그는 수통 주둥이를 45도 각도로 물고 물을 마시듯 단숨에 목구멍으로 넘겼다.

'이제부턴 걸어가야 한단 말인가……?'

철형이 안주를 삼으려고 주먹밥 쪽으로 손을 벌렸을 때, 주먹밥을 게걸스럽게 입 안으로 넣던 운전병이 놀란 소리를 질렀다.

"앗! 저길 보시라요, 상위 동무!"

"뭐 말이야?"

철형이 주먹밥을 손에 든 채 운전병이 가리키는 쪽으로 눈길을 돌렸다.

사람들이었다. 길 건너편 4,5십 미터 전방의 풀숲으로 서너 명으로 보이는 민간인들이 허리를 굽히고 남쪽을 향해 두리번거리며 움직이고 있었다.

"도망자들입네다."

운전병이 사이드카에 누여 놓았던 총을 들고 겨누려 했다.

"김 전사!"

철형이 나지막하면서도 엄하게 소리쳤다. 운전병이 눈을 동그랗게 뜨고 철형을 보았다.

"여기 와서 이거나 마저 먹어."

철형은 총을 내려놓으라는 손짓을 하며 명령조로 말했다. 운전병은 멋쩍어하며 다가왔다.

"저들 몇 사람 죽인다고 전쟁에 이길 수 있겠어?"

철형은 수통의 술을 바닥이 나도록 입으로 털어 넣었다.

"내레 잘못한 겁네까?"

운전병이 엉거주춤한 자세로 머쓱해했다.

"공연한 짓이야!"

철형은 단호하게 말했다.

"……박 동무도 기래서 죽인 겁네까?"

뜬금없는 운전병의 물음에 철형은 주먹밥을 씹던 입놀림을 멈추고 운전병을 쳐다보았다. "박두만 말이야?"

"예."

"그놈은 사람이 아니라 짐승이야."

"예……?"

운전병은 눈을 크게 떴다.

"김 전사 여동생 있나?"

"두 살 아래 누이가 있긴 합네다만……."

"그 여동생이 생판 모르는 놈한테 겁탈을 당했다면 김 전사는 어떻게 하겠나?"

"겁탈이라믄……?"

"강간 몰라?"

철형은 운전병의 손에서 수통을 앗아 물을 입에다 흘려 넣었다.

"기거야 그냥 둘 수 없디요."

"그래, 그 때문에 그놈을 죽인 거야. 개돼지나 다를 게 없잖아!"

철형의 머리엔 한동안 잊혔던 박두만이 떠올랐다. 지윤이 박두만에게 만행을 당하던 그날 밤, 처형장에서 돌아온 박두만은, 철형이 미리 내려놓은 지시에 따라 헐레벌떡 그의 방으로 올라왔다. 철형으로부터 '수고했다.' 는 치하의 말을 기대하면서.

"악질 반동들을 모조리 처단했습니다."

그러나 철형과 눈이 마주치는 순간, 박두만은 쭈뼛하며 동작이 굳어졌다. 철형의 창백한 낯빛에 충혈된 눈이 독기를 발산하고 있었다.

"벨트를 풀어!"

철형은 박두만이 들어오자마자 무장해제부터 명령했다.

"……?"

박두만의 얼굴이 갑자기 사색이 되었다.

"귀가 먹었나?"

철형의 손이 엉거주춤 허리의 권총 벨트로 올라갔다.

"왜 그러십니까, 상위 동무?"

"몰라서 묻나? 우선 잔소리 말고 벨트부터 풀라니까."

철형의 추상같은 호통에 박두만은 손을 부들부들 떨며 권총대를 풀어 책상 위로 올려놓았다.

"십구번 여자 어쨌어?"

'역시 그거였구나!'

박두만은 가슴이 덜컥 내려앉았다.

"함께 처치했습니다."

"그 전에!"

"……!"

사태의 핵심을 간파한 박두만은 더 이상 둘러댈 수가 없었다. "우발적인 충동에 그만……."

"지하실로 끌고 갔는데도 우발적이야?"

철형의 추궁은 단호했다.

"그것이 잘못됐다면 한 번만 용서해 주십시오."

박두만은 마치 동상과도 같은 굳은 자세로 2미터가량 전방의 철형의 책상

위에 놓인 사진을 바라보았다.

"그래도 전, 상위 동무가 강철준의 형님이라는 걸 알면서도 상부에 보고하지 않았습니다. 상위 동무를 위해서……."

그러나 이 어쭙잖은 한마디야말로 죽음을 부른 사족(蛇足)이었다.

"뭐얏!"

전등불빛을 반사한 철형의 눈에서 번쩍하고 섬광이 이는 듯했다.

'탕.'

철형의 권총이 박두만의 말을 찰나에 잘라 버렸다. 박두만이 넘어지면서 책상 위의 권총으로 손을 뻗는 순간, 또 한 발이 오른쪽 가슴을 궤뚫었다.

"교활한 놈! 내가 여우새끼를 옆에 달고 있었군."

느닷없는 총소리에 놀란 내무서원과 병사들이 집총하고 부리나케 올라왔다.

"빨리 치워!"

버럭 소리를 지르는 철형의 명령에 서너 명의 병사들이 아직도 피가 철철 흐르는 박두만의 사체를 마주 들고 방을 나갔다.

그날, 철형은 박두만을 처치한 직후 서투른 운전을 무릅쓰고 몸소 사이드카를 몰아 처형장인 한강 기슭으로 달려갔다. 맥박만 뛰고 있다면 어떻게든 지윤만은 살려내고 싶었던 것이다.

그러나 철형이 현장에 도착했을 때, 그녀는 많은 시체더미에서 20여 미터 떨어진 곳에 아버지와 함께 모랫바닥에 버려져 있었다. 겉옷과 속옷이 갈가리 찢긴 채. 철형이 직접 호흡과 맥박을 확인해 보았으나 이미 싸늘한 주검이었다.

'더러운 자식!'

철형이 실망하며 뒤돌아서는데, 시체더미 한곳에서 꿈틀거리는 모습이 플래시 불빛에 언뜻 비쳤다.

"음……?"

그는 반사적으로 권총으로 손을 가져가며 시체더미로 다가가 플래시를 비췄다. 움직인 시체는 장 여사였다.—한경훈 검사의 부인, 검사 딸 지윤의 어머니.

피는 흘리고 있었으나 치명상은 아니었다.

'모녀의 처지가 바뀌었더라면 좋았을걸!'

철형은 확인사살을 단념하고 착잡한 심정으로 돌아갔는데, 새벽녘에 그가 다시 그 자리에 갔을 때, 과연 지목했던 시체는 사라지고 없었다.

철형은 그로부터 며칠 동안은 철준에 대한 생각으로 이제까지 없었던 심한 마음의 갈등을 느꼈다. 그는 버릇대로 보드카 술잔을 들고 시계추처럼 방 안을 왔다갔다하며 들창 너머 밤하늘에 뿌려진 별들을 보았다.

'저 별들처럼 수많은 남녀 가운데 하필이면 그렇게 맺어질 게 뭐람. 철민이 형부터 일본 여자와 별난 인연으로 엮어지더니……'

철형은 손에 들었던 술잔을 입에다 털어 넣고는 책상 위의 철준의 사진을 집어들었다.

'강철준! 너한테 용서를 빌고 싶지는 않다. 하지만 너로 인해 내가 괴로워하고 있는 것만은 알아 다오. 이것도 나의, 아니 우리 집안의 운명인지도 모르겠다.'

철형은 이튿날 아침, 사병을 시켜 구급약을 챙기도록 하는 한편, 지윤의 외가를 아는 추 서방을 불러오도록 지시했다. 그러고는 장 여사의 치료를 위한 약품을 몸소 전달했다. 철준의 사진과 함께.

86

"상위 동무, 이자부턴 걸어가야겠디요?"

운전병이 앵커당한 사이드카를 쳐다보며 아쉬워한다.

"가자."

철형은 일어서서 그를 한번 마주 보고는 등을 툭 쳤다. 두 사람은 시원하게 뻗은 경의 국도를 말없이 걸었다. 사이드카로 달릴 때만 해도 비록 패주일망정 모양새는 괜찮았는데, 지금은 처량맞기가 날개 떨어진 새의 신세였다.

"김 전사."

2,3미터 앞장서 걸어가던 철형이 뒤도 안 돌아보고 갑자기 불렀다.

"예?"

"가다가 가까운 부대가 나타나면 그리 들어가라."

"기럼 상위 동무는……?"

"혼자 가겠다."

철형은 피우던 담배를 손가락으로 튀겨 날렸다.

"평양까지 모시고 가야는데 그놈의 기름 때문에……."

"난 괜찮아. 김 전사 그동안 수고가 많았어."

철형은 뒤돌아서서 운전병의 어깨를 토닥거렸다. 그들이 서흥(瑞興)에 이르렀을 때 마침 초소가 나타났으므로, 철형은 경무관(헌병)에게 운전병을 잘 부탁한다는 말을 남기고 혼자 북행을 계속했다.

그는 걸음을 재촉하여 해거름에 사리원에 도착했다. 평양에서 남쪽으로 65킬로미터 지점에 있는 이곳은 철형에겐 어느 정도 낯익은 도시였다. 남포의 평양학원 시절 몇 차례 구경갔었기 때문이었다.

재령평야의 동부에 자리잡고 있는 사리원은 경의선과 황해선이 분기하고 경의 1번 국도가 지나는 육상교통의 요지일 뿐 아니라, 내륙수로도 편리하여 시가 서쪽을 흐르는 재령강이 북류하면서 대동강과 합류해 서해의 관문 남포로 이어진다.

철형은 그가 처음으로 남포에 도착했을 무렵, 그곳이 서해안이 아니라 동해안이기만 하다면 일본으로 내빼는 데 입지 조건이 그만이라고 생각해 보곤 했었다. 그런데 한동안 까맣게 잊혔던 그때의 생각이 이제 다시 새삼스럽게 고개를 드는 것이 아닌가.

그는 음울한 마음으로, 폭격으로 폐허가 된 사리원 시가를 향해 무거운 발걸음을 옮겼다. 주민들은 이미 소개를 했는지 거리가 한산하고 썰렁했다. 그는 예전에 이곳에 올 적마다 들렀던 식당 앞에서 발길을 멈추고 안을 들여다보았다. 그러나 집 안은 덩그러니 비어 있고, 창문에는 거미줄까지 어지럽게 쳐져 있었다. 철형은 주위의 몇 집째를 기웃거리다가 인기척을 듣고는 "계십니까?" 하고 큰 소리로 물었다.

"와 그럽네까?"

육순쯤 되는 노파가 방문을 열고 고개를 내밀다가 군복 차림의 철형을 보고는 멈칫했다.

"옆집 식당에 아무도 없습니까?"

"전쟁 나구서 얼마 있다간 내외분이 다 잡혀가시우. 아이들은 군에 들어가고."

노파는 철준의 눈치를 살피며 조심스레 작은 소리로 말했다.

"잡혀가다니요? 뭐 잘못한 일이라도 있었나요?"

"기걸 난들 압네까? 반동 집안이래나 뭐이래나. 이 동네만서도 잡혀간 사람이 수태 돼요. 군인 양반은 잘 모르시누만."

'그 마음씨 좋고 후덕한 아주머니가 반동으로 잡혀가다니!'

철형은 이젠 반동이라는 말에 신물이 날 것 같았다. 프롤레타리아가 아니면 모조리 반동으로 몰아붙이다니.

'우리 조선 사람은 뭐니뭐니 해도 거저 배부른 게 최고야.'

식당에 들를 적마다 주인 아주머니가 술안주며 설렁탕의 고깃점을 덤으로 얹어줄 때 철형은 자기도 모르게 고향에 있는 어머니―그 무렵엔 이미 4·3 사건으로 희생됐지만―의 모습이 문뜩문뜩 떠오르곤 했었다. 철형은 갑자기 갈증을 느꼈다.

"할머니, 이 근처 어디 술 파는 데 없습니까? 돈은 후하게 드릴 테니."

"술 말입네까? 지금은 살 수가 없시오. 돈이 문제가 아니디요."

노파는 대답하곤 방 안쪽을 보며 "영감 마시든 거 남아 있시오?" 하고 묻더니, "강내미술이라도 괜찮다믄⋯⋯." 하고 철형을 쳐다보았다.

"예, 괜찮습니다."

철형이 그게 무슨 술인지 물어보지도 않고 마루에 걸터앉자, 노파가 일어섰다.

"장사하던 사람들도 소개를 해설라무네 점방문들이 다 닫혀 버렸디요."

이제껏 방 안에 앉아 철형의 말을 듣고만 있던 노인이 문을 열고 얼굴을 내밀었다.

"아, 여기도 다를 바가 없군요."

철형은 건성으로 대답하며, 부엌에서 나오는 노파에게 눈길을 돌렸다.

"이거 우리 집 영감이 마실려구 담근 거인디 얼마나 남았는지 모르갔구만요."

노파가 단지째 들어다 사기 보시기 가득 따르고는 깍두기와 젓가락을 곁들였다. 철형은 따르자마자 단숨에 들이켜고는 잔을 노파 앞으로 내려놓았다. 한 잔 더 따라 달라는 듯이.

노파는 단지를 흔들고는 거의 거꾸로 세워 간신히 잔을 채웠다. 철형은 두 잔째 비우고 나서야 음울했던 마음이 다소 풀어지는 것 같았다. 그러나 그런 가운데에도 유엔군의 포성은 점점 가까이 들려왔다. 이제 싫든 좋든 도주로는 평양으로밖에 열려 있지 않았다.

"여러 가지로 고마웠습니다."

노파의 집에서 하룻밤을 지낸 철형은 아침이 되자 5원(五圜)짜리 지폐 두 장을 사례하고는 황주를 향해 출발했다.

유엔군은 그림자처럼 뒤쫓아왔다. 미 제1군단장 밀번 소장이 〈사리원에 제일 먼저 돌입한 사단에게 평양 입성의 영예를 부여한다.〉고 포고함으로써 경쟁심과 사기를 고취하고 각 부대의 빠른 진격을 촉구했기 때문이다.

이에 따라 유엔군이 북상해올수록 북괴군 패잔병의 무리는 늘어만 갔다. 굶주림에 지친 까맣게 마른 몰골에다, 땀과 땟국에 전 다 해진 여름 군복을 그대로 걸치고 터덜터덜 걸어가는 행색이 총대만 매지 않았다면 영락없는 거지꼴이었다. 거기다 계급장만 떼어 버리면 군관과 사병이 따로 없었다.

그는 인상을 일그러뜨리며 입에 물고 있던 담배를 픽 뱉었다. 이를 보고 그의 뒤를 따라오던 인민군 병사가 잽싸게 달려오더니 철형을 힐끔 쳐다보고는, 아직 불이 꺼지지 않은 꽁초를 집어 양 볼이 들어갈 정도로 힘껏 빨아댔다.

철형은 잠시 멈춰 서서 그 사병을 물끄러미 바라보다가 담배 한 개비를 꺼내 그의 앞으로 휙 내던졌다. 사병은 다른 병사가 볼세라 냉큼 주워 들고는 "고맙습네다, 군관 동무." 하고 굽실거렸다.

철형은 다시 발걸음을 옮겼다. 황주에 다다르면서 넓은 과수원들이 눈앞에 펼쳐졌다. 나뭇가지마다 주렁주렁 매달린 진홍빛 사과들이 가을 햇살에 탐스럽게 빛나고 있었으나, 낮은 가지의 열매들은 거의 따져 버렸고, 남은 건 높은 가지에 매달린 것들뿐이었다.

패잔병들이 사과나무 아래로 우르르 달려들어 원숭이처럼 재게 기어올랐다.

"상위 동무, 잠깐만 계시라요. 내레 따 드릴 테니."

아까 철형에게서 담배를 얻어 피웠던 병사가 어느새 다가왔는지 철형에게 말했다. 철형은 고개를 끄덕이며 나무그루터기에 쭈그려앉았다. 배가 고프기도 했지만, 사과라면 그가 어릴 적부터 가장 좋아하는 과일이었던 것이다.

나무 위로 올라간 병사는 금세 십여 알을 떨어뜨리며 "먼저 드시라요." 하고 내려다보았다.

철형은 가장 가까이 떨어진 한 개를 주워 바지에다 문지르곤 한입 베어물었다. 제철을 맞은 싱싱한 과육에서 수분이 쫙 배어나면서 새큼달콤한 맛이 텁텁한 입 안을 향기롭게 했다.

"하사도 어서 먹어."

철형이 부지런히 입을 놀리며 나무 위를 쳐다보았다.

"내일치까지 준비해야디요."

사병은 손이 닿는 대로 마구 따서 떨어뜨리고 나서야 나무에서 내려왔다. 그리고 제일 빨간 것을 집어 손으로 한번 쓱 문지르고는 와작와작 깨물며 땅바닥에 흩어진 사과들을 그러모았다. 철형은 거푸 세 개를 먹고 담배에 불을 댕기며 사병에게도 한 개비 건넸다.

"상위 동무, 정말 고맙습네다."

사병은 두 손으로 담배를 받으며 꾸벅 절을 하고는 "싸움도 좋다만, 배고픈 건 정말 못 참가시요." 하고, 누런 이를 드러내며 어색하게 웃었다.

"몇 개 넣어 가시디요."

"난 괜찮아. 하사나 많이 준비해 가라구."

철형의 말이 떨어지자, 병사는 호주머니는 물론 품 안이며 바짓가랑이 할 것 없이 넣을 수 있는 한 사과알을 잔뜩 집어넣었다.

87

패잔병들이 제각기 사과를 챙기고 하나 둘 떠나 버리자, 과수원 안은 다시 조용해졌다. 철형은 잠시 나무둥치에다 등을 기댔다. 눈이 감겼다. 피로가 겹친 데다 간밤에 사리원의 노파 집에서 잠을 설친 때문이었다.

'내가 평양에 도착할 즈음엔 이미 철수해 버린 뒤겠지. 내무성 간부, 허달준 동무의 삼촌도 모두 후퇴하고 없겠지? 그럼 이제 누구를 찾아간다……? 허 동무는 지리산에서 무사했을까……?'

이런 생각 저런 생각을 하다가 철형은 사르르 잠이 들었는데, 가까이에서 들리는 포탄 소리에 잠이 깼을 땐 어스름 저녁이었다.

철형은 벌떡 일어서서 과수원 안을 가로질러 북쪽으로 걸음을 옮겨갔다. 나무 밑에 뒹구는 낙과들과 나뭇가지에 매달려 있는 무르익은 사과에서 달콤한 향기가 풍겨 왔다. 그는 눈을 쳐들어 늘어진 가지를 보더니 펄쩍 뛰면서

양손으로 두 개의 사과를 땄다. '밤에 목이라도 마르면……'

철형은 사과알을 양쪽 호주머니에 한 개씩 넣었다. 그는 불거져 나온 호주머니를 보는 순간, 문득 소년 시절의 일이 머리에 되살아났다.

소학교 육학년 때, 그는 겨울방학을 이용하여 고향에 갔다가 외갓집(서귀포 효돈)에 들른 적이 있었다. 기후가 온화한 그 고장엔 겨울이면 노랗게 익은 귤들이 매달린 가지가 담장 밖으로 뻗어나와 길가는 아이들의 눈길을 끌었었다.

"야, 저거 미깡 아냐?"

철형의 한마디에

"그래, 우리 저거 따먹을까? 외할머니 집엔 없거든." 하고 철민이 꼬득이며, 철형이 대답할 사이도 없이 그를 무동태웠다.

"빨리 빨리!"

철민이 나직이 말했고, 어린 철준은 주머니에 손을 찌른 채 돌담 옆에서 형들의 모습을 천진스럽게 지켜보았다.

"야, 철준아, 그렇게 쳐다보고만 있지 말고 어서 집어너."

철형이 귤을 따 떨어뜨리자, 철민이 철준에게 말했다. 철준의 조그만 손이 바지런히 움직였고, 담장에서 뛰어내린 철형과 무동태웠던 철민도 주섬주섬 주워넣었다.

이렇게 삼형제가 호주머니를 빵빵하게 채웠을 때,

"네 이놈들!"

마을갔다 돌아오던 주인 집 영감의 호통이 등 뒤로 떨어졌다. 삼형제는 '오금아 날 살려라.' 하고 삼십육계를 쳤으나, 그날 저녁 귤나무 집 아주머니가 외할머니 집을 찾아왔다.

"그렇게 귤이 먹고 싶으면 줄 수도 있는데, 얘길 하지 그랬어."

아주머니의 점잖은 말에 삼형제는 꿀 먹은 벙어리였다.

"어린것들이 분수를 몰라서 한 것이니 나쁘게는 생각하지 말아요."

외할머니가 선선히 귤값을 치러 주고는 "내 너희들을 위해서라도 귤나무를 심어야겠구나." 하고, 인자한 모습으로 외손자들을 바라보며 웃음지었었다.

'내게 그런 시절이 다 있었던가?'

철형이 쓸쓸히 웃으며 눈앞에 보이는 과수원 입구로 곧장 향하는데, "아~!" 하고 날카로운 여자의 비명소리가 울타리 옆 창고 쪽에서 들려왔다.

"음……?"

철형은 귀가 번쩍 뜨이며 걸음을 멈추고 소리 나는 쪽으로 돌아섰다. 그때 또다시 "아~!" 하는 같은 비명이 같은 곳에서 들렸다. 철형의 발이 반사적으로 빠르게 창고로 움직였다. 그가 창고 문을 확 열어젖히는 순간, 눈을 부릅뜨지 않을 수 없었다. 한 북괴 군관이 패널 위에서 여자를 덮치고 있었고, 여자는 두 손목이 군관의 억센 손에 잡힌 채 기를 쓰며 바둥거리고 있었다. 스커트가 상체로 걷어올려졌고 팬티는 무릎까지 벗겨져 있었다.

갑작스러운 개문 기척에 북괴 군관은 흠칫하며 엉거주춤 엎드린 상태로 뒤돌아보았고, 그 틈에 여자는 재빨리 몸을 일으키며 팬티를 추슬렀다.

"누구야!"

군관이, 어슴푸레한 문간에 장승처럼 버티고 있는 철형을 보며 신경질적으로 소리쳤다. 산통 다 깨져 버렸다는, 잔뜩 불만스러운 투로.

철형은 대꾸도 없이 군관의 몸 위로 플래시를 들이비쳤다. 소좌(少佐)였다.

"치라오, 그 후라시!"

군관이 한 팔로 눈을 가리며, 단추가 풀려 흘러내린 아랫도리를 추켜올렸다. 두 팔로 머리를 감싼 여자의 어깨가 전율하고 있었다.

'여기도 수캐가 있었군!'

철형은 플래시의 각도를 틀어 창고 안을 비춰 보았다. 구석구석에 빈 사과 상자들이 쌓여 있고, 그 바깥쪽으로는 상자를 올려놓는 데에 쓰이는 패널들이 콘크리트 바닥 위에 깔려 있었다. 또 패널 위와 주위에는 부상병들의 것으로 보이는 피 묻은 붕대들이 어지럽게 널려 있었다.

"저건 약품이오?"

철형은, 벽에 붙여져 있는 낡은 책상 위에 놓인 손가방을 비추며 여자에게 물었다. 책상 옆에 있는, 역시 낡은 의자 위에 걸린 흰 가운을 주시하면서.

"네."

여자는 꺼져 가는 듯한 목소리로 대답했다.

'역시 그랬었군.'

철형은 내심 고개를 끄덕였는데, 그의 생각대로라면 그녀는 납북 중인 의사이거나 간호사일 터였다.

"여성 동무는 저 가방을 가지고 나가시오. 빨리!"

철형의 뜻밖의 말에 여자는 고개를 힐끗 돌려보고는 얼른 자리를 박차고 가방을 낚아채듯 집어들고 문 쪽으로 내달았다. 북괴군 소좌는 팔등으로 눈을 가린 척하고 패널 옆에 풀어 놓은 권총대를 잔뜩 노려보고 있었다.

'남쪽으로 가시오.'

철형이 마음속으로 바라면서 플래시를 문간으로 비추는 찰나, 소좌가 잽싸게 엎드리며 방아쇠를 당겼다.

"읍……!"

철형이 날쌔게 상반신을 비킨 것과 그의 권총이 불을 뿜은 것은 동시였다.

철형은, 다시 안간힘을 쓰며 손을 움직이려는 소좌의 우측 등을 향해 또 한 방을 발사했다. 쳐들었던 소좌의 머리가 시멘트 바닥으로 처박혔다.

그제야 철형은 피가 흐르고 있는 자신의 왼팔로 눈을 주었다. 그는 바닥에 널려 있는 붕대 중에서 피가 덜 묻은 것을 골라 총상 부위를 몇 바퀴 동여맸다.

'내 손으로 또 한 아군을……'

철형은 너부러진 소좌를 흘끗 쳐다보곤 밖으로 나왔다. 사위는 이미 어둠에 싸여 있었다.

'이제 곧 부하들이 몰려오겠지.'

철형은 잠깐 서서 사방을 둘러보더니 과수원 정문 쪽으로 가지 않고 오던 길로 다시 황급히 되돌아갔다.

'일단 산악지대로 들어가자.'

울타리 후문을 빠져나온 철형은 국도를 가로질러 동쪽으로 방향을 잡았다. 철형이 예상했던 대로, 그가 잘 가꾸어진 인공림 정상 부근에 이르러 아래쪽을 내려다보니, 헤드라이트를 켠 사이드카가 과수원 정문 쪽으로 달리고 있었고, 그 뒤를 따라 검은 물체들이 바쁘게 움직이고 있었다.

'나를 살인자로 단정하겠지. 패잔병들, 특히 사과를 따 준 그 하사가 나를 똑똑히 봤으니까.'

철형은 졸지에 아군에게도 쫓기는 신세가 되고 말았다. 그러나 그의 마음은 오히려 이상하리만큼 홀가분했다.

'내가 잡히기 전에 저들이 먼저 유엔군의 추격을 받게 될 거다.'

철형은 어둠 속에서 냉소를 지으며 몸을 돌려 천주산(天柱山) 기슭으로 발길을 향했다. 젖은 산길에 미끄러지며 한 시간 이상을 달음질치듯이 걷고 나자, 긴장이 풀리면서 팔의 상처에서 통증을 느끼기 시작했다. 서리가 내리는지 산간의 대기가 차갑게 온몸으로 스며들었다. 철형은 보드카 생각이 간절했다. 아니, 개성의 식당에서 마셨던 막소주거나 사리원에서 노파가 따라 주던 옥수수 탁배기라도 좋았다.

'이런 때 한 사발 쭉 들이켜면 온몸의 냉기가 싹 가실 텐데.'

철형이 과수원에서 북괴 소좌의 추행만 목격하지 않았던들 그는 마을로 직행하여 칼칼한 목부터 추길 생각이었다. 수통에도 하나 가득 채우고.

"칙쇼!"

철형은 군침을 삼키며 개울물 소리가 쫄쫄쫄 들려오는 골짜기로 다가갔다. 황주천 상류의 벽계수가, 마침 살짝 걷힌 구름 사이로 비치는 상현의 달빛을 받고, 마치 은박지를 깔아 놓은 듯이 바위틈을 부서져 내리고 있었다.

철형은 한움큼 떠서 입 안으로 흘렸다. 칼끝 같은 냉기가 짜릿하게 애를 훑어내렸다.

'이걸 풀어서 빨까?'

철형이 찬물로 얼굴을 몇 번 적신 후, 피로 붉게 물들여지는 붕대를 보았을 때, '떽데구루루' 돌맹이가 굴러내리는 소리와 함께 무언가 미끄러지는 소리가 들렸다.

'뭐야! 그놈들이 여기까지……?'

철형은 본능적으로 손을 허리춤으로 올리며 독수리눈을 하고 소리 나는 비탈 쪽을 응시했다.

"장교님, 저예요."

여자의 목소리였다.

철형은 목소리가 여자인 데에 일단 안도하며 여유롭게 일어서서 비탈을 올라갔다. 등성이에 이르러 달빛에 비친 여자의 모습을 본 철형은 자기 눈을 의심할 정도로 깜짝 놀랐다. 저녁 무렵 과수원 창고에서 보았던 예의 그 여자가 비탈에 미끄러진 채 철형을 올려다보고 있는 것이 아닌가! 한 손에 가방을 잡고.

"어쩌자고 여기까지……?"

철형은 무의식적으로 오른손으로 여자의 한 팔을 잡고 일으켜 세웠다.

"장교님을 따라왔어요, 먼발치에서."

여자는 겸연쩍어하며 철형의 얼굴을 물끄러미 쳐다보았다.

"왜, 남쪽으로 가지 않고……?"

"무서웠어요."

"이제 곧 유엔군이 도착할 텐데?"

"그동안에 또 붙잡히면…… ."

여자는 대답하다가 눈길이 철형의 왼팔에 멎자, "총상을 입으셨죠? 우선 응급치료부터 하세요." 하고, 자신이 앞장서서 편편한 바위로 걸어가 가방을 내려놓았다. 철형도 그녀를 따라가 바위 위에 걸터앉았다.

여자는 골짜기 물에 손을 씻고 오더니, 익숙한 솜씨로 철형의 팔에 감긴 피투성이 붕대를 풀어냈다.

"추우시겠지만 상의를 벗어야겠어요."

여자의 어조는 마치 환자를 치료하는 의사처럼 담담했다. 철형은 여자의 얼굴을 일별하고는 시키는 대로 군복 상의를 벗었다. 차디찬 공기가 그의 상반신을 감쌌으나, 그는 추운 내색을 하지 않았다.

"다행히 뼈를 관통하지는 않았군요."

여자는 철형의 팔목을 잡고 삼각근(三角筋)의 살점이 달아난 부위를 알코올을 묻힌 솜으로 닦아냈는데, 솜이 상처에 직접 닿을 때마다 철형은 아픔을 참느라 한쪽 눈을 찡긋찡긋했다.

"아프시겠지만 참으세요."

여자는 상처 부위를 소독하고 나서 가방에서 페니실린병을 꺼냈다. 약은 거의 바닥이 나 있었다. 그녀는 철형의 팔을 수평으로 든 채 상처에다 약병을 거꾸로 세우고 털어냈다. 간신히 일회분은 바를 수 있는 양이 남아 있었다.

"이 정돈 게 다행이에요."

여자는 상처 위에 가제를 덮고 반창고를 붙이고는 정성껏 붕대를 감았다. 여자의 섬세하고 부드러운 손길이 잠시나마 철형으로 하여금 안온한 느낌을 자아내게 했다.

"고맙소!"

철형은 상의를 입으면서 여자의 얼굴을 정면으로 보았다. 여태껏 그에게서는 찾아볼 수 없었던 그윽한 눈길로.

"그건 제가 할 말인걸요."

여자가 희미한 미소를 지었으나, 달빛이 구름에 가려 철형은 그것을 의식하지 못했다.

"어쩌다 그리 된 거요?"

철형이, 다 떨어져 가는 구급약과 용구를 가방에다 챙겨 넣는 여자를 보며 물었다.

"S의대 병원에서 끌려왔어요. 저희 선생님들과 함께."

"닥터요?"

"레지던트로 있었어요."

"선생님들은 어떻게 됐소?"

"어제 오전에 북쪽으로 출발했어요. 다른 납북 인사들과 같이."

"그 소좌 동무가 당신만 빼돌렸구먼?"

철형은 짐작이 가는 듯 씁쓸한 표정을 지었다.

"네. 치료할 부상병이 있다면서 선생님 한 분과 저를 그리로 데려갔어요."

"부상병이 많았소?"

"대여섯 명 됐는데, 모두 장교였어요."

"그 선생은 먼저 보냈소?"

"네, 응급치료 후에 부상병들과 함께요."

"그러고 나서 수작을 걸었군?"

"그래요. 자기 말만 잘 들으면 남으로 보내 준다면서 나이도 묻고, 가족 상황도 물어보고……."

여자는 대답을 하다가, 일순 자기의 치부가 철형의 플래시 불빛에 비취었던 것을 의식하자, 자신도 모르게 얼굴이 붉어지며 시선이 스커트 자락으로 내려갔다.

"알 만하오."

철형이 여자의 말허리를 끊은 것은 불현듯 철준과 지윤의 사진이 연상되었기 때문이었다. '그래도 당신은 천만다행이오.'

철형이 과수원 창고 앞에 한순간만 늦게 도착했더라도 그녀는 북괴군 소좌에게 처참하게 유린당한 후, 쥐도 새도 모르게 황천길에 올려졌을지도 모를 터였다.

철형은 잿빛 스커트에 푸른색 체크무늬 블라우스를 쌍그렇게 걸치고 있는 여자를 쳐다보며 몹시 한기를 느끼고 있으리라 생각했다. 그녀가 엉겁결에 창고에서 뛰쳐나가느라 가운도 그냥 두고 왔으니. 하지만 자기 역시 팔목이 피에 물든 겉옷뿐, 그녀에게 걸쳐 줄 잠바때기 하나 없었다.

"장교님, 어떡하지요?"

여자가 자기에게 향한 철형의 눈길을 받으며 난처해하는 빛을 띠었다.

"뭘 말이오?"

"저 때문에…… 도망가시게 해서."

철형은 얼른 대답하지 못하고 머뭇거리다가 "당신이 내 갈 길을 잡아 준 거요." 하며 실낱같은 웃음을 지었다.

"네……?"

여자는 철형의 생뚱맞은 소리에 영문을 몰라했다.

"내가 도망갈 구실을 만들어 준 거요, 당신이."

여자는 더욱 이해할 수가 없었다.

'혹시 부대에서 무슨 잘못이라도 저지른 걸까?'

그녀는 생각하면서도 드러내 놓고 물어볼 수는 없었다.

"나 좀 실례하겠소."

철형은 좀 전부터 마려웠던 용변을 보기 위해 바위에서 좀 떨어진 아래로 내려갔다. 그의 손이 아랫도리로 내려가다가 툭 불거진 주머니 속의 사과를 건드렸다.

'아, 이걸 잊고 있었군.'

방뇨 줄기는 하얀 포물선을 그리며 돌바닥에 부서졌고, 그 소리는 여자의 귀에까지 들렸다. 그녀는 갑자기 한기가 사무침을 느꼈다.

88

"이걸 좀 꺼내 주시오."

철형은 오른손으로 왼쪽 바지 호주머니를 가리키며, 자신도 오른쪽 호주머니에 손을 넣었다.

"어머, 이거 사과 아녜요?"

여자는 뜻밖이라는 듯 반가운 목소리로 말하며 호주머니에 꽉 낀 사과를 빼냈다. 철형은 자신이 직접 꺼낸 사과도 그녀에게 건네주었다.

"제가 씻어가지고 올게요."

여자가 사과를 받고 개울로 가려는 것을 "잠깐." 하고 철형이 불러 세웠다.

"……?"

여자가 말없이 뒤돌아보았다.

"아까 보니 알콜이 남은 것 같던데?"

"네, 반쯤 남았어요."

"빈 병 있소?"

"그건 또 왜요?"

여자는 더욱 의아해하는 표정이었다.

"있으면 가는 김에 그것도 좀 씻어다 주시오. 물을 약간 담고."

철형은 사과의 반대급부를 바라는 것 같아 미안쩍었다.

"아, 여기 소화제가 든 병이 있는데, 이걸 다른 데로 옮겨 담으면 되겠어요."

여자는 병 밑바닥에 조금 남은 알약을 종이봉지에다 털어 넣었다.

"이거면 되겠어요?"

"됐소. 거기다 물을 반만 채워다 주시오."

"알겠어요."

여자는 사과와 빈 병을 들고 돌부리를 피하며 조심스럽게 개울가로 갔다.

'궁하면 통한다더니 이제야 목을 축일 수 있겠군.'

철형은 달빛에 차갑게 빛나는 바윗돌을 바라보며 그 옆에 뻗어 있는 떨기나무 가지를 꺾었다.

"여기 있어요."

개울로 갔던 여자가 사과와 물이 담긴 병을 철형에게 내밀었다.

"이 사과는 당신이 다 먹어요. 그 대신 알콜을 내게 주겠소?"

철형이 손을 내밀며 여자의 가방을 들여다보았다.

"……?"

여자가 기연가미연가하는 마음으로 가방에서 알코올병을 집어 건네주자, 철형은 뺏다시피 받아 마개를 열고는 소화제 물병에다 수량(水量)의 삼분의 일 가량을 흘려 넣었다.

"……술을 만드시는 거예요?"

여자의 눈이 동그래졌다. 철형은 여자의 말을 듣는 둥 마는 둥 병 속의 액체를 나뭇가지로 휘젓고는 네댓 차례 흔들더니, 입 안으로 약간 흘려 농도를 음미했다.

"술이 상처에 해롭다는 거 모르세요?"

"좀 싱겁군."

철형은 알코올을 조금 더 첨가하고는 다시 휘젓고 흔들었다. "이 순간은 의사의 지시를 사양하겠소."

철형은 담담하게 말하고 나서 "자, 우리 듭시다. 당신은 사과, 나는 술!" 하며 만족스럽게 웃었다.

여자는 사과를 '아삭' 한입 깨물었고, 철형은 병을 입으로 기울여 두어 모금 들이켰다. 짜릿한 열기가 목 끝을 타고 장으로 흘렀다.

"아아, 싱싱해!"

여자는 아삭거리며 나머지 한 개를 가위로 쪼개 반쪽을 철형에게 건넸다. 여자의 파랗게 시린 입술에 밴 물기가 달빛에 반짝였다.

"안주로 드세요."

"한 모금 하겠소?"

철형이 사과를 받으며 병을 내밀자,

"아녜요, 저 술 못해요." 하고, 여자가 손을 가로저었다.

"음주가 아니라 연료용으로……. 한기를 면할 수 있을 거요."

철형은 옆에 있는 가위를 집어 반쪽짜리 사과의 과육을 동그랗게 파서 먹고는 거기다 알코올술을 따랐다.

"어머, 술잔까지."

"맛을 보지 말고 바로 목구멍으로 털어 넣어요."

순간, 여자는 코끝이 찡해 오며 눈시울이 뜨거워졌다.

'이렇게 자상할 수가……!'

여자는 철형의 얼굴을 그윽한 눈으로 쳐다보며, 철형이 들고 있는 사과잔을 받아, 그가 시키는 대로 두 눈을 딱 감고 입 안으로 털어 넣었다. 가슴이 화끈했다. 철형이 빙그레 웃으며 자기는 병째로 다시 한 모금을 빨았다.

"곧 속이 훈훈해질 거요."

"벌써 화끈거리는걸요."

여자는 두 손으로 철형의 왼손을 잡았다. 꺼칠하면서도 따스하게 느껴졌다.

"실례지만 장교님 성함이 어떻게 되세요? 전 나선경이에요. 신선 선(仙)자에 빛 경(景)자."

"아름다운 이름이오."

"장교님은요?"

"이름 같은 거 내세울 자격이 없는 놈이오, 난. 악랄한 괴뢰군……."

철형은 말을 끊고 병을 입으로 가져갔다.

"그래도 제겐 생명의 은인이잖아요?"

여자는 철형의 무릎으로 바짝 다가며 "전 장교님을 평생 잊지 못할 거예요." 하고 철형의 뺨과 턱을 쓰다듬었다. 까칠한 살갗과 턱수염에 손바닥이 깔끔거렸으나, 그것이 좋았다.

철형은 여자가 하는 대로 가만히 있었지만, 가슴은 자기의 뜻과는 상관없이 고동치고 있었다.

"절 따뜻하게 해 주실 수 없어요?"

여자는 철형의 다치지 않은 오른쪽 어깨에 머리를 기대며 속삭였다. 철형은 들고 있던 병을 바위 위에 내려놓고 오른팔로 그녀의 등을 껴안았다. 알코올로 타오르는 체내의 열기와 함께, 의지의 지배를 받지 않는 국부의 근육이 불끈거렸다. 그의 육체 깊숙이 꼭꼭 숨어 있던 이성에의 욕구가 세포 하나하나를 비집고 그 정체를 드러내는 것이었다. 그는 팔에다 더욱 힘을 주었다.

구름 속에서 이따금씩 벗어나 얼굴을 내비치던 상현달도 서산으로 숨어들고 있었다.

여자는 철형의 가슴에 머리를 기댄 채 한 팔로 그의 목을 감쌌다.

'이분이 국군이라면 나의 모두를 바치고 싶다. 현재와 그리고 미래까지도……. 이 사람을 전향시킬 수는 없는 걸까? 그래서 새로운 인생으로 새출발을 하게 만들 수는 없을까? 그럴 수만 있다면 지금이라도 나를 아낌없이 주고 싶다. 아니, 그러지 않더라도 그가 원한다면 거절하고 싶지 않다.'

여자는 남자의 뜨거운 체온과 심장의 고동을 느낄 수 있었다. 그런데도 남자는 여자의 등을 팔로 꼭 껴안고만 있을 뿐, 그 이상 미동도 하지 않았다. 하긴 여자의 나긋나긋한 팔목에 목이 감겨 있는 가운데, 잠깐 동안 하얀 가운을 입은 세련된 여의사와 대학병원 정원에 나란히 서서 활짝 웃는 모습이 영상처럼 떠오르기는 했지만, 그는 머리를 털며 이내 지워 버렸다.

'어림없는 망상!'

철형은 자조(自嘲)했다.

"장교님."

가슴에다 대고 속삭이는 소리에 철형은 퍼뜩 제정신이 들었다.

"저 한 가지 부탁드려도 될까요?"

"나 같은 놈한테 부탁이라니?"

철형이 건성으로 내뱉는 대답에 여자는 한 손으로 다시 철형의 얼굴을 어루만지더니, "장교님, 저…… 귀순하실 생각 없어요?" 하고, 철형의 턱밑에서 고개를 쳐들어 그의 얼굴을 빤히 보았다.

"귀순……? 나보고 국방군이 되란 말이오?"

철형은 갑자기 격앙된 어조로 반문하며 껴안았던 팔을 풀었다.

"왜요? 못할 것도 없잖아요? 제가 구해 드리고 싶어요."

여자도 자세를 바로하며 정색하고 말했다.

"그러기엔 이미 글러먹은 놈이오, 난!"

철형은 고개를 세차게 저었다.

"그렇지 않아요. 장교님은 공산주의자가 아니에요. 될 수도 없어요. 전 그걸 알아요. 우리 국군은 장교님 같은 분을 얼마든지 너그럽게 받아줄 거예요. 망설이지 말고 귀순하세요. 그래서 새출발을 하는 거예요, 저랑 함께요."

여자는 철형의 오른손을 부여잡고 간곡히 설득했다.

'당신과 함께……? 그럴 수만 있다면 난들 얼마나 좋겠소. 하지만 역시 그건 환상에 불과한 거요. 내 운명의 주사위는 이미 던져졌소. 이제 와서 당신의 길을 따를 순 없는 거요.'

철형은 여자의 손을 어루만지며 마음속으로 눈물을 흘렸다.

"난 당신이 생각하는 만큼 그런 선량한 사람도 아니고, 미래를 약속할 자격도 없는 놈이오. 너무 많은 죄를 저질렀소."

철형은 방금 전과는 달리 차분히 가라앉은 목소리로 말하며, 여자를 살포시 그러안았다. "미안하오. 그리고 고맙소!"

철형의 말에 여자는 더 이상 입을 열지 못하고 안타까운 심정으로 그의 가슴을 애무했다.

"아침 무렵이면 유엔군이 도착할 거요. 그때까지만 이곳에 피신해 있다가 그들을 따라가시오."

철형은 여자의 등을 몇 번이나 어루만진 후 일어섰다.

"싫어요. 저도 장교님을 따라가겠어요."

여자는 철형의 팔목에 매달렸다.

"내가 어디로 가는지 아오?"

"몰라도 좋아요. 장교님과 함께라면 상관없어요."

"……!"

철형은 우두커니 여자를 내려다보았다. 동녘 하늘이 여명을 맞고 있는 가운데, 골짜기 남쪽 능선에서 교전이 시작되었는지 포성이 연이어 들려왔다.

아침녘이 되었을 때, 두 사람은 황해도와 평안남도의 도경계를 넘어 중화군에 들어서 있었다.

"어디까지 가시는 거예요?"

철형이 상원강 상류 계곡에서 마지막 남은 알코올로 술을 만들기 위해 잠시 걸음을 멈추었을 때, 여자가 바위 위에 앉아 물었다.

"동쪽으로."

철형이 알코올을 탄 액체를 흔들며 대답했다.

"동쪽으로요?"

여자는 얼른 이해가 안 간다는 투로 동쪽을 바라보았다.

"여기서 계속 동쪽으로 가면 어디에 이를 것 같소, 마지막엔?"

철형이 한 모금 들이켜며 물었다.

"글쎄요, 원산쯤일까?"

"그 동쪽은?"

"네……? 그 동쪽은 동해바다밖에 더 있나요?"

"동해바다를 건너면?"

"동해바다를 건너……? 일본 말인가요?"

"바로 거기요! 하하하."

철형은 마치 스무고개놀이를 하는 소년처럼 천진스럽게 웃으며 또 한 모금을 들이마셨고, 여자는 어리둥절하며 눈을 크게 떴다.

바로 그때.

계곡 아래쪽에서 전차의 캐터필러 소리가 들려왔다. 철형은 용수철처럼 몸을 일으켜 눈 아래 길게 뻗어 있는 국도를 바라보았다. 도로 양편으로 종대를 이룬 한국군 장병들이 M-46형 전차 대열을 따라 늠름하게 북진하고 있었다.

"국방군이오! 지금이 바로 기회요. 얼른 내려가시오."

철형이 여자의 등에다 손을 얹었다.

"저 혼자 가라구요? 장교님은 어떡하구요?"

여자는 울상을 지었다.

"나는 갈 길이 따로 있소. 어서 가시오!"

철형의 명령과도 같은 소리에 여자는 마지못해 멈칫멈칫 발을 옮겼다.

"조심해서 내려가요……. 부디 행복하시오, 선경 씨!"

철형은 목이 메어 오는 것을 가까스로 억제했다.

"장교님도요."

선경은 손등으로 눈물을 닦았다.

"고맙소!"

철형은 허리춤에 양손을 얹고 다리를 벌리고 선 채, 선경의 모습이 우뚝 솟은 바위 뒤로 사라질 때까지 지켜보았다.

'내 마음의 문을 열어 준 천사여, 비록 짧은 시간이었지만 행복했소.'

철형은 선경이 앉았던 바위 위에 걸터앉아, 병에 남은 알코올술을 단숨에 다 비웠다. 정신이 몽롱해지면서 강씨와 강씨 부인과 하나에, 철준과 지윤, 박두만과 한경훈 검사, 또 허달준과 그의 삼촌……, 그리고 마지막으로 선경의 모습이 아스라이 주마등처럼 눈앞을 스쳐 지나갔다.

'아버지, 제 몸 하나만은 자신이 책임지라고 하셨죠? 이제 저 자신을 거둘 때가 됐습니다. 모두들 안녕히 계십시오.'

철형은 허리에 찬 권총집에서 총을 빼어 한번 똑바로 본 다음, 총부리를 오른쪽 관자놀이에다 대었다.

"강 일병, 머 좋은 구경거리라고 그래 봐 쌌노?"

행군을 하면서, 공군의 네이팜탄 공습에 몰사한 북괴군들의 시체를 넋을 잃고 바라보는 철준을 손 하사가 뒤돌아보며 핀잔을 주었다. 그러나 철준은 고개만을 바로 돌릴 뿐, 아무 대답도 하지 않았다.

"아직도 꿈 생각 하고 있나? 마음 쫌 느긋하게 묵으라. 이제 평양 다 왔다 아이가?"

손 하사가 딱해하는 투로 말하며 그들의 소대가 커브길을 막 꺾어 돌았을 때.

'타앙~.'

한 방의 총소리가 아침 공기를 가르며 주위의 산등성이에 메아리쳤다.

"어? 어디서 나는 기고?"

"저기 왼쪽 아냐?

"권총 소리 같은데?"

대원들이 왼쪽 계곡을 바라보면서 행진을 계속하는데, 계곡 아래 길목에서 한 여자가, 부대를 앞서가는 지프를 향해 손을 흔들며 달려왔다. 지프가 멈췄고, 여자는 차 앞자리의 대위에게 무어라 말하며 손짓으로 계곡을 가리켰다.

"이(李) 소위, 빨리 와 봐!"

중대장이 차 안에서 뒤돌아보며 철준의 부대의 신임 소대장을 다급히 불렀다. "북괴군 장교 한 명이 투항하려는 모양인데 가 봐라. 대원 몇 명 데리고."

오직 평양으로의 진격에만 몰두해 있는 중대장은, 북괴군 장교 하나 때문에 지체할 수 없다는 듯 이 소대장에게 한마디 던지고는 차를 출발시켰다.

"시간이 없다. 빨리 처리하고 오도록!"

"예, 알겠습니다."

소대장이 대답하고는 대원들 쪽으로 다가오며 명령했다. "세 명만 나와라."

"강 일병 갈래?"

손 하사가 나서며 묻자, 철준이 선뜻 따라 나섰다.

"또 한 명?"

"제가 가겠습니다."

김 일병이 손을 들며 대열에서 튀어나왔다.

"가자."

소대장이 대원들과 함께 여자 쪽으로 다가가 물었다.

"어디지요?"

"저 위쪽 골짜기예요. 제가 안내할게요."

네 장병은 여자를 따라 재빨리 걸음을 옮겼다.

"잘 아는 사이예요?"

소대장의 물음에 여자는 "네." 하고 망설이지 않고 대답했다.

"투항한다는 자가 같이 내려오지 않구?"

"저더러 한사코 먼저 내려가라고 그랬어요. 한데 총소리가 난 게 아무래도 이상해요. 조금 전까지만 해도 저하고 단 둘이만이었는데."

여자는 종종걸음으로 앞장서 가면서 초조한 빛을 감추지 못했다.

"잠깐만요."

그녀는 계곡을 올라가다가, 개울이 물굽이를 이루는 우뚝한 바위 옆에 이르자, 오른손을 반쯤 올리며 대원들을 정지시켰다.

"여기들 계세요. 제가 먼저 올라가 보고 신호를 할게요."

여자는 아무 두려움도, 거리낌도 없이 개울을 따라 혼자 올라갔고, 장병들은 바위 옆에서 앞에총 자세를 취한 채, 그녀가 올라가는 쪽을 지켜보았다.

"아니, 이럴 수가!"

여자가 계곡 위로 올라간 지 30초쯤 되었을 때, 외마디 비명 같은 소리가 나직이 들려왔다.

"뭐야!"

소대장이 바짝 긴장하며 권총을 뽑아 들었고, 손 하사가 지향사격 자세로 서너 발짝 뛰어나가 전방을 응시하는가 싶더니, 곧바로 몸을 세우며 개머리 판을 땅바닥에다 짚었다. 여자가 개울물 속에서 한 북괴군을 안고 있는 것이 아닌가!

손 하사의 손짓에 따라 동료 대원들은 말없이 여자 쪽으로 뛰어올라갔다.

"결국 이렇게 가려고 나더러……!"

여자는 개울물 속에 잠겨 있는 철형의 머리를 떠받치고 눈물을 흘렸다. 철형의 머리에서 흐르는 피가 여자의 옷소매를 붉게 물들였다.

"보위부 상위잖아? 포로가 되느니 죽음을 택한 거군. 북괴군 군관치곤 놀라운데?"

물 밖으로 드러난 철형의 견장을 본 소대장이 예상외로 싱겁게 됐다는 듯이 긴장이 풀린 기분으로 발길을 돌렸다. "그만 가자."

"시체만이라도 어떻게 안될까요?"

여자가 물속에서 철형의 상반신을 힘겹게 안아 일으키며 애처롭게 소대장을 쳐다보았다.

"잠깐만!"

아까부터 피묻은 얼굴을 주시하던 철준이 소리를 지르며 물속으로 뛰어들어 철형의 얼굴을 똑바로 돌려 세웠다. 의심할 여지가 없었다.

"형님~!"

철준은 목멘 소리로 울부짖으며 철형의 얼굴에다 자기 것을 덮쳤다. 갑작스러운 사태에 여자도, 대원들도 어안이 벙벙하여 그 광경을 지켜볼 따름이었다.

"어쩌다 이렇게 됐어요, 형님?"

철준은 늘어진 철형의 머리를 팔로 받치고, 피에 얼룩진 얼굴을 뚫어지게 들여다보며 흔들었다. 그러자 철형의 눈까풀이 한순간 움직이는 듯하더니,

"철…준…이…." 하고, 가까스로 입이 움찔거리고는 그만 목이 축 늘어져

버렸다.

"형님~!"

철준은 형의 주검을 안고 오열하다가 파뜩 정신을 차리고 일어섰다.

"소대장님, 먼저 내려가십시오. 저 형님을 묻어 드리고 곧 따라가겠습니다."

"그럴 것 없이 다 같이 후딱 하고 가지 뭐."

소대장의 말이 떨어지기가 무섭게 대원들은 야전삽을 빼내어 바위가 없는 평지를 골라 재빠른 동작으로 구덩이를 팠다.

"김 일병, 같이 들어 줘."

소대장의 말에 따라 김 일병이 철준과 함께 시신을 들어다 구덩이에 반듯이 누이자마자, 손 하사가 흙을 덮기 시작했다. 그러는 동안 여자는 주위에서 나뭇가지를 꺾어다 비목을 준비했다.

"이것도 세워 주세요."

여자가 건네주는 것을 철준은 말없이 받아 삽질을 해서 세웠다.

'역시 지윤 씨 외할머니 집에 약품을 전해준 사람이 형님이었구나!'

철준은 대원들보다 십여 미터 뒤처져서 여자와 함께 계곡을 내려오면서 생각했다. '형님이 저럴 수가……? 이런 데서 이런 꼴로 만나려고 그토록 서둘러 떠났단 말인가?'

철준은 철형이 밀항을 위해 집을 떠나기 전날 밤 들려주던 말을 상기했다.

"……언제 만난다는 기약이야 할 수 없지만, 살아 있는 한 상봉할 기회는 있겠지."

그러곤 또 덧붙였었다. "내가 가서 뿌리를 내리기만 하면 너를 부를 수도 있는 문제겠고……."

'뿌리를 내린 곳이 결국 이 산골짜기란 말인가요, 형님?'

철준으로선 아무리 생각해 보아도 기막힌 노릇이 아닐 수 없었다. 참으려는 눈물이 하염없이 흘러내리며 시야를 흐리게 했다.

"친형님이세요?"

여자가 눈시울이 젖은 모습으로 철준을 안쓰러워했다.

"예."

철준은 군복 소매로 눈물을 닦으며 "저의 형님을 어떻게 만나셨어요? 하고 여자를 마주 보았다.

"황주 과수원에서요."

여자는 철준과 나란히 걸으며, 과수원 창고에서 북괴군 소좌로부터 구출된 경위에서부터 오늘 아침 헤어지기까지의 자두지미를 들려주었다.

"그럴 줄 알았더라면 좀 더 적극적으로 귀순을 권유했어야 하는 건데……, 내가 내려오지 않고."

여자는 못내 애석해했다.

"소용없었을 거예요. 형님은 이미 죽음을 각오했던 겁니다. 누구에게 굴복 하는 걸 죽기보다 싫어하는 성미였으니까요."

철준은 고개를 저으며 말했다.

"형님은 제 생명의 은인이에요. 제겐 정말 따뜻한 분이었어요. 비록 하룻밤 이긴 했지만. 아마도 전 형님을 평생 못 잊을 거예요."

여자는 철형을 전향시켜서 자신과의 미래를 설계하고 싶었다는 말까지 하려다 그만두었다.

"아무튼 여러 가지로 고맙습니다. 댁이 아니었더라면 형님의 생사를 영영 모른 채 지낼 뻔했으니……."

두 사람이 한길까지 내려왔을 때, 앞서가던 소대장이 빨리 오라는 손짓을 하며 구보를 하기 시작했다.

"어서 가 보세요."

여자가 걸음을 멈추고 아쉬운 모습으로 쳐다보았다.

"저기, 길 아래로 환영하는 마을 사람들이 보이네요. 일단 민가에 계시다가 차편을 봐서 서울로 가도록 하세요."

"제 걱정은 말고 어서 가세요. 나중에 서울로 돌아오게 되면 꼭 우리 병원에 들러요."

"예, 조심해 가세요."

철준은 손을 흔들며 뒤돌아 달려가기 시작했다.

"어떻게 된 거야, 강 일병?"

철준이 대원들에 합류했을 때 소대장이 의아스러운 표정으로 넌지시 물었다.

"저도 사년 전 고향에서 헤어진 후 처음 본 겁니다."

철준은 거북스럽게 대답했다.

"월북했었나?"

"그런 게 아니라 일본으로 밀항한다고 떠났었습니다. 해방되던 해 귀국하고는 석 달도 채 못 살고."

철준의 대답은 여전히 군색스러웠다.

"밀항에 실패한갑다. 일본에서 잡힌 기라. 우리 마을에도 그래 갔다가 수용소 신세 지고 돌아온 사람 많니라."

손 하사가 그럴듯하게 주석을 달았다.

"따지고 보면 이것도 분단의 비극이야. 강 일병, 빨리 잊어버려."

소대장의 위로에 철준은 잠시 눈치를 살피다가 "한데 소대장님, 중대장님껜 뭐라고 보고하실 거죠?" 하고 난색을 표했다.

"아, 가 보니까 자살했더라고 한마디 하면 되는 거지 뭐. 복잡하게 신경 쓸 거 없어, 강 일병. 지금 사단장님이나 전 부대장들의 관심은 평양 점령뿐이다. 주눅 들지 말고 용기를 내."

제18장 평양은 수복되었으나

90

철준의 부대는 북진을 계속하여 10월 18일 석양 무렵, 평양 외곽 15킬로미터 지점인 지동리(智東里)까지 육박했다. 지동리는 좌우로 낮은 산들이 연이어 있는 천연의 요새로, 북괴군은 여기다 폭넓고 깊은 소련식 토치카를 쌓고 장애물과 지뢰 지대를 설치하여 강력한 방어진지를 구축해 놓고는 결전에 대비하고 있었다.

드디어 야습이 감행되었다. 적진에 대한 포격에 이어 보병부대는 능선 하단부에 붙어 밤새껏 줄기차게 화력을 퍼부었다. 이 엄청난 물량 공세에 북괴군은 새벽이 가까워 오자 진지를 버리고 평양 쪽으로 도망쳐 버렸다.

지동리를 돌파하자 눈앞에는 평양까지 탁 트인 평원이 새벽 안개 속에 펼쳐졌다. 산간 애로(隘路)만을 헤쳐온 미군 전차병들은 "와, 여기야말로 탱크 컨트리다!" 하고, 신이 나서 소리 질렀다.

이 탁 트인 평원을 한국군 사단장의 지휘 아래 4개 포병대대, 1백여 문의 포와 박격포, 60여 대 전차의 지원을 받으며 보병연대가 횡대로 전개하여 진격하는 광경을 주민들이 태극기를 펄럭이며 환영했다.

"야, 우리 사단장님이 일만 오천 명의 한 · 미 장병을 지휘하고 가시잖아!"

소대장이 의기양양해하며 주먹 쥔 오른손을 힘차게 오르내렸다.

오전 11시경. 한국군 제1사단은 마침내 미 제1기갑사단과의 합류점으로 정해진 대동교 입구 선교리 로터리에 먼저 도착했다. 그러나 이때 '꽝' 하고 고막을 찢는 듯한 폭음과 함께 무수한 철골 · 콘크리트의 파편들이 공중으로 흩날리며 눈앞에 있는 교량의 경간 한 토막이 폭삭 내려앉았다. 북괴군이 대동교를 폭파한 것이었다. 뒤이어 남쪽 외곽의 두 개의 철교도 폭파되고 말았다.

장병들은 놀란 시선으로 대안의 평양 시가지를 바라보았다. 그러나 이와는 아랑곳없이 제6전차대대 미군들은 어느새 〈환영—제1기갑사단, 한국군 제1사단 백(白)〉이라는 피켓을 만들어 제1기갑사단의 도착을 기다리고 있었다.

"거 너무 심한 장난 아니오?"

1사단장이 그들을 보며 만류하자,

"나는 한국군 일사단의 일원이고, 이것을 자랑스럽게 여깁니다. 우리 팀이 이긴 거요." 하고, 한 미군 장교가 상기된 얼굴로 거침없이 말했다.

"백 사단장, 축하하오. 수고가 많았소."

한국군이 선교리에 도착한 지 40분쯤 후에 미 제1기갑사단의 선두와 함께 미 제24사단장을 대동하고 로터리에 도착한 미 제1군단장 밀번 소장이 백선엽 제1사단장을 격려했다.

"모두 군단장님이 지원해 준 덕분입니다."

백 사단장은 감격스러우면서도 겸손하게 대답했으나, 실로 그의 가슴은 만감이 교차하는 순간이었다. 사실, 1사단 장병들은 무거운 배낭에 기관총과 박격포를 어깨에 메고 발이 부르트고 피가 맺혀도 불철주야 진군한 끝에, '태평양 전쟁' 당시 마닐라와 도쿄에 일착으로 진주한, 역전의 전통에 빛나는 미 제1기갑사단과의 경쟁에서 승리한 것이었다.

뿐만 아니라, 고랑포에서 평양까지 하루 평균 25킬로미터라는 진격 속도는, 제2차세계대전 때 쾌속 진격으로 유명한 독일군 기갑부대의 스탈린그라드 침공 속도보다도 빠른 것이었다.

"당신네 한국군 정말 악바리요."

한 미군 상사가 혀를 내두르며 말하자,

"이게 바로 우리 고추장의 위력이란 거요. 당신네 버터하고는 비교가 안돼요." 하고, 철준 부대의 소대장이 웃으며 대답했다.

두 사단의 한·미 장병들은 서로 얼싸안고 농담을 주고받으며 평양 입성을 축하했고, 뒤따라온 외신 종군기자들은 이 감격적인 장면을 필름에 담느라 정신없이 셔터를 눌러댔다.

"이건 한·미 양군의 '대동강의 해후' 다!"

제2차 세계대전 때 연합군인 미·소 양군이 독일의 엘베 강에서 만나는 광경(엘베 강의 해후)을 취재했던 한 종군기자가, 철준과 미 병사가 웃으면서 악수하는 장면에 카메라 포커스를 맞추며 외쳤다.

한국군에 의해 평양 입성의 선두를 빼앗긴 미 제1기갑사단의 제5연대장은 평양의 중심지역인 구(舊)시가에라도 일착으로 진격하려고 F중대를 대동강의 하중도인 양각도(羊角島)로 진출시켜 보았으나 건널 배가 없었다. 그래서 정찰기의 연락을 받으며 도섭 지점을 찾아 하안 제방을 따라 북진하고 있을 때, 이미 도섭을 끝내고 구시가로 물밀듯이 진입하고 있는 한국군 부대가 보였다.

"저들이 이번에도 선수를 썼군!"

금천을 공격할 때 북우에서 무리를 하면서까지 한국군을 앞서갔던 미 제5연대장은 몹시 분해하면서도 어쩔 도리가 없었다. 그들은 공병부대가 대동교 아래에 부교를 설치하고서야 도하할 수 있었다.

부교를 건너온 미 제5연대장은 강둑에서 한국군 백 사단장을 보자,

"어떻게 그 도섭 지점을 발견했습니까?" 하고 호기심 어린 표정으로 물었다.

"나는 평양에서 태어나 대동강에서 수영을 배웠어요. 땅위 지리뿐만 아니라 물속의 지리도 잘 알고 있지요."

백 사단장의 웃으면서 알려주는 말에 미군 연대장도 '역시나!' 하고, 저절로 고개가 끄덕여졌다.

선교리에 도착하면서 외곽지대부터 시작된 소탕전은 이튿날 아침엔 일단락이 났다. 북괴군은 평양 중심부의 요소요소에 흙가마니로 바리케이드를 쌓고 총안구를 통해 사격을 하거나, 건물 속에 은신한 채 창문을 통해 기습사격을 가하며 저항했으나, 주력부대는 이미 도주한 후라 조직적인 전투를 펴지

못하고 각개격파되거나 투항했다. 그들은 사기가 완전히 떨어져 전의를 상실하고 있었는데, 북괴군 모두가 이런 상태라면 전쟁의 종식은 시간문제일 것 같았다.

"평양 방어가 이래 허술할 수가 있나?"

"이런 식이라면 압록강까지 일주일도 안 걸리겠는데?"

"그때쯤엔 김일성은 만주로 도망가 있겠지?"

"그럼 이번엔 어느 부대가 백두산에 일착으로 태극기를 꽂을까?"

병사들은 모처럼 한가하게 평양 시가를 걸어가며 신이 나서 제각기 한마디씩 지껄였다.

그날(10월 20일)은 마침 일요일이라 시내 어딘가에서 교회의 종소리가 울려 퍼지고 있었다. 평화가 찾아왔음을 축복이라도 하듯이.

91

그 무렵 〈뉴욕 타임스〉의 사설은 '한·만 국경에서 불의의 사태가 발생하지 않는 한, 이 전쟁의 승리는 약속되어 있다.' 라고 기술했는데, 이는 미국 조야의 일반적인 관측이었다. 이러한 전쟁 조기 종결 뉴스는 일선 장병들에게도 미묘한 영향을 미쳐, 미 제1기갑사단에서는 '이번 추수감사절(11월 24일)은 도쿄에서 맞는다.' 라는 소문이 사실처럼 퍼지면서 대부분의 장병들은 머지않아 일본 도쿄 거리를 활보하는 꿈에 부풀어 있었다.

철준의 부대 대원들도 오랜만에 강행군과 포화에서 해방되어 평양 시가를 여유롭게 거닐 수 있었다.

"우리도 이번 설 명절을 고향에서 맞을 수 있을까?"

누군가 한 병사가 말하자, 김 일병이 시내 상가의 파괴된 목조 건물들을 스쳐보면서 맞받았다.

"이제 정말 전쟁이 여기서 그만 종을 친다면 얼마나 좋을꼬!"

"쪼만 참그라. 이제 곧 '무기여 잘 있거라!' 하고 환호성을 지르게 될 테니께네. 하지만 여기까지 왔는데 압록강 물맛은 보고 가야 안되겠나?"

손 하사가 김 일병의 철모를 토닥거리며 눈길을 신 하사에게 돌렸다. "안 그렇나, 신 도사?"

"글씨……, 너무 미군들 소문만 믿지 말드라고 이. 기대가 크면 실망도 큰 법이니 말이여."

신 하사는 예의 그 무덤덤한 표정으로 대답했으나, 어조에는 신중함이 묻어났다.

대원들이 종전에 대한 이야기를 나누며 걷다가 우연히 평양 인민교화소 앞에 이르렀을 때, 악취가 코를 찔렀다.

"이 먼 냄시고?"

손 하사가 낯을 찡그리며 코를 틀어쥐었다. 교화소 마당에 수많은 군민들이 웅성거리는 것이 보였다. 대원들이 빠른 걸음으로 정문 안으로 들어서서 사람들의 눈길을 따라 시선을 돌리는 순간, 모두들 멍하니 선 채 할 말을 잃었다. 우물마다 시체가 가득하다 못해 마당 여기저기에 생매장당한 시체들이 헤아릴 수 없이 이어져 있었다. 북괴군들이 서울에서 끌고 온 납북 인사와, 소위 그들이 반동분자라며 감금했던 요인들을 수천 명이나 학살하고 퇴각한 것이었다. 대전과 서울에서 목격한 것처럼.

"오 마이 갓! 이럴 수가……!"

한 미군 병사가 부르짖으며 탄식했다. 철준이 귀에 설지 않은 목소리에 고개를 돌려 보니, 선교리 로터리에서 자기와 악수를 나누었던 제임스 하사였다.

"당신네 민족이 이렇게 잔인해요?"

제임스가 철준을 쳐다보며 물었으나, 철준은 얼른 대답할 바를 찾지 못했다.

"당신네도 남북전쟁 때는 서로 죽이지 않았소?"

철준의 옆에 있던 신 하사가 얼떨결에 거들었다.

"우린 서로 싸웠어도 이렇게 잔인하게 죽이진 않았어요. 그리고 우리 미국과 한국과는 사정이 달라요. 우리는 세계 각국 사람들로 이루어진 복수민족 국가지만 당신네는 단일민족, 단군의 자손 아니오?'

제임스의 반박에 신 하사도 눈만 크게 뜰 뿐 입을 열지 못했다.

"나는 우리 아버지가 선교활동을 하던 소년 시절에 몇 년간 이곳에서 살았어요. 당신네 민족의 시조인 단군이 바로 이 평양에 나라를 세웠다는 것도 아버지한테 들어서 알고 있어요. 그런데 그런 신성한 곳에서 이렇게 잔인한 살육 행위를 할 수 있어요?'

제임스 하사는 한국말을 섞어 가며 주위 사람들은 아랑곳없이 거침없이 말했다. "당신네 나라가 삼십육년간 일본의 식민지가 되었던 것도 결코 우연한 일이 아니오. 그저 이기주의를 노린 파당 싸움을 일삼는 당신네 민족성에 근본적인 문제가 있는 거요. 일본은 지금 패전의 잿더미에 재건을 하느라 온 국민이 땀을 흘리고 있어요. 근데 한국은 연합군의 힘으로 독립을 찾아 줬는데도 동족끼리 이런 참혹한 전쟁을 벌이다니……'

"헤이, 제임스, 레츠고!"

그의 동료 대원의 부름에 제임스는 말을 잇지 못하고 발길을 옮기다가, "PFC 캉(강 일병), 유어 '단군' 이즈 곤(당신네 단군은 사라졌어.)!" 하고, 고개를 돌려 내뱉듯 한마디 덧붙였다.

"얼른 여기를 빠져나가요. 냄새 때문에 숨이 막힐 지경이에요."

김 일병이 손 하사의 손을 잡아끌었다.

"저 코쟁이 뭐라 카노?"

손 하사가 정문으로 걸어 나오면서 물었다.

"우리 국조(國祖)가 사라졌당게."

신 하사가 웃지도 않고 씁쓸하게 대답했다.

"국조라니……? 단군왕검 말이가?"

"단군 말고 국조가 또 있나요 뭐."

김 일병의 말에 "지가 뭘 안다꼬……." 하며, 손 하사가 미군 병사들 쪽을 향해 왼손바닥 사이로 오른 주먹을 치켜들었다. "이거나 묵어라!"

'그래, 제임스 하사의 말이 맞아. 단군은 사라졌어. 단군의 혼 ―'홍익인간' 이라는 민족적 유전자 ― 이 살아 있다면 그 자손들이 이 지경까지 이르지는 않았을 거야.'

철준은, 다시 뒤를 돌아보며 멀어져 가는 제임스에게 손을 들어 보이고는 생각했다. '이제 해방된 지 오년밖에 안된 신생 독립국이 힘을 한데 합쳐 부흥시켜도 저들을 따라잡기가 요원한 판국에, 같은 민족끼리 철천지원수처럼 싸우고, 남의 나라 사람들의 도움까지 받다니 이 얼마나 부끄럽고 슬픈 민족인가!'

"신 하사님, 우리는 만날 남의 나라의 지배나 도움만 받고 살아야 하나요?"

"글씨, 자들이 시방 우리를 도와주고는 있지만 즈그들 잇속도 있는 것이여. 한반도나 일본이 빨갛게 물들어 버리믄 즈그 나라도 위험스러운게로. 태평양이라는 즈그 집 마당 앞에 붉은 섬이 있는 걸 그냥 볼 수만 있겠는감."

"그라믄 직접 상대하고 싸운 일본을 반으로 뚝 짤라뿌리지, 와 우리 한반도를 동강내나 말이다."

옆에서 걸어가며 듣고만 있던 손 하사가 열을 올렸다.

"만만한 데 말뚝 박는다고, 그것도 다 우리가 힘이 없기 때문이여. 일개 소령이 삼팔선에다 아이들 땅따먹기 허득기 금을 그어 놓은 게 정치분계선이 되어 부렀으니 말여."

신 하사의 진지하고도 조리 있는 말에 아무도 대꾸를 하지 못했다.

제18장의 한국군과 미군의 평양 입성 상황은, 백선엽 저 《군과 나》(대륙연구소, 1990년) 중 제3장 3절 〈평양 입성, 생애 최고의 날〉에서 일부를 인용·참조했음.

제19장 운산의 비극

92

평양을 탈환한 지 이틀 만에 북진은 다시 계속되었다. 철준이 속한 한국군 제1사단은 23일 청천강을 도하, 영변을 거쳐 운산(雲山)에 도달했는데, 사단사령부는 영변농업학교에 설치되었다.

이때, 맥아더 원수로부터 곧 전쟁을 마무리지을 최후의 작전명령인 '총추격령'(각급 지휘관은 전력을 다하여 압록강을 향해 진격할 것)이 떨어졌다.

즉, 한국군 제1사단은 운산에서 북서쪽으로 진출해 압록강 연안의 창성과 삭주를 거쳐 수풍 댐에 돌입하고, 미 제24사단은 박천, 구성을 거쳐 의주 방면으로 진격하며, 영 제27여단은 정주, 선천을 거쳐 신의주로 공격하는 한편, 미 제1기갑사단은 평양에 잔류, 남포까지의 후방을 방어토록 하는 내용이었다.

"여기가 평양과 초산의 중간쯤 되니까 압록강에 도착하는 날도 며칠 안 남았어요."

석양이 질 무렵 행군을 멈추었을 때, 참호를 다 파고 난 김 일병이 수첩 속의 지도를 보며 어린애처럼 들썽였다.

"하모 하모! 이번에도 우리 일사단이 일착으로다 압록강의 물맛을 보고 세수도 할 거 아이가!"

화랑담배를 꼬나문 손 하사가 맞장구를 치며 김 일병과 동료들을 번갈아 보았다. "그리 되믄 전쟁도 끝나뿌는 기라."

"정말 종전이 되는 건가요, 신 하사님? 진정 이 땅에 평화가 찾아오는 겁니까?"

철준은 한순간 그리운 서울과 고향으로의 귀환을 생각하며 가슴이 설레었다.

"옛날부터 이곳은 금광으로 이름난 마을인디, 어째 적군은커녕 민간인의 그림자 하나 안 보이고 적막강산이다냐?"

전공 과목이 지리학이어서인지 행군해 오면서부터 줄곧 주변의 지형을 관심 깊게 살펴보던 신 하사가 사위스러운 기색으로 진영 주위를 둘러보았다. 북쪽에 많은 준봉들이 마치 병풍이 둘러쳐진 듯 그들을 에워싸고 있었다.

"우리가 압록강에 도달하려면 저 앞에 뻗어 있는 적유령산맥을 넘어야 혀. 시방 우리가 있는 운산은 저 산맥의 끝자락이여. 너무 쉽게들 생각하지 말드라고."

신 하사의 말대로, 적유령산맥은 낭림산맥에서 갈라져 북동—남서 방향으로 달리면서 평안북도를 양분하는 산맥으로, 그들의 진격로는 하늘을 찌를 듯이 솟아 있는 7백~1천 미터의 편마암 산지 사이의 협곡로였다. 게다가 시월 하순으로 접어들면서 기온마저 뚝 떨어져, 아직까지 추레한 하복을 입고 있는 장병들은 아침저녁으로 몸이 움츠러들었고, 암석투성이의 적유령산맥에는 흰 보자기를 씌운 듯 엷게 눈이 덮여 있었다.

그러나 이 같은 자연적 장애보다도 더욱 엄청난 인위적 재앙이 그들의 코앞에 기다리고 있었다. 당초 서울 탈환 후, 전쟁의 승기를 잡은 유엔군이 삼팔선을 넘었을 때, "유엔군이 북진하면 개입한다."고 경고했던 중공은 이미 10월 중순부터 중공군을 은밀히 압록강을 도하시켜 적유령산맥의 구석구석에 포진해 놓고 있었던 것이다. 그리하여 '운명의 날'이라고도 불리는 10월 25일, 미 제6전차대대의 지원을 받으며 선두에서 북진하던 한국군 제1사단 제15연대가 운산을 종관하는 삼탄천(구룡강의 지류)에 이르러 조양교(朝陽橋)를 건너려 할 때, 갑자기 정체불명의 적군으로부터 박격포의 집중사격을 받았다. 운산의 산중에 매복해 있던 중공군이, 유엔군이 골짜기에 진입하기를 기다렸다가 포위 공격을 가한 것이었다. 이른바 '중공군 제1차 공세'로, '운산 전투(운산의 비극)'의 서막이었다.

"대원들은 즉시 산개하여 공격하라!"

대대장의 작전명령에 따라 반격이 개시되었다. 철준이 속한 제2소대는 선두에서 눈발이 섞인 질풍을 헤치면서 삼탄천 북안 고지로 공격해 갔다. 한차례 치열한 전투를 벌이고 소강상태에 접어들었을 때,

"꼼짝 마!"

한동안 지근거리에서 적진의 한 참호를 노려보던 손 하사가 마지막으로 빠져나가려던 적군의 뒤로 번개처럼 다가가 총을 겨누었다. 적군은 화들짝 놀라며 본능적으로 두 손을 들었다. 다른 적군들은 다 내빼 버리고 참호는 텅 비어 있었다. 곧이어 아군 대원들이 달려왔다,

"이건 북괴군이 아니잖아?"

적군의 복장을 훑어본 한 중사가 의아해하며 "어느 부대 소속이야?" 하고 물었다.

"워쓰 쭝구어 쮠른(나는 중공군이다)."

적군이 대답했지만 모두가 귀뚫린 농자(聾者)였다.

"짱꼴라 아냐?"

"그래, 중공군이다!"

대원들의 와자한 소리를 듣고 달려온 소대장이 중공군을 의심스러운 눈초리로 유심히 살폈다. 30세쯤으로 보이는 이 중공군 포로는 두툼하게 누빈 카키색 무명 방한복을 입고 있는 데다가 귀마개가 달린 방한모와 고무 운동화를 착용하고 있었다. 그러니까 중공군은 겨울까지의 장기전에 대비하여 한국 전선에 투입된 것임이 분명했다.

"데리고 가서 상부에 넘겨."

이윽고 중공군 포로(제1호)는 제1사단 사령부로 후송되었고, 미 제1군단장 밀번 소장의 입회하에 중국어를 구사하는 백 사단장이 직접 심문을 했다.

심문 결과, 제1호는 중공 정규군인 제39군 소속임을 자백했을 뿐 아니라, 운산 북서쪽에서 북동쪽의 산악지대에 걸쳐 약 2만 명의 중공군이 전개해 있

다는 놀랍고도 충격적인 사실까지 진술했다. 이에 밀번 소장은 이 사실을 즉각 미8군을 경유해 도쿄의 극동사령부로 보고했다.

그러나 당시 전황에 대해 지극히 낙관적인 전망을 하고 있던 맥아더 사령부는 이 사실을 대수롭지 않게 평가했다. 단순히, 중국에 사는 한인 의용병이 전쟁에 가담한 것쯤으로 판단해 버린 것이다. 더욱이, 운산 일대에 나타난 적군이 제1호에 이어 생포된 포로들에 의해 중공 제4야전군 13집단군 소속의 39군으로 밝혀짐에 따라 백 사단장이 "당면의 적은 북괴군의 중공 의용군이 아니라 순수한 중공 정규군이며, 그 병력은 1만여 명에 이르는 사단 규모라고 단정적으로 보고했지만, 밀번 군단장을 비롯한 미군 수뇌부에서는 여전히 반신반의하고 있었다.

93

시간이 흐를수록 중공군은 그 수가 대폭 증가하면서 포위 태세를 갖추기 시작했다. 운산 북방으로 진격하던 한국군 제1사단 제15연대가 적의 포격을 받은 데 이어, 적의 우측방을 공격하기 위해 서진하던 제12연대가 적의 기습으로 저지되었고, 뒤따르던 제11연대도 측후방에서 공격을 받았다. 설상가상으로 중공군은 운산 일대의 침엽수림에 산불을 놓아 짙은 연막을 침으로써 아군의 포격, 공중 지원과 정찰까지 방해했다. 그 때문에, 연전의 피로에 지칠 대로 지친 장병들은 보급선이 확보되지 않아 겨울 피복조차 지급받지 못해 한랭의 고통까지 받고 있었다.

다행히 10월 27일 미군의 공수에 의해 보급을 받은 3개 연대 장병들은 용기백배하여 공세로 전환했다. 공중 폭격의 지원을 받은 지상군은 맹렬한 화력으로 공격을 퍼부었다. 그러나 '토목공사의 천재' 답게 중공군은 능숙하게 참호를 구축하고 교묘한 위장전술로 끈질기게 버텨냈다. 게다가 운산 북동쪽에 나타난 중공군이 은밀히 희천을 포위하고 있다는 정보까지 입수되었다.

이때까지만 해도 '운산의 비극'의 주역이 된 미 제1기갑연대는 중공군의 개입을 실감하지 못하고 있었다. 연대장 파머 대령이 대원들을 이끌고 운산 남서부의 용산동을 출발해 북진하고 있을 때, 제8군 정보참모 톰프슨 대령은 파머 연대장과 참모들에게 "운산에서 공세로 나온 적은 중공군일 가능성이 높다."면서 경각심을 불러일으켰으나 참모들은 귀담아듣지 않았다.

이러한 미군의 선입관을 비웃기라도 하듯 중공군은 박쥐처럼 야간에만 은밀히 기동하여 미 공군의 정찰을 감쪽같이 은폐했을 뿐 아니라, 야간 공격에 능숙하고 침투력도 강했다. 특히 아군 장병들에게 소름끼치리만큼 공포심을 자아내게 하는 것은 밤마다 나팔과 피리, 꽹과리를 울리며 밀어닥치는 인해전술에 의한 공격이었다. 구슬픈 음조의 나팔소리와 피리소리, 미친 듯한 꽹과리 소리, 거기다 '쏼라쏼라' 지껄여대는 욕지거리의 혼합음은 가히 마성(魔聲)이라 이를 만했다.

이런 가운데 '운명의 날'은 시시각각 다가오고 있었다. 중공군의 포위 공격이 시작된 지 6일째 되던 날, 한국군 제1사단장 백선엽 장군은 지프를 타고 적군이 산불로 쳐놓은 연막을 뚫고 운산의 한 초등학교에 자리잡은 미 제10고사포병단에 들렀다.

"현재 전황은 어떻소?"

"적이 계속 아군의 틈새로 침투해 오고 있습니다. 오늘을 견디기가 어려울 것 같아요. 사태가 매우 위급합니다."

백 사단장의 물음에 고사포병단장 헤닉 대령이 자못 긴장된 표정으로 단정적으로 말했다. "솔직히 말해 오늘 중으로 철수하지 않으면 전멸할지도 모릅니다."

"그럼 내가 직접 전황을 살펴보고 오겠소."

백 사단장은 무거운 마음으로 지프에 올랐다. 운산을 에워싼 산중에는 중공군이 질러 놓은 산불이 번져 곳곳에서 피어오른 연기가 시야를 가릴 정도였다. 그는 운산 외곽에 포진하고 있는 제1사단의 3개 연대를 차례로 들러 각 연대장으로부터 현황을 브리핑받았다. 운산 북쪽으로 진출했던 15연대는 전날 밤부터 갑자기 활기를 띠기 시작한 중공군의 강력한 공세에 가장 큰 피해를 입었고, 11·12연대도 몹시 위태로운 상황에 직면해 있었다. 이들 연대장의 브리핑을 증명이라도 하듯, 주위의 골짜기마다 중공군이 포진하고 있어 산불 연기에 휩싸인 산악지대엔 온통 살기가 감돌고 있었다.

백 사단장이 다시 고사포병단 사령부로 돌아오자마자 헤닉 대령이 작심한 듯 입을 열었다.

"제너럴 백, 장군이 직접 밀번 장군을 찾아가서 후퇴를 건의해야 합니다."

미상불, 백 사단장이 판단하기에도 더 이상 무리하다가는 1만여 명에 이르는 장병의 희생과 더불어 야포, 전차 등의 중장비도 상당량 상실하게 될 것이 분명했다.

'하지만 지금 전쟁의 흐름은 아군의 공세가 아닌가! 이런 판국에 한국군 지휘관으로서 후퇴를 건의해야 한단 말인가!'

백 사단장은 진퇴양난의 고민에 빠졌다. 맥아더 총사령관, 워커 사령관, 밀번 군단장 등 상급 사령관들은 승승장구의 분위기에 젖어 있었고, 모두가 한결같이 진격을 쾌치고 있었기 때문이었다.

"현재 포탄이 얼마나 남았소?"

"아직 1만 수천 발 남아 있습니다."

"알았소. 내가 밀번 군단장에게 건의할 테니, 후퇴 명령이 내려지면 포탄을 남김없이 적진으로 퍼부어 3개 연대의 후퇴를 엄호토록 하시오."

이윽고 백 사단장이 결연한 각오로 헤닉에게 명령했다.

"예! 철저히 준비해 놓겠습니다."

산불 연기 자욱한 운산을 빠져나온 백 사단장의 지프는 두 시간 만에 신안주에 있는 미 제1군단 사령부에 도착했다. 해는 이미 서산으로 넘어가고 땅거

미가 지고 있었다.

사령부에는 밀번 소장 외에, 미리 전화 연락을 받은 미 제1기갑사단장 게이 소장과 미 제24사단장 처치 소장이 먼저 도착해 백 사단장을 기다리고 있었다. 백 사단장이 황급히 군단장실로 들어서자, 군단장과 두 사단장의 시선이 일제히 그의 침통한 표정으로 집중되었다.

"커맨더 밀번, 전세가 극도로 악화됐습니다. 운산 주변에 중공군 정규 사단이 꽉 들어차 있습니다."

백 사단장은 그가 직접 목격한 운산의 긴박한 전황을 가감없이 상세히 설명하고, 일단 청천강선(線)으로 후퇴할 것을 건의했다.

그의 설명을 듣고 난 세 장군들의 표정이 심각하게 굳어졌다. 드디어 종래의 낙관론을 과감히 버릴 때가 온 것이었다. 밀번 군단장은 그 자리에서 전화기를 들어 8군사령부의 워커 장군에게 전황을 보고했다.

"백 장군, 지금 곧 야간 철수가 가능하겠소?"

워커 사령관과의 긴 통화 끝에 밀번이 수화기를 놓으며 물었다.

"예, 철수 계획은 헤닉 대령과 협의해 철저히 세워두었습니다."

사령부에 들어올 때의 무거웠던 어조와는 달리 백 사단장의 목소리는 한결 활기차게 들렸다. 드디어 밀번 군단장이 철수에 대한 단안을 내린 것이었다. 지난 9월 16일 낙동강에서 반격을 개시한 이래 처음으로 내려지는 철수 명령이었다.

마침내 철수가 시작되었다. 한국군 제1사단의 주력은 구룡강 동안으로 진출하여 입석 북쪽을 방어했다. 제11연대에 적의 강력한 압력이 가해짐에 따라 제12연대의 전 병력을 그 방향으로 전환하지 않을 수 없었기 때문이었다. 이제 운산 주위에는 적의 강압으로 허덕이는 제15연대와 비극의 주인공인 제8기갑연대만 산허리 하나를 사이에 두고 남게 되었다.

그런데 군단사령부에서 회의를 마친 백 사단장이 자정 무렵 게이 소장과 함께 용산동의 기갑사단 사령부에 도착했을 때, 그곳에서는 마침 제8기갑연대의 전황이 시시각각 들어오고 있었다. 무전으로 수신되는 전황은 처절함 그 자체였다.

"진내에 적병이 들어오고 있다!"

"전차에 적군이 기어오르고 있다!"

숨가쁜 음성과 함께 총성과 폭음이 그대로 섞여 무전기를 통해 들어오고 있었다. 아군이 기습을 받아 엄청난 혼전을 벌이고 있음을 눈앞에 보는 듯했다.

곧 지프에 몸을 싣고 밤길을 달려 영변의 사단사령부로 귀환하는 백 사단장은 좀처럼 불안과 초조를 가눌 수가 없었다.

'과연 무사히 철수할 수 있을까? 철수 작전이 실패하면 1사단은 전멸이다!'

뿐만 아니라, 운산 일대의 전선을 돌파당하는 날엔 삽시간에 청천강선을 차단당하게 되고, 청천강 북쪽으로 진출한 모든 병력은 퇴로를 차단당해 결국 미 제1군단은 송두리째 중공군에 포위되고 만다. 미 제1군단은 전선에 투입된 전 유엔군 병력의 절반에 해당하는 핵심 전력인 것이다.

그러나 유비무환이라 하지 않았던가. 이미 백 사단장과 함께 세워 놓았던 철수 계획대로, 헤닉 대령의 제1사단에 대한 엄호사격은 그야말로 헌신적이었다. 그날 낮부터 제15연대의 전 정면에 탄막을 형성하고 반복적으로 돌격해 오는 중공군을 격퇴하던 헤닉의 고사포 병단은, 제15연대가 철수를 개시하자 최대 발사속도로 포격을 가해 마치 역습을 하는 것처럼 전면의 적을 속임으로써 철수를 용이하게 했다.

"적이 구름처럼 공격해 오고 있다! 탄약을 남기지 말고 있는 대로 다 쏘아라!"

헤닉 대령의 명령은 절규와도 같았다. 그 결과도 놀라웠다. 2, 3시간 동안 무려 1만 3천여 발의 포탄을 쏘아댄 것이었고, 그 틈을 이용하여 제15연대의 잔류 부대를 제외하곤 3개 연대의 사단 전 병력이 큰 손실 없이 운산 골짜기를 빠져나올 수 있었다.

하지만 뒤이어 불의의 재앙이 닥쳐오리라고는 아무도 예상치 못했다. 이제15연대의 잔류 부대는 한국군 제1사단의 철수를 엄호한 포병단의 철수를 엄호하는 것이 주 임무로, 중박격포 대대를 위시해 연대 중에서 용맹우쌍한 소대들을 차출해 구성된 정예부대였다. 명실공히 임무 수행 또한 완벽하여 포병단의 철수는 23시 무렵까지 별 피해 없이 성공적으로 완료되었다. 이제 남쪽으로 내려가 입석에 당도하기만 하면 일단은 무사할 터였다. 그러나 잔류 부대가 삼탄천 남안에 이르렀을 때, 갑자기 정면의 구릉지에서 혼쭐을 빼내는 듯한 괴상스러운 나팔소리와 피리소리가 혼성을 이루어 늦가을 밤의 공기를 찢어대기 시작했다. 포병대의 철수를 감지한 중공군이 마음 놓고 기습을 개시하려는 전조였다.

"전원이 엄폐호를 만들고 방어 태세를 갖추라!"

잔류 부대장의 명령에 따라 전 대원이 일사불란하게 방어 태세에 들어갔다.

"저놈의 지긋지긋한 소리, 또 시작이구먼!"

김 일병이 부지런히 삽질을 하며 면상을 찌푸리자,

"저 망할 놈의 오랑캐 족속들, 오기만 와 봐. 내 고마 박살을 내고 말끼다!" 하고, 옆에 있던 손 하사가 야전삽을 들고 기총소사 시늉을 해 보였다.

바로 그때, 그들의 후방인 삼탄천 북안 쪽에서도 나팔소리와 호각소리가 들려왔고, 미 8기갑연대가 집결해 있는 운산 시가 쪽에선 요란한 꽹과리 소리와 함께 격렬한 포성과 총성이 천지를 진동했다.

"이게 바로 사면초가인가 벼. 초나라 노래(楚歌)가 중공의 나팔·피리·꽹과리 소리로 바뀐 것뿐이여."

철준의 오른편에서 참호를 파던 신 하사가 독백처럼 말하며 사방을 망연히 바라보았다. 평소에 담담하고 감정 관리에 유연하던 여느 때의 태도와는 달리 침울하고 맥없어 보였다.

철준은 신 하사의 맥빠진 소리를 듣는 순간, 왠지 불길한 예감과 불의의 공포감이 엄습해 왔다.

"신 하사, 힘내!"

부하들을 지켜보던 이(李) 소대장이 신 하사의 기분을 알아채기라도 한 듯 어깨를 탁 쳤다. 그러고는 소대원들을 향해 역설했다.

"재삼 말하지만, 적은 우리를 공포와 감상에 빠뜨리기 위해 엉뚱하게도 저런 원시적인 악기를 불어대며 교묘한 심리전을 쓰고 있다. 제군은 저놈들의 전술에 말려들어선 절대 안된다. 모두 사기를 잃지 말고, 화랑의 후예답게 필승의 신념으로 분전하기 바란다."

이 독전(督戰)의 일언―결국 마지막 말이 되고 말았지만―은 소대원들에게 엄하다기보다 자못 비장하게 들렸고, 따라서 대원들은 너나없이 고조된 긴장감만큼이나 전의를 불태우며 용전분투를 다짐했다.

어느새 하늘엔 하현달이 떠올라 음산한 전장을 파르무레하게 비추기 시작했다. 이윽고 정면 구릉지의 경사면을 따라 위장한 적군이 산을 뒤덮은 듯한 양태로 이동해 오는 상황이 달빛에 드러났는데, 그 모습은 마치 산이 움직이는 것처럼 보였다.

"발사!"

부대장의 구령과 동시에 십수 문의 중박격포가 일제히 적군을 향해 불을 뿜어댔다. 포탄이 작렬할 때마다 적의 몸뚱이들이 산지사방으로 고꾸라지고 팽개쳐지거나 공중으로 튕겨지기도 했다. 순식간에 무수한 적의 사상자가 산등성이와 골짜기를 뒤덮었다. 그런데도 적군의 수는 줄어들 줄 몰랐다. 마치 열대지방의 사막을 이동하는 군대개미 떼처럼 꼬리에 꼬리를 물로 무작정 전진해 왔다.

'인간 파도〔人海〕전술!' 거기엔 인명에 대한 고려란 아예 없었다. 전투원은 적의 방어를 수(數)의 논리로 무너뜨리는 도구인 한낱 로봇에 불과했다. 이런 로봇의 무리를 무슨 수로 당해낸단 말인가!

드디어 중공군은 아군 진지의 지근거리까지 밀어닥쳤다. 적군의 일제사격과 동시에 수류탄이 빗발처럼 날아오기 시작했고, 즉각 아군의 소총 응사와 수류탄 세례와 함께 M60 기관총이 비질하듯이 적군을 쓸어냈다.

"아~, 으악!"

"찌우밍(사람 살려)!"

피아를 가릴 것 없이 사방에서 비명과 울부짖음이 골짜기에 메아리쳤고, 기관총 소사를 받고 쓰러진 적군의 즐비한 시체들이 파리한 달빛 아래 하얗게 비쳐 보였다. 그렇게 드러난 모습이 아니어도 1정의 기관총이 쏘아대는 탄알이 분당 수천 발이면 그 희생자가 가히 어느 정도인지 어림이 가려니와 적군의 근접 공세가 머츰할 만도 하련만, 로봇의 무리는 여전히 물결처럼 밀려오며 딱콩총을 쏘아대고 수류탄을 마구 날렸다. 시시각각으로, 아군의 빗발같던 기관총 소사도 하나 둘 멎어 갔다.

"손 하사! 수류탄이닷……!"

이 소대장이 손 하사와 김 일병 참호 사이에 떨어진 수류탄을 덮친 것은 그의 외침이 채 끝나기 전이었다. '꽉' 하는 파열음과 함께 소대장의 몸뚱이가 몇 갈래로 사방으로 흩어졌다. 외마디 비명도 없이.

그야말로 생사의 갈림길이 지극히 찰나적이었다. '눈이 뒤집힌다.' 란 이런 지경을 두고 하는 말일까? 손 하사는 피붙이를 탈취당한 맹수의 동물적인 본능으로 참호에서 몸을 일으켜, 앞을 향해 사정없이 방아쇠를 당겼다. 그에겐 적을 '죽여야 한다'는 일념뿐, 이미 자신의 생사에 대한 생각은 스러지고 없었다. 눈앞에서 소대장의 장렬한 죽음을 목격한 김 일병의 마음도 손 하사와 다르지 않았다.

"소대장님의 희생을 헛되게 할 순 없다!"

김 일병은 눈을 부릅뜨고 꿋꿋하게 '서서 쏴' 자세로, 참호로 다가오는 적들을 명중시켰고, 이 같은 그의 결사적 응전은 다른 대원들의 결기를 더욱 끓어오르게 했다. 신 하사는 쓰러진 기관총 사수 자리로 달려가 탄환이 다하도록 갈겨댔고, 철준은 자기의 수류탄은 물론 쓰러진 전우들의 몸에 남아 있는 것까지 닥치는 대로 그러쥐어 정신없이 던졌다.

그러나 애초부터 턱없는 중과부적을 어쩌랴! 결사항전도 잠시. 적탄이 손 하사의 머리를 관통했고, 포물선을 그리며 날아든 수류탄은 김 일병의 가슴 앞에서 작렬했다.

이윽고 곳곳에서 육박전이 벌어지면서 참호 일대는 순식간에 아수라장으로 변했다.

94

이 무렵, 미 제8기갑연대는 바야흐로 운명의 시간이 다가오고 있었다. 백선엽 장군이 헤닉 대령과의 철저한 계획과 협조 아래 한국군 제1사단 병력(제15연대의 잔류 부대 제외)을 질서정연하게 철수시킨 데 반하여, 미 제8기갑연대의 철수에는 참모들의 명령 전달 체계에 커다란 착오가 있었다.

원래, 호버트 게이 제1기갑사단장이 18시에 군단사령부의 소집 지시를 받았을 때, 그는 참모장으로 하여금 제8기갑연대에 철수 준비 명령을 내리도록 지시하고 출발했으며, 20시가 좀 지나서 철수 명령을 받자마자 즉각 철수토록 전화로 명령을 내렸다. 그런데 어찌 된 셈인지 준비 명령은 전해지지도 않았고, 철수 명령이 도착한 것도 23시였다. 게다가 전황을 낙관하고 있던 연대가 철수 준비 명령을 내린 것은 45분이 지난 23시 45분이었고, 실시 명령을 하달한 것이 24시였으니, 이런 한가로운 부대 지휘로 보아 이날의 참극은 역시 피할 수 없었던 숙명인지도 모른다.

이러한 착오로 인해 제8기갑연대는 자정 무렵엔 중공군에게 완전히 포위되고 말았다. 그런 와중에서도 제1·2대대는 중공군의 악착같은 기습을 무릅쓰고 포병과 전차병들은 중장비를 파괴하고 산속으로 들어가고, 소총병들은 운산을 우회하여 남쪽으로의 퇴로를 개척하는 등 분산과 재집결을 거듭하면서 필사적인 탈출을 감행한 끝에 마침내 입석까지 이를 수 있었다.

반면에, 최후의 희생양이 된 것은 제임스 하사가 속한 제3대대였다. 이날 자정경에 철수 준비 명령을 하달하곤 연락차 연대본부로 간 오먼드 대대장은 SP(행군 기점)에 이르러서야 본부가 이미 철수했다는 것과 퇴로가 차단된 사실을 알게 되었고, 하릴없이 전 대원이 본부 부근의 도로상에 집결하여 출발 명령을 기다리다가 중공군의 습격을 받은 것이다.

날이 밝은 후, 골짜기에 포위된 제3대대 병사들은 적의 산발적인 사격을 피해 가면서 대대장 이하 부상병들을 호를 중심으로 한 둘레의 밭에다 수용하고 헬리콥터 수송을 기다렸다. 그런 중에도 적의 포격으로 인한 새로운 사상자가 발생했고, 그럴 때마다 오먼드 대대장은 중상인데도 군의관에게 각별히 일렀다.

"앤더슨, 나는 놔두고 어서 저들부터 치료하시오. 그전엔 난 치료를 받지 않겠소."

왼쪽 어깨와 팔다리, 오른쪽 가슴에 수류탄의 파편을 맞은 오먼드는, 대퇴부에 관통상을 당하고 들것에 실려오는 제임스 하사와 다른 부상병들을 애처로운 눈빛으로 맞았다. 거기엔 부하들에 대한 애정과 함께 부대를 사지에서 구하지 못한 자책감이 짙게 어려 있었다.

"제임스 하사."

앤더슨 군의관이 옆에서 제임스의 응급치료를 마치고 다른 부상자에게로 발길을 옮기자, 오먼드 대대장이 매트 위에 누운 채 나직이 불렀다.

"네, 대대장님."

눈을 치뜨며 머리 쪽의 대대장을 보았다.

"커리지(용기)를 무엇이라 생각하나?"

"글쎄요……."

제임스는 잠시 우물거리다가 "어떤 일에 두려움 없이 맞서는 씩씩한 기운이랄까, 굳센 의지가 아닐까요?" 하고, 얼떨결에 생각나는 대로 주워섬겼다.

"그래, 사전상의 일반적인 뜻이지. 원래, '용기' 하면 유교의 세 덕목(智·

仁·勇)의 하나이기도 하고, 플라톤의 네 가지 기본 도덕(지혜·용기·절제·정의)의 하나이기도 해. 말하자면, 국가를 위한 국민적 용기라고 할 수 있는 것이지."

오먼드 대대장은 십여 초 동안 호흡을 고르고는 다시 말을 이었다. "한데 참된 용기는 가장 무서운 것, 즉 죽음, 특히 지금 우리가 처해 있는 상황과 같이 싸움에서의 죽음과 맞섰을 때의 용기야. 생명의 가치를 자각하면서 선택해야 한다는 것— 이 점을 결코 간과해서는 안돼. 무슨 말인지 알아듣겠나? 앞으로도 내 말을 항시 가슴속에 명기해 두도록!"

오먼드는 힘겹게 두 손을 모으고 나직이 기도했다. "주여, 여기 있는 당신의 가련한 양들을 가호해 주옵소서."

이런 모습이 제임스에겐 더없이 절절하게 느껴지면서, 어쩜 그의 말이 자신에게 전하는 마지막 유언이 될지도 모른다는 생각이 들었다.

95

오먼드 대대장과 제임스 하사의 기도의 보람도 없이, 11월 2일 게이 사단장은 제5기갑연대 앞으로 제3대대를 포기하고 즉각 철수하라는 명령을 하달했다. 제3대대에 얽매여 있다간 폭풍우처럼 밀려오는 중공군 제40군과 제39군의 맹공에 의해 아군의 우측방 전세가 위급해짐으로써 현 전선이 붕괴될 위기에 처했기 때문이었다.

그러나 상부의 '구출 포기' 결정을 모르고 있는 제3대대 대원들은 한마음으로 새롭게 전의를 가다듬었다. 그들은 본부 참호로부터 150미터쯤 떨어져 있는 뒷산에 방어진지를 구축하고 거기다 3대의 전차를 배치한 다음, 주위에 흩어져 있는 보급 차량에서 남은 탄약과 식량을 모아다가 방어 준비를 갖추었다. 이제 본부 참호에는 부상병들만 남았다.

방어진지의 장병들은 미리 진(陣) 앞에 배치해 놓은 트럭에 불을 질러 조명으로 삼아, 개활지에서 돌진해 오는 중대 규모의 적병을 격퇴시켰다. 그러나 중공군은 악착스레 박격포와 척탄통 사격으로 돌격을 반복해 왔으며, 급기야 는 5, 6십 명의 부상병들만 남아 있는 본부 참호로 밀어닥쳤다.

"너! 너! 너도 나와!"

적군들은 총검을 겨눈 채 호 안을 마구 휘젓고 다니며 보행이 가능한 15명 의 부상병을 끌어냈는데, 그중에는 어깨에 관통상을 입은 3대대 작전주임 매 카비 대위와 카번 군목도 포함되어 있었다. 남은 부상병들은 호 벽면에 몸을 의지한 채, 갑자기 들이닥친 낯선 누비옷 차림의 중공군을 두려움이 가득한 퀭한 눈으로 주시했다. 자기들도 언제 동료들처럼 끌려갈지 모를 일이었다.

"대대장님을 비롯한 모든 대원들에게 신의 가호를……!"

호에서 마지막으로 나가던 카번 군목의 기도가 채 끝나기도 전에 중공군이 "콰이디알(빨리빨리)!" 하고 군목의 등을 떠밀었다.

그리고 그들이 끌려간 직후, 좀 전까지 단말마에 시달리던 오먼드 대대장 이 끝내 숨을 거두고 말았다. 부상병들은 모두 넋을 놓고 할 말을 잃었다. 그 저 숙연한 침묵 속에서 앤더슨 군의관이 시신을 수습하고 성조기를 씌우는 것이 고작이었다.

이럴 즈음, 방어진지에 있던 한 장교가 적탄을 뚫고 본부 호로 달려왔다. 오먼드 대대장 이하 중상자들이 염려되어서였다.

"어떻게 된 거요?"

성조기에 덮인 오먼드 대대장의 주검을 들춰본 장교가 침통한 표정으로 앤 더슨 군의관을 바라보았다.

"보는 그대로요. 나로서도 더 이상 손쓸 도리가 없었소."

앤더슨은 자책하기보다 차라리 담담한 태도로 말하며, 보행 가능한 부상병 들이 끌려간 사실도 알려주었다.

"이젠 거동이 불가능한 중상자들만 남았구만……!"

중상자들의 신음소리를 들으며 중얼거리던 장교는 군의관을 살며시 입구

쪽으로 끌고 가더니 나직이, 그러나 또렷하게 말했다. "이제 아군의 구원은 가능성이 없어요. 우리 방어진지 역시 적군의 공격이 시간문제요. 실탄도 떨어지고, 식량과 물도 바닥이 났어요."

"바닥나긴 의약품도 마찬가지예요. 앞으로 부상자가 생기면 응급치료마저 불가능한 지경이오."

"그럼 어쩔 셈이오? 구원부대도 기대 난망이고……."

"신경 쓰지 마라요!"

장교의 의중을 간파한 앤더슨이 상대의 말을 잘랐다. "걸을 수 있는 자들은 모두 데리고 탈출하시오. 난 죽든 살든 이들과 함께할 거요!"

애더슨의 어조는 차분하면서도 결연했다. 장교는 군의관이 자신의 의중을 쉬 헤아려 준 것을 다행스레 여겼지만, 그렇고 해서 부상병들에 대한 연민의 정이 없는 건 결코 아니었다. 그러나 그렇다고 해서 남은 대원들의 희생을 수수방관하고만 있을 수도 없는 노릇이었다.

잠시 뒤, 장교의 무전 연락을 받은 서너 명의 병사들이 레이션 박스를 들 수 있는 한껏 가지고 본부 호에 도착했다.

"한 사람에게 하나씩 나눠 줘라."

장교는 부상병들의 중간쯤 되는 지점에 서서 모두를 둘러보았다. "현재 우리가 할 수 있는 일이라곤 이것뿐이다. 부디…… 살아만 있어 주기를…… 빈다."

장교의 목소리가 금이 간 레코드판처럼 끊어지며 떨려 나왔다. 한순간 침묵이 흐르는 가운데 레이션 분배가 끝났다.

"앤더슨, 여러분의 행운을 빕니다."

"미 투!"

두 장교는 마주 보고, 생애에 마지막이 될지도 모를 고별의 악수를 나누었다.

"가자!"

장교의 말에 사병들이 뒤따르자, 부상병들은 절망적인 눈빛으로 전우들의 뒷모습을 지켜보았다.

'드디어 생과 사의 갈림길이구나!'

제임스는 좀 전에 장교가 군의관을 참호 입구로 이끌었을 때, 말소리를 들을 수 있는 데까지 포복하듯 다가가 두 사람이 나누는 이야기를 엿들었었다. 귀를 오래 기울일 필요 없이 대화도 짧았거니와 결론도 간단했다. 움직일 수 없는 중상자들은 운산 골짜기 사지에 버려둔 채, 보행이 가능한 장병들만 탈출을 결행한다는 것이었다. 이제 거동할 수 없는 중상자들은 꼼짝없이 죽음 앞에 버려진 것이다.

'마침내 지상순례가 끝나고 궁극적 운명을 결정짓는 순간이 다가왔단 말인가!'

제임스의 뇌리에 죽음에 대한 관념이 불현듯 떠오르면서, 신학교 시절에 들었던 강론 구절들이 꼬리를 물었다.

"죽음은 삶의 일부이며, 삶 안에는 죽음이 이미 깃들어 있다."라고 죽음의 불가피성을 설명한 교수는 "삶이 당연히 주어진 어떤 것이 아닌, 하느님의 선물이라는 걸 체험하는 것이 죽음을 이해하고 받아들이는 올바른 태도다."라고 역설했었다.

죽음에 대한 이 같은 해석을 그 무렵만 해도 제임스는 그러려니 하고 무덤덤하게 받아들였었다. 그러나 지금의 그에겐 바야흐로 죽음에 대한 공포가 회오리바람처럼 전신을 엄습하고 있었다.

이런 그의 공포감은 아랑곳없이 주위에선 레이션 박스를 뜯느라 부산스러웠고, 고통을 호소하는 신음소리도 여전했다. 그때, 느닷없이 한 방의 총성이 부상병들의 고막을 울렸다.

"아앗!"

"뭐야?"

"토머스 상병이……!"

"오, 맙소사!"

모두 레이션을 만지던 손동작을 멈추었고, 시선이 일제히 한곳으로 쏠렸다. 정신착란의 한 병사가 호 안의 저만치서 총구를 입에 넣고 방아쇠를 당긴 것이다. 두개골은 형체를 못 알아보게 박살이 났고 전신은 피범벅이 되었다. 한데, 모두들 감정이 메말라 버린 것일까, 아니면 삶을 체념한 탓일까. 눈앞에서 벌어진 끔찍한 참상을 보고도 동료들의 얼굴에서 진정한 연민의 모습 따위는 찾아볼 수 없었다.

그러나 이런 극한 상황이 오히려 제임스에게는 마지막 결단을 내리게 하는 하나의 촉매제가 되었다. '그래, 여기서 개죽음을 할 순 없다!'

동시에 한동안 잊었던 성경의 한 구절을 새삼 떠올리면서 용기를 북돋웠다.

〈사람이 온 세상을 얻고도 제 목숨을 잃으면 무슨 소용이 있겠느냐? 사람이 제 목숨을 무엇과 바꿀 수 있겠느냐!〉

제임스는 반사적으로 몸을 일으켜 양손으로 벽을 의지해 입구로 띄엄띄엄 걸어나와 사위를 둘러보았다. 방어진지를 등지고 눈 아래로 초가들이 산재한 입석상동 촌락이 펼쳐져 있고, 이 마을을 끼고 구룡강이 사행(蛇行)하면서 낙타머리(고지)의 뒤통수로부터 정수리를 타고 흐르고 있었다. 늦가을의 해는 빨리도 기울어 어느새 골짜기가 싸늘한 황혼빛에 물들고 있었다.

제임스는 무언가를 찾는 듯 주위를 휘둘러보다가 "오, 안성맞춤이군!" 하고 가볍게 탄성을 질렀다. 입구에서 좀 떨어진 곳에 흩어져 있는 삽들을 발견한 것이다. 그는 절름거리며 다가가 삽에서 날을 빼 버리고 거기다 다른 삽의 자루를 이어 붙여 한쌍의 목발을 만들었다. 그리고 이음매 양쪽엔 판대기를 대고 못을 박은 뒤 새끼로 친친 감았다. 이 두 목발을 입구 한켠에 가지런히 놓아둔 채 도로 제자리로 돌아온 제임스는, 날이 어두워지기만을 기다리며 마음속으로 뇌었다. '모든 것을 주님께 맡기오니, 주님의 뜻대로 이루어지이다.'

이윽고 어둠의 장막이 드리워지면서 밤의 냉기가 호 안으로 흘러들었다. 어둡기를 기다렸다는 듯 맞은편 능선에서 적의 박격포 사격이 시작되었다.

목표는 아군의 방어진지였다.

'지금이다! 이때를 놓치면 안된다!'

미리 호 입구 가까이에 자리잡고 있던 제임스는 철모를 비끌어맨 배낭을 한 손으로 끌다시피 하며 엉덩걸음으로 입구로 살금살금 이동했다. 그런데 정작 호 밖으로 몸을 뺐을 때, 마음 한구석에서 양심이란 놈이 슬그머니 고개를 들며 그의 행동을 주저하게 했다.

'지금까지 생사고락을 같이해 온 전우들을 나 몰라라 하고 혼자만 살겠다고 내빼다니 배신 행위가 아닌가! 더욱이 우리 부상병에 대한 간호를 위해 탈출을 단념한 앤더슨 군의관의 허락은커녕 일언반구의 상의도 없이 말이다.'

그러나 이내 제임스는 도리질을 쳤다.

'주사위는 이미 던져졌다. 이건 개체 보존의 본능, 아니 최소한의 자구행위다. 내가 남아 있는다고 해서 동료들에게 무슨 도움이 되겠는가? 앤더슨 군의관에게도 오히려 짐이 될 뿐이다.'

마침내 제임스는 철모를 눌러쓴 다음, 담요와 타월 등 가벼운 것만 넣은 배낭을 짊어지고, 미리 갖다 놓았던 소총을 대각선으로 어깨에 둘러메고는 삽 목발을 짚고 일어섰다. 뺨을 할퀴는 밤바람이 어제보다 더 차갑게 느껴졌다.

그는 마지막으로 호 주위를 둘러본 뒤, 목발을 옮겨 딛기 시작했다. 적의 진지와 반대쪽 방향이었다. 사격은 잠시 멈추어져 있었다. 한데, 그가 십여 미터쯤 나아갔을 때, 느닷없이 날아온 비닐봉지 하나가 그의 발 가까이에 툭 떨어졌다.

"웃!"

흠칫 놀란 것과 뒤돌아본 것은 거의 동시였다. 참호 입구에 시커먼 물체가 마치 조각상처럼 서 있는 게 아닌가. 어둠 때문에 얼굴은 알아볼 수 없었으나 형체는 군의관임이 분명했다. 그는 아까 낮부터 제임스의 행동을 은연중 주시하고 있었던 것이다.

제임스는 상대를 물끄러미 바라볼 뿐 입이 열리지 않았다. 말이 없기는 앤더슨 쪽도 마찬가지였다. 그러기를 십여 초. 앤더슨이 어서 가라는 듯 두어 차례 손짓을 했고, 제임스는 목발을 짚은 채 허리를 굽혀 발치에 떨어진 봉지를 주워 들고는 냉큼 열어 보았다. 순간, 그는 콧마루가 시큰하면서 눈시울이 뜨거워졌다. 내용물은 두루마리 붕대와 가제, 탈지면, 항생제 연고였던 것이다.

'군의관님, 정말 고맙습니다! 그리고 죄송합니다. 저의 무례를 용서하십시오.'

제임스는 어둠 속에서 말 대신 거수경례를 했다.

'제임스, 자네의 심정은 충분히 헤아리고도 남음이 있네. 다만, 나로서 해줄 수 있는 일이 그것뿐이라서 안타까울 뿐이지. 부디 무사히 탈출해서 살아남기를 비네.'

이렇게 염화미소(拈華微笑)를 나눈 후, 앤더슨은 다시 두어 번 손을 내젓고는 호 안으로 사라졌다. 그제서야 제임스는 구급품을 상의 주머니에 챙기고 조심조심 목발을 옮기기 시작했다. 얼마 뒤, 참호의 끝자락을 벗어나면서부터 발길이 무엇엔가 부딪히면서 수차례 넘어질 뻔했는데, 살펴보니 그것은 지면의 자연물이 아니라 중공군의 시체들이었다. 그럴 때마다 머리가 쭈뼛쭈뼛했으나, 제임스는 공포감을 물리치려고 안간힘을 썼다.

'주님은 나의 빛, 나의 구원. 나 누구를 두려워하랴. 주님은 내 생명의 요새. 나 누구를 무서워하랴. 내 적이요 원수인 그들은 비틀거리다 쓰러지리라.'

이렇듯 20여 분 간 중공군의 시체를 헤치며 비탈을 내려온 그는, 개활지로 통하는 길 대신 계곡 오솔길을 택했다. 한데 그게 실수였다. 울퉁불퉁한 골짜기를 딛고 나아가던 목발이 몸에서 가해지는 불규칙한 하중을 지탱하지 못하고 좌측 목발의 이음매 부분이 분질러져 버린 것이다. 아차! 하는 순간 몸이 왼쪽으로 고꾸라지면서 비탈 아래로 떼구루루 굴러 떨어지고 말았다.

제20장 펠릭스 쿨파 ― 제임스 하사의 구출

96

제임스의 몽롱한 의식을 깨나게 한 것은 대퇴부의 통증이었다. 그 욱신거림으로 무거운 눈을 떠 보니, 골짜기 아래턱 두 나무 밑동 사이에 자신의 몸뚱이가 어깨에 둘러멘 총과 함께 가로로 걸쳐져 있었다. 이 밑동에 받쳐지지 않았다면 골짜기 밑바닥까지 더 큰 가속도로 굴러 떨어졌을 것이었다. 분질러진 왼쪽 목발은 온데간데없고, 오른쪽 목발만 겨드랑이에 끼여 있었다.

그는 하늘을 향한 자세로 왼손을 통증 부위로 가져갔다. 뜨뜻한 액체가 바지 바깥까지 흥건히 배어나온 것을 손바닥으로 감촉할 수 있었다. 참호에서 아물어 가던 상처가 비탈을 구르면서 돌부리와 나무 등걸에 부딪히는 바람에 다시 터진 것이었다.

'우선 출혈부터 막아야 한다.'

제임스는 조심스레 몸을 일으켜 어둠 속을 더듬으며 간신히 가까운 곳에 있는 편평한 바위를 찾아냈다. 그는 바위 가장자리의 나무둥치에 몸을 기댄 채 얼른 바지를 벗어 내리고 상처에 감겨 있는 붕대를 재빨리 푼 다음, 배낭에서 꺼낸 타월로 계속 흘러나오는 피를 닦아냈다. 그러고는 앤더슨 군의관에게서 받은 연고를 짜서 상처 부위에 골고루 바른 후 가제를 덮고 붕대를 감았다.

'이제 어떻게 한다?'

바지를 도로 꿰입고 난 그는 막연한 심경으로 어둠 속을 둘러보며 생각했다. 바로 그때, 가랑잎이 바스락거리는 소리가 그의 신경을 곤두세웠다. 그는 반사적으로 잼싸게 총대를 움켜잡고 소리 나는 쪽을 응시했다. 바스락 소리가 점점 또렷해지더니 전방에서 검은 물체가 마치 실루엣처럼 느릿느릿 다가

왔다. 첫눈에 확인할 수 있는 건 철모의 윤곽이었다. 일단 중공군은 아니라는 직감에 제임스는 안도했다.

"으음."

그는 신호 삼아 인기척을 냈다. 7, 8미터 앞까지 다가오던 상대가 흠칫 멈춰 서며 이쪽을 향해 총을 겨누었다. 그도 나무둥치에 기댄 병사의 철모 윤곽을 알아볼 수 있었다.

"소속이 어디요?"

나직이 묻는 상대의 말은 한국어였다. 그것도 얼마 전 평양 탈환 당시 들어보았던, 귀에 설지 않은 소리맵시였다. 제임스는 어둠 속에서 눈을 흡뜨며 말문을 떼었다.

"PFC 강……?"

이 목소리의 주인공을 알아본 건 상대도 매한가지였다. 그는 촌각의 주저도 없이 달려가 허리를 굽혀 제임스의 얼굴을 뚫어져라 보더니 "코퍼럴 제임스!" 하며 그의 양 어깨를 와락 껴안았다.

"오, 펠릭스 쿨파(오, 복된 탓이여)!"

제임스도 감격에 겨워 철준을 힘껏 그러안았다. 이렇게 둘은 잠시간 한덩어리였다. 까칠까칠한 구레나룻이 서로의 뺨을 솔질했다. 그러다 포옹을 먼저 푼 쪽은 철준이었다. 그의 한쪽 다리로 제임스의 대퇴부가 살짝 압박당하면서 '아야!' 하고 고통스러워했기 때문이다. 이를 즉시 알아차린 철준의 시선이 곧게 편 제임스의 왼쪽다리로 옮겨지면서 동시에 손이 넓적다리를 더듬었다. 군복 바지 위로 척척하고 뜨뜻한 액체의 감촉이 손바닥으로 전해졌다.

"총상인가?"

"딱콩총알이 관통했어. 다행히 뼈는 비켜갔지만."

"그나마 천만다행이군. 구급약은 있나?"

"약간."

"한데, 이런 몸으로 어떻게 혼자서?"

"중공군의 포로가 되느니 차라리 탈출하다 죽는 한이 있더라도 그 공포의 참호에서 벗어나 자유로워지고 싶었어."

제임스는 호 안에 있던 부상병들이 중공군에게 끌려간 일, 오먼드 대대장의 죽음과 중상자의 광란과 자살, 방어진지 장병들의 철수, 그리고 자신이 탈출을 시도하게 되기까지 지난 2,3일 동안 본부 호에서 일어났던 일들을 철준에게 들려주었다.

"대단한 용기로군! 그리고 군의관님의 무언의 격려도 훌륭해."

철준은 왼손으로 제임스의 어깨를 어루만지며 다른 손으로 그의 옆에 놓인 외짝 목발을 들어 보았다.

"제임스, 우리나라 속담에 '호랑이에게 물려 가도 정신만 차리면 산다.'는 말이 있어. 앞으로 그 속담에 담긴 교훈을 한시도 잊어선 안돼!"

서투른 영어였으나 철준은 진지한 모습으로 제임스를 똑바로 쳐다보았다.

"무슨 뜻인지 알겠어."

제임스도 한국말로 답하며 미소를 머금었다.

그러는 사이, 스무닷새 조각달이 동녘 하늘에 얼굴을 드러내고 차디찬 빛을 골짜기의 갈잎나무숲 사이로 파르스레 비추고 있었다.

"자, 우선 여기를 벗어나자구. 일단은 동굴이든 바위틈이든 몸을 은신해야 돼."

철준은 제임스의 왼쪽 겨드랑이에 자신의 오른팔을 끼워넣고 일으켜세운 다음 그의 총과 자기 것을 왼쪽 어깨에 메었다. 제임스는 미안쩍어하며 외짝 목발을 집어 우측 겨드랑이에 끼었다.

철준은 제임스의 부상한 다리에 이인삼각식으로 천천히 발걸음을 내디뎠다. 급경사는 아니었지만 골짜기의 숲 속 내리막길은 순탄치가 않았다. 돌부리나 나뭇등걸에 걸려 넘어질 뻔하거나 휘청대기가 누차였고, 때론 시체더미가 발길을 가로막기도 했다. 그러기를 거의 한 시간. 그들은 비탈 끝자락에서 퇴락한 오두막 하나를 발견했다. 입석상동 마을에 이른 것이었다.

철준은 제임스를 세워둔 채 오두막으로 조심스레 다가가 안을 살펴보았다. 전쟁 통에 사람들이 피란을 했는지 집은 비어 있었다.

"일단 들어가자구."

철준은 제임스를 부축하고 오두막 안으로 들어섰다.

"잠깐."

제임스가 배낭을 내려 플래시를 꺼내 주었고, 철준이 그것을 켜 상하좌우로 두루 비춰 보았다. 이미 중공군들이 들이닥쳤었는지 방바닥엔 발자국이 낭자했고, 부엌엔 뚜껑이 열린 채 밥알들이 붙어 있는 빈 솥과 그릇들이 어질러져 있었다.

"우선 심신의 긴장을 좀 풀자구. 새벽까진 별일 없겠지."

철준은 제임스를 벽에 기대 앉히며 플래시를 켠 채로 배낭 위에 얹어 불빛이 그의 왼쪽 대퇴부를 비추게 했다.

"어디, 상처부터 손을 보자구."

"숲에서 동그라졌을 때 대충 응급처치를 했는데……?"

"그래도 지금처럼 시간 여유 있을 때 다시 한번 해두는 게 좋을 거야. 어서 바지를 내려 봐."

제임스가 버클을 끌러 바지를 내리자, 철준은 상처를 싸맨 붕대를 조심스레 풀었다. 한동안 걸어온 데다 몇 차례나 휘청거린 탓에 총상 구멍에서 출혈이 계속되고 있었다. 탈지면으로 피를 닦아내 보니 구멍 둘레가 굵은 안경테 모양으로 누르무레하게 화농되어 있었는데, 그 언저리의 불그죽죽한 부위와 대조를 이루어 더욱 도드라져 보였다.

'하루속히 제대로 치료를 받아야 할 텐데……'

철준은 내심 우려하면서 익숙한 손놀림으로 지혈을 한 후, 화농 부위를 중심으로 정성스레 골고루 연고를 바르고 가제를 덮고는 찬찬히 붕대를 감았다.

"간호사 못지않군. 정말 고마워."

벽에 상반신을 기댄 채 다리를 철준에게 내맡겼던 제임스가 수염이 텁수룩한 얼굴에 환한 미소를 지었다. 텁석나룻으로 말하면 제임스의 말을 받아 웃는 철준도 다를 바가 아니었다.

"내 응급처치법은 중학생 시절 일본에서 배운 거야, 태평양 전쟁 때. 그러니까 미군의 공습에 대비한 것이었어. 그게 얼마나 철저했던지 우리 아버지는 출장할 때마다 구급 상비약 가방을 별도로 메고 다니셨지."

"미군의 공습에 대비해서 배웠던 응급처치법을 미군 부상병을 위해 쓴다? 재미있군."

"그게 다 전쟁이 낳은 아이러니 아니겠어?"

두 병사는 씁쓸히 웃었다.

"이제야 배가 고파지는군."

제임스가 배낭에서 레이션을 꺼내 뚜껑을 열었다. 철준도 갑자기 입 안에 군침이 돌았다. 정확히 말하면, 시장기는 오히려 철준 쪽이 제임스를 조우하기 전부터 느꼈지만, 상황이 상황인 만큼 여태껏 말을 못 꺼내고 상대의 눈치만 보던 터였다.

"자, 맘대로 들라구."

제임스는 박스에서 쇠고기·비스킷·콩 통조림을 꺼내더니, 먼저 쇠고기 통조림을 따서 박스 위에 올려놓고는 철준에게 포크를 건네주며 고깃덩어리를 찍어 입으로 가져갔다. 철준도 사양하는 기색 없이 우선 쇠고기를 찍어 먹고는 비스킷과 콩에도 손을 댔다. 그로선 참으로 얼마 만에 먹어 보는 음식다운 음식인가!

"보다시피 나에겐 배낭이고 식품이고 아무것도 없어. 그러니 미안하지만 얻어먹을 수밖에 없구먼. 염치도 없이."

"오, 천만에! 미안한 건 오히려 내쪽이야."

제임스는 손사래를 치며 고개를 흔들었다. 그러고는 다시 레이션 박스 안을 뒤적이면서 화두를 돌렸다.

"내가 듣기론 한국군 1사단은 우리보다 먼저 철수했다던데, 어쩌다 낙오됐지?"

"결과적으로 용맹에 대한 유명세 때문이었지."

철준이 씁쓸하게 웃고는 말을 이었다. "한국군 1사단이 무사히 철수할 수 있었던 것은 미군 제10포병단의 엄호 덕분이었어. 그래서 이 포병단의 철수를 엄호하기 위해 미리 잔류 부대를 편성했는데, 제15연대 중에서 용맹무쌍한 소대들이 차출되었지. 제임스도 들어서 알고 있는지 모르지만, 우리 소대가 여기서 빠질 수 있겠나? 낙동강 전투 때부터 수차례 표창까지 받았는데. 하지만 포병단이 철수해 버린 잔류 부대는 그야말로 '입술 없는 이'나 다름없는 처지가 되고 말았어. 기다렸다는 듯이 곧바로 중공군이 밀어닥쳤고, 우리 대원은 일당백으로 대항했지만, 놈들의 인해전술엔 당해낼 도리가 없었어."

"안 봐도 영화 장면처럼 선해."

"순식간에 소대장을 비롯하여 손 하사, 김 일병, 신 하사 등 하나 둘 처참하게 쓰러져 갔어. 바로 내 눈앞에서 말이야."

"그래도 강 일병은 용케 살아남았군!"

이 말에 철준은 바로 대답하지 못하고 잠시 망설이다가 자조 띤 빛으로 입을 떼었다. "하지만 난 끝까지 몸을 바쳐 싸우질 못했어. 이렇게 혼자 살아남은 것이 부끄럽기 그지없어."

"무슨 소리야! 전혀 그렇지 않아!"

"적군이 참호로 밀려들자 막판에는 육박전이 벌어졌는데, 한 적군이 호 속으로 떨어지길래 얼떨결에 대검을 한 채 그 위로 덮쳤어. 보니까 적은 이미 가슴에 칼을 맞고 숨이 끊어지고 있었어. 근데 곧이어 또 다른 적의 몸뚱이가 내 몸 위에 떨어지더니 입으로 피를 쏟으며 헐떡이다가 축 늘어지는 거야. 그때 나는 그들을 헤뜨리고 뛰쳐나와 적군을 한 명이라도 더 해치웠어야 했는데, 그러지 못하고 중공군의 시체 사이에 샌드위치 상태로 짓눌린 채 모랫바닥의 모래무지처럼 한동안 숨만 쉬고 있었지. 싸움이 잦아든 후 시체에서 몸을 일으켜 엉거주춤한 자세로 사방을 둘러보니 움직이는 물체는 하나도 안 보이고, 헤아릴 수 없는 아군과 적군의 시체더미만 희미한 달빛에 싸늘하게 비춰지고 있었어. 나는 호에서 나와 죽은 전우들을 일일이 확인해 보았는데, 이상하게도 무서운 생각이 전혀 없었어. 그보다 죽은 전우들에 대한 나의 배신과 자괴감 때문에 견딜 수가 없었지."

"너무 감상적이군. 누구든 그런 상황에선 그럴 수밖에 없을 거야. 자신의 생명을 지키는 것도 하나의 용기가 아니겠어?"

제임스는 진심으로 철준을 이해하며 위로를 아끼지 않았다. 그는 레이션에서 꺼낸 러키스트라이크를 철준에게 건네며 자기도 피워 물었다.

"사람에게 생명보다 귀중한 건 없어. 창조주가 내려준 가장 값진 선물이야. 그토록 소중한 생명을 보존하고도 자괴감을 갖다니 말도 안되지……. 강 일병이 근 이틀 동안이나 무사히 적진에서 헤어나올 수 있었던 것도 주님의 가호이자 은총이야."

제임스의 진심 어린 위로에 철준은 내심 고마워하면서도 씁쓸하게 웃었다. 그는 '그 주님이 정말 계시기나 한 거야?' 하고 물으려다가 "제임스는 정말 독실한 크리스천이군!" 하고 상대를 쳐다보았다.

"우리 집안은 할아버지 때 아일랜드에서 미국으로 이민 오기 전부터 대대로 가톨릭을 믿고 있어. 그래서 큰아버지가 사제(신부) 서품을 받았는데, 얼마 후 파견지가 한국의 평양 교구였지. 처음엔 관후리 본당 보좌신부였다가 1930년대 후반에 주임신부가 되었고, 당시 아버지 역시 큰아버지 권유로 선교 활동을 위해 한국으로 건너왔는데, 나도 초등학생 시절 방학을 이용해 아버지를 따라왔었지. 그때 나는, 본당이 세워진 진남포, 강서, 영유, 순천, 정주, 신의주, 의주 등을 중심으로 여러 선교지를 따라다니면서—어린 나로서는 고된 일이었지만— 한국의 역사와 지리, 전통과 문화 등을 견학할 수 있었어. 얼음지치기, 팽이치기, 연날리기며 씨름, 그네, 탈춤 등의 민속놀이에서 관혼상제에 이르기까지 나에겐 모두가 생소하고 신기한 것들이었어.

하지만 가장 놀라운 것은 이 나라 국민이 단군이라는 한 조상에서 나온 '단일민족'이라는 아버지의 설명이었어. 다민족 국가인 미국에서 자란 나에게 아버지의 설명은 희한하게 들릴 수밖에 없었지. 그래서 그런지 당시 내 눈에 비친 한국의 모습은 '조용한 나라, 흰옷을 좋아하는 소박하고 예절 바른 민족'이라는 순량(順良)하면서도 깨끗한 이미지였어. 몸에 탄띠를 잔뜩 두르고 와살스럽게 포장마차로 질주하며 서부를 개척한 앵글로색슨족이나, 황금을 찾는답시고 엘도라도로 몰려든 라틴족과는 대조적으로 말이야. 한데, 그토록 순량하다고 여겼던 순수 혈통의 단일 민족, 단군의 자손이 오늘날 남북으로 갈려 피비린내 나는 동족상잔을 벌이다니, 나로선 쉽사리 이해가 안 가."

제임스의 어투는 연민이나 동정보다는 한심스럽고 원망스럽다는 투로 들렸다. '그런 너희들 때문에 우리(미군을 포함한 유엔군)가 생판 낯선 나라에 와서 피를 흘리는 게 아니냐!'고.

"솔직히 말해서 부끄러운 일이지만, 난 우리나라 역사를 제임스만큼도 몰라. 하지만 한반도가 남북으로 분단된 것은 우리 민족의 의지와는 관계없이 이루어졌다는 사실만은 분명히 알고 있어. 그리고 전쟁 역시 미국과 소련 간의 냉전에 의한 산물이라는 것도. 그런 점에서 볼 때, 이 전쟁의 책임에서 미국도 자유로울 수는 없는 거지. 그것만은 제임스도 인정해야 할 거야. 제임스가 방금 말했듯이, 그 소박하고 예절 바른 우리 민족, 예로부터 충효 사상을 숭상해 온 착하디 착한 백의민족에게 생뚱맞은 이데올로기 분쟁이라니, 상상이나 했던 노릇인가!"

자신도 모르게 목소리가 높아진 것을 의식한 철준은 "제임스가 전통적인 가톨릭 집안이래서 하는 얘긴데, 나는 이번 전쟁을 겪으면서 신(神), 그러니까 제임스가 믿는 하느님을 원망한 적이 한두 번이 아니었어. 그 존재마저도 부정할 정도로. 전지전능하신 하느님이라면, 여기 있는 그 많은 기적을 낳으신 분이라면, 이 정도의 전쟁쯤은 능히 잠재울 수 있어야 하는 거 아니야?" 하며, 품속에 간직하고 있던 성경—포탄 파편으로 복판이 파인—을 꺼내 보였다.

"아니, 이거《신약성서》잖아!"

제임스는 벽에 기댔던 상반신을 일으키며 철준의 손에서 성경을 낚아채다시피 했다. 그는 목차 상단에 남아 있는 〈가톨릭 기도서〉라는 글자를 보고는 눈이 휘둥그레졌다. "강 일병 가톨릭 신자야?"

철준은 고개를 가로저었다.

"그럼 이 성경은……?"

"내 모나리자가 선물한 거야."

"러버가……?"

호기심 어린 눈으로 제임스가 묻는 순간, 책갈피에서 사진 한 장이 그의 다친 무릎 위로 떨어졌다. 그는 얼른 사진을 집어들었다. 모나리자처럼 미소를 머금은 지윤이 철준과 나란히 서서 다정스러운 포즈를 취하고 있었는데, 그녀의 목에 걸린 성모 마리아 상의 십자가가 제임스의 눈길을 유난히 끌어당겼다.

"오, 뷰티펄! 여기서 이런 자매(가톨릭에서의 여자 교우)를 보게 되다니!… 그래 지금 고향에 있어?"

제임스의 들썽임과는 달리 철준은 울상이었다.

"그랬으면 내가 왜 하느님을 원망하겠어?"

"그럼……?"

"서울이 함락되어 적 치하에 들어갔을 때, 하느님은 우리 지윤 씨를 포함한 그 선량하고 순한 양 떼를 잔학한 악마의 손으로부터 지켜 주시지 않았어."

"……죽었나?"

"이 성경과 목걸이만을 내게 넘겨준 채……."

말을 잇지 못하는 철준은 머플러를 풀고 윗단추를 끌러 목에 걸린 마리아 상 십자가를 보여주었다. 그의 눈시울에 맺힌 이슬이 플래시의 불빛에 반짝였다.

"내게 성경을 주면서 목에 십자가를 걸어 준 것이 마지막 작별이 될 줄이야……."

철준은 울먹이면서, 용산역전에서 피란민들의 북새통 속에서 나누었던 애절한 이별이며, 그때까지의 애틋하고 정겨웠던 사랑의 내력, 박두만에 의한 지윤의 참혹한 죽음에 이르기까지의 사연을 제임스에게 들려주었다.

제임스도 "오, 갓!"만 연발할 뿐, 하느님에 대해 변명할 여지가 없었다.

97

철준이 벼룩잠에서 깨어난 것은 동이 틀 무렵이었다. 제임스는 벽에 기댄 채 새근새근 코를 골고 있었다. 철준은 살그머니 방에서 나와 사립문께로 나왔다. 11월의 새벽 냉기류가 얼굴을 핥고 옷소매로 스며들었다. 사위엔 사람이라곤 그림자 하나 얼씬하지 않았고, 지난 밤까지 울리던 포성도 멎어 있었다. 산등성이 아래로 거뭇이 구룡강의 줄기가 흡사 실낱같이 보였다.

'저 강을 건너야 할 텐데.'

한동안 그곳에서 눈을 떼지 않은 채 궁리에 잠겨 있던 철준은 황급히 방으로 돌아왔다. 마침 부시시 눈을 뜬 제임스가 놀란 모습으로 그를 쳐다보았다.

"어디 갔었나?"

"내가 강을 건널 방도를 알아보고 올 테니 꼼짝 말고 기다리고 있어. 날이 밝아지기 전에 탐색해 보는 게 좋겠어."

"알았어. 조심해!"

철준은 왼쪽 어깨에 총을 메고 오두막을 나섰다. 그는 강줄기 쪽을 향해 잡목림을 헤치며 조심조심 내려갔다. 7,8백 미터쯤 갔을까, 저만치 물물의 경계가 희미하게 보이고 강물이 여울져 흐르는 소리도 어렴풋이 들려왔다. 철준이 허리를 구부리고 총을 겨눈 자세로 강가로 다가가 주위를 유심히 살펴보면서 몇 발짝 나아갔을 때, 어디선가 콜록거리는 소리가 들려왔다. 철준은 흠 칫 멈춰 선 채 바짝 긴장하고 귀를 기울였다. 또다시 소리가 더 잦고 크게 들 렸다. 그제야 철준은 물가에서 20여 미터 떨어진 둔덕에 실루엣처럼 드러난 입체물을 발견했다. 그는 총의 격발장치를 풀고 소리 나는 곳으로 살금살금 다가갔다. 근접해 보니 다 쓰러져 가는 오두막이었는데, 문짝도 다 낡아서 바 람결에 덜걱거리고 있었다.

철준은 문고리를 잡고 살그머니 방 안을 들여다보았다. 칠팔순으로 보이는 한 노인이 누더기 이불을 덮고 누운 채 연신 기침과 가래 끓는 소리로 신음하 고 있는 게 필시 심한 해수병에 걸린 것 같았다. 철준은 지체하지 않고 문을 열고는 군화째 불쑥 들어가 문지방께 장승처럼 섰다. 퀴퀴한 냄새가 콧구멍 을 콱 찔렀다.

"국방군이요?"

몸을 움찔거리며 일어나려는 노인의 피골상접한 모습은 산송장, 차라리 해 골이었다.

"예, 국군입니다. 그냥 누운 채 계십시오."

철준은 노인의 동작을 제지하며 방 안을 둘러보았다. 머리맡에는 물이 조 금 남은 놋대접과 삶은 감자 두어 알이 담긴 함지박이 놓여 있고, 발치 구석 에는 아가리 일부가 떨어져 나간 사기 요강이 보였다.

"할아버지, 어쩌다 혼자 남으신 겁니까?"

"몽땅 피난들 떠났디. 콜록콜록……. 나 같은 늙은이야 따라가 머 하가서? 북망산 갈 날도 멀디 않았는데…….”

노인은 목이 그렁거려 말을 제대로 잇지 못했다. 철준은 노인의 처지가 몹 시 안쓰러웠으나, 그에겐 어찌할 도리나 겨를이 없었다. 제임스와의 도강이 급선무였다.

"할아버지, 어디서 나룻배를 구할 수 없겠습니까?"

"배 말이오? 피난하문서 짐들을 싣구 가느라 몇 척 있던 거 몽땅 쓸어 타구갔디, 콜록콜록……. 짐만 없으면 저 아래 여울목에선 배 없이두 바짓가랑이만 걷고 건널 수 있을 텐데…… 콜록……."

"부상자가 있어서 그럽니다."

"기럼 데켠으로 건너가 보라우요. 그들이 타 개지구 가설랑 버린 게 있을지도 모르니끼니, 그르륵……."

"아, 그렇습니까? 고맙습니다."

철준이 감사를 하고 나오려는데, 노인이 겸연쩍게 한마디 했다.

"국군 양반, 담배 개진 거 있으문 한 대만 주시구레."

철준이 얼른 윗주머니를 만져 보니, 화랑 담뱃갑 속에 한두 개비가 남아 있었다. 그나마 간밤에 제임스의 러키스트라이크를 얻어 피운 덕에 남은 것이었다. 노인의 심한 해수를 감안하면 '없다'고 거절하는 게 옳을 것 같았지만, 외려 '다행이다' 싶어 철준은 선뜻 갑째로 건네주었다.

노인은 자리에서 벌떡 상반신을 일으켜 담뱃갑을 움키더니 방구석의 성냥갑을 집어 드르륵드르륵 긋고는 담뱃불을 붙여 물었다. 목에서는 여전히 가래 끓는 소리를 내면서도 노인은 몇 모금을 거푸 빨아댔다.

"노인장, 몸조심하십시오."

철준이 목례를 하고 돌아서는 발길을 노인이 멈춰 세웠다.

"이 보라오, 국군 양반!"

철준이 한 발만 문지방을 넘어선 채 고개를 돌렸다.

"부상병이 많아요?"

"아니에요. 단 한 명입니다."

"기러문 꼭이 나룻배가 아니라두 되갔구먼. 콜록콜록…… 뗏목을 만들라우요."

마치 금단현상에서 헤어난 중독환자처럼 노인은 한결 기가 살아 보였다.

"뗏목을요?"

철준은 도로 몸을 방 안으로 향했다.

"고럼. 한 사람이문 뗏목에 태우고도 도섭을 할 수 있디. 국군 양반이 좀 수고가 되갔디만서두."

"그럼 나무를 준비해야겠네요?"

"낭구야 숲에서 잘라오문 돼요. 팔뚝만 한 걸루다 여남은 개문 되갔디. 톱은 여기 있으니끼니……. 기리구 새끼줄도 그저 얽어맬 만친 있구."

노인은 반나마 피운 담배를 함지박 가에 비벼 끄고는 귓바퀴에 끼웠다. 노인의 말을 들은 철준은 모든 것이 순조롭게 이루어지는 것 같아 마음이 가벼웠다.

"고맙습니다, 어르신. 이 일을 전우한테 알려주고 바로 내려오겠습니다."

철준은 그길로 부랴부랴 제임스에게로 되돌아갔다. 어느덧 동녘 하늘이 태양빛으로 구름꽃을 피우고 있었고, 강 건너 낙타머리 고지 상공을 미 정찰기가 선회하고 있었다.

"돌아왔군, 나의 메시아!"

초조한 마음으로 성경을 읽고 있던 제임스가 반색해 마지않았다.

"많이 기다렸지? 일이 우리 예정대로 이루어질 것 같아."

철준은 강의 도섭장을 알아낸 얘기며, 요행히 노인을 만나 뗏목을 만들 수 있게 되었다는 사실을 알려주었다.

"오케이!"

제임스는 환호를 지를 뻔하다 소리를 낮췄다. "주님은 나의 빛, 나의 구원……!"

"내가 뗏목을 완성하는 대로 돌아올 테니 그때까지만 기다리라구. 뗏목을 도섭장 근처에 숨겨 뒀다가, 날이 어두워진 후에 함께 내려가서 타고 건너기만 하면 돼."

"알았어. 내 걱정은 말고 계속 수고해 줘. 경계심을 늦추지 말고."

"아 참, 담배 한 갑하고 먹을 것 캔 하나만 주겠어? 그 할아버지한테 조금이라도 보답을 해야겠어."

"물론이지!"

제임스가 건네주는 담배와 캔을 받아 주머니에 넣은 철준은 제임스와 희망에 찬 포옹을 나눈 뒤, 되도록 우거진 숲을 따라 노인의 오두막으로 내려갔다.

"자, 날래 낭구부터 잘라 오라우요."

철준에게서 양담배와 콩 통조림을 받은 노인이 두어 개가 빠진 누런 이를 드러내고 '고마우이.'를 연발하며 시렁에서 톱을 집어 주었다.

"자른 다음엔 이걸루다 묶어 개지구 오구레."

노인은 헛간에서 새끼줄 묶음을 꺼내며 통나무 운반에 대한 배려도 잊지 않았다.

철준은 오두막에서 백여 미터 떨어진 삼림으로 달려갔다. 숲의 대부분이 이름 모를 갈잎나무들로 들어차 있었는데, 그는 수종에 관계없이 줄기가 곧은 것부터 골라 베어 나갔다. 그가 열을 내어 한창 톱질을 하고 있을 때, 강 건너 남쪽에서 빗발치는 듯한 총성이 둔중한 포성에 섞여 들려왔다.

'또 교전이 시작된 모양이군.'

오직 뗏목용 벌목에만 몰두한 탓일까, 철준에겐 그 전투가 '강 건너 불'이었다. 그날 아침, 중공군 제39군의 일부는 낙타머리 고지 서부—철준이 건너려는 쪽은 동부—에서 구룡강을 도하한 중공군에 의해 자기 쪽이 감제(瞰制)당하는 것도 몰랐으니 말이다.

"아니, 저거이 누구래가?"

오두막 뒤뜰에서 통나무를 얽어매던 노인이 담배 한 대를 피우려고 잠시 일손을 멈추고 구부정한 허리를 일으켰을 때, 강기슭에서 네댓 명의 중공군이 이쪽을 향해 경보를 하듯이 빠르게 다가오고 있는 게 아닌가!

뒤돌아서서 노인의 시선을 좇아 본 철준의 표정은 아연 그 자체였다.

'이제 다 틀렸구나!'

한나절 부풀어올랐던 희망이 한순간에 절망의 나락으로 바뀌면서, 철준은 망연자실하지 않을 수 없었다.

이윽고 적군들이 따발총과 딱콩총을 겨눈 채 둔덕으로 우르르 올라왔다.

"깐선머(이거 뭐 하는 거야)?"

상관으로 보이는 중공군 장교가 눈을 부라리며 뗏목을 발로 걷어찼다. 철준과 노인이 알아듣지 못하고 잔뜩 겁먹은 표정으로 눈만 멀뚱거리자, 북괴군 복장을 한 병사가 철준을 쏘아붙였다.

"이걸 뭣에 쓸려고 만들었느냐 말야."

철준은 움칠 당황했다. 그러면서도 일순간 문득 제임스만은 구제해야 한다는 소명 같은 것이 마음 한구석에서 솟아올랐다.

"아, 예. 내가 강을 건너려는데 마침 이 할아버지가 앓고 계셔서 함께 태우고 가려고 만든 겁니다."

어차피 상황은 이판사판, 죽기 아니면 까무러치기다. 철준은 배짱을 두둑이 하고 노인과 적군들의 얼굴을 번갈아 보았다.

"그렇습네다. 이 국방군이 강을 건널 곳을 묻길래 내래 부탁했시요. 뗏목을 만들어설랑 같이 태워다 달라구 말입네다, 콜록콜록…… 카카칵."

고맙게도 노인은 짐짓 기침소리를 크게 내고 허연 가래까지 뱉어내며 연막을 쳐 주었다. 덕분에 적군은 뗏목에 대해 더 이상 의심하지 않았다.

그런데 그때, 오두막 방 안으로 들어갔던 중공군의 한 병사가 무어라 큰 소리로 지껄이며 나왔다. 그의 오른손에는 엠원(M1) 소총이, 왼손엔 양담배와 콩 통조림이 들려 있었다.

'아뿔싸!'

철준은 다시 한번 가슴이 철렁 내려앉았다. 소총이야 군인이니 그렇다 치고, 양담배와 통조림은 의심을 낳기 십상이었다.

철준을 흘겨보는 중공군 장교의 눈초리가 삽시간에 돌변했다. 양담배와 통조림을 받아 든 그가 유심히 보더니 북괴군에게 무어라 일렀다.

"이거 어디서 난 거야?"

북괴군이 철준과 노인에게 냉큼 다가서며 둘을 번갈아 노려보았다. 노인은 당황하는 눈빛으로 철준의 눈치를 살폈다.

"이건 지난번 미군들이 철수하기 전에 개평뗐던 거예요. 할아버지가 하도 담배를 원하시길래 하나 남았던 걸 드린 겁니다."

"거짓부렁! 여기 미국 놈도 있지? 바른 대로 말하라우!"

북괴군이 철준의 멱살을 움켜잡고 다그쳤다.

"절대 거짓말 아닙니다. 며칠째 나 혼자 산속을 헤매다가 여기까지 내려온 겁니다."

"허튼수작 말라우! 끝까지 잡아떼면 죽여 버리가서!"

북괴군은 두 사람을 억지로 꿇어앉히고는 총부리를 겨누며 윽박질렀다. 그러는 사이 나머지 중공군들은 상관의 명령에 따라 주변에 산재한 여남은 채의 오두막과 피신처가 될 만한 숲속을 샅샅이 수색했다. 그러나 허사였다. 30분쯤 후에 오두막으로 돌아온 병사들의 보고는 "이거른 예메이요.(한 명도 없습니다.)"였다.

"후이취바(돌아가자). 따이저 한구어 쥁른(한국군만 데려간다)."

중공군 상관의 지시가 떨어지자, 북괴군이 철준을 일으켜세우고 손목을 뒤로 결박지었다. "따라가라우!"

떼밀려 가는 철준을 보고 상황을 거니챈 노인은 엉거주춤한 자세로 기어드는 목소리로 철준의 등에다 "몸조심하라우요."라고 한마디 건넸다.

"예, 할아버지도 안녕히 계십시오."

철준도 흘긋 뒤돌아보고는 중공군의 뒤를 따르면서 '제임스, 부디 무사히 살아서 돌아가 다오.' 하고 마음속으로 곱씹었다.

그런데 중공군들이 스무 발짝쯤 걸어갔을 때, 느닷없이 노인이 아기작아기작 뒤쫓아가며 "저 대장 양반, 담배만은 두고 가시라요. 콜록콜록……." 하고 애원하다시피 소리쳤다.

"이 망할 놈의 영감태기, 어디다가……."

북괴군이 도끼눈을 뜨며 딱콩총의 방아쇠를 당겼으나, 중공군 상관이 그의 팔을 낚아채는 바람에 총알은 빗나갔다.

98

희망과 기대, 초조와 불안의 순간순간이 제임스의 뇌리에 번갈아 일렁이다가 갑자기 정지한 것은 계곡 아래 쪽에서 들려온 한 방의 총소리 때문이었다.

철준이 내려갈 때, 뗏목을 완성하는 대로 돌아온다고 했으니, 어림잡아 왕복 1시간, 나무베기·다듬기·운반에 1시간 30분, 자르고 엮어매는 데 1시간 30분 잡아 총 4시간, 여기에 여분으로 1시간을 가산해도 5시간이면 족하다. 따라서 8시경에 출발했으니 13시, 즉 오후 한 시쯤엔 무슨 변이 없는 한 돌아와야 할 시간이었다.

그런데 제임스가 총소리를 들은 때의 시곗바늘이 세 시 삽십 분 전을 가리키고 있었으니 필시 철준의 신변에 변고가 생긴 것으로 간주할 수밖에 없었다.

'작업 중에 적군에게 발각되어 도주하다가 총살을 당한 것이 아닐까? 어쩜 총상을 당해 붙잡힌 건 아닌지? 그렇담 심한 고문 끝에 내가 있는 곳을 털어놓을지도 모른다. 아니, 강 일병은 끝까지 버틴다 해도, 나와는 아무 상관없는 그 노인이 불어 버릴 거야.'

아침나절의 한껏 부풀었던 희망과 기대가 안개처럼 스러지고, 사위스러운 생각이 꼬리에 꼬리를 물면서 견딜 수 없는 공포감이 전신을 옥죄었다. 거기엔 물론 자신의 신변에 대한 두려움도 없진 않았지만, 그보다도 자기 때문에 희생되었을 철준의 뒷일이 더욱 안타깝고 고통스러웠다. 그러나 지금의 상황을 극복하거나 타개할 방책은 그로선 아무것도 없었다. 결국 의지할 데라곤 오직 하나, 주 하느님뿐이었다.

'원수들이 숨겨 놓은 그물에서 저를 빼내소서. 주님은 저의 피신처이시옵니다. 제 목숨을 주님 손에 맡기오니, 주 진실하신 하느님, 주님께서 저를 구원하시리이다.'

제임스는 지그시 눈을 감고 두 손 모아 기도했다. 이제 다시 홀로 참호를 빠져나오던 그 원점으로 되돌아온 느낌이었다.

'호랑이에게 물려 가도 정신만 차리면 산다.'

그때, 불현듯 제임스는 머릿속에 철준이 일러준 한국 속담이 떠오르면서 정신을 가다듬었다. 그는 어스름에 주변을 정찰한 후 야음을 이용해 기동을 시도하려 했으나, 그날 밤 갑자기 폭우가 휘몰아쳐 옴짝달싹할 수가 없었다. 천장, 아니 지붕 곳곳에서 새어 내리는 빗물을 피하느라 파카를 뒤집어쓴 채 뜬눈으로 밤을 지새웠다.

이튿날(5일) 아침은 언제 폭우가 쏟아졌느냐는 듯 쾌청했다. 정말 오랜만에 보는 맑고 푸른 하늘이었다.

제임스는 목발을 짚고 오두막 밖으로 나와 남쪽 하늘을 바라보았다. 멀리 창공에 두어 대의 정찰기가 먹이를 노리는 독수리처럼 지상을 훑고 지나가는가 싶더니, 얼마 후 미 공군 폭격기의 대편대가 상공을 누비며 어류가 알을 까듯 새까맣게 폭탄을 쏟아냈다.

'잘한다! 적군이 더 이상 기를 못 쓰게 맹폭을 가해 다오!'

아군의 융단폭격에 용기백배한 제임스는 아군이 다시 반격을 감행하여 중공군을 격퇴하리라고 한껏 희망과 기대를 걸었다.

드디어 11월 6일 아침, 재편성된 미 제19연대 제1대대는 역습을 감행하여, 이틀 전 제2대대가 상실했던 123 고지를 재탈환하는 데 성공했다. 그런데 이상하게도 중공군의 저항이 없었다. 다만, 그때까지 잠을 자고 있던 2, 3명의 중공군을 생포한 것뿐이었다. 그러나 곧바로 진지 전방을 수색하던 미 제19연대는 더욱 놀라운 장면을 목격했다. 적이 유기한 시체가 123 고지에서만 약

5백 구가 발견되었고, 더욱이 어젯밤까지 집요한 공격을 되풀이했던 적들이 안개처럼 사라진 듯 보이지 않았다.

그때, 눈을 비비며 전방을 주시하던 한 병사가 소리쳤다. "적군이 도망간다!"

수색대원들의 시선이 동료 병사의 지향점을 좇았다. 서쪽에서 동쪽으로 저현~검각산~관동으로 이어지는 골짜기를 따라 위장을 한 중공군이 꼬리를 물고 철수하고 있었다.

적의 철수가 확인되자 미8군의 각 진지에서는 정예 수색대를 편성하여 북진에 박차를 가했고, 미 정찰기들의 유도에 따라 폭격기들도 가세했다. 그러나 중공군은 교묘하게 위장하여 골짜기를 썰물처럼 빠져나갔다.

적의 퇴각에 용기백배한 수색대의 몇 개 조는 마침내 약산현을 지나 구룡강을 도하했다. 그들은 연이어 낙타머리 고지의 목덜미에서 뒤통수를 따라 입석상동을 향해 북상했다. 며칠 전 미 제8기갑연대가 철수하던 역코스였다.

간밤에 자정이 지나서야 벼룩잠이 들었던 제임스는 새벽을 기해 한층 잦아지고 가까워진 비행음과 포성에 한껏 고무되어 아침부터 밖에 나가 촉각을 곤두세우고 있었다. 시간이 지날수록 전투기 편대가 공중을 북상하고 포탄이 작렬하는 모습이 육안으로도 보였다.

"드디어 반격이 개시되었구나!"

저도 모르게 탄성을 지르며 방으로 들어온 제임스는 배낭에서 타월을 꺼내 총대 끝에 매달았다. 그러고는 밖으로 막 나왔을 때, 잡목림 사이로 마치 커다란 무당벌레 무리가 기어가듯 철모들이 이동하는 모습이 시야에 들어왔다. 제임스는 목발을 짚고 절룩거리며 황급히 둔덕진 곳으로 올라가기가 무섭게 하늘을 향해 세 발의 공포를 쏘았다. 그 순간에도 그는 성경에서 '완전함'을 나타내는 '셋', 곧 '삼위일체의 하느님'을 망각하지 않았다. 날카로운 총성이 고요한 골짜기의 공기를 가르며 긴 여운을 남겼다. 동시에 "헬프 미."를 새되게 외치며 타월 깃발을 흔들어댔다.

한순간에 철모들의 움직임이 딱 멈추고 제임스 쪽을 향해 손가락질하는 동작이 포착되었다. 지체없이 삼림을 헤치며 구릉지를 올라온 그들은 이윽고 오두막 가까이로 위풍당당한 모습을 드러냈다.

"오, 펠릭스 쿨파!"

제임스는 감격에 북받쳐 눈물을 글썽이며 전우들을 향해 다가갔다. 서둘러 목발을 짚느라 넘어지기까지 하면서.

제19장의 '운산의 비극'과 제20장 '펠릭스 쿨파'의 전황은, 백선엽 저 《군과 나》(대륙연구소, 1990년)의 제3장 5·6절 및 '일본육전사연구보급회' 편 《한국전쟁(6권)》(명성출판사, 1986년) 중 제2장 〈중공군 청천 강변에 출현〉의 일부를 인용·참조했음.

제 2 부

조카와 서삼촌

제1장 수호천사 미카엘 신부

1

　어제 남편의 장사를 지내고 난 화지(花枝) 부인은 아들 현교(賢敎 ; '창이' 란 아명 대신 일본에 있는 할아버지 강씨가 새로 지어 준 이름)가 등교하고 난 뒤, 고달픈 몸으로 제기들을 대충 정리하고는 방으로 들어와 쓰러지듯 벽에다 몸을 내맡겼다. 며칠째 입은 채 지낸 무명 치마와 저고리에다 머리에 두른 수건이며 그 아래로 드러난 가무잡잡한 얼굴이, 처녀 하나에일 적 아리따운 모습은 찾아볼 수 없고, 글자 그래도 전형적인 중년의 전부(田婦)로 변모해 있었다.

　방바닥에 퍼지르자마자 눈까풀이 저절로 덮이고, 그동안 남편에 대해 목석연했던 감정이 봄눈처럼 녹아내리면서 진한 눈물이 두 뺨으로 하염없이 흘러내렸다. 남편 철민이 정신이상자가 된 이래 켜켜이 쌓였던 연민, 무관심, 방관, 체념, 원망, 업신여김, 때로는 미움에까지 이르렀던 오만 정이 그의 죽음과 함께 소용돌이처럼 가슴에 사무치며 일어나는—비록 다정다감하게는 못할망정 좀 더 온유하게는 대할 수 있었을 텐데 하는— 회한의 눈물이었다.

　"흐흐흑⋯⋯."

　화지 부인은 끝내 북받치는 감정을 가누지 못하고 양어깨를 들먹이며 늘켰다. 일본 땅을 떠난 이래 처음으로 전신을 엄습하는, 실로 만감이 교차하는 울음이었다. 하긴, 옆집 양순이 어머니의 말마따나 사자(死者)에겐 안된 얘기지만, 어찌 보면 광질쟁이(미치광이)의 아내나 아들로 손가락질 받는 화지 부인이나 현교를 위해선 다행스러운 일인지도 몰랐다. 또한 죽은 당사자만 하더라도 밖거리(별채) 골방에서 마치 사육되는 가축처럼 매 끼니를 독상을 받아먹으면서, 한낱 호적상의 가족으로서만 나날을 살아간다는 것은 아니할 말로 주시행육(走尸行肉)이지, 진정한 삶의 의미는 없는 것이었다. 그의 사고만 해도 정상인의 생각으론 너무나 황당하고 어처구니없는 일이었다.

그날은 초등학교 운동장에서 영화 상영이 있었다. 한 흥행업자가 도내를 순회하며 면소재지 등의 주요 마을에서 필름을 돌렸는데, 이번 경우는 관람료를 이(里)에서 부담했으므로 마을 주민들은 누구나 무료로 관람할 수 있었다. 동네 사거리마다 〈콰이 강의 다리〉 포스터가 나붙었고, 저녁이 되자 철민도 동네 청년들에 이끌려 영화 상영장으로 가게 되었다.

사건의 단초는 스크린에 비친 동남아 열대 삼림의 배경이었다. 수백 명의 관람객들이, 흰 천으로 스크린을 설치한 교사 측면 벽을 향해 땅바닥에 가마니때기나 신문지를 깔고 앉았을 때만 해도 철민은 그저 동네 청년들이 신이 나서 가자니까 덩달아 따라왔을 뿐, 영화 자체에는 심드렁한 태도였다. 그러나 모터 소리와 함께 영사기가 돌아가면서 '대한뉴스' 자막에 이어 베트남으로 파병되는 맹호부대의 시가행진 모습이 비치고, 뒤이어 베트남의 정글 속에서 미군과 베트콩 간의 초연탄우(硝煙彈雨)가 스크린을 뒤덮자, 철민의 눈빛이 갑작스레 달라지기 시작했다.

그런데 그의 발작 현상은 본영화의 필름이 돌아가기 시작하면서 더욱 고조되어 갔다. 먼저, 야자수들이 우거진 일본군 진영의 막사가 그의 대뇌의 기억 중추를 자극했다. 순식간에 그의 넋은 거의 망각되었던 25년 전 남양 전선으로 되돌아가 있었다. 그는 처음엔 일본군 포로수용소장(사이토 소좌)이 남루한 옷차림에다 몰골이 말이 아닌 연합군 포로들에게 지시하는 모습을 보며 마음속으로 쾌재를 불렀다. 그러나 장면이 바뀌면서 그의 낯빛도 어두워져 갔다. 그러더니 소장에게 항변하는 영국군 공병대장(니콜슨 중령)을 보고는 "아이쓰 혼또(저 자식 정말)……!" 하고 팔을 뻗는가 하면, 영국군 유격대와 미군 포로들이 다리 밑에 폭파 장치를 하는 장면에선 "모 다메다(이제 글렀다)!" 하며 엉덩이를 들썩거리기도 했다.

"지방 방송 끕시다."

"야, 똑바로 앉아!"

철민의 뒤쪽 관람객들이 한마디씩 불평을 던졌다.

"현교 아버지, 조용하라잖아요. 들썩이지 말고 얌전히 보세요."

옆에 앉아 있던 동네 청년이 주의를 주었지만 철민에겐 마이동풍, 숫제 아랑곳도 하지 않았다. 그런 그에게 이윽고 강렬한 충격파가 가해졌다. 천신만고 끝에 완공된 콰이 강의 다리가 개통과 동시에 유격대에 의해 폭파되면서 열차가 산산조각으로 곤두박질친 것이다.

"칙쇼(빌어먹을)!"

철민은 마치 환장한 사람처럼 튀듯이 일어나 관람객들 틈을 헤집고 교문 쪽으로 달려나왔다. 평소에는 느릿느릿 살살 걷는 그였지만, 여느 때와는 달리 뛰다시피 하여 집으로 돌아왔다.

행인지 불행인지, 마침 집에는 아무도 없었다. 화지 부인은 그날이 동네 유지 잔칫집의 전야라 밤늦도록 음식물 준비를 거들고 있었고, 현교는 반 친구들과 더불어 초등학교에서 아버지(철민)가 보다가 뛰쳐나간 문제의 영화를 끝까지 관람하고 있었다.

마당 입구의 정낭을 내리고 허겁지겁 방 안에 들어서자마자 전등에 불을 켠 철민은, 벽장에 있는 고리짝을 뒤져 옛날 자기가 두르던 게트르(각반)를 꺼내 서둘러 양다리에 감은 다음 전투모도 집어 썼다. 마지막으로, 낡은 지까다비(작업화)를 신은 그는 헛간에 놓아 두었던 목총 — 6 · 25 당시 장정들이 훈련용으로 쓰다 버린 것을 주워다 놓았던 — 을 들고 제 딴엔 전투 태세 차림으로 올레(마당에서 한길까지의 골목)를 나섰다.

그가 향한 곳은 동네 외곽, 집에서 산간 쪽으로 5백여 미터 지점에 있는 단구(段丘) 모양의 너럭바위였다. 하안단구처럼 계단은 형성되어 있지 않았지만, 군데군데 넓적한 돌들이 디딤돌처럼 박혀 있고 높이도 십여 미터밖에 되지 않아 올라가기가 어렵지 않았다. 게다가 바위 윗면이 펀펀해서 봄철이나 가을철에는 동네 청소년들이 곧잘 올라와선 '야호'를 외치며 호연지기를 길렸고, 때론 남녀가 밤중에 찾아와서는 정사를 즐기기도 했다. 그러나 암괴의 나머지 삼면은 벼랑을 이루고 있는 데다 편편한 윗면의 가장자리(둘레 길이가 30미터가량 되었다.)엔 둔덕이란 거의 없어서 추락 사고가 난 적도 있었다.

앞에총 자세로 구보를 하다시피 해서 목적지에 이른 철민은 발을 멈추고 들판에 우뚝 서 있는 너럭바위를 응시했다. 어둠 속에서 그의 눈에 비친 암괴는 하나의 요새같이 느껴졌다. 오솔길을 벗어난 그는 억새와 양치식물들을 헤치며 적진을 탐색하듯이 조심조심 암괴로 다가갔다. 그동안 동네 청년들을 따라서, 또는 혼자서 여러 차례 그곳을 찾아왔던 터라 너럭바위의 오르막이 그에겐 낯설지 않았다. 마침 서녘 하늘에 걸린 조각달이 디딤돌을 어렴풋이 비춰 주어서 실족하지 않고 무사히 위까지 올라갈 수 있었다. 그는 눈을 번뜩이며 주위를 둘러보더니,

"미군 포로가 이리로 나타날 것이다. 와따나베 소위는 좌측, 가나야마 오장은 우측을 감시하라! 나는 후방을 맡겠다." 하며 목총 끝으로 방향을 지시하고는 냉큼 오르막과는 반대쪽 가장자리로 가서 엎드려쏴 자세를 취했다. 삼월 밤의 냉기가 바위를 타고 뱃살로 전해졌으나, 전투모를 쓴 그의 이마에는 땀이 배어 있었다.

"이놈들, 내가 꼭 잡고 말 거야!"

철민은 목총을 꽉 잡고 전방을 응시하며 웅얼거렸다. 그러나 정작 싸움은 바위 위가 아닌 아래쪽 가시덤불에서 벌어지고 있었다. 별안간 '꽤앵' 하는 날카로운 소리가 밤공기를 가르더니 살쾡이 두 마리가 날렵한 동작으로, 알을 품고 있는 까투리를 향해 동시에 덮쳐든 것이었다. 그 순간.

"데끼다(적이다)!"

비명도, 절규도 아닌 외마디 괴성과 동시에 전투모와 목총이 돌진 자세를 취하는가 싶더니 벼랑 아래로 곤두박질쳤다. 철민의 몸뚱이는 곧바로 잔디밭에 떨어졌으나, 비탈을 몇 바퀴 구르면서 머리가 돌부리에 연거푸 부딪혔다. 피를 흘리며 숨이 꺼져 가면서도 입술을 달싹이며 읊조리듯 남긴 마지막 말

은 "덴노헤이까……반자이……(천황폐하 만세)"였다.

철민의 주검을 발견한 것은, 이튿날 아침 소 떼를 몰고 들판으로 나가던 테우리(목동)의 개, 복술이였다. 줄곧 주인을 앞서서 소의 무리를 따라가던 복술이가 킁킁거리며 너럭바위 아래로 달려가더니 주인 만석을 향해 짖어댔다. 십 년 가까이를 테우리로 살아온 터여서 가축의 행동 반응에 익숙한 만석은 "이번엔 또 무시거라(뭐야)?" 하고, 대수롭잖게 중얼거리며 복술이 쪽으로 갔다. 그러나 현장을 목격한 순간, 그는 석상처럼 발길을 뚝 멈추었다. "세상에! 이게 무신 노릇이라……!"

만석은 주검의 주인공을 바로 알아차렸다. 만세를 부르듯 뻗어 있는 두 팔 사이의 머리와 잔디 위엔 유혈이 낭자했다. 퀭한 눈이 하늘을 향해 있었고, 듬성듬성 자란 입가의 수염엔 채 마르지 않은 피가 범벅져 있었다. 전투모는 띠가 턱밑까지 둘려 있어 쓴 채로 있었으나, 목총은 그의 몸에서 저만치 나뒹굴어져 있었다.

"나 봅서(보세요)!"

오솔길로 부리나케 달려간 만석은 들로 향하는 동네 아낙네들을 멈춰 세웠다.

"저기, 현교 아방이 죽어수다! 혼저 가그네(빨리 가서) 현교 어멍헌티 알려줍서."

그 즈음, 화지 부인은 간밤에 잔칫집에서 늦게까지 일을 거든 후 잔치 음식을 싸 들고 돌아와 한숨 자고 났을 때였다. 현교는 등교 준비를 하고 있었고, 화지 부인은 좀 느긋하게 철민의 상을 차려다 줄 참이었다. 섬돌 위에 그가 늘 신고 다니는 고무신이 놓여 있었으므로 그가 아직 자고 있겠거니 생각했던 것이다.

"오늘 아침은 아버지 밥상도 진수성찬이겠네."

현교가 웃음을 지으며 책가방을 끼고 마루에서 막 내려서는데, 밭일 차림을 한 동네 아낙네가 호미를 든 채 허위단심하고 마당으로 들어섰다.

"현교 어머니, 큰일나수다! 현교 아버지가⋯⋯."

불상사임을 예감한 현교가 아버지의 밖거리 방 문을 활짝 열었고, 화지 부인이 뒤미처 달려왔다. 담배 냄새가 뒤섞인 매캐한 냄새만 코를 찌를 뿐, 방은 텅 비어 있었다.

"혼저 걸읍서게(빨리 가세요)!"

아낙네의 재촉에 너럭바위로 향하는 현교 모자의 마음은 천갈래만갈래였고, 발걸음은 천근만근이었다. 이윽고 현장에 당도한 모자는 참담한 광경에 망연자실하고 말았다. 눈물도, 한숨도, 한마디 말도 나오지 않았다. 그저 한동안 화지 부인은, 전투모를 쓴 채 뻗어 있는 철민의 모습과 목총과 너럭바위 암괴를 번갈아 보았고, 아들은 잔뜩 울상을 지은 채 한 손으로 아버지의 두 눈을 감겼다.

얼마 후, 기별을 들은 이웃집 양순이 아버지가 리어카를 끌고 와 주어서 시신을 집으로 옮겨왔으나, 동네 경사에 누가 될까 봐 화지 부인은 주위 사람들에게 하루만 조용히 있어 달라고 부탁했다.

하지만 입소문이란 어쩔 수 없는 것인지 정오 무렵부터는 경조사가 쌍알이 졌다면서 온 동네가 어수선해졌다. 그런 가운데에서도 저녁나절부터는 동네 일손들이 하나둘씩 모여들어 거들어준 덕분에 외로운 모자는 장례를 어렵잖게 치렀다.

그러나 장사를 지내고 난 뒤에도 화지 부인의 가슴에 만감이 교차하면서, 이제껏 뇌리에서 까맣게 지워졌던 고국이 떠올랐다.

'고모님은 아직 살아 계실까? 나를 생각이나 하고 계신지⋯⋯?'

'그러게 도꾜에서 올림픽이 열렸다니 전후(戰後)에 얼마나 발전한 걸까?'

'이제 한 · 일 협정도 맺어졌으니 갈 수도 있지 않을까? 장차 현교의 학업을 위해서라도⋯⋯.'

2

이 같은 화지 부인의 갖가지 상념은 갑자기 밖에서 들려온 인기척에 의해 멈칫하고 끊어졌다.

"실례합니다."

곧이어 말소리가 섬돌 아래까지 이르렀다. 반사적으로 몸을 일으킨 화지 부인은 옷매무새를 가다듬으며 심상스레 마루로 나왔으나, 뜻밖의 방문객 모습에 어리둥절했다. 서양인 젊은 남자가 한 손에 약도를 든 채 점잖게 서 있는 것이 아닌가. 평복 차림이었지만 목에 두른 로만칼라로 보아 신부임을 알 수 있었다.

'아니, 성당도 없는 곳에 무슨 전도를……?'

화지 부인의 머리에 얼핏 그런 생각이 들었으나, 이내 자신의 짐작이 빗나간 것임을 알았다.

"이렇게 예고도 없이 불쑥 찾아와서 죄송합니다. 여기가 강철준 일병의 집 맞습니까?"

방문객은 예의까지 갖추며 한국어로 또박또박 침착하게 말했다.

"예, 맞긴 합니다만……. 우리 삼촌—그녀는 도련님이란 호칭 대신 그렇게 불렀다.—은 6·25 때 전사했습니다."

"그건 저도 알고 있습니다. 여기 오기 전에 국방부를 통해 확인했어요."

"그러면 무슨 일로……?"

"할 이야기가 좀 긴데……."

한쪽 다리가 불편한 방문객이 마루나 방 쪽을 둘러보는 것이 앉기를 바라는 기색이었다. 이를 알아챈 화지 부인이 "일단 올라와서 여기 앉으십시오." 하고, 마루를 가리키곤 얼른 방 안으로 들어가 방석을 가지고 나왔다.

"방이 누추해서……, 이걸 깔고 앉으십시오."

"감사합니다."

방문객은 머리를 숙이며 화지 부인이 내려놓은 방석을 절반쯤 엉덩이 밑으로 디밀었다. 화지 부인도 그로부터 두어 발짝 떨어진 곳에 소복 차림으로 무릎을 꺾고 다소곳이 앉았다.

"제 소개부터 하지요. 저는 삼년 전에 미국에서 온 미카엘 신부입니다. 속명(俗名)은 윌리엄 제임스고요. 지금 경북 왜관수도원 성당에서 성경과 교리를 가르치고 있습니다."

"아 예, 전 강철준의 형수 되는 사람입니다. 안화지라고 합니다. 그런데 우리 삼촌을 어떻게 아십니까?"

"전선에서 만났습니다. 그러니까 우리 두 사람은 전우인 셈이지요. 하룻밤 동안이나마 생사를 같이했던……."

미카엘 신부는 다음 말을 생각하는 듯 잠시 뜸을 들였다. 뒤뜰에 우거진 동백나무 산울타리에서 동박새의 지저귀는 소리가 대청마루를 통해 경쾌하게 들려왔다.

"강 일병은 제 생명의 은인입니다. 부상당한 나를 안전하게 탈출시켜 주려다가 애석하게 희생되었지요."

다시 말문을 연 미카엘 신부는 평양 탈환 시 철준과의 조우에서부터 운산 전투 철수 때의 재회, 철준의 실종 사연, 자신이 구출되기까지의 자두지미를 화지 부인 앞에 실감나게 자세히 들려주었다.

'참으로 군신(軍神)은 야속도 하시지. 어찌하여 이 집안의 아들들을 하나같이 죽음의 재앙으로 몰아넣은 것일까!'

6·25 전쟁 초기, 철형의 비참한 최후를 철준의 간략한 편지를 통해 알고 있는 화지 부인은 기껏 누그러뜨렸던 비감이 새삼 고개를 들었으나, 입 밖으로 나온 말은 마음과는 딴판이었다.

"'군인' 하면 일단은 나라에 바친 목숨 아닙니까. 꼭이 가미가제 특공대가 아니라도 말입니다."

미카엘 신부는 화지 부인의 뜻밖의 반응에 얼른 대답할 바를 몰랐으나, 다행히 그의 말문을 상대 쪽에서 터 주었다.

"한데 우리 집에는 무슨 일로 찾아오신 겁니까? 단순히 돌아간 삼촌의 은 혜만을 들려주러 오신 건 아닐 테고……."

"맞습니다. 그 때문에 온 건 아닙니다."

신부는 정색을 하고 머리에 상장(喪章)을 한 화지 부인을 마주 보았다. 아까 시장통의 이(里)사무소에 들렀을 때 직원으로부터 엊그제 남편(철민) 상을 당한 사실을 알았으나, 그에 대한 언급은 하지 않았다.

"제가 듣기로 강 일병의 조카가 있다지요?"

"예, 한데 그건 왜……?"

의외의 물음에 화지 부인은 대답이 시원스럽지 못했다.

"지금 몇 학년입니까?"

"고등학교 삼학년입니다만…… 그 애 일은 왜 물으시는 겁니까?"

"단도직입적으로 말합니다만, 강 일병의 조카를 돕고 싶습니다. 제가 이렇게 찾아온 것도 바로 그 때문입니다."

이미 작정을 하고 온 듯한 결연한 태도에 화지 부인은 어리벙벙했다.

"무엇을 돕는다는 건지도 모르겠지만 그 까닭도 이해할 수 없습니다. 싸움 터에서 위기에 처한 전우를 구출하는 것은 당연한 도리이자 의무 아닙니까? 옛 전우에 대한 보은의 정은 참으로 갸륵하고 고맙게 여깁니다만, 그건 우리 모자와는 별개의 문젭니다. 저희로선 신부님의 말씀만으로도 더없는 감사와 격려로 받아들이겠습니다."

"굳이 까닭을 말한다면, 단순한 보은의 차원에서라기보다 종교인으로서 제 나름의 조그만 이상을 실현하고자 해서입니다. 이는 우리 가문의 전통이기도 하고요. 그리고 제가 도울 수 있는 일은 조카의 교육 환경을 뒷받침하는 겁니다. 고삼이라면 당장 대학 진학이 눈앞에 다가와 있지 않습니까? 우선 아드님을 서울로 전학시키는 게 어떻겠습니까? 아드님의 실력이 어떤지는 모르겠지만, 좋은 대학엘 들어가려면 아무래도 시골보다는 서울에서 공부하는 것이

모든 면에서 유리합니다."

　젊은 신부는 상대방의 반론을 일언지하에 제어하기라도 하려는 듯 자신의 소신을 거침없이 개진했다. 화지 부인으로선 선뜻 받아들이기가 쉽지 않은 노릇이었으나, 솔직한 심정을 말하면 아들의 '대학 진학'만은 가장 중요로운 일일 뿐 아니라, 일찍부터 깊은 관심을 두어 온 문제이기도 했다.

　"나 역시 그 애의 진학에 대해 신경을 쓰고 있기는 합니다. 하지만 자식 일로 신부님에게 폐를 끼치고 싶진 않습니다."

　"폐라고 생각하시면 안됩니다. 이건 아드님의 장래를……."

　그때, 책가방을 든 현교가 마당으로 들어서는 바람에 신부의 말이 끊어졌고, 현교 또한 뜻밖의 이방인의 모습에 주춤했다. 마침 그날이 토요일이라 일찍 하교한 것이었다.

　"아드님이십니까?"

　신부는 옛 지인을 만난 듯 반가워하며 마당 가운데에 우뚝 선 현교를 뜯어 보았다.

　"예, 제 아들 현교입니다."

　"오, 핸섬 보이! 눈과 코가 강 일병을 빼닮았군요!"

　"인사 드리거라. 삼촌의 옛 전우시란다."

　화지 부인의 소개에 현교가 교모를 벗고 꾸벅하자, 신부는 "컴 히어!" 하고 얼른 섬돌 아래로 내려가더니, 일말의 거리낌이나 스스럼도 없이 현교의 손목을 잡고 돌아와선 옆에다 앉혔다. "나를 삼촌이나 마찬가지로 편안하게 대해."

　그러고는 상대가 숨 돌릴 새도 없이 물었다. "성적이 어느 정도지?"

　신부의 성급한 질문에 평소 숫기가 없는 현교가 대답을 주저하자, 어머니가 옆에서 대변해 주었다.

　"반에서 십위권 안에는 든답니다."

　"문과야, 이과야?"

　"이괍니다."

"어느 분야?"

"공대를 가고 싶습니다."

"공대? 좋지! 이왕 공대에 갈 바엔 S공대에 들어가야지?"

현교는 멋쩍어하며 대답을 못하고 뒷머리를 긁적였다.

"걱정 마라. 승패는 지금부터야. 서울에 가서 실력을 쌓으면 합격 가능성은 충분해. 내가 힘이 되어 줄게."

신부는 현교의 어깨를 토닥거리곤 그의 어머니를 바라보았다.

"현교 어머님, 여름방학 전에 전학 수속을 마쳐 주십시오. 2학기부터는 서울 학교에서 공부할 수 있도록 말입니다. 그리고 방학 동안에는 학원에도 다녀야 합니다."

신부의 태도는 상대편 의향은 아랑곳지도 않고 일방적으로 통고하는 형국이었다.

"아니, 대관절 어쩌려고 그러십니까?"

화지 부인은 흡사 부지불각에 귀신에 홀린 듯 어쩔 줄 모르는 기색이었으나, 한편 이렇다 할 후원자나 친인척 하나 없이 고단(孤單)하게 지내 온 두 모자에게는 수호천사와 같은 존재랄 수도 있었다.

"학교와 숙소 등 서울에서의 문제에 관해선 일단 저에게 맡겨 주십시오. 제가 적절히 주선하겠습니다."

마침내 신부는 일방적으로 결론짓고는 자리에서 일어서서 섬돌을 내려와 천천히 걸어 나갔고, 두 모자도 얼떨떨한 마음으로 따라나와 올레를 한참 지나서까지 배웅했다.

"서울에서 일이 처리되는 대로 바로 연락드리겠습니다. 현교 군은 딴생각 말고 입시 공부만 열심히 해, 알았지?"

뒤돌아선 신부가 환하게 웃으며 현교의 어깨를 툭툭 쳤다. 길 좌우로 호수처럼 펼쳐진 파란 보리밭 사이사이로 노란 유채꽃들이 수놓은 듯 만발해 있었다.

3

그로부터 며칠 후, 미카엘 신부는 서울의 D고등학교를 찾아가 교무주임과 상담한 끝에 현교의 전학 수속을 밟을 채비를 시작했다. 이 학교가 가톨릭 재단에서 운영되는 데다, 마침 3학년 한 반의 학생 하나가 미국으로 이민을 간 직후여서 티오(TO)가 나 있었던 것이다.

'이제 선결 문제 하나가 풀렸다.'

무궁화호 하행 열차에 몸을 실은 미카엘 신부의 마음은 홀가분했다. 화지 부인과 현교 앞에서 장담을 하다시피 한 그였지만, 막상 떠나오고 나서는 신학기 이전에 약속을 실행할 수 있을지 내심 은근히 우려하던 터였다.

다음 문제는 현교의 거처를 정하는 것이었다. 물론 돈만 있으면 어디서든 하숙집을 구하는 건 어려운 일이 아니었지만, 미카엘 신부의 생각은 달랐다. 현교를 일반 지방 학생들처럼 그저 하숙방만을 마련해 주고 그대로 방기하기보다는 하숙집 식구들과 더불어 가족적인 분위기에서 구순하게 지내도록 해 주고 싶었다. 자칫 질 나쁜 친구들에 물들거나 휩쓸리는 것을 미연에 방지하기 위한 수단으로서도 말이다.

그는 열차 좌석에 몸을 묻은 채 석간신문을 펼쳐 들었으나, 한 가지 문제에만 골몰하느라 기사가 제대로 읽혀지질 않았다. 어느새 열차는 6·25의 상처를 간직한 왜관 철교를 지나 역으로 들어서고 있었다. 여러 승객들이 짐을 챙기며 하차를 준비하는 가운데, 바로 옆 칸에서 승강구로 다가오는 수녀의 모습이 보였다.

'내가 왜 그 생각을 못했지?'

정신이 번쩍 든 미카엘 신부가 좌석에서 튕기듯 일어나며 서둘러 승강구 쪽으로 나아갔다.

"아녜스 수녀님 아니십니까?"

신부가 수녀를 따라 승강구를 내려서며 반가움을 감추지 못했다.

"어머, 미카엘 신부님!"

뜻밖에 신부를 만난 상대 역시 반가움은 다를 바가 없었다.

"어디 다녀오시는 길이세요, 며칠 안 뵈시던데?"

사람들 틈에 섞여 플랫폼에서 개찰구로 걸어 나가며 수녀는 맑은 눈빛으로 신부를 올려다보았다.

"시골로 해서 서울에 들렀다 오는 길입니다. 아녜스 수녀님은요?"

"저도 서울 다녀오는 길이에요. 장면 박사님의 장례식에 참례하고, 또 어머님네도 뵐 겸 해서."

"아, 그랬었군요. 전 시골로 떠나던 날 선종 소식을 듣게 되어 참례 못했어요."

신부는 못내 아쉬워하며 말을 이었다. "서울역에서 만났더라면 타이밍이 좋았을걸. 오는 동안 무료하지도 않고, 수녀님하고 상의도 할 수 있었을 텐데."

"그러게요. 근데 저하고 상의라뇨?"

아직 서른 고개를 넘지 않은 아녜스 수녀의 해맑은 얼굴에 호기심 어린 눈이 반짝 빛났다.

"안 그래도 내일 교리시간 후에 아녜스 수녀님을 만나보려던 참이었어요."

아녜스 수녀와 나란히 개찰구를 빠져나온 미카엘 신부는 주위를 한번 둘러본 후 "잠깐 시간 내 주실 수 있어요?" 하고 수녀의 눈치를 살폈다.

"무슨 말씀이시기에……?"

"마침 저녁때도 됐으니 근처에서 간단히 식사를 하면서 얘기하는 게 어떻겠어요?"

미카엘 신부는, 이상스레 쳐다보는 아녜스 수녀의 말을 들을 새도 없이 석양빛에 물들어 가는 거리를 앞장서 걸어갔다. 횡단보도를 건넌 두 사람은 역전의 한 양식집으로 들어가, 손님들로부터 떨어진 테이블에 자리를 잡고 마주 앉았다.

"외식하는 김에 칼질 한번 할까요?"

신부가 메뉴를 훑어보고는 앞으로 건네자, 수녀는 그냥 말없이 고개만 끄덕였다. 식탁 위의 스탠드 불빛이 두 사람의 하얀 얼굴을 홍조로 물들였다.

"아녜스 수녀님 본집이 서울이라 들었는데…… 맞습니까?"

식사를 주문하고 난 신부가 잠깐 사이를 두고 물었다.

"그렇긴 합니다만……."

느닷없는 물음에 수녀의 눈이 동그래진다.

"아, 놀라실 거 없습니다. 그저 한 가지 부탁을 드리려는 거니까."

"제게 부탁을요? 무슨 부탁인지 말씀해 보세요."

"제가 돌봐줘야 할 학생이 있는데, 그 학생이 시골에서 서울로 전학을 하게 됐어요. 그러니 서울에다 하숙을 정해 줘야 할 텐데 저로선 마땅한 곳을 찾기가 쉽지 않네요. 아무래도 집이 서울인 아녜스 수녀라면 가족이나 친척, 그리고 친지들도 주위에 있을 것 같아 부탁드리는 거예요. 한국말로 '염치없이' 말입니다."

"그걸 뭐 염치없는 일이라고…… 신부님도 참."

신부의 지나친 겸연스러움을 수녀는 미소로 받았다. "어떤 관계인지는 모르지만 좋은 일 하시는 것 같은데, 저 역시 그런 일이라면 어머니한테 알아봐야겠죠."

"꼭 좀 부탁합니다. 특히 이 학생은 대학입시를 몇 달 앞둔 고삼(高三)이라서 학교 수업 못지않게 주위 환경도 중요해요. 그들 세대에겐 지금의 이 시점이 인생의 성패를 가름하는 중요한 고비라고 생각해요. 더욱이 한국과 같은 교육 제도하에선 말입니다."

"누군지는 모르지만 정말 끔찍이도 배려하시는군요."

"그 점에 대해선 나중에 기회 있을 때 이야기해 드리지요. 아무튼 아녜스 수녀님만 믿겠습니다."

미카엘 신부는 흐뭇한 표정을 지었다. 그때, 웨이터가 스테이크 요리를 식탁에 내려놓았다.

일주일 후.

미카엘 신부가 교리 강론을 마치고 나서 교리실을 나가려는데, 문가에 기다리고 있던 아녜스 수녀가 가볍게 말을 걸었다.

"강론 잘 들었어요."

"오, 아녜스 수녀님! 밖에 서 계셨군요. 자, 들어갑시다."

미카엘 신부가 도로 문 안으로 들어서며 아녜스 수녀를 안내했다. 수녀는 강단 쪽 벽 중앙에 걸린 십자고상에 배례하고는 신부가 권하는 의자에 앉았다.

"아침에 어머니한테서 전화를 받았어요."

"굿 뉴스입니까?"

"글쎄요, 그게 굿 뉴스가 될지 어떨지……."

"어서 얘기해 보세요."

"사실은 우리 이모님 댁인데, 저의 어머니도 함께 계세요. 그러니까 이모부님하고 노인네들만 셋이 사는 집이에요. 그래도 굿 뉴스인가요?"

"자녀분들은 안 계신가요?"

"제 이종매가 있었는데, 2,3년 전에 간호사로 독일에 나가 있어요. 그래서 방이 여태 비어 있는 데다 노인네들도 적적해하던 터라, 신부님이 소개하는 학생 얘기를 했더니 그쪽에서만 별 까탈이 없다면 괜찮지 않겠냐는 거였어요. 꼭이 하숙이라기보다 당신네 밥상에 수저 한 벌만 더 얹어놓으면 되지 않겠느냐 거예요."

"댓스 오케이! 역시 제가 바라던 대로예요. 노인네들은 아들이나 손자처럼, 현교 학생은 부모님이나 조부모님처럼 여긴다면 서로 얼마나 큰 위안이 되겠어요!"

"하지만 노인네들 편에선 그렇다 치더라도 요즘처럼 자유분방한 학생들의 입장에선 분위기가 고리탑탑하고 갑갑하게 여기지 않을까요?"

"천만에요! 도시로 이사온 시골 학생들의 탈선의 가장 큰 원인은 갑작스러운 환경 변화예요. 특히 부모의 슬하를 떠나 혼자 도시로 전학했을 경우엔 나쁜 데로 현혹되기 십상이에요. 주위에 조언자나 컨트롤러가 없기 때문이지요. 그런 면에서 볼 때 현교 학생은 행운아라 할 수 있어요. 무엇보다도 아녜스 집안 어르신들이 현교를 바른길로 인도해 주실 것이고, 또 식구들이 적어 번거롭지 않으니 집에서의 학습에도 맞갖은 환경입니다."

"신부님이 그러시다면 저로선 할 말이 없네요. 근데 이모네 집이 서울 변두리예요. 수유리 장미원 근처니까 그것만은 알아두세요."

"그런 건 지엽적인 문제예요. 오히려 시내 중심가보다 공기도 맑고 조용하고 좋지 않아요?"

신부는 만족스레 웃으며 말을 이었다. "그리고 저도 분명히 말해 둡니다만, 하숙비는 몇 군데 알아보고 제가 적정하게 지불해 드리겠어요. 그러니 그 점에 대해서도 어머님께 잘 말씀드려 주세요."

"그러고 보니 제가 졸지에 복덕방쟁이 노릇이라도 하는 것 같네요."

아녜스 수녀는 머릿수건 사이로 흘러내린 가느다란 머리칼을 쓸어 올리며 미소지었다.

"수녀님은 이번에 사랑의 구름다리를 놓아 주신 거예요. 참으로 큰일을 해 주셨어요. 저로선 너무너무 고맙게 생각합니다."

미카엘 신부는 진심으로 감사했다.

4

화지 부인이 미카엘 신부로부터 두 번째 연락을 받은 것은 현교의 여름방학이 시작될 무렵인 칠월 하순이었다. 하기 학원 수강을 위해 상경해야 한다는 것이 그 골자였다. 그날 저녁, 화지 부인은 아들 현교에게 편지를 보여주며 말했다.

"심적으로 부담이 안 가는 건 아니다만, 네 장래를 위해선 신부님의 주선을 따르는 게 옳을 듯싶구나. 네 생각은 어떠냐?"

"어머니만 좋으시다면야 저야 마다할 이유가 없지요. 서울의 쟁쟁한 아이들과 한번 당당히 경쟁해 보고 싶어요."

현교는 신이 나서 어깨춤이라도 추고 싶은 기분이었다.

"그래, 이왕 신세를 지는 김에 오롯이 지자꾸나. 지난번 편지에서 봤듯이 전학할 학교와 하숙집까지 선정해 놓으셨다니 얼마나 고마운 일이냐. 앞으로 그에 대한 보답은 네 몫이니 두고두고 명심해야 한다."

어머니는 진지한 표정으로 타일렀다.

"두고 보세요, 결코 어머니와 신부님을 실망시켜 드리지 않을 테니."

"아무렴, 그걸 모르면 내 아들이 아니지."

감격에 겨운 화지 부인은 자기 체구보다 훌쩍 자라 버린 아들을 그러안고 뺨을 마주 비볐다.

"자, 이왕 올라갈 거면 서두르자. 학원 수강 신청도 해야 할 테니."

"어머니도 가시게요?"

"그럼, 널 처음 낯선 타향으로 보내는데 따라가야 하고말고. 가서 하숙집도 둘러보고, 신부님이랑 하숙집 어른들한테 인사도 드려야지. 나도 도꾜에선 살아 봤지만 서울은 처음 아니냐."

"딴은 그렇군요. 이번 참에 비행기도 한번 타 보시구요."

"비행기……?"

운항 비용을 무시할 수 없는 화지 부인은 '배와 기차가 아니고?'라고 말하려다 아들의 기를 살려 주기 위해 곧바로 단정지었다. "그래, 떡 본 김에 제사 지낸다고 나도 난생처음 날아 보자꾸나!"

두 모자는 모처럼 신이 나서 백열등 아래에서 여행 가방을 챙기기 시작했다.

김포 공항에 내린 화지 부인과 현교가 공항버스를 타고 서소문의 KAL 건물 앞에 도착했을 때, 사전에 예고했던 대로 미카엘 신부가 마중나와 기다리고 있었다. 두 모자가 버스에서 내려서자, 한낮의 도심의 열기가 온몸을 후끈 휘감았다.

"먼 데서 오시느라 수고 많았습니다."

밝은 얼굴로 두 모자를 맞는 젊은 신부의 인사성은 한국인과 진배없었다.

"이런 무더위에 저희 때문에……. 너무 많은 폐를 끼쳐 드려서……."

"이리로 오시죠."

화지 부인의 답례가 끝나기도 전에 신부는 두 사람을 주차장으로 안내하더니, 한편에 세워진 검정 캐딜락의 뒷문을 열었다. "타시지요."

신부를 따라간 두 모자는 가방을 손에 든 채 얼떨떨한 표정으로 마주 보았다. 일반 택시가 아닌, 이름도 모르는 대형 고급 승용차가 한여름의 햇빛에 윤을 반사하며 서 있는 것이 아닌가! 난생처음 상경한 두 시골뜨기 모자에겐 상상을 초월하는, 경이적인 일이 아닐 수 없었다.

"놀라실 거 없습니다. 대사관에 있는 제 친구의 차를 빌린 겁니다. 오늘 하루만. 자, 어서 타십시오."

신부의 말에 모자는 떼밀리듯 차에 몸을 실었다. 차내의 여유로운 공간이며 푹신한 좌석의 승차감이 두어 시간 전에 탔던 기내보다도 아늑했다.

뒷문을 닫고는 운전석에서 핸들을 잡은 신부는 시동을 걸고 나서 에어컨을 틀었다. 상큼한 방향(芳香)이 퍼지면서 이내 냉각된 공기가 쾌적하게 살랑거렸다. 주차장을 떠난 차는 태평로와 중앙청 앞을 통과하는가 싶더니, 금세 돈화문전을 지나 창경궁 돌담길을 꺾어 돌았다.

"이 담 안이 창경원입니다. 내려가시기 전에 한번 구경하고 가세요. 현교와 같이."

'그럴 시간이나 있을는지…….'

대답 대신 마음속으로 자문해 보는 화지 부인의 머리엔 현재 자신이 처한 상황이 별세계라는 느낌과 함께 미카엘 신부에 대해 황송스러운 생각뿐이었다.

차가 창경원 정문을 지나 곧바로 혜화동 로터리에 이르렀을 때, 미카엘 신부가 오른쪽을 가리키며 말했다.

"저기 보이는 건물이 현교가 전학할 D고등학교야. 하숙집이 변두리긴 하지만 여기서는 그리 멀지 않은 편이야."

"그래요?"

현교가 얼른 고개를 돌렸고, 뒤따라 화지 부인의 시선도 그리로 향했다. 차창 너머로 붉은 벽돌 건물과 흰 화강암 건물이 보이고, 그 뒤쪽으로 혜화동 성당이 올려다보였다.

"가톨릭 재단의 학교라면서요?"

"그래, 1907년에 설립되었는데, 일제 강점기에는 얼마 전에 돌아가신 장면 박사님이 교장으로 지내기도 하셨지."

"그럼, 저도……?"

"그렇다고 학생들까지 가톨릭 신자여야 된다는 건 아니야. 그 점은 염려할 거 없어."

신부는 현교의 마음을 재빨리 알아차리고 말끝을 달았다.

그덧 돈암동 전차 종점을 지난 차는 미아리 고개를 사뿐히 오르곤 미아삼 거리까지 미끄러지더니 수유리를 향해 쾌속으로 달렸다. 쭉 뻗은 도로 양편으로 근래에 지은 주택들이 들어서 있고, 군데군데 남은 공터에도 신축 공사가 한창이었다.

"내가 한국에 올 때만 해도 거의가 논밭이더니 이젠 주택지구로 변했구먼."

신부는 혼잣말로 중얼거리다가 갑자기 생각난 듯 정면을 가리키며 목청을 돋우었다.

"현교, 저 앞에 보이는 산이 북한산이야. 그 윤곽을 자세히 바라보라구. 거기서 연상되는 인물이 없어?"

"……?"

"어느 대통령의 얼굴 형상 같은……."

"아, 케네디 대통령!"

잠깐 북한산의 윤곽을 바라보던 현교가 갑자기 소리 질렀다. "자세히 보니 케네디 대통령의 머리를 눕혀 놓은 형상이에요. 특히 이마에서 앞머릿결까지가 많이 닮았어요."

"그래, 바로 봤어. 참으로 희한한 자연물이야. 저런 산이 미국에 있었으면 손꼽히는 관광 명소가 되었을걸, 러시모어 산처럼."

"러시모어 산의 대통령상은 인공적으로 조각한 거잖아요?"

"그러니까 저 자연이 만든 조각품―나는 '케네디 바위'라고 부르지만―이 관광적 가치가 더 크다는 거지. 현교는 앞으로 매일 케네디 바위를 보게 될 거야. 하지만 그냥 무심코 겉모습만 바라볼 것이 아니라, 케네디가(家)의 가훈을 유념하는 게 좋을 거야. '1등을 하라. 2등 이하는 패배다.'라는 말!"

미카엘 신부는 자신의 말이 견강부회라는 걸 의식하면서도 현교에게 무언가 삶의 좌표가 될 강인한 이미지를 심어 주고 싶었다.

이윽고 차는 장미원 못미처 가우리길로 접어든 후 백여 미터 나아가 한 철대문 앞에서 멎어섰다.

"자, 다 왔습니다."

신부의 말소리에 차 안에서 눈을 붙였던 화지 부인이 눈을 번쩍 뜨고 현교를 따라 차에서 내렸다. 신부가 초인종을 누르자, 이순(耳順)에 가까워 보이는 여인이 슬리퍼를 끌고 나와 대문을 열고는 일행을 맞이했다.

"어서들 오세요. 기다리고 있었어요."

"안녕하셨습니까, 장(張) 여사님?"

미카엘 신부는 달포 전 아녜스 수녀와 함께 한차례 방문했던 터라 그녀의 어머니와는 구면이었다. 장 여사는 화지 부인과 간단한 통성명을 나누고 그들을 집 안으로 안내했다.

현교는 어른들의 맨 뒤를 따르며 집 주위를 둘러보았다. 북한산의 능선이 눈앞에 더욱 선명하게 보였고, 조그만 사랑채가 딸린 남향의 집은 오래된 한

옥이었으나 근래에 수리를 했는지 벽의 페인트며 담장 등이 말끔해 보였다. 장방형의 마당 둘레에 원뿔 모양의 주목(朱木)들이 정연히 늘어선 사이사이로 노란 해바라기꽃들이 태양을 반기고, 대문 양옆에는 짙푸른 부챗잎들로 뒤덮인 은행나무 두 그루가 우람하게 서 있었다.

"복더위에 먼길을 오시느라 고생이 많으셨겠어요."

장 여사의 언니(아녜스 수녀의 이모)가 부엌에서 수박화채가 담긴 양푼을 들고 대청으로 나오며 반가워했다.

"앞으로 신세 많이 지겠습니다. 부족한 제 아이를 잘 보살펴 주십시오."

화지 부인이 일어서서 주인 언니에게 공손히 절했고, 현교도 따라 일어나 두 여인에게 꾸벅 인사를 했다.

"신세라니요, 별말씀을. 한식구처럼 지낼 텐데."

장 여사가 대신 말을 받고는 눈길을 현교에게 돌렸다.

"어쩌면 이목구비가 이리도 반듯할까! 이름이 강현교라 했던가?"

그녀는 좀 전에 대문간에서 현교의 얼굴을 대하는 순간 불현듯 오랫동안 잊혔던 한 모습이 오버랩되는 것을 느꼈다.

"예, 그렇습니다."

현교의 숫저운 표정은 여전했다.

"제주도에는 강씨가 많나 보지요?"

이번에는 화지 부인을 향했다.

"제가 알기론 남군(南郡) 쪽에 많은 것 같습니다. 혹시 아는 분이라도……?"

'예전에 우리 집 가정교사로 있던 학생도 강씨였어요.'

이 정도로 한마디쯤 건네려던 장 여사는 순간적으로 생각을 접었다. 현교와 철준과의 혈연 가능성도 단지 자신의 육감일 뿐 아니라, 딸 지윤 또한 이미 이승을 떠난 마당에 과거의 연을 들추어내어 무엇을 어쩔 것인가. 오히려 아물었던 상흔만 후벼 파는 부질없는 짓 아닌가.

"우리 성당 교우 중에 그 고장 출신 분이 있어서."

장 여사는 괜스레 교우를 파는 것이 죄스러우면서도 어떨결에 어쩔 수 없었다.

"그럼 현교 학생이 거처할 방부터 보실까요?"

다 같이 수박화채를 먹고 나자, 장 여사가 앞장서서 자신이 지내는 건넌방 옆쪽에 있는 골방으로 두 모자를 안내했고, 미카엘 신부도 그 뒤를 따랐다. 방 안은 허드렛물건 하나 없이 말끔히 정리되어 있었고, 창문 쪽에는 나무 책상이, 그 옆 벽에는 플라스틱 책장이 가지런히 놓여 있었다.

"이 책상과 책장은 독일로 간 조카가 쓰던 거예요. 스탠드도 그대로 있고. 더 필요한 거 있으면 얘기해요, 현교 학생."

장 여사의 사근사근한 모습에 현교 모자는 친척 집에 온 듯이 푸근한 느낌이었다.

"여사님, 됐습니다. 학생이 이 이상 뭐가 더 필요하겠습니까?"

화지 부인이 더없이 고마워하자, 미카엘 신부가 "이제 현교 군이 더 필요한 건 오직 '학력'입니다. 그것을 얻을 수 있게 해줄 사람은 그 누구도 아닌 현교 군 자신입니다." 하고, 격려를 겸해 자극을 주었다.

"담임선생보다도 더하시군요, 신부님이."

장 여사가 농을 섞으며 미소로 받았다.

"아 참, 나(羅) 선생님은 사랑채에 계신가요?"

"어쩌나, 형부님은 외출하셔서 아직 안 돌아오셨는데? 좀처럼 바깥 출입을 안 하시는데, 오전에 후배 되시는 분이 YMCA에서 중요한 모임이 있다며 차로 모셔갔어요."

"그럼 이번엔 못 뵙고 가야겠군요. 현교는 내일 낮에 나하고 만나. 몇 군데 학원을 들러 봐야 하니까. 아까 올 때 지나왔던 혜화동 버스정류장에서 내리면 바로 옆에 T제과점이 있어. 거기서 열 두시 반…… . 그래, 그 시각에 만나지."

미카엘 신부는 손목시계를 보며 마루 아래로 내려섰다.

5

미카엘 신부가 돌아간 지 서너 시간 지난 저녁때가 되어서야 이 집 주인인 나준석(羅俊碩) 전 의원이 돌아왔다. 3년 전에 진갑이 지났을 뿐인데 겉모습은 고희에 이른 것만큼이나 조로해 보였다. 아녜스 수녀가 미카엘 신부에게 들려준 바에 의하면, 그는 장면 정권 시절 민의원 신파(新派)로 경제부처 장관 물망에까지 올랐으나, 5·16 군사정변으로 하루아침에 물거품이 되었고, 더구나 '정치활동정화법'에 묶이는 바람에 비분에 못 이겨 나날을 통음으로 지냈다고 한다. 게다가 장면 전 총리의 장례식을 전후로 꼬박 3주야를 술 속에서 지내다 뇌졸중으로 쓰러지고 난 다음부턴 두문불출, 독서와 성경읽기로 세월을 보내고 있다는 것이었다.

"약주 하셨구라."

노(老)부인이, 단장을 짚고 젊은 기사의 부축을 받으며 마당으로 들어서는 영감의 불쾌한 모습을 살피며 마뜩잖은 표정을 지었다.

"옛날 동지들이 권하는 바람에 몇 잔 기울였어."

영감은 멋쩍게 웃어 보였다.

"의원님, 그럼 전 이만 가 보겠습니다."

기사가 노부인에게 그를 넘기며 뒤로 물러섰다.

"으응, 수고했어. 조심해 가게."

나 영감이 손을 젓고는 마루에 걸터앉았다.

"형부님, 지난번에 말씀드린 우리 집 새 식구예요."

옆에서 머뭇거리고 있는 현교 모자를 장 여사가 소개했다.

"처음 벱(뵙)겠습니다."

"강현교입니다."

섬돌 아래에서 두 모자가 허리를 꺾어 정중히 인사했다.

"아, 대강 얘기 들었어요. 원지에서 오느라 애썼겠어요."

나 영감은 화지 부인과 현교를 번갈아 살폈다. "영특해 보이는구먼. 어느
강씬가?"

"편안 강씨(康氏)입니다. 이름자는 어질 현(賢), 가르칠 교(敎)이고요."

"음, 이름도 선비답군! 앞으로 잘해 보라구. 저 북한산 정기가 우리 집까지
뻗어 있으니까, 하하하."

취기가 아직 체내에 남아 있어서인지 나 영감은 일어서서 호기롭게 현교의
손을 불끈 쥐었다.

"형부님이 모처럼 심기가 활짝 피셨네요. 현교 학생 덕에 우리 집에 웃음이
되살아났나 봐요."

갑자기 집 안의 분위기가 화기애애해졌다.

"어여 씻고 진지 드셔야죠. 다들 기다리고 있는데."

노부인이 나 영감의 팔을 부여잡고 이끌었다.

그날 저녁은, 나 영감은 여느 때처럼 독상으로 차려 사랑방으로 들였으나,
장 여사 자매는 안방이 아닌 대청에서 현교 모자와 함께 스스럼없이 둥근상
에 둘러앉아 오붓하게 식사를 나누었다.

저녁상을 물리고 나서 잠시 두 모자가 그들의 방으로 가더니, 화지 부인이
핸드백을 가지고 다시 왔다.

"하숙비를 드려야 할 텐데, 어느 분에게……?"

화지 부인은 장 여사 자매의 얼굴을 보며 백에서 돈묶음을 꺼내려 했다.

"미카엘 신부님이 한 달치를 미리 주고 가셨는데요?"

"예에?"

화지 부인은 뜻밖이라는 듯 눈을 크게 떴다. "이건 경우가 아닙니다. 저희가
넉넉하진 않습니다만 하숙비까지 부담을 드려서야 되겠습니까? 나중에 다른
일로 힘이 부칠 때 도움을 받더라도 하숙비만큼은 저희가 감당해야지요."

"네가 알아서 잘 처리하렴."

노부인은 평소의 집안살림처럼 하숙에 관한 일도 동생에게 일임했다.

"그럼 제 방으로 가실까요?"

화지 부인을 안내한 장 여사의 건넌방은 가구며 꽃꽂이 수반, 수석 등이 조화롭게 배치되어 육순 부인의 방답지 않게 깔끔하고 아담했다.

"그럼 이왕 팔월분은 신부님이 주고 가셨으니 현교 어머닌 다음달부터 보내 주시는 게 어떻겠어요? 신부님께 도로 되돌려드리기도 그렇고."

장 여사가 잠깐 사이 생각한 듯 앉자마자 의견을 제시했다.

"그렇게 하지요. 그 대신 9월부터 연말까지의 분은 제가 드리고 가겠습니다."

"그렇게까지 안 해도 되는데……."

"아닙니다. 월 액수도 다른 하숙집보다 훨씬 적다는 걸 알고 있습니다."

핸드백에서 돈묶음을 꺼낸 화지 부인은 미카엘 신부가 낸 액수에 준해 4개월분 하숙비를 셈하여 장 여사에게 건넸다.

'과연 경우가 밝은 사람이로구나!'

장 여사는 돈을 받으며 새삼 상대의 얼굴을 응시했다. 촌부이면서도 어딘가 모르게 여느 여인과 다른 품위가 묻어났다.

"주시는 거니 고맙게 받겠어요. 이제 용건이 끝났으니 차나 한잔 하지요. 형부님 드리는 김에 우리도 한잔 마시죠 뭐. 냉커피 괜찮겠어요?"

화지 부인이 고개를 끄덕이자, 장 여사는 돈을 서랍에 넣고는 방을 나갔다. 화지 부인은 그대로 앉은 채 무심히 방 안을 둘러보았다. 방문 맞은편 벽은 육중한 흑단 장롱이 차지해 있었고, 그 오른쪽 벽 상부 중앙엔 갈색 뿔테 안경을 쓴, 근엄한 모습을 띤 중년 남자의 액자사진이 걸려 있었다. 유리창이 있는 왼쪽 벽 구석에는 장방형의 플라스틱 탁자 위에 그리스도와 성모 마리아의 석고상이 나란히 놓여 있고, 그 아래 펼쳐진 채 있는 성경 뒤로 한 젊은 여자의 사진이 액자에 담겨 있었다. 얼핏 스쳐 지나치던 화지 부인의 눈길은, 모나리자와 같은 미소로 자신을 주시하는 듯한 영상의 힘에 이끌려 그곳에 박히고 말았다.

'설마……!?'

화지 부인이 강한 의구심과 충동으로 몸을 일으키려는데 장 여사가 쟁반을 들고 들어왔다.

"시원하게 드세요. 현교도 한 잔 타다 줬어요."

"고맙습니다. 잘 마시겠습니다."

화지 부인은 얼른 몸의 자세를 바로 하며 장 여사가 내려놓는 커피 접시를 받았다.

"저, 실례가 될지 모르는 질문이지만 별뜻 없이 물어보는 것이니 혹여라도 오해는 마세요."

장 여사가 상대의 눈빛을 살피며 커피를 한 모금 마시곤 조심스레 말을 이었다. "혹시 전에 일본서 살았었나요? 말씨가 그런 것 같아서."

"예, 일본에서 나서 자랐습니다. 제 모국입니다."

화지 부인은 입에 대려던 커피잔을 든 채 마주 보며 별 거리낌 없이 대답했다.

"아, 그렇군요! 현교 아버지는 한국인이겠지요?"

"예, 그렇습니다."

화지 부인의 대답에 장 여사는 내심 적이 놀라면서도 내색은 하지 않았다. "쉽지 않은 결단을 했었겠군요. 사랑의 열정이 대단했었나 봐요?"

"글쎄요, 지금 생각해 보면 제가 큐피드(로마 신화에서 사랑의 신)의 화살에 맞았었나 봅니다."

찻잔을 접시에 내려놓으며 화지 부인은 처연히 미소지었다.

"역시 사랑 앞엔 국경도 어쩔 수 없었군요. 아무튼 보통 의지가 아니에요. 웬만하면 모국으로 돌아갈 만도 한데, 끝내 남아서 혼자서 아들을 키워 내시고……"

"현교는 저에게 유일한 희망입니다. 저 아이가 없었다면 저도 어떻게 달라졌을지 모릅니다. 요즈막에 와선 그게 신의 계시가 아니었나 하는 생각이 들기도 합니다."

화지 부인의 말 속에서 장 여사는 꿋꿋한 신념과 비장함을 엿볼 수 있었다.

"그래서 천주교를 믿기로 한 건가요?"

"그런 건 아닙니다. 우리 마을엔 성당은커녕 공소조차 없는데요 뭐."

"그럼 미카엘 신부는 어떻게 알게 되었나요?"

"아 예, 미카엘 신부님을 만난 것은 선교(宣敎) 때문이 아니라, 우리 현교 삼촌 일로 인해서였습니다."

"현교 삼촌이라니요?"

"예, 6·25 당시 우리 삼촌하고 미카엘 신부가 같은 전선에서 싸웠다고 합니다. 그러다 부대가 중공군에 포위되어 전멸할 위기에 처하자 탈출을 하던 중 둘이 우연히 만나게 되었답니다. 그때, 다리에 부상을 입은 미카엘 신부의 도강을 도와주다가 삼촌이 희생되었나 봅니다. 그래서 신부님은 우리 삼촌을 '생명의 은인'이라 생각하고……."

"삼촌은 어떻게 되었는데요?"

언미필에 장 여사가 성급히 물었다.

"신부님의 말로는 포로가 됐을지도 모른다고 하는데, 십중팔구 전사했다고 봅니다. 제가 전사통지서를 받았고, 미카엘 신부님도 국방부에서 확인했으니까요. 그래서 신부님은 삼촌의 희생에 대해 보은을 하겠다지 뭡니까. 왜관에서 저의 시골 집까지 찾아와서 말입니다."

"사연이 그렇게 된 것이었군요. 참으로 안타깝고 갸륵한 일이네요."

장 여사는 고개를 끄덕이며 애석한 마음을 표했으나, 아까부터 가슴 한구석에 내재되었던 궁금증이 은연중 증폭되기 시작했다.

"혹시 삼촌 되는 분이 6·25 전에 서울에서 대학을 다니지 않았나요?"

"예, 맞습니다. S대학교 문리대에 다니다 입대했습니다."

'역시 내 육감이 틀리지 않았구나!'

장 여사는 내심 확신을 가졌다. 그러나 '그 삼촌이 강철준이 아녜요?' 란 질문은 선뜻 입 밖으로 나오지 않았다. 이제 와서 확인해 본들 부질없는 일이거니와, 공연히 피아 공히 감상의 분위기로 빠져들까 봐 두렵기도 했던 것이다. 하지만 줄곧 온화했던 장 여사의 얼굴에 소연(蕭然)한 그늘이 드리워지는 걸 상대는 읽을 수 있었다. 두 여인의 정신 감응이 통한 것일까, 이번엔 화지 부인이 조용히 입을 열었다.

"제가 한 가지 여쭈어봐도 되겠습니까?"

장 여사는 말없이 마주 보며 시선으로 대답했다.

"저 사진 속의 아가씨는 따님이십니까?"

화지 부인은 고개를 돌리며 탁자 위의 액자사진을 가리켰다.

"예……."

예상외로 딸에 대한 물음에 장 여사는 눈동자가 가로섰다. "근데 우리 딸애는 왜……?"

"예전에 본 듯한 얼굴이라서……."

"어디서요?

장 여사는 다그쳐 물었다.

"우리 삼촌 사진에서……."

"강철준 선생!?"

드디어 장 여사의 입에서 '강철준' 이란 이름이 튀어나왔다. 끝내 들추어내지 않으려던 그 애틋한 이름이.

하지만 장 여사와는 달리, 화지 부인의 표정은 차라리 담담했다. 장 여사의 한마디로 사진 속 주인공의 정체가 분명해진 것이었다.

"예, 그렇습니다. 삼촌이 그토록 그리워하던 아가씨가 장 여사님 따님이었다니……! 삼촌은 북한군의 남침 때 아가씨와 헤어지고 고향으로 돌아온 후 날마다 성경책 갈피 속의 사진을 보며 그리움을 달랬답니다."

"나도 처음엔 '설마' 했는데, 기연이 따로 있는 게 아닌가 싶군요."

"따님은 지금 잘 있습니까?"

사진 쪽을 일별한 화지 부인은 이같이 말하면서도 마음속으론 '따님은 결혼했겠지요?' 하고 묻고 있었다. 그러나 돌아온 대답은 그녀의 상상과는 반대로 너무나 비통스럽고 충격적이었다. 얼른 답을 못하고 이마에 손을 대고 있던 장 여사가 무겁게 입을 뗐다.

"지금쯤 강 선생과 하늘나라에서 만나고 있을 거예요. 이승에서 못다 한 사랑이 그곳에서나마 이루어졌으면……."

장 여사는 눈시울을 적셨다. 화지 부인은 순간적이나마 자신의 억측에 대한 무안스러움과 함께 아연함을 금치 못했다.

"아니, 어쩌다가 그리 되었습니까?"

"북한군의 만행 때문이지요. 그 애만 아니라 아버지까지……."

장 여사는 이슬이 맺힌 눈으로 벽 중앙의 사진을 올려다보았고, 화지 부인의 시선도 따라 움직였다.

'저분이 바로 삼촌이 말하던 한 검사로구나.'

화지 부인은 한경훈 검사의 사진을 물끄러미 바라보면서 전쟁의 또 한 면의 비극을 재삼 확인할 수 있었다.

"무어라 말씀드려야 할지 모르겠습니다. 삼촌의 편지엔 그런 사연이 일언반구도 없어서……."

"슬픔을 현교 어머니한테까지 안기고 싶지 않아서였겠지요."

"그래도 그 말 못할 괴로움과 슬픔을 훌륭하게 극복해 내셨습니다."

"그게 다 주님께서 이끌어 주신 덕분이지요."

탁자 위의 그리스도와 마리아의 석고상을 바라보는 장 여사는 평온을 되찾은 모습이었다.

"그런데 작은따님은……?"

화지 부인이 서먹하게 물었다.

"우리 둘째 애 말인가요?"

"예, 삼촌이 가르치던 학생이 아가씨의 여동생이라 들었는데."

"그 애는 몇 해 전에 수녀원에 들어갔어요. 지금 왜관 수도원에 있어요. 우리 집을 미카엘 신부님에세 알선한 것도 그 애고요."

"예, 그랬었군요. 이제야 그간의 사정을 알 것 같습니다. 그러고 보니 둘째 따님이 우리 현교를 여사님 댁으로 인도한 셈이군요. 언제 만나면 제대로 감사를 해야겠습니다."

화지 부인은 모처럼 밝게 미소를 지었다.

"아무래도 우리의 인연이 예삿일은 아닌가 봐요. 앞으로 현교를 한식구나 다름없이 성의껏 돌볼 테니, 현교 어머님은 마음을 놓아도 될 거예요."

"예, 말씀대로 마음을 놓겠습니다. 이 고마움을 뭐라 말씀드려야 할지, 정말 감사합니다."

화지 부인은 복받치는 감격의 눈물을 손등으로 찍어냈다.

이튿날 약속대로 혜화동 T제과점에서 미카엘 신부를 만난 현교는 그의 안내를 받아 종로 부근의 J학원에서 수학, 영어, 국어의 수강을 신청했는데, 수강료(한 달분)는 전액을 미카엘 신부가 지불했다.

"나는 이길로 왜관으로 돌아가야 하니, 어머님께 인사 못 드리고 간다고 전해 드려. 개학이 시작될 무렵에 다시 올라와서 만나자구. 전학 수속을 마쳐야 할 테니까."

"알았습니다. 안녕히 가십시오."

두 사람은 수강 신청생들로 붐비는 학원가를 빠져나와 종각 앞에서 헤어졌다. 그 다음날, 화지 부인도 창경원 구경을 시켜 주겠다는 장 여사의 권유를 다음 기회로 미루고 고향으로 돌아갔다.

제2장 나준석 영감

6

여름방학이 끝나자 현교는 전학 수속을 마치고 D고등학교에서의 2학기가 시작되었다. 면 소재지 지방 학교에서 일약 수도 서울 학교로의 전학—현교로선 그야말로 유학(留學)이나 다를 바 없었다.

시간이 흐르면서 그는 교우들과도 친숙해졌고, 서울 생활에도 익숙해져 갔다. 장 여사의 극진한 보살핌으로 하등의 불편함이나 심적인 구애 없이 오직 학업에만 정진할 수 있었다. 고향 집 어머니 슬하에서처럼.

물론 그는 삼촌(철준)과 장 여사네와의 지난날의 관계를 모른다. 어머니가 거기에 관해선 내색조차 하지 않았을뿐더러 장 여사 또한 일언반구도 내비치지 않았으니까. 항용 한다는 소리가 "공부하는 데 힘들거나 불편한 건 없니?", "이번 모의고사 순위는 어땠어?" 하고, 그의 방으로 몸소 건너와 친어머니처럼 살갑게 말을 붙이곤 했다. 그리고 며칠 전에는 "사랑채 아저씨도 이따금 뵙고 문안드려. 적적해하시니까."라고 이르기도 했다.

"안 그래도 그러려던 참이었어요. 내일 모레가 공휴일이니까……."

현교가 의자에서 몸을 일으키자, 장 여사는 가볍게 그의 어깨를 누르며 상냥스레 말했다. "그냥 앉아서 공부해. 아니, 이 남방 갈아입을 때 안됐어? 빨랫감은 그때그때 내놓도록 해. 어려워하지 말고. 알았지?"

"예."

그리고 이틀 뒤. 그날은 개천절이었으므로 평소보다 늦게 일어난 현교는 마당에서 맨손체조로 몸을 풀고 있었다. 문안드리려던 나 영감이 아침 산책에서 아직 돌아오지 않았기 때문이었다.

'내가 모시고 나갔으면 좋았을걸!'

그는 눈을 들어 울긋불긋하게 물들어 가는 북한산 자락의 단풍을 바라보면서 대문으로 발길을 옮겼다.

"오늘은 학원도 쉬나? 그런 줄 알았으면 나하고 같이 산책 나갈 걸 그랬군."

이윽고 나 영감이 지팡이를 짚은 채 대문 안으로 들어서며 현교를 쳐다보았다. 만면에 웃음을 띠고 있었지만, 얼굴이 수척해졌고 안색도 검누른빛이 두드러져 보였다.

"한동안 문안드리지 못했습니다."

현교가 거북스러운 자세로 꾸벅했다.

"문안은 무슨, 그 시간에 수학 문제 하나라도 더 풀어야지……. 그럼 오랜만에 우리 차나 한잔 할까?"

나 영감은 장 여사가 아침상을 보려는 것을 이따가 점심을 겸해 먹겠다며 대신 커피를 부탁했다.

"많이 힘들지? 원래 목표가 원대하면 그 도정(道程)도 수월치 않은 법이야. 자, 그리 앉아."

나 영감은 점퍼를 벗어 옷걸이에 걸면서 탁자 양옆에 놓인 소파를 턱짓으로 가리켰다. 현교는 "예." 하고 짧게 대답하곤 조심스레 소파에 몸을 얹었다. 그의 뒤 벽은 각종 서책으로 채워진 서가가 차지하고 있었고, 맞은편 벽 중앙에는 사진틀이 걸려 있었는데, 사진 가운데엔 장면 전 총리가 앉아 있고, 그 좌우에 H 전 국방장관과 나 영감이 서 있었다. 그리고 탁자 위엔 일서로 보이는 《德川家康(도쿠가와 이에야스)》가 놓여 있었다.

"성경 〈시편〉에 '뿌릴 씨 들고 울며 가던 이, 곡식단 안고 환호하며 돌아오리라.' 라는 구절이 있어. '고생 끝에 낙이 온다.'는 말이지. 조금만 더 고생해."

"그럼요, 현교는 반드시 좋은 결실을 거둘 거예요. 얼마나 열심히 노력하는데."

마침 쟁반을 들고 들어온 장 여사가 탁자에다 찻잔을 내려놓으면서 한마디 거들었다.

"물론 노력한 만큼 좋은 성과를 얻으리라 믿어. 그러나 노력도 노력이지만 경쟁 세계에선 자신감도 중요하다는 걸 명심해. 대학입시야말로 치열한 경쟁이니까. 그만큼 책과 피나는 싸움을 벌였으면 수많은 경쟁자들에게 주눅들지 말고 자신의 실력에 대해 확신을 가지라고. 내 말 알아듣겠지?"

"예, 저도 그 점을 유의하곤 있습니다만……."

"우리 인생살이, 특히 사나이 세계엔 실력 못지않게 두둑한 배짱도 필요할 때가 있는 법이거든."

나 영감은 감회 어린 눈빛으로 벽에 걸린 사진틀을 힐긋 바라보고는 찻잔으로 손을 뻗치며 "자, 식기 전에 들지." 하고 현교에게도 권했다. 현교는 나 영감의 끝말이 알 듯 모를 듯 아리송하기도 했거니와, 할아버지뻘 되는 나 영감과 자리를 같이하는 것이 거북스레 느껴져 그의 말에 뒤를 잇지 못하고 커피만 홀짝거렸다.

"S공대를 지망한다고?"

나 영감이 현교의 심기(心氣)를 의식한 듯 화두를 돌렸다.

"예."

현교는 찻잔을 내려놓으며 나 영감을 정시했다.

"무슨 과?"

"원자력공학과를 지망할까 합니다."

"원자력공학과……? 그래, 우리나라에선 신설된 지 얼마 안된 학과니까 앞으로 유망할 거야. 진로를 잘 선택한 것 같군. 무슨 분야든 파이어니어 역할이 중요한 거야, 또 공로나 보람도 크고."

"아직은 제 희망 사항일 뿐입니다."

"아니야. 나는 강 군의 희망이 성취되리라고 믿어. 난 강 군을 처음 본 순간, 첫눈에 그걸 읽었지. 아마추어이긴 하지만 나도 상(相)을 볼 줄 알거든. 강 군은 장차 훌륭한 학자가 될 거야. 아까도 말했지만 자신감을 가져!"

"……!"

나 영감의 확신에 찬 말에 현교는 자신도 모르게 고무되면서 가슴이 두근거렸다. 그런 데다 나 영감은 한술 더 떴다.

"그러고 말이지, 대학을 졸업하는 대로, 아니 졸업 전이라도 외국으로 유학을 가도록 해. 성적만 좋으면 유명 대학에서 스칼라십을 받을 수 있을 거야."

"하지만 스칼라십을 받는 게 어디 쉬운 일인가요?"

"그렇지 않아. 내 친구 아들도 작년에 그런 케이스로 독일로 떠났어. 마침 우리 인경이가 독일에 있으니 여러 방도로 알아볼 수 있을 거야. 또 미카엘 신부도 힘써 줄 거고. 그러니 강 군은 오로지 학업에만 전념하면 돼. 아무튼 세계적인 학자가 되기 위해선 한국을 떠나야 해. 지금의 우리나라 실정으로는 국제 수준의 연구를 할 수가 없어. 모쪼록 지금의 꿈과 희망을 잃지 말고 초지일관 매진해야 돼. 그래서 장차 국민들에게 '한국 최초의 노벨 과학상 수상자 탄생!'이라는 영광도 안겨 줘야지 않겠어?"

나 영감의 말은 비록 목소리는 낮았으나 제스처는 마치 우국지사의 호소와도 같이 진지하고 열의가 넘쳤다. 하지만 듣고 있는 현교 쪽은 갑자기 강박감에 옥죄이는 기분이었다. 게다가 독일에 있는 인경(나 영감의 막내딸)에 대한 언급도 그에겐 생경하기 짝이 없었다.

"지금 제가 할 수 있는 건 최선을 다하는 것뿐이라고 생각합니다."

나 영감의 말이 자신에 대한 진실된 격려임을 모르지 않는 현교는 나름대로 한마디 했으나, 지금은 그 자리가 바늘방석이었다.

그때 마침 구원투수가 나타났다. 대문 여닫는 소리에 이어 "안녕하십니까, 나 의원님." 하는 인사와 함께 미카엘 신부가 사랑채 문앞에 모습을 드러낸 것이었다. 예의 그 밝은 표정에 미소까지 띠고. 현교는 금세 서먹한 분위기에서 헤어날 수 있었다.

"어서 오세요, 신부님."

나 영감은 자리에서 일어나 마루로 나오며 신부를 방 안으로 맞아들였다.

"어인 발걸음이세요, 그 원지에서?"

"혜화동 가톨릭대학에 왔던 김에 어르신들께 문안을 드리려구요. 현교 군도 만나볼 겸 말입니다."

미카엘 신부는 벽에 걸린 사진에 잠깐 눈을 주었다가 손가방을 내려놓으며 현교의 맞은편 소파에 앉았다.

"가톨릭대학엔 무슨 일로……?"

"아, 최민순 신부님께 여쭤볼 게 있어서요. 최 교수님이 《돈키호테》를 번역하실 때 직접 현지를 답사하셨다고 들었습니다. 그래서 몇 가지 확인해 보려고."

"미카엘 신부님이 문학도 하시나요?"

나 영감은 의외라는 표정이었다.

"문학이랄 것도 없어요. 그저 취미 삼아 끼적일 뿐인데요 뭐."

"아무튼 열의가 대단하십니다. 교리 강론도 분주하실 텐데."

나 영감은 아들뻘 되는 신부에게 깍듯이 존대어를 썼다. "기왕 문학에 뜻을 두셨으면 《돈키호테》 같은 서양 문학에만 마음을 쓸 것이 아니라, 우리 한국에 대해서도 관심을 가져보시는 게 어때요?"

"한국 문학에 대해서 말입니까?"

"물론 한국 문학에 대한 연구도 연구지만 내 말은 한국을 배경으로 한 작품을 써 보시라는 거예요. 멀리 고대나 중·근세까지 갈 필요도 없이, 현대의 이승만 정권에서 박정희 독재정권까지의 사건만 해도 글감이 널려 있지 않아요? 요즘처럼 언론통제가 심할 때, 신부님 같은 객관적 입장에서라면 모든 사건을 자유자재로 표현하기가 한결 용이할 테고 말이에요."

"아무리 사건이 넘쳐난다 한들 저 같은 아마추어가 감히 엄두나 내겠습니까? 한국에 대해서 아직 모든 것이 생소한데."

미카엘 신부는 손사래를 치며 난색을 표했으나, 내심으론 '그렇지 않아도 언젠가는 한국에 대해 뭔가를 꼭 엮어내고 싶습니다.' 라고 다짐하고 있었다.

"세르반테스는 태어날 때부터 《돈키호테》를 쓰려고 했겠어요? 노예 생활, 투옥 등 기구한 체험을 한 그가, 속세에서 횡행하는 권위와 세력을 보다 못해 이를 타도할 목적으로 붓을 든 게 아닙니까? 레반토 해전에 참가했던 일개 수병이 그토록 기발한 공상과 유머에 찬 걸작을 낳으리라고는 그 자신도 몰랐을 거예요."

"아니, 나 의원님께선 세르반테스에 대해 저보다도 많이 알고 계시는 것 같습니다."

"이제 다 지난 일이에요. 나도 청년 시절엔 문학에 심취한 적이 있었지요. 강단에서 제자들이나 기르면서 그 길로 곧장 갔어야 하는 건데, 6·25 난리통에 뭣도 모르도 정치판에 발을 들여놨다가……"

"왜, 나라가 어려울 땐 정치에 참여하는 것도 보람 있는 일 아닙니까? 구국의 차원에서도 그렇고, 글을 쓰는 데 산 경험도 얻고 말입니다."

"정치 세계를 모르시고 하는 말씀. 정치, 특히 한국에서의 정치는 기회주의자들이나 하는 놀음이에요. 곡예나 술수에 능한 자들이나 판치는 세상이지, 양심적이고 나이브한 사람은 애당초 몸 담을 세계가 못 됩니다."

나 영감의 어조가 다소 격앙된 것이 마치 미카엘 신부에게 자신의 현 처지를 하소연하는 것처럼 느껴졌다.

"원래 인간의 본성이 기회주의적인 게 아닌가요?"

미카엘 신부는 나 영감의 눈빛을 잠깐 살피곤 말을 이었다. "이건 한국을 폄훼하고자 해서 하는 말은 아닙니다만, '한국에서 출세한 사람치고 기회주의자가 아닌 자가 없다.' 는 속설도 있잖습니까."

"폄훼가 아니에요. 신부님 말이 한 치도 틀리지 않았어요. 대통령을 포함한 위정자건 민중이건 가히 '기회주의 천국' 이지요. 그런 판국이니 정도(正道)를 따라 합리적으로 자유민주주의를 실천해 나아가려던 지조파들이 하루아침에 쓸려내릴 수밖에요."

"지금, 장면 정권을 말씀하시는 겁니까?"

나 영감은 신부의 물음에 대답 대신 "강 군, 나 냉수 한 그릇만 떠다 다오." 하고 현교에게 말했다. 그러곤 벽으로 눈길을 돌리더니 사진 속의 한 인물을 응시했다. "단군 이래 처음으로 자유민주주의라는 신화를 만들어낸 선진적인 정치가였는데……."

그는 현교가 탁자 위에 내려놓은 냉수 대접을 들어 반쯤 들이켰다.

"아직도 장면 박사를 못 잊으시나 보군요? 저 역시 그분이 종교적 경건함이 몸에 밴 구도자적 정치가인 점은 인정합니다. 존경도 하고요. 하지만 정치인이 되려면 리더십과 카리스마도 필요한 게 아닐까요? 종교 또한 정치적 요소가 다분하거늘, 하물며 '갈등과 투쟁'이라는 정치의 속성은 아무리 역사가 진보한다 해도 영원히 변하지 않을 인간 세계의 속성이라고 보는 게 옳을 겁니다. 정치가란 결코 성인군자라야 되는 건 아니니까요."

"나로서도 그게 참으로 안타까운 점이에요. 4·19 이후 이 땅에는 자유라는 미명 아래 데모가 범람했어요. 자유당 독재체제하에 위축되었던 각 이익집단과 사회단체들이 분출해내는 욕구였지요. 오죽하면 '데모로 해가 뜨고 데모로 해가 진다.'는 말까지 나왔겠어요. 그러나 장 박사는 이런 무질서와 혼란을 인내로 극복하는 것이 가장 바람직하다고 믿었어요."

나 영감은 대접 안의 남은 냉수를 비우곤 신부를 쳐다보았다.

"나 의원님의 장면 정부에 대한 아쉬움이나 충정은 충분히 이해가 갑니다. 하지만 제 견해는 이렇습니다. 현재의 한국 상황에선 장면 박사의 등장이 주연으로서는 시기상조였다고 봅니다. 적어도 투 데케이드(20년)쯤 훗날에나 나타났어야 될 미래형 정치가라고 말입니다. 아마도 장 박사의 이념은 '그토록 국민이 열망하던 자유를 한번 만끽시켜 보자.'였을 겁니다. 그러나 결과는 전국 곳곳에서 '배고픈 자유', '실업의 자유', '데모하는 자유' 들만이 넘쳐날 뿐이었지요."

"원래 민주주의라는 게 시끄러운 거 아니에요? '데모 공화국'이니 뭐니 하

149

지만, 5·16 쿠데타 직전에는 데모가 줄고 사회도 안정되어 갔어요. 데모 하나 못 막는 무능한 정권이라는 비난은 쿠데타를 합리화하려는 명분일 뿐이지요. 오히려 쿠데타 주모자들은, 혁신계를 비롯한 일부 불평분자들이 다반사로 벌이는 시위가 난폭한 행동으로 표출되고 전국적으로 확산되기를 바랐고, 심지어 4·19 일주년을 기해 대규모 시위가 일어나도록 유발 공작을 펴기까지 했지요."

"그런데 제가 아는 바로는 당시 '4월 위기설'이며 '족청계 쿠데타설' 등 갖가지 쿠데타설이 난무하는 가운데, 장면 총리는 십여 차례나 쿠데타 정보를 보고받았고, 정보통인 주요 인사가 박정희를 포함한 쿠데타 주동자 명단을 입수해 직접 장 총리에게 전달하면서 시급한 인사 조치를 요청했다고 합니다. 뿐만 아니라, 미국의 CIA 한국 지부장 실버가 쿠데타 발생에 대해 장 총리에게 경고까지 했고요. 그런데도 그들의 말에 귀를 기울이지 않았어요. 위기 대처에 너무도 방심해 있었던 겁니다."

"그건 장 박사의 깊은 신앙심으로 측근을 당신의 선량한 마음처럼 믿었기 때문이지요. 특히 육군참모총장은 미 8군사령관 매그루더의 적극적인 추천에 의해 임명되었을 뿐 아니라, 고향이 같은 평안도인 데다 본관 또한 같은 인동 장씨여서 장도영을 전적으로 믿었고, 차마 그가 총리와 쿠데타 세력에 양다리를 걸치리라고는 상상조차 못했지요. 결과적으로, 고양이더러 반찬 가게 지키라는 꼴이 됐으니……."

나 영감은 잠시 말을 끊고, 다시 벽의 사진 쪽으로 눈길을 돌렸다. 향원정을 배경으로 연못에 걸린 다리의 난간 위에 캐주얼 차림으로 걸터앉은 장면 총리가 동그란 안경테 속에서 인자스러운 눈빛으로 나 영감의 변설을 지켜보고 있는 것 같았다.

"하지만 그러한 이유로 장면 정부, 아니 장면 총리의 유약하고 무책임한 행동이 면죄받을 수는 없습니다. 나 의원께서 어떻게 생각하고 계신지 모르겠습니다만, 국정의 책임자로서 쿠데타에 대한 경계를 제대로 하지 못한 것은 차치하더라도, 쿠데타 세력에 쉽게 굴복했다는 사실 이상으로 더 큰 죄과는 없을 것입니다. 쿠데타군이 두려웠다면 매그루더나 그린 대리대사를 떳떳하게 만나 대책을 논의할 것이지, 왜 카르멜 수녀원에 숨어서 내각의 실세인 측근들과의 연락마저 일체 끊어 버릴 수가 있습니까. 그런 긴박한 와중에 수녀방에서 천주님께 기도를 드리고 있었으니……. 제가 보기에 장 박사님은 직업을 잘못 선택한 분입니다. 정치인 총리가 아니라 종교인 추기경이 되었으면 어울릴 사람이었어요."

미카엘 신부의 어조는 차분하면서도 단호했다. 그는 나 영감의 언짢은 듯한 표정을 살피며 말을 이었다.

"그리고 제가 한 시사 주간지에서 본 내용인데, 장 박사님은 병적일 정도로 미국 의존증이 심했다면서요? 맞습니까, 나 의원님?"

"그야 박사님의 해방 후의 정계 진출이 미국의 적극적인 견인으로 가능한 것이었기에, 그 은혜를 저버리지 않으려는 한결같은 생각이, 워낙 신앙심이 깊었던 장 박사의 마음속에 각인된 것이라고 볼 수 있겠지요. 한 나라의 역사와 마찬가지로 인생 역정 역시 가정(假定)이란 게 부질없는 노릇이겠지만, 그분도 애초에 발을 들여놓은 교육자의 길을 그대로 갔다면 말로가 그처럼 비참하진 않았을 거예요."

"저 역시 그토록 독실한 가톨릭 교육자였던 분이 왜 기질적으로 맞지 않는 정치의 길로 들어섰는지 선뜻 이해가 가지 않습니다."

"그건 장 박사의 자의에 의한 것이라기보다 미국의 정치적 계산에 의해 끌려들어간 것이라고 보는 게 옳아요. 해방 후의 정치적 소용돌이 속에서 미국은 장 박사를 필요할 때 언제든지, 카리스마적인 이승만을 대체할 수 있는 반공파 세력 내의 온건파 대표자로 활용하고자 했던 것이지요. 이에 신앙심이 돈독한 장 박사는 순한 양처럼 미국이라는 목자, 아니 천주님을 거의 맹목적으로 믿고 따른 거예요. 한데, 그 결과는 토사구팽, 미국의 배신이었어요."

"미국의 배신이라고요?"

신부의 눈이 치떠지며 반짝 빛났다.

"신부님에겐 내 말이 쓴소리로 들릴지 모르겠지만 그건 사실이에요. 장총리가 카르멜 수녀원에 피신해 있을 무렵, 미국은 이미 쿠데타를 기정사실로 인정하고 있었어요. 당시 미국이 장 총리와의 연락이 두절되어 쿠데타를 진압할 수 없었다거나, 윤보선 대통령이 쿠데타를 지지해서 어쩔 수 없었다는 것은 책임회피성 변명에 지나지 않아요. 미국은 진작부터 장 총리에 대한 대안을 고려하고 있던 차에, 박정희가 거사하자 그 대안에 따라 장 총리를 버린 거예요. 그 증거로, 5·16 당일 매그루더와 그린이 '장면 정부를 지지한다.'는 성명을 발표한 지 7, 8시간 후, 미국 합참의장 렘니처는 매그루더에게 '앞으로 더 이상의 논평을 삼가고, 부득이한 경우엔 유엔군은 내전에는 원칙적으로 개입할 수 없으며, 공산주의자들의 위협으로부터 한국을 지키는 데 그 목적이 있다는 사실만 강조하라.'고 지시했다는 거예요. 그러니 하늘같이 믿었던 미국의 그런 기회주의적 태도에 장 박사가 얼마나 좌절감을 느꼈겠어요."

이번에는 미카엘 신부가 대답이 궁색했다. 나 영감의 말에 수긍이 가면서도 '미국의 그런 기회주의적 태도'란 지적을 백 프로 수용하기엔 찜찜한 느낌도 들었다.

"제가 미국인이라서 이런 말을 하는 건 아닙니다만, 미국의 대외 정책은 지금이 냉전시대라는 현실을 고려하지 않을 수 없을 겁니다. 민족주의를 싫어하는 미국은 반공우익, 친미주의 등 몇 가지 주요 조건이 미국의 노선과 부합되기만 하면, 그 나라의 어느 정치 집단이든 힘이 기우는 쪽을 선택하지 않나 싶습니다. 그게 기회주의라고 보여지더라도 말입니다."

"내가 안타까워하는 건 바로 그 점입니다. 그러한 미국을 제대로 인식하지 못하고, '자유 지상주의 이데올로기'에 사로잡혀 오로지 숭미주의로 일관했던 그 병적인 신뢰심 말이에요. 결국 장 박사님은 수녀원으로 피신하고 나서 병상에서 눈을 감을 때까지, 쿠데타를 막지 못한 죄인이란 죄의식 속에서 참

회의 나날을 보내다 가셨지요."

벽의 사진을 애연히 바라보는 나 영감의 눈길을 따라 다른 두 사람이 시선
도 저절로 옮겨졌다.

그때, 밖에서 들려온 장 여사의 목소리가 무거운 실내의 분위기를 깨뜨렸
다. "웬 열띤 토론이에요? 토론도 좋지만 점심들은 드시고 하셔야죠."

"내가 괜히 애먼 신부님한테 한풀이를 한 모양이군요."

나 영감은 미카엘 신부에게 미안쩍은 표정을 지으며 자리에서 일어섰다.

"아닙니다. 좋은 말씀을 하셨어요. 저도 오늘 많은 것을 배웠습니다."

"허허허. 그러시다면 내가 덜 미안스럽고……."

그러고는 마루로 나오다가 발을 멈추고 현교를 뒤돌아보았다. "이제 보니
내가 강 군의 귀중한 시간을 빼앗은 것 같구먼. 하지만 내가 한 말 중 한 가지
만은 강 군에게도 교훈이 될 거야. 어떤 경우든 기회주의에 사로잡히거나 편
승하지 않고, 자신의 지조와 신념, 원칙과 도리를 지키며 살아야 돼. 임기응
변으로 일신의 영달만을 위해 영혼을 팔아선 안된다는 말이야. 물론 강 군은
장차 과학자의 길을 갈 테니까 정치 세계와는 다르겠지만."

현교의 등을 토닥여 주는 나 영감의 주름진 얼굴에 황갈색이 한층 도드라
져 보였다.

7

그날 나 영감이 미카엘 신부와 현교 앞에서 토해낸 말은 이들 두 사람과는
사실상 마지막 대화가 되고 말았다. 결과적으로 말하면, 나준석 전 의원의 표
현대로 그가 모처럼 미카엘 신부에게 쏟아낸 '한풀이'는 이제 막 사위어 가는
촛불이 마지막으로 반짝 타오르는 불꽃과도 같은 것이었다.

그동안 다소 호전되는 듯 보이던 그의 간경변증이, 미카엘 신부가 다녀간

다음날부터 갑자기 악화되어 병원으로 실려가게 되었다. 복수(腹水) 증상이 하루가 다르게 심해 갔다. 자신의 운명을 이미 예감한 나 영감은 어느 날 노부인과 교대로 간병하던 장 여사에게 병상에 누운 채 말을 꺼냈다.

"처제, 강 군을 어떻게 생각해?"

"……?"

장 여사에겐 뜬금없는 질문이 아닐 수 없었다.

"현교 말예요?"

나 영감은 대답 대신 고개를 끄덕였다.

"왜요?"

"이건 어디까지나 내 생각인데……, 강 군을 인경이하고 짝 맞춰 주면 어떨까 해서."

장 여사가 얼떨떨한 표정으로 나 영감을 내려다보자, 그가 물었다. "왜, 내 말이 뚱딴지 같은가?"

"지금 형부 몸부터 추스르셔야지 인경이 생각 하실 때예요?"

"아니야, 내 몸은 내가 잘 알아. 이제 주님 곁으로 갈 날이 멀지 않았어. 선경인 닥터 최(崔)하고 미국에서 잘 지내고 있으니 걱정 없고, 인경이 짝은 내가 챙겨 줘야 하는데……."

"그렇지만 형부, 현교하고 인경인 서로 얼굴조차 모르는 생판 아녜요? 게다가 현곤 지금 고삼인 데다 인경이보다 세 살 아래지 않아요?"

"그래서 내가 처제한테 부탁하는 거 아닌가. 내 그동안 보아하니 강 군이 될성부른 청년이라는 확신이 서. 다른 면에서만 문제가 없다면 나이 차 정도는 그리 대수로울 게 못 돼. 그러니 처제가 날 대신해서 둘의 관계를 성사시켜 줬으면 해. 내 마지막 부탁이야."

마치 유언과도 같은 이 애틋하고 간절한 한마디에 장 여사는 젖어드는 눈시울을 손으로 가리며 가까스로 위안의 말을 했다.

"이 일은 제가 힘 닿는 데까지 애써 볼게요. 현교가 우리 집에 온 것부터가 일단은 인연이니, 앞으로 주님께서도 도와주실 거예요."

"그래, 처제는 잘 해낼 거야. 난 믿어."

나 영감은 깡마른 얼굴에 주름을 지으며 어린애처럼 좋아했다.

제2장 6절의 '장면 정부'와 관련된 내용은 강준만 저 《한국 현대사 산책: 1960년대편(제1권)》(인물과 사상사, 2006년) 중에서 제2장 〈역사의 지체에 대한 분노〉의 일부를 인용 · 참조하였음.

제3장 파독 간호사, 인경

8

꽃샘추위가 아직 가시지 않은 3월 상순.

나준석 전 의원의 현교에 대한 확신의 첫 단추가 제대로 끼워진 것일까? 드디어 현교는 S공대에 합격함으로써 자신이 목표한 첫 관문을 통과한 것이다. 그것도 모교 출신으로는 영예의 급제자가 자기를 포함해 단 3명뿐이었으니 그의 감격스러움과 자긍심은 구름을 타고 하늘로 두둥실 날아오르는 듯했다.

대학 교사(校舍)의 벽에 나붙은 합격자 명단을, 보고 또 보고 몇 번이나 확인하고 난 뒤 현교가 달려간 곳은 공중전화 부스였다.

"저 붙었어요, 신부님!"

여자 교환원의 안내로 수화기를 받아 든 미카엘 신부에게 날린 제일성이었다. 아직 흥분이 채 가라앉지 않은 가쁜 숨결이 전선을 타고 신부의 고막을 진동시켰다.

"오, 브라보! 역시 해냈군! 내 바로 올라갈게. 어디서 만날까?"

신부의 목소리도 격앙되어 있었다.

"저는 아저씨 입원해 계신 S대 병원에 가 있을게요. 그리로 오시겠어요?"

"오케이! 이따가 봐."

공중전화 부스에서 나온 현교는 사방이 탁 트인 신공덕리(당시는 경기도 양주군) 교정의 확성기에서 울려 퍼지는 마리오란자의 '돌아오라 소렌토로'를 뒤로하며 청량리행 버스에 올랐다.

달리는 버스의 차창 너머로, 지난해 가을걷이를 한 논밭들이 황량하게 나지를 드러내 있었고, 경춘선 건널목에 이르렀을 때에는 육군사관학교로 안내하는 이정표가 보였다.

'아, 육사(陸士)도 여기 있구나.'

고향에서 미카엘 신부를 만나기 전, 대학 진학 후의 학비 때문에 한때 육사지망을 고려해 본 적이 있던 현교는 '자칫했으면 내가 적성에도 안 맞는 여기에다 내 미래를 맡겼을지도 몰라.' 라는 생각이 문득 들기도 했다. 그러기에 자기의 애초의 목표대로 진로를 설정해 주고 오늘의 영광이 있게 해준 미카엘 신부에 대해 새삼 감사와 존경을 표하지 않을 수 없었다.

청량리에 이르러 버스에서 내린 현교는 먼저 우체국부터 찾았다. 고향의 어머니에게 전보를 치기 위해서였다. 수험일 이래 줄곧 초조하게 결과를 기다리는 어머니가 합격의 낭보를 받고 가슴 벅차할 모습을 떠올리자, 현교의 마음은 다시 설레기 시작했다.

전보용지를 앞에 놓고 전문을 잠시 생각하던 그는 〈현교 합격. 2,3일 내 귀향.〉이라고 썼다가, 너무 간단한 것 같아서 그 뒤에다 〈저녁때 미카엘 신부님 상면 예정.〉이란 문구를 추가했다.

'오늘 밤 안으로 받아 보시겠지.'

현교는 어머니가 느끼게 될 희열을 스스로 지레 만끽하면서 우체국을 나왔다. 다음은 하숙집 어른들에게 '희소식'을 알려드릴 차례였다. 즐거운 마음으로 전하되, 겸허함을 잃지 않고 차분히.

그러나 이 세 번째 마음먹은 바는 현교가 S대 병원에 들어서면서 한순간에 깨지고 말았다.

"그 환자 분 중환자실로 옮겨졌어, 오늘 아침에."

빈 병상을 보고 얼떨떨해하는 현교에게 바로 옆 병상의 간병인이 알려주었다. 일주일 전에 문병왔을 때만 해도 '합격자 발표일이 언제지?' 하고 물어보던 나 영감이 하필이면 오늘 같은 날 중환자실로 옮겨지다니!

병실을 나온 그가 무거운 걸음으로 데스크 앞으로 다가가, 나 영감의 중환자실이 어느 쪽이냐고 물었을 때 돌아온 대답은 너무나 충격적이었다. 약병을 챙기고 있던, 모자띠 두 개의 간호사가 "나준석 환자요? 오늘 아침 운명하셨는데요." 하고 현교를 똑바로 쳐다보며, 시신이 집으로 운구되었다는 사실까지 부언해 주었다.

현교는 새삼 생의 덧없음을 절감했다. 지난해 고향에서 친부의 천붕(天崩)을 맞았을 때에는 느끼지 못했던, 죽음에 대한 또 다른 감정이 그의 마음을 허망하게 했다.

그는 손목시계를 보았다. 오후 세 시 5분 전. 미카엘 신부가 이곳에 당도하려면 앞으로 두세 시간을 기다려야 한다. 그는 데스크에 놓여 있는 메모지를 뜯어내 〈나 의원님이 돌아가셔서 먼저 집으로 갑니다.〉라고 적고는 몇 겹으로 접은 뒤, 간호사에게 전달을 부탁했다.

현교가 수유리 하숙에 돌아왔을 즈음엔 이미 집 안은 수시(收屍)를 위한 소속 교회의 연령회 회원들과 조문객들로 부산스러웠다. 각 방마다 교우들의 연도(煉禱) 소리가 흘러나왔고, 조문객들이 찾아드는 가운데, 마당에 쳐진 천막 안에선 벌써 취기가 오른 듯한 초로의 조객이 《구약》의 〈전도서〉를 탄식조로 읊조리는 소리도 들렸다.

"헛되고 헛되다. 세상만사 헛되다. 사람이 하늘 아래서 아무리 수고한들 무슨 보람이 있으랴! 한 세대가 가면 또 한 세대가 오련만 이 땅은 영원히 그대로이다."

뒤이어 "그리도 운석(雲石;장면의 아호) 선생을 못 잊어하더니 기어이 뒤따라갔구먼." 하는, 동정 어린 말이 잇따르기도 했다.

현교가 자기 방으로 들어갈까 어떨까 망설이고 있는데, 마침 연도를 마친 교우들을 배웅하고 돌아서는 장 여사와 눈이 마주쳤다.

"어떻게 됐어?"

물어보는 장 여사의 핼쑥한 얼굴이 까만 상복과 대조를 이루었다.

"……붙었어요."

현교의 대답이 당당하지 못하고 풀죽은 까닭을 모르지 않는 장 여사가 그의 양손을 감싸쥐었다. 마음 같아선 얼싸안고 볼이라도 맞비비고 싶었지만 때와 주위의 눈들이 허락질 않았다.

"축하해. 우리 현교 정말 장하구나! 이렇게 기쁜 날, 슬픈 일이 겹치다니……."

장 여사의 얼굴엔 희비가 교차했다. "그래, 장례를 치르고 나서 합격 축하 파티를 열어 줄게. 내일이면 우리 조카들도 도착할 거야. 방에 들어가 있어. 저녁은 이따 내가 갖다 줄 테니."

"아녜요. 저녁은 미카엘 신부님과 같이 하기로 했어요. 여기로 막바로 오실 겁니다."

"그래? 그럼 방에서 기다려."

나 의원의 죽음을 일찌감치 기정사실로 여겼던 때문일까, 장 여사는 형부의 상중인데도 예상외로 싹싹하고 의연스러워 보이기까지 했다.

미카엘 신부가 수유리 상가에 도착한 것은 석양녘이었다. 그런데 혼자가 아니라 아녜스 수녀와 동행이었다.

"아침에 전화했더니 시골 공소에 갔다던데……?"

장 여사가 의외로이 물었다.

"네, 엊저녁에 그곳에서 행사가 있어서 갔다가 늦는 바람에 오늘 아침나절에야 본당에 돌아왔어요. 근데 돌아오자마자 원장 수녀님한테 어머니 전언을 받고는 그길로 부랴부랴 올라오는 길이에요."

"그리된 거였구나."

장 여사는 지금 도착한 거나마 다행이라는 듯 고개를 끄덕였다.

"인경이랑 선경이 언니한텐 연락됐어요?"

"그래, 아침에 중환자실로 옮기자마자 바로 국제전활 했어."

"저는 이렇게 일찍 주님 곁으로 가실 줄은 모르고 병원으로 찾아뵈려던 참이었는데……. 마침 왜관역에서 아녜스 수녀를 만나 부음을 들었지 뭡니까. 고인의 명복을 빌 뿐입니다."

"모두가 주님의 뜻이겠지요."

미카엘 신부의 애도 표시에 장 여사는 무덤덤하게 답했다.

그뒷 아녜스 수녀가 앞서서 빈소로 들어갔고, 곧이어 미카엘 신부가 현교의 손을 잡고 그녀를 뒤따랐다. 양초와 향의 혼합된 냄새가 풍기는 빈소에 들어서자, 고인의 유일한 조카뻘인 20대 청년이 상제로서 외롭게 세 사람을 맞았고, 방 한구석에 맥없이 무릎깍지를 하고 있던 미망인이 충혈된 눈으로 그들을 올려다보았다.

수녀와 신부, 현교는 나란히 영정 앞에 무릎을 꿇고 가슴 앞에 두 손을 모았다. 그러고 미카엘 신부가 위령기도를 올렸다.

기도합시다.

항상 불쌍히 여기시고 너그러이 용서하시는 천주여,

오늘 이 세상을 떠나게 하신

나준석 베드로의 영혼을 위하여 간절히 비오니,

그를 사탄의 손에 넘기지 마시고

영원히 잊지 마시어,

거룩한 천사들로 하여금

그를 맞아 고향 낙원으로 인도하게 하소서.

그는 세상에서 주를 바라고 믿었사오니,

지옥벌을 면하고 영원한 기쁨을 얻게 하소서.

우리 주 그리스도의 이름으로 비나이다.

아멘.

신부의 기도가 끝나자, 아녜스 수녀는 "이모!" 하고 부르짖으며 미망인에게
로 달려들어 두 손을 부여잡았고, 미카엘 신부는 상제에게 간단히 애도를 표
한 뒤 현교와 함께 그의 방으로 건너갔다.

"교복을 벗고 캐주얼로 갈아입어."

"예에?"

현교는, 뜬금없이 무슨 소리냐는 표정으로 신부에게 물었다.

"일단 나가자고. 오늘 저녁엔 우리가 할 일이 없어."

아까 도착했을 때의 엄숙했던 표정과는 달리, 신부의 온화한 미소를 본 현
교는 주저없이 훌훌 벗고, 집에서 입던 코르덴 바지에다 모직 셔츠, 가죽 점
퍼로 갈아입었다.

"자, 이것도 써. 아직은 날이 쌀쌀해."

미카엘 신부는 벽에 걸린 등산모를 집어 현교의 머리에 얹어 주었다. 두 사
람은 장 여사에게 잠시 나갔다 온다는 말을 하고는 가우리길로 나왔다.

미카엘 신부가 택시를 잡아타고 현교를 데려간 곳은 돈암동 전차 종점 부
근의 한 비어홀이었다. 아직 초저녁이라 홀 안은 비교적 한산하고 조용했다.

"우선 맥주 두 병하고 프라이드치킨 한 마리 주세요."

구석진 테이블에 자리잡은 미카엘 신부가, 엽차 포트를 들고 다가온 웨이
트리스에게 주문했다. 현교로선 머리털 나고 처음 들어와 보는 술집일 뿐 아
니라, 음주 또한 아버지 장례 때 음복을 한 것 말고는 처음이어서 다소 얼떨
떨한 기분이었다.

"오늘부로 내가 현교의 청소년 딱지를 떼 줄게. 성년식이라고나 할까? 이
제부턴 사회의 어엿한 성인이야."

신부는 웨이트리스가 가져온 맥주를 현교와 자기 잔에다 하얀 거품이 넘치
도록 따랐다. 그러곤 잔을 들어 '쨍' 하고 부딪으며 "브라보!"를 선창했고, 현

교도 따라 외치며 거품이 솟아오른 잔을 입으로 가져갔다. 처음으로 음미해 보는, 씁쓰레하면서도 청량한 미각이 목줄기를 타고 위장으로 전달되었다. 맛이 좋았다. 둘은 동시에 두 잔째 거푸 비웠다. 치킨이 서빙되었다.

"응, 제때에 왔군. 우리, 순대도 채우면서 마시자구."

맥주 기운으로 흥이 돋기 시작했는지 신부는 속어를 섞어 농담까지 해 가며 치킨의 다리 한쪽을 현교에게 내밀었다.

"선종하신 분에겐 죄송스럽지만, 내가 올라온 목적도 소홀히 할 수는 없겠지? 누가 뭐래든 오늘은 '현교의 날'이야. 정말 잘, 참으로 훌륭히 해냈어!"

"모두가 신부님께서 보살펴 주신 덕분입니다. 정말 고맙습니다. 이 은혜를 절대……."

현교는 갑자기 눈물이 핑 돌며 말을 잇지 못했다.

"아니야. 내가 아무리 도왔어도 현교의 실력과 노력이 없었다면 이루지 못했을 거야. 하지만 이번 관문은 시작에 불과해. 진짜 인생의 승부는 이제부터야."

신부는 현교가 따라 준 맥주를 한 모금 마시곤 말을 이었다. "앞으로는 눈을 세계로 돌려야 돼. 전 세계 영재들과 실력을 겨루는 거야. 그래서 머지않은 장래에 한국에서도 세계적인 걸출한 과학자가 탄생하는 거야. 그 뒷받침은 내가 알아서 다 할 테니까 현교는 아무 생각 말고 오로지 학구에만 전념해. 내 말을 예사로 들으면 안돼. 알겠지?"

"예, 명심하겠습니다."

"고향 어머니에게도 기쁜 소식 전해 드렸겠지?"

"예, 낮에 전보 쳤어요."

"내려가 봐야지. 어머니가 얼마나 기뻐하시겠어? 옛날 같으면 유가(遊街)를 벌이고 온 동네가 떠들썩할 텐데."

"장례가 치러진 뒤에 다녀올까 해요."

"그래, 그게 도리겠지. 나 의원이야말로 현교의 합격을 누구보다도 기대한 분이셨는데……. 삼일장이라니까 나도 장지까지 참례할 생각이야."

미카엘 신부의 맞은편 벽시계가 열한 시에 가까워지고 있었다. 뿌연 담배 연기가 가득한 홀 안은 아직도 손님들의 잡담으로 소란스러웠다.

"오늘은 여기까지만 할까? 통금시간 전에 돌아가야니까."

현교와 함께 비어홀에서 나온 신부는, 마침 지나가는 빈 택시를 잡아 현교를 태웠다.

"조심해서 들어가. 나는 오늘 밤 혜화동 성당에서 지내고 내일 아침 그리로 갈게."

9

이튿날, 정오를 전후해서 고인의 두 여식이 도착했다. 남편을 따라 미국에 이민한 맏딸 선경(善景)은 오전에, 독일에 간호사로 파견된 막내딸 인경(仁景)은 언니보다 두어 시간 뒤인 오후에 당도했다.

"어머니, 인경이가 왔어요." 하는 맏딸의 말에 맨 먼저 버선발로 뛰어나가 작은 딸을 맞은 건 나 영감의 미망인 장 노인이었다.

"아이고, 내 새깽이! 그동안 얼마나 고생이 많았니?"

장 노인은 딸을 얼싸안고 등을 어루만지며 하염없이 눈물을 흘렸고, 이 광경을 아녜스 수녀 모녀와 선경, 그리고 주위 조문객들은 안타까이 바라만 볼 뿐이었다. 지금 미망인의 눈물은 남편의 죽음에 대한 슬픔에서라기보다는 딸을 이역만리 타국의 해외 근로자로 내보내야만 했던 어버이의 죄책감에서 흘러나오는 것인지도 몰랐다. 그도 그럴 것이, 장녀인 선경은 나 영감이 대학에 몸담고 있을 때, 비교적 여유롭게 의대 전 과정을 이수할 수 있었던 반면, 인경의 경우는 그와는 판이했다. 한창 감수성이 예민하고 재기 발랄한 여고 일년생의 단란한 가정에 '5·16 쿠데타'라는 군사 정변의 먹구름이 내리덮쳤다. 민의원 의원이던 아버지가 느닷없이 들이닥친 계엄군에게 검거되어 갔고, 그 충격으로 어머니마저 쓰러지면서 인경은 교문을 뒤로해야만 했다.

그러나 인경이 나 의원이 수감된 서대문 구치소로 두세 차례 면회를 갔을 때, 딸의 학교 자퇴를 눈치챈 아버지가 간곡하면서도 엄하게 당부했다.

"당장 복교해라! 무슨 일이 있어도 대학엔 들어가야 한다. 세상의 모든 재산 중에서 지적 재산만큼 중요한 것은 없단다. 당장은 그걸 깨닫지 못하고 대수롭잖게 가벼이 생각할지 모르지만, 결코 그렇지 않아. 내 말을 명심하고, 나중에 후회하는 일이 없도록 해라. '하늘은 스스로 돕는 자를 돕는다.'는 말을 잊지 마라."

'내가 너무 감성적이었구나!'

아버지의 충언에 깊이 각성한 인경은 그날부터 자습으로 대입 검정고시 준비에 몰두했다. 그 결과 아버지의 격언대로 그녀는 검정고시에 합격하여 이듬해 대학의 문을 들어서게 되었다. 인경은 평소 이상(理想)으로 생각하던 나이팅게일을 본받고자 간호학과를 선택했다. 그리고 아버지도 인경이 합격하던 해에 풀려났고, 딸의 대학 입학에 이어 '정치활동정화법'에 묶였던 나 의원의 정치 활동도 재개되었다.

하지만 나준석이 설 자리는 어디에서도 찾아지지 않았다. 하루가 다르게 가세가 기울어져 갔다. 인경의 학자금이 버거워질 정도로. 그가 저간의 부채 때문에 가회동 가옥을 처분하고 수유리로 이사한 것도 그 무렵이었다.

그런데 행이랄까 불행이랄까, 전년부터 모집하던 파독 간호사와 광부의 제일진이 서독으로 출발하자, 인경은 재학 중에 간호사 자격시험에 응시해 해외로 향한 나래를 폈다. 마침 합격이 발표되었을 즈음엔 어머니의 몸도 회복되어 거동이 자유로웠던 만큼, 그녀는 어느 날 저녁 언저리에 자신의 뜻을 별로 부담스럽지 않게 밝힐 수 있었다.

"아버지, 제 꿈을 좀 더 넓은 세상에서 펼쳐 보고 싶어요. 지금 이대로는 숨이 막혀 아무것도 할 수가 없을 것 같아요. 어머니, 죄송해요. 몸도 성치 않으신데 보살펴 드리지도 못하고……."

"네가 고생스러울까 그게 걱정이지 나는 이제 괜찮다."

딸을 떠나보냄에 애틋해하는 어머니를 보고 아버지가 조언했다. "네 뜻이 그렇다면 한번 한껏 날아 보거라. 하지만 그 길이 결코 순탄치만은 않을 거다. 말이 인력 송출이지 서독의 대한(對韓) 차관에 대한 일종의 담보라는 걸 염두에 두거라. 아무튼 네 학업을 끝까지 책임지지 못해 미안하구나."

"아버지도 참. 그런 생각일랑 손톱만큼도 하지 마세요. 제가 원해서 가는 건데. 저, 자신 있어요. 반드시 제 꿈을 이루어 여봐란듯이 금의환국할 거예요."

하지만 그날 부녀간에 나눈 이 말이 이승에서의 마지막 하직 인사가 될 줄이야!

"어머니, 들어가세요. 인경아, 들어가자."

동생이 내려놓았던 보스턴백을 선경이 드는 걸 보며 두 모녀는 포옹을 풀고, 장 여사와 아녜스 수녀 들과 함께 방 안으로 들어갔다. 끊어졌던 연도 소리와 〈시편〉의 노랫소리가 다시 정중하게 시작되는 가운데, 인경은 검정 상복으로 갈아입고 빈소로 가서 나 영감의 영정 앞에 꿇어앉았다. 소국(小菊)의 꽃송이들로 둘러싸인 아버지의 낯익은 생전의 미소 어린 모습이 말없이 딸을 맞았다. 그 미소를 대하는 인경의 눈에서 왠지 눈물이 흐르지 않았다. 아버지의 죽음이 실감나지 않는 탓일까? 아니, 그보다는 아버지의 죽음에 이르게 된 원인(遠因)을 누구보다도 잘 헤아릴 수 있었기에, 그에 대한 울분이 눈물을 삼켜 버렸는지도 모른다.

그러나 정작 그녀의 슬픔이 복받친 것은 빈소 주위의 조화들을 확인하는 순간이었다. 신민당 당수 Y씨, 장면 정권 초대 외무부 장관 J의원, K대학 교수회, B고보 동문 등 열 손가락으로 셀 수 있는 것이, 5·16 쿠데타 몇 달 전 나 의원의 회갑연 때 연회장 로비에 즐비했던 화환에 비하면 초라하기 그지없었다.

'염량세태란 게 이런 것인가!'

비감과 허무감에 젖은 인경이 빈소를 나오며 중얼거렸다.

"인경아, 이제 지난 세월은 다 묻어 버리고 네 앞날만 생각하거라. 알겠지?"

장 여사는 산전수전을 다 겪은 완숙한 여인답게 조카딸의 손을 잡고 위무해 주었다. "좀 있으면 입관예식이 시작될 거야. 다들 준비를 해."

초봄의 태양이 어느새 케네디 바위 너머로 뉘엿뉘엿 숨어들고 있었다. 그때 타이밍을 맞추기라도 한 듯, 아침나절에 와서 오후에 나갔던 미카엘 신부가 현교와 함께 돌아왔다. 특별한 사유가 없는 한 입관예식은 운명한 다음 적어도 24시간 지나고 나서 거행하는 것이 관행인데, 이는 죽음을 분명히 확인하기 위해서라고 했다.

"S본당 주임신부님하고 상의해서, 입관예식 주례는 제가 맡기로 했습니다. 여러분들 수고해 주세요."

미카엘 신부가 아까부터 대기하고 있던 연령회 회원들에게 정중히 알렸고, 회원들은 미리 갖추었던 준비물을 챙기고 신부를 따라 빈소로 들어갔다. 유족과 더불어.

이윽고 신부의 기도로 입관예식이 시작되었고, 곧이어 염습이 행해졌다. 연령회 회원들이 병풍 뒤에 안치했던 시신을 향물에 적신 솜으로 정성껏 씻긴 다음, 익숙한 솜씨로 수의를 입혔다. 염습이 끝나자 시신이 관에 넣어졌고, 이어서 〈시편〉 114장이 불리기 시작했다.

그리스도님, 이 교우를 천상낙원으로 받아들이소서.
이스라엘이 이집트를 떠나올 제
유다는 주님의 성소가 되고
이스라엘은 당신의 나라가 되었도다······.

노랫소리가 안단테로 간절하게 합창되면서 마침내 유족들은 하염없이 눈물을 흘리며 오열했고, 인경은 여태껏 참았던 울음을 그예 가누지 못하고 목놓아 흐느꼈다. 그 흐느낌은 현교로 하여금 인경을 눈여겨보게 한 계기이자 첫 대면이기도 했다. 그러나 왠지 현교로선 그녀가 낯설어 보이지 않았다. 나 영감으로부터 딸인 인경에 대해 두어 번 말로만 들었을 뿐인데.

잠시간 현교의 시선이 인경에게 쏠려 있었는데, 그녀가 오열을 그치고 고개를 드는 순간, 두 눈길이 마주쳤다. 현교는 반사적으로 재빨리 고개를 돌렸고, 그런 순간동작을 그녀의 눈빛이 일별하고 지나갔다.

〈시편〉의 노래가 끝나자, 주례는 '주님께서 망자를 너그러이 받아들이시어 성인들과 함께 영원한 안식과 행복을 누리게 하소서.' 하고 마침기도를 올리고 나서 시신에 성수가 뿌려지고 관이 닫혔다. 동시에 현교는 또 한차례 유족들의 오열을 지켜봐야만 했다.

다음날 아침, 영구차는 벽제로 향했다. 고인이 임종 직전에 자신의 장례에 대해 화장과 산골을 유언했기 때문이었다.

화장장에는 다른 장례객의 영구차 몇 대가 이미 당도해 있었고, 그 뒤로도 두어 대가 잇달아 들어왔다. 장내는 이곳저곳에서 질러대는 취객들의 고성과 절규가 뭇 유족들의 애절한 통곡에 섞여 몹시 수선스러웠다.

인경의 유족은, 화장꾼이 시신을 사르고 쇄골(碎骨)을 하는 동안 미카엘 신부의 집례로 위령기도를 올렸다.

이윽고 유골함이 상제에게 전해지자, 영구차는 39번 국도를 따라 행주 나루를 향해 이동했다. 이제 차 안의 일행은 미카엘 신부와 현교, 상제, 그리고 장 여사의 같은 레지오 단원 서너 명 말고는 가족들뿐이었다.

하지만 차내의 분위기가 너무 숙연했으므로 누구의 입에서도 한마디의 말도 나오지 않았고, 선경과 인경 자매는 시차 적응이 안돼 줄곧 꾸벅거렸다.

마침내 영구차는 행주 나루터에 도착했다. 임진왜란 때 대첩지의 하나인 행주 산성 아래로 검푸른 한강물이 도도히 흐르고 있었다. 차에서 내린 일행은 다 같이 고인을 위한 마지막 기도를 했다.

세상을 떠난 이들을 평안히 쉬게 하시는 하느님

오늘 저희가 나준석 베드로의 육신을 화장하여
이곳에 뿌리오니
거룩한 천사들을 보내시어 지켜 주소서……

뒤이어 사공이 불려왔고, 유골함을 든 선경과 인경, 아녜스 수녀의 세 이종 자매가 나룻배에 올라탔다. 배가 강안에서 얼마쯤 벗어나자 선경과 인경 자매는 하얀 장갑을 낀 손으로 한 줌 한 줌 유골을 물 위로 흩날렸고, 아녜스 수녀는 〈시편〉 23장을 애잔하게 노래했다.

주님께서는 나의 목자, 아쉬울 것 없노라.
파아란 풀밭에 이 몸 누여 주시고
고이 쉬라 물터로 나를 끌어 주시니
내 영혼 싱싱하게 생기 돋아라.

장례를 모두 마치고 영구차가 능곡역 부근에 이르렀을 때, 미카엘 신부와 현교가 도중하차했다. 거기서 서울역으로 직행해 미카엘 신부는 왜관으로 가고, 현교는 내일 오전 목포행 열차의 예매권을 사기 위해서였다.
유족들은 모두가 신부에게 심심한 사의를 표했고, 아녜스 수녀는 몸소 차에서 내려 능곡역까지 배웅했다.
"정말 고마웠어요. 전 오늘 밤 초우를 지내고 내일 내려갈게요. 원장 수녀님께 잘 말씀드려 주세요."
"알았어요. 어서 가세요. 모두들 기다리고 있잖아요."
"현교, 이따 봐."
두 사람과 작별한 아녜스 수녀가 총총걸음으로 되돌아와 차에 오르자, 장여사 옆에 앉아 있던 레지오 단원이자 어머니의 절친인 여인이 대뜸 물었다.
"아녜스 수녀는 어떻게 그 천사 같은 신부님을 모시게 됐어?"

"그게 궁금하세요?"

"그럼, 궁금하지 않고. 그게 어디 흔히 있는 범상한 일인가? 우리말도 어쩌면 그리 유창한지."

"제가 모셔온 게 아니라 신부님이 몸소 오신 거예요. 아까 함께 내린 그 학생을 위해서."

"학생을 위해서? 아니, 자매님네 하숙생이라면서?"

"네, 신부님은 그 학생의 수호천사거든요."

"무슨 소린지, 점입가경이네."

그러자 두 사람의 대화에 장 여사가 끼어들었다. "그런 사연이 있어요. 나중에 얘기해 주리다."

하지만 그보다도 지금 장 여사가 서둘러야 할 일은 고인의 유지(遺志)를 받들어 이루는 것이었다. 첫 단추를 잘 꿰야 했다. 한데, 현교는 귀향하면 최소 일주일은 머물 것이고, 그 사이에 인경은 독일로 돌아가야 할 터였다. 시간은 오늘 밤과 내일 아침밖에 없었다.

그날 밤, 초우를 마치고 상제가 돌아간 후, 장 여사는 언니 장 노인을 편히 누이고, 선경 자매와 아녜스 수녀를 건넌방으로 들여보내고 나서, 혼자 주방에서 식칼질 소리를 죽여 가며 음식을 장만하느라 손 놓을 틈이 없었다. 이를 알 리 없는 세 이종자매는 오랜만의 재회에 고단함도 잊은 채 그동안 서로간에 못다 했던 이야기꽃을 피우느라 여념이 없었고, 현교는 자기 방에서 내일 귀향을 위한 여장을 챙기고 있었다.

새 아침이 밝았다.

현교와 수녀는 벌써 일어나 마당에서 빗질을 하고 있었으나, 두 자매는 간밤에 늦게 눈을 붙인 데다 시차로 인해 잠을 설친 탓에, 장 여사가 기침을 채근해서야 가까스로 부스스 몸을 추스르며 세면대로 갔다.

이윽고 대청에 아침상이 차려졌다.

"어서 이쪽으로 와 앉어."

현교가 낯선 사람, 그것도 여자들과의 동석에 머뭇거리자, 장 여사가 선경과 인경이 나란히 앉아 있는 상(床)의 맞은편, 아녜스 수녀 옆에 자리를 잡아 주면서, 자기는 상의 세로 변(짧은 변)에 자리한 장 노인의 맞은편인 현교 옆에 앉았다. 그리고 '식사 전 기도'를 하고는 말을 이었다.

"먹기 전에 간단히 소개부터 할까? 내가 얘기하던 조카들이야. 저쪽은 미국에 사는 선경이, 이쪽은 서독에서 간호사로 있는 인경이."

장 여사는 손을 들어 두 자매를 가리킨 후 옆의 현교에게 손을 돌렸다. "여긴 미카엘 신부님의 친애하는 영재 의자제(義子弟)이자, 이번에 S공대 원자력 공학과에 합격한 강현교 군."

장 여사는 그의 어깨까지 짚으며 짐짓 인경에게 시선을 주었다. 동시에 인경과 선경이 현교를 정시했고, 그는 숫저운 표정으로 머리를 꾸벅하고 두 자매를 바라보았는데, 인경과 눈길이 똑바로 마주쳤다. 한순간 그녀의 맑은 눈망울과 환한 이마가 그의 시선을 이끌었다. 언니의 날씬한 몸매에 비해 신장은 큰 편이 아니었으나 반듯한 이목구비에다 머리를 뒤로 모아 묶어 내린 모습이 단단하고 당차게 보였다.

"근데 이모, 웬 진수성찬? 갈비찜, 전골, 생선구이에다 잡채, 야채샐러드까지……."

인경은 큰상 위에 차려진 푸짐한 음식을 하나 둘 짚어 가며 눈이 동그래졌다.

"너희들 둘 다 오랜만에 한국에 왔으니 우리 음식을 조금이나마 맛보고 가야지. 또 오늘은 현교가 고향으로 내려가는 날이기도 하고. 이 생선구이는 현교 어머니가 시골에서 보내 주신 옥돔이야. 일본으로 수출하는 고급 해산물이라더라. 형부가 계셨으면 현교의 합격을 축하해 주기 위해 청요리집에라도 가셨을 텐데."

"이제 보니 오늘의 주인공은 따로 있었구먼요, 어머니?"

아녜스 수녀의 우스개에 인경과 선경도 현교를 보며 한마디씩 거들었다.

"축하합니다. 덕분에 잘 먹겠어요."

"참으로 어려운 일을 해냈네. 진심으로 축하해요."

주위 사람들의 스스럼없는 격려에 현교는 콧등이 시큰함을 느꼈다. "감사합니다. 제 합격의 영광이 모두 어르신들 덕분입니다. 이 은혜를 평생 잊지 않겠습니다."

"그동안 신부님이 애 많이 쓰셨지 뭐. 앞으로 성공하면 되는 거야."

딸들 옆에 조용히 앉아 있던 장 노인이 나직이 말했다. "어여들 먹자."

10

그날, 현교는 장 여사 일가의 정다운 배웅을 받으며 고향으로 내려갔다. 그가 떠나고 여인들만 남은 집 안은 허전하기 그지없었다. 더구나 이들에겐 며칠 간의 그리운 상봉을 마치고 다시금 뿔뿔이 헤어져야만 할 아쉬운 시간이 다가오고 있었다.

아녜스 수녀는 건넌방에서 왜관으로 내려갈 채비를 하였고, 인경은 마당에서 스트레칭으로 몸을 풀었으며, 장 여사와 장 노인과 선경은 안방으로 들어가 그간 선경의 미국 생활에 대해 이야기를 나누고 있었다.

"어멈이 없는 동안 애들이 불편해서 어쩌누?"

장 노인이 딸을 보며 걱정스레 말했다.

"파트타임으로 가정부가 돌봐주도록 해놓고 왔으니 별 불편은 없을 거예요. 그리고 제들 파파도 잘 챙겨 주니까요."

선경은 어머니의 말에 염려할 게 없다는 듯 여유롭게 대답했다. 그녀는 휴전협정이 되던 해인 1953년 말경에 같은 병원의 의사와 결혼식을 올리고, 이민 수속을 마친 남편을 따라 미국으로 떠난 이래 줄곧 그곳에서 생활해 왔다. 남편은 N병원에서, 선경은 뉴욕 주립병원에서 근무하며 슬하에 딸과 아들 남매를 두었는데, 각각 중학교 1학년과 초등학교 5학년이라고 했다. 실로 성공적인 행복한 이민 생활이었다.

"닥터 최가 자상한 건 애들한테도 한결같은가 보구나. 옛날에 너를 대하듯이 말이다."

"아마 천성인가 봐요."

선망의 눈빛으로 바라보는 장 여사의 말을 선경은 담담하게 받았다.

'너희는 이제 아무 걱정이 없겠다만……'

장 여사는 마음속으로 생각하며 넌지시 말문을 떼었다. "나, 너한테 한 가지 상의할 일이 있는데……. 물론 언니도 들어야 하겠지만."

여사는 먼저 선경을 쳐다보고 나서 장 노인 쪽으로 시선을 돌렸다.

"무슨 일인데요, 이모?"

"형부가 마지막으로 남기고 가신 말인데……."

"아버지가요?"

선경이 다소 의아스러운 얼굴로 물었다.

그때, 마당에서 운동을 마치고 건넌방으로 들어오려던 인경이 잠깐 멈춰 서더니 무심결에 현교의 방으로 고개를 돌렸다.

"어디, 영재의 방에 한번 들어가 볼까?"

"남의 총각 방엔 뭐 하러?"

떠날 준비를 마치고 인사차 안방으로 가려던 아녜스 수녀가 미소로 대했다.

"남의 방이라니? 원래 내 방인걸."

인경은 눈을 찡긋해 보이며 현교 방의 미닫이문을 스르르 열고는 방 안을 둘러보았다. 향수나 화장품 냄새와는 판이한, 사나이의 체취가 그녀의 코를 찔렀다.

"옷장이랑 책상의 위치랑 거의 그대로네. 달라진 건 책들뿐이야."

인경은 예전에 자기가 앉았던 의자에 앉으며 책상 위에 놓인 책꽂이의 책들을 좌우로 죽 훑어보았다. 문가에서 이를 지켜보던 아녜스 수녀도 은연중에 덩달아 들어와 인경의 등 뒤에 선 채 서책들을 살펴보았다.

"이건 옛날에 HLKA 라디오 방송에서 연속 낭독하던 거 아냐?"

인경은 책꽂이 아래칸 구석에 꽂힌 《마음의 샘터》를 뽑아내 펼쳤다.

"어머, 꽃잎까지 끼여 있고, 여자한테 선물받았나? 어, 이 옆줄 친 건 뭐지? '운명아, 비켜라! 내가 간다'?"

그녀가 의외라는 투로 말하면서 책을 비스듬히 세우고 다음 쪽을 펼쳤을 때, 책갈피에서 한 장의 사진이 빠지더니 그녀의 무릎을 스치며 아녜스 수녀의 발 앞에 떨어졌다.

아녜스 수녀가 자연스레 허리를 굽혀 그것을 집어들고는 무심코 눈길을 주는 순간, 그녀는 자신의 눈을 의심하지 않을 수 없었다.

"아니, 이게 누구야……!?"

아녜스 수녀는 저도 모르게 경탄과도 같은 소리를 지르며 사진(스리·포 사이즈의 카메라 사진이었다.)에서 눈을 떼지 못했다. 동백나무를 배경으로 평상 위에 앉아 시선을 한곳으로 향한 평온하고도 순박한 세 사람의 모습—현교의 유아기인 듯한 모습과 그를 안고 있는 젊은 아낙의 모습은 전혀 생소했으나, 그 옆에 살짝 미소를 머금고 앉아 있는 청년의 모습은 아녜스 수녀의 눈에 너무도 낯익고 생생했다. 오랜 시간이 흐른 탓에 사진이 바래어 표면이 연갈색을 띠고 있었지만, 그 눈가에 어린 잔잔한 미소하며 체크무늬 남방셔츠까지도 그녀가 16년 전에 늘 대했던, 어김없는 자신의 가정교사, 아니 언니의 연인 강철준이었다.

"왜 그래, 언니?"

인경이 의자에 앉은 채 상체를 돌리며, 심각한 표정으로 사진 속에다 시선을 박고 있는 아녜스를 올려다보았다. 그러나 아녜스는 인경의 물음엔 대답하지 않고 사진을 들고 잰걸음으로 안방으로 건너갔다.

"어머니, 이게 어찌 된 거예요?"

딸의 느닷없는 물음에 장 여사와 선경의 대화가 뚝 끊겼다. 여사는 딸이 내미는 사진을 조용히 바라볼 뿐, 잠시 아무 말이 없었다.

"이게 무슨 사진인데 그래?"

아녜스의 뒤를 곧바로 따라 들어온 인경이 수녀의 손에서 사진을 앗아 들고 유심히 들여다보았다. "누군데요, 이 사람들이?"

인경이 장 여사를 쳐다보며 물었고, 호기심이 당긴 선경이 "어디 봐." 하며 사진을 넘겨 받곤 자세히 보더니 입속말로 중얼거렸다. "이 남자 어디서 본 듯한 얼굴인데……?"

"선경이가 그 남자를……?"

장 여사가 의아스러운 표정으로 무겁게 말문을 열었다.

"철모만 안 썼다뿐이지 얼굴 모습은 그 사람인데?"

"그럼, 선경이 언니가 본 건 군인이었어요? 어디서?"

아녜스 수녀가 얼른 끼어들었다.

"6·25 당시 괴뢰군에게 납치되어 끌려갔을 때……, 그게 황해도 어느 산악지대였지, 아마?"

선경은 사진을 손에 든 채 고개를 갸웃거렸다.

"왜 하필이면 산악지대서야?"

아녜스의 궁금증이 더해 갔다.

"국군이 북진하고 있을 땐데, 나를 구해 준 한 인민군 장교가 거기서 죽었어. 그것도 자결을 해서."

"인민군 장교……? 왜?"

궁금증을 드러낸 건 인경도 마찬가지였다.

"황주의 과수원에서 나를 욕보이려던 인민군 상관을 그가 사살했으니 도피할 수밖에 없었지. 그래서 마을을 빠져나와 산속으로 도주했던 거야."

그렇게 말하면서 선경은 당시 과수원 창고에서 괴뢰군에게 짓눌려 치부까지 다 드러난 순간, 위기일발에 철형에게 구제된 일이며, 그가 한사코 자기를 피란민 대열 속으로 떠나보내던 아스라한 기억들을 떠올렸다. "근데 그때 그 인민군 장교는 동쪽으로 이동해 가면서 자기의 목표는 동해를 건너 일본으로 간다는 거였어. 지금도 영문을 알 수 없지만."

"아니, 언니는 그곳에서 우리 군인을 만났다면서요?"

이종매가 다그쳐 물었다.

"그래, 맞아. 그 인민군 장교가 자살하는 총소리를 듣고 북진하던 국군 장병 몇 명이 수색차 소대장과 함께 올라왔는데, 그들 중 한 명이 바로 그 군인이었어. 시신을 들여다보고는 자기 형이라면서 한참 흐느껴 울더구나. 어찌나 서러워하던지 지금도 그 장면이 눈에 선해."

선경은 눈시울이 뜨거워짐을 느꼈고, 여러 정황상 장 여사는 그 '군인'이 강철준임을 믿어 의심치 않았다. 장 여사와 아녜스는 왕년에 철준에게서, 일본으로 밀항을 시도한 형이 하나 있다는 말을 들은 적이 있었다.

"그렇다면 그 군인이 강 선생이잖아요, 어머니?" 딸이 다짐하듯 묻자, 어머니는 새로운 감회에 젖어들며 가볍게 고개를 끄덕였다.

"강 선생이라니……? 그럼 옛날 지윤의……?"

선경의 사뭇 놀라워하는 물음에도 장 여사는 여전히 고개만 끄덕였다.

"그러면 강 선생님은 그후로 어떻게 되신 거예요?"

아녜스의 마음이 궁금증에서 초조함으로 바뀌었다.

"애석하게도 행방불명이 됐다지 뭐니? 너도 알다시피 휴전협정 후에도 아무 소식이 없어 여태껏 거의 잊고 지내 왔는데, 지난번 현교 어머니를 만나고는 알게 되었단다."

장 여사는 선경이 들고 있는 사진에 잠깐 눈을 주었다가 시선을 돌려, "안 그래도 내 오늘 형부님이 유언하신 인경이 문제랑 겸사겸사 다 이야기할 참이었다. 언니두 잘 들어요." 하고 말하고는, 먼저 강철준과 미카엘 신부의 관계며, 신부가 현교를 서울로 불러 올린 사연 등을 자상하게 들려주었다.

"이제 보니 이 꼬마 애가 현교 학생이로군요?"

인경이 신기한 듯 사진 속의 어린애를 손가락으로 가리키며 피식 웃었다.

"박은 날짜가 1950년 7월 10일이니까 16년 전 사진이지. 인경이도 코흘리개 적이야."

장 여사도 대답하며 쓸쓸히 웃었다.

"인연치고는 참으로 희한하군요."

선경은 새삼 16년 전의 자신과 강철형 상위, 지윤과 강철준 일병을 머릿속에 그리다가 말끝을 달았다. "근데 아버님이 유언하셨다는 인경이 문제가 뭐예요?"

장 여사는 그 말엔 바로 대답하지 않고, 장 노인으로부터 시작해 주위 사람들을 한번 번갈아 보고는 인경 앞에서 시선이 멎었다. 그리고 뜸을 들이듯 그녀의 표정을 살폈다.

"왜 그러세요, 이모? 제 얼굴에 뭐가 묻었어?"

인경은 손바닥으로 자기의 뺨을 만지는 시늉을 했다.

"그게 아니라…… 너 혹시 사귀는 남자 있니? 독일에서라도?"

장 여사가 어렵사리 화두를 꺼냈다.

"사귀는 남자라니, 뜬금없이 그게 무슨 말씀이세요?"

인경이 눈을 동그랗게 뜨며 반문했다.

"리베(연인)가 있냐구? 게르만 남성이라도?"

아녜스 수녀가 농조로 어머니를 거들었다.

"언니두 참, 리베는 무슨…… 병원 근무 마치면 학교 가기가 바쁜데."

인경은 정색을 하며 아녜스를 살짝 흘겼으나, 결코 나쁜 감정은 아니었다. 오히려 짙은 속눈썹 속에서 치뜬 눈에 호기심이 어렸다.

"그렇다면 일단은 말을 꺼낼 수가 있겠구나."

장 여사가 미소를 띠고 덧붙였다. "우리끼리니까 거두절미하고 물어보는 건데, 현교 학생에 대한 인상이 어때?"

인경은 얼른 대답을 못하고 "그야말로 점입가경이네."라 했다.

"아버님이 현교 학생에 대해 무슨 말씀이 있으셨어요?"

장 여사가 변죽만 울리는 것 같아, 선경이 직설을 권유하는 투로 물었다.

"그래, 형부님이 돌아가시기 며칠 전에, 인경이를 현교 학생과 맺어 주는 게 어떠냐고 말씀하셨어. 그냥 하신 게 아니라, 내가 듣기에도 사뭇 간절하게."

"하긴 아버지 안목이 보통은 넘으시니까 당신 사윗감에 대한 판단이야 어련하셨겠어요? 이목구비나 체격도 그만하면 준수하고, 아이큐(IQ)는 국가에서 입증해 주었고, 매너 또한 방정하다 못해 나이브해 보였고, 어쨌든 내가 본 첫인상은 A급이던데…… 하지만 당사자 생각이 우선 아니겠어요? 네 생각은 어떠니?"

선경이 긍정적인 태도로 인경과 장 여사의 표정을 번갈아 살폈는데, 그녀의 말에 맨 먼저 반응한 사람은 의외로 장 노인이었다.

"헌데 얘, 그 삼촌 되는 사람이 인민군 장교였다는데 괜찮겠니?"

질부 친정의 사상 문제로 인해 한때 조카가 곤혹을 치른 사실을 알고 있는 장 노인은 그 문제가 적이 염려스러운 듯한 기색이었다. 일순, 선경의 머리엔 그 옛날 산악에서 만났던 철형에 대한 감회가 재삼 고개를 들었다.

'만일 그때 그가 내 말을 받아들여 귀순을 했더라면 어떻게 되었을까? 그 사람이 도일(渡日)을 포기하고 나를 선택할 수 있었을까? 그리고 나의 심경 변화는 없었을까? 만일…… 극히 환상적인 가정이지만 나와 그 사람이 커플을 이루었다면 지금의 나의 운명은 어떻게 달라졌을까……?'

선경은 자신도 모르는 새 상상이 엉뚱하게 비약한 데에 소스라치며 도리질을 했다.

"언니 왜 그래요?"

인경이 선경을 의아스러운 눈으로 바라보았다.

"응? 아무것도 아니야……. 어머니, 그 문제라면 신경 쓰실 거 없어요. 이미 이 세상에 없는 사람인데요 뭘."

선경은 왠지 동생과 현교가 맺어지기를 진정으로 바라는 묘한 감정이 마음속에 일렁임을 느꼈다. 일종의 대리 보은이라고나 할까.

"그래, 인경아, 일단은 아버지의 유지를 긍정적으로 받아들이는 게 어떻겠니?"

선경은 자기의 의향을 조심스럽게 에둘렀다.

"상대방의 의중도 모르고 괜히 김칫국부터 마시면 어떡해?"

인경은 미간을 찌푸리며 보로통했으나 마뜩잖은 기색은 아니었다. 아니, 이성 간의 진지한 교제를 앞두고 다소의 설렘도 느껴졌다.

"상대방은 내가 알아서 하마. 네 마음이 문제지, 아무려면 내가 네게 김칫국 마시게야 하겠니?"

장 여사는 인경의 긍정적인 반응에 일단 만족해하며 장 노인을 쳐다보았다. "언니도 현교가 마음에 들지요?"

"하지만 인경이가 현교보다 연상이 아니니?"

장 노인은 나름 짚을 만한 데는 꽤 짚어냈다.

"예, 인경이가 두셋 위일 거예요. 하긴, 좀 보편적이진 않지만 둘이 마음만 맞으면 그게 뭐 대수겠어요? 내가 보기엔 현교 쪽은 숫접고 인경이는 오달지니까 차라리 잘 어울리는 짝일 것 같네요."

장 여사의 말에는 제반 상황을 합리화하려는 측면도 없진 않으나 한편으론 일리도 있었다. 두 사람의 성품을 보면, 현교는 다소 피동적이고 심사숙고형인 데 반해, 인경은 능동적이고 진취적이었다. 이들 둘의 장점이 상호보완만 잘 이루어진다면 이상적인 배필이 될 것이라는 게 장 여사의 견해였다.

"하긴 신사임당도 남편보다 연상이었으니까. 미국의 링컨 대통령도 그렇고……. 그런 덴 별문제 없는 거지?"

선경이 진정으로 동생을 격려했고, 이에 고무되기라도 한 듯 인경이 "그쪽 집안은 어때요?" 하고 장 여사에게 시선을 돌리며 관심을 보였다.

"애, 현교 어머니부터 말해 줘라."

딸의 물음에 장 노인이 얼른 나섰다.

"그럼요. 여부가 있겠어요, 언니."

장 여사는 마치 브리핑을 하듯 세 이종자매를 향해, 현교 어머니는 일본 여자로서 광복 직후 처녀의 몸으로, 남양 전선에서 전사한 오빠의 친구이자, 같은 전선에서 생사조차 모른 채 돌아오지 않은 연인(철민: 현교의 부친)에게 한갓 희망을 걸고 그의 가족을 따라 한국에 오게 되었다는 것, 그후 철민의 귀환에 이어 그의 부친(현교의 조부)과 첫째 아우(철형)의 일본 밀항 및 막내 아우(철준)의 서울 유학, 그리고 제주 4 · 3사건 때 그의 모친(현교의 조모)과 조부모(현교의 증조부모)가 희생된 것, 또 작년에 그(철민)가 사망한 이후 남은 식구가 두 모자뿐이라는 것 등 현교 어머니로부터 들어서 알고 있는 사실들을 소상히 이야기했다. 다만, 철민의 사인에 대해선 현교 어머니가 언급하지 않은 만큼 장 여사도 알 리 없거니와 굳이 캐어물을 처지도 못되었다. 그저 병사겠거니 간주할 뿐이었는데, 거기엔 일말의 빈틈이나 흐트러짐이 없는 상대방(현교 모친)의 반듯하고 진솔한 언행이 한몫을 했을지도 모른다.

"지금은 비록 일개 촌부에 지나지 않지만, 해방 전에 일본에서 고녀까지 나왔고, 그 기품이 아직도 몸에 배어 있어 그런지 교양이나 경우가 내 보기엔 나무랄 데가 없더구나. 안 그래요, 언니? 내가 서슴없이 인경이에게 현교와의 교제를 희망하는 데는 그 어머니에게서 받은 영향도 작지 않단다."

"어떤 분인지 대강은 알 만한데, 아무리 사랑엔 국경이 없기로서니 그 대가 치곤 희생이 너무 큰 것 같군요. 참으로 기구한 운명이란 생각이 드네요."

선경은 같은 여인으로서 사랑의 위력과 함께 그에 따른 결과도 여성에겐 중요함을 실감했다.

"하지만 그분은 그렇게 생각지 않더구나. 자기가 유일하게 거둔 열매가 있으니까. 바로 현교 학생 말이야! 자기의 모든 생을 오직 그 아들 하나에 걸고 구김살 없이 밝고 희망차게 살아가고 있단다. 한 · 일 국교가 정상화됐는데도 고국으로 돌아가지도 않고."

"우리끼리니깐두루 얘기지만 그토록 애지중지 키운 아들을 쉽사리 며느리한테 내주려 하겠니?"

장 노인이 은근히 염려스러운 듯 한마디 했다.

"아이, 언니두. 언니도 보았듯이, 그런 교양 없는 시어머니 노릇 할 사람 아니에요. 그렇담 애초부터 제가 이런 말을 꺼내기나 했겠어요? 그 어머니에 그 아들을 나는 믿어요."

장 여사의 확신에 찬 말을 받아 인경이 "그 어머니에 그 아들이라…… 과연 사랑도 모전자전일까?" 하고 장난기 어린 미소를 띠며 까만 속눈썹 안의 눈망울을 굴렸다.

"앞으로 우선적으로 할 일은 커뮤니케이션이야, 인경아. 현해탄이 아니라 유라시아 대륙을 오가는."

어머니 장 여사의 무릎 옆에 앉아 이야기를 듣고만 있던 아녜스가 두 팔을 원형으로 구부리고는 양손을 교차시키며 교신의 제스처를 해 보였다.

제4장 사랑의 가교

11

그날 저녁 무렵, 아녜스 수녀는 왜관으로 떠났고, 그 이튿날 선경과 인경 자매도 각각 뉴욕과 프랑크푸르트로 돌아갔다.

현교가 귀경한 것은 그로부터 3주일쯤 뒤인 1월 하순이었다. 양손에 트렁크와 커다란 보따리를 잔뜩 든 그가 대문 안으로 들어서자, 장 여사는 재빨리 뛰어나와 그를 맞이했다.

"어서 와라. 더 건강해 보이는구나!"

빈말이 아니라, 바닷바람에 그은 현교의 낯빛에 건강미가 드러났으며, 그 사이에 한결 성숙하고 늠름해 보이기까지 했다.

"어머니도 편안하시고?"

장 여사는 마루 위로 올라서며 트렁크를 받아 내렸다.

"예, 누나들은 모두 떠났어요?"

장 여사를 따라 마루에 올라선 현교가 휑한 대청 안을 둘러보며 물었다.

"그래, 네가 내려가던 다음날."

그때, 안방에서 장 노인이 나왔으므로 현교는 선 채로 "안녕하셨어요?" 하고 허리를 굽혔다.

"그래, 잘 다녀왔나? 어디, 얼굴이 탄 건가?"

장 노인은 전보다 더 각별한 눈빛으로 그의 얼굴을 살펴보았다. 현교가 주뼛거리자 장 여사가 대신 답했다. "거긴 바람이 많은 고장 아녜요, 언니."

"하얄 때보다 건강해 보이긴 하구먼. 헌데 이건 뭐 이렇게 잔뜩 가져왔누?"

장 노인이 트렁크와 보따리를 두리번거리자, 현교가 얼른 장갑을 벗으며 물에 젖은 보따리부터 손을 댔다.

"이것부터 물에 담가 주세요."

그가 보따리를 풀자 대나무 광주리가 나왔고, 그 안의 층층마다 바닥에 깐 숯덩이 위에 전복과 소라들이 수북이 쌓여 있었는데, 전복의 살덩어리가 해초들이 붙어 있는 껍데기 속에서 살아 꿈틀거리고 있었다.

"어머! 아직 살아 있잖아!"

장 여사는 전복의 살을 손가락으로 눌러 보며 신기해했다.

"바닷물에서 꺼내는 즉시 공항으로 갔으니까 아직 몇 시간 안됐어요."

"응, 비행기로 왔구먼?"

"예."

현교는 대답하면서, 이번에는 트렁크의 지퍼를 열었다. 그 속에는 그의 옷가지를 담은 한 개의 상자 옆에 고향 특산물인 옥돔 자반을 비롯하여 마른 미역과 고사리, 참깨 들이 정성스레 따로따로 포장되어 담겨 있었다.

"네 어머니, 정말 마음 많이 쓰셨구나! 하긴 너를 위한 것이기도 하다만."

트렁크 속의 내용물들을 하나하나 꺼내 보며 장 여사는 '지금쯤 걔들이 가지 않고 한자리에 있었다면 오붓하게 이 같은 별식을 음미할 수 있었을 텐데!' 하는 아쉬움이 간절했다.

장 여사는 날것이 든 광주리를 들고 부엌으로 향했고, 장 노인은 트렁크 속의 식품들을 챙기며 현교에게 말했다.

"피곤할 텐데 목욕탕에 가서 푹 담그고 오는 게 어떻겠니?"

"그래, 그렇게 해. 그동안 저녁을 마련해 놓을 테니."

언니의 말을 들은 장 여사가 부엌에서 조금 큰 소리로 말했다.

"예, 알았어요. 저도 그럴 참이었습니다."

현교는 옷상자와 빈 트렁크를 들고 자기 방으로 갔다. 책장에 꽂힌 책들이며 책상 밑으로 들여놓은 의자의 위치까지 자기가 떠났을 때와 변함이 없었으므로, 현교로선 인경과 아녜스 수녀가 그곳에 들어왔으리라곤 짐작조차 할

리 없었다.

그러나 그가 오늘 대문 안으로 들어서면서 느낀 감개는 여느 때와는 사뭇 달랐다. 어머니로부터 삼촌과 장 여사 집안 사이에 맺어졌던 애틋한 사연, 특히 삼촌과 아녜스 수녀 언니와의 관계를 들었기 때문이었다. 표면상으로야 이전과 하등의 다를 바가 없겠으나, 왠지 처신하는 데 조심스럽고 신경이 쓰였다.

'하지만 내가 뭐라고 아는 척할 수도 없지 않은가? 당분간은 평소처럼 그대로 지내는 게 낫겠지?'

그러나 그가 생각했던 '당분간'은 그날 하룻밤을 넘기지 못했다. 현교가 여장을 풀어 정리한 후, 옷을 갈아입고 동네 공중 목욕탕에 가서 느긋하게 몸을 풀고 이발까지 하고는 개운한 기분으로 돌아와 보니, 장 여사가 저녁상을 차릴 준비를 하고 있었다.

"마침맞게 왔구나. 어서 세면도구 놓고 나와. 저녁 먹자."

장 여사는, 목욕기가 채 가시지 않은 현교의 반짝이는 안면과 말쑥하게 드라이한 머리를 흐뭇한 눈빛으로 바라보면서 말했다. 게다가 그가 방에서 나오자, 이번에는 장 노인이 "시쳇말로 때 빼고 광 냈구먼." 하고 전에 없던, 진심으로 애정이 깃든 농담까지 하는 바람에 현교는 열없어하면서 내심 반갑기도 했다.

"오늘 저녁 반찬은 순전히 현교네 향토 음식으로 장만했어. 자, 어서 앉아."

미상불, 반상에는 전복을 썰어 넣은 미역국에다 소라볶음, 옥돔구이, 고사리나물, 파래무침 등 그가 가지고 온 반찬 일색으로 정갈하게 차려져 있었다.

"잘 먹겠습니다."

정성들여 차려진 음식도 음식이려니와 그 어느 때보다도 다정한 두 어른의 마음씀에 현교는 콧마루가 찡해 옴을 느꼈다.

"많이 들어."

장 여사도 이를 의식한 듯 그윽한 눈으로 현교를 바라보았다.

"멀리서 오느라 시장했겠지?"

장 노인은 생선 접시를 현교 앞으로 밀어 놓으며, 젓가락질하기 좋게 몸소 손으로 잘게 뜯어 주었다.

세 사람이 둘러앉은 밥상은 비록 단출하긴 했지만, 분위기는 마치 자모(子母)와 할머니 사이처럼 단란하고 화기애애했다.

'이 자리에 인경이가 있었으면 얼마나 안성맞춤일까!'

숟갈을 들면서 장 여사의 뇌리에 문득 떠오른 생각이었다. 이심전심이랄까, 장 노인은 숫제 "인경이 갸가 이참에 휴가를 받고 왔음 좋았을 텐데." 하고 솔직한 심정을 토로했다.

"언니도 나와 같은 생각을 하고 있군요."

'새삼스레 웬 인경이의 휴가 문제가……?'

수저질을 하는 중에 무심결에 두 사람의 말을 들으면서, 그의 눈앞엔 얼마 전 바로 이 자리에서 '축하합니다. 덕분에 잘 먹겠어요.' 하고 응대해 준 인경의 짙은 속눈썹과 반짝이는 눈동자의 모습이 어른거렸다.

그런데 두 노자매의 대화에 대한 현교의 궁금증은 저녁식사가 끝난 지 얼마 지나지 않아 풀리었다. 그가 양치질을 하고 자기 방에 들어와 의자에 막 앉자마자 장 여사가 손에 뭔가를 들고 들어왔다.

"책상 위가 뭐 달라진 게 없어?"

여사는 책상 옆에 놓인 보조의자에 앉으며 물었다. 현교는 책상 위를 건성으로 한번 둘러보았다.

"뭐, 별로……."

"인경이가 자기 옛날 방이라며 우연히 들어왔다가 이걸 봤어. 책을 들춰보다가……. 불쾌해하진 않겠지?"

장 여사는 예의 사진을 책상 위에 놓으며 현교의 표정을 살폈다.

"아, 이 사진……. 불쾌하긴요, 무슨 비밀스러운 것도 아닌데,"

"난 행여나 해서."

여사는 몇 초간 말을 끊었다가 "이번 고향에 갔을 때 어머님이 무슨 말씀 안 하셨어?" 하며 다소 정색을 하고 물었다. 아니, 어쩜 그보다는 '이 사진 속의 청년이 삼촌 맞지?' 가 더 구체적이고 솔직한 질문일 터였다.

현교는 오래 생각할 것도 없이 '어머님의 말씀' 과 눈앞의 사진이 연계되면서 자연스럽게 반문이 튀어나왔다. "삼촌에 대한 말씀인가요?"

"그래, 강철준 선생!"

"얘기 들었습니다."

"어머님이 뭐라셔?"

"세상이 넓으면서도 좁다고 하셨어요."

"내 생각도 다르지 않아."

장 여사는 잠깐 사진 속의 화지 부인에게 향했던 눈길을 현교에게 돌렸다. "세속적인 말로 그런 게 '인연' 이라는 거 아닐까?"

"인연치고는 너무도 공교롭지 않습니까! 삼촌의 인연은 그렇다 치더라도 저와 미카엘 신부님, 거기다 아녜스 수녀님과의 만남은 생각할수록 참으로 신비롭다는 생각까지 들어요."

현교는 자신도 모르는 새 다소 감정이 고조되어 있었다.

'그뿐만이 아니야. 강 선생의 형님(철형)과 인경의 언니(선경)하고도 연(緣)이 있었어. 아주 짧은 시간이긴 했지만.'

한순간 장 여사는 내심 이런 말도 하고 싶었으나, 목구멍까지만 올라왔을 뿐, 혀를 타지는 않았다. 한쪽의 사상적 신분도 신분이려니와 이미 고인이 된 사람과의 한순간의 구연을 꺼낸다는 것이 서로를 위해서도 재미스럽지 못할 것 같아서였다.

"그래서 말인데…… 우리 이제부터 또 새로운 인연을 맺으면 어떨까?"

"……?"

장 여사의 신중하면서도 의외로운 발언에 영문을 모르는 현교는 무어라 대답을 못하고 여사의 표정을 정시했다.

"그렇게 긴장하지 말고 편안히 들어."

현교의 시선을 마주 받은 여사는 입가에 미소를 지으며, "현교, 사랑하는 사람 있어?" 하고 직설적으로 덧붙였다. 갈수록 느닷없는 물음에 현교는 답변이 더욱 궁색해졌다. 그런 가운데 지난날의 한 영상이 순간적으로 전광처럼 그의 뇌리를 스쳤다.

'사랑……?' 그것을 사랑이라고 한다면 있긴 있었다.

12

중(中)2 시절 2학기가 막 시작되었을 때, 그의 반에 한 여학생이 타지방에서 전학해 왔다. 이름은 귀화—부귀화(夫貴花)였다. 여학생이라야 60명 안팎의 한 클래스에 10명도 채 안되었으므로, 한 명의 뉴 페이스는 당연히 돋보일 수밖에 없었다. 게다가 여느 학생들과는 달리, 같은 교복이면서도 차림새가 말끔했으며, 얼굴도 곱고 유난히 희었다. 그래서일까, 그녀의 이름을 처음으로 부르던 날 국어 선생이 출석부에서 고개를 들어 주인공을 똑바로 쳐다보더니 "짜장 모란꽃이구먼!(富貴花는 모란꽃의 딴 이름)" 하고 혼자 입속말로 중얼거리며 입가에 어렴풋한 미소를 흘렸다.

그녀는 또한 품행도 단정해 보였는데, 말수가 적고 한반의 여학생과 어울리는 일도 없이 수업이 끝나면 곧장 집으로 향했다.

귀화가 전학온 지 며칠 뒤에야 안 사실이지만, 그녀의 어머니는 무녀로서 점 보는 일도 겸하고 있었다. 그녀가 반의 학생들과 사귐을 꺼리고 방과 후에 집으로 직행하는 것도 어머니의 직업에 대한 콤플렉스인지도 몰랐다. 그런 점에 있어선 광인을 아버지로 둔 현교도 비슷한 처지라 할 수 있었다. 그러다 보니 하굣길에 서로 보는 기회가 적잖았다.(귀화의 집 동네는 학교와 현교 동네의 중간에 있었다.) 그렇다고 둘이 마주 보거나 나란히 걷는 것은 아니고, 오십 보가량

거리를 두고 걸었다. 대체로 귀화가 앞서 갔는데, 거의 뒤돌아보는 일도 없이 오른손에 자주색 가방을 든 채 머리를 열두 시 5분 전 방향으로 기울이고 일정한 보폭으로 등속으로 걸었다. 그러다가 두 동네의 분기점인 조그만 동산 오른쪽 기슭의 오솔길로 들어서면서 차츰 멀어져 가고, 뒤따르던 현교는 그쪽을 한번 힐끗 바라보고는 왼쪽 기슭을 끼고 나 있는 넓은 길을 통해 자기 동네로 올라가곤 했으므로, 어느 쪽이든 말을 건넬 기회란 좀처럼 없었다.

그렇게 한 학기가 흘러가는가 싶더니 어느 날, 그 개미 쳇바퀴 돌듯 하던 종래의 질서가 깨졌다. 정확히 겨울방학 시작 하루 전날, 그러니까 담임교사가 2학기 통지표를 나누어 주던 날이었다.

"강현교!"

담임의 첫 번째 호명이었다. 순간, 교실 안엔 박수갈채가 쏟아졌고, 현교는 환한 얼굴로 교단으로 걸어나갔다.

"평균 점수가 전교 톱이야!"

담임은 안경 너머로 눈웃음을 던지며 현교의 등을 두드렸다. 그가 제자리로 돌아오면서 복도 쪽 창 옆의 여학생 열로 무심코 시선을 향했을 때, 귀화의 눈길과 마주쳤다. 그녀는 반갑다는 듯 함초롬히 웃음을 머금고 있었다. 전학온 지 처음 대하는 웃음이었다. 갑자기 현교의 가슴이 설레며 부풀어올랐다.

'오늘은 무슨 말이든 해 봐야지.' 하고 마음먹은 현교는 종례 후 담임의 지시에 따라 교무실로 가서 교감을 비롯한 여러 선생들에게 인사를 마치자마자, 귀화에게 처질세라 부랴부랴 자기 동네로 통하는 후문으로 내달았다. 그런데 앞서 가고 있어야 할 그녀의 모습이 보이지 않았다.

'내가 너무 늦었나? 볼일이 있어 다른 데로 갔나……?'

그는 사방의 길을 둘러보면서 앞을 향해 힘껏 달려 동산의 갈림길까지 이르렀다. 발을 멈추자 가슴이 벌렁거렸다. 그는 한숨을 몰아쉬며 오른쪽 기슭의 오솔길을 바라보았다. 하지만 인적은 없고 초겨울의 스산한 바람만이 길가에 드문드문 서 있는 나목들의 가지를 흔들어대고 있었다.

'한번 찾아가 볼까?'

그가 귀화의 집 쪽으로 갈까말까 머뭇거리고 있을 때, 오솔길 우측(동산 맞은편) 밭 모퉁이에서 낮은 목소리가 들려왔다.

"이디여(여기야), 이디."

반사적으로 고개를 돌린 현교는 놀라움과 반가움이 동시에 일었다. 애타게 찾던 주인공이 불치막(비료로 쓸 재를 모아두는 오두막) 옆에 몸을 숨긴 채 얼굴을 빠끔히 내밀고 조그만 손을 까딱거리는 게 아닌가! 그는 주위를 살펴볼 새도 없이 마치 자석에 끌리는 쇠붙이처럼 순간적으로 그녀에게로 다가갔다. 소녀는 말 대신 포장된 작은 물건을 수줍은 듯이 내밀었다.

"무시것고(뭐니), 이거?"

현교가 손에 들린 물건을 보며 주뼛주뼛하자, 소녀는 그것을 그의 손에 쥐여 주며 말했다. "집에 강(가서) 보라."

그렇게 한마디 빠르게 말하고는 수줍은 표정을 지으며 뛰다시피 자기 집으로 종종걸음 쳤다. 현교는 소녀의 모습이 사라질 때까지 그 자리에 우두커니 서서 바라보다가 뒤돌아 천천히 발길을 옮겼다.

집에 돌아와 방으로 들어가자마자 그는 가방에서 포장품을 꺼내 들었다. 포장지 모서리가 꽤 구겨진 것으로 보아 싼 지 며칠이 지난 것 같았다. 그는 조심스레 테이프를 뜯어냈다. 책이었다.―삼중당(三中堂)이란 출판사에서 펴낸 《마음의 샘터》. 난생처음으로, 그것도 이성에게서 받아 보는 선물이었다. 무어라 표현할 수 없는 희열과 함께 가슴이 뛰놀았다.

책장을 대충 훑어보니 전 세계의 금언과 명언들이 발언자나 출처와 함께 수록되어 있었다. 그는 필시 증정자의 메모라도 있을 성싶어 책의 면지(面紙)와 속표지를 떠들어 보고 책을 세워 흔들어 보기도 했으나, 글자 같은 건 눈에 띄지 않고 한 책갈피 안쪽에 새빨간 동백꽃잎 한 장이 활짝 펼쳐진 채 끼워져 있을 뿐이었다.

조금 허전했다. 하다 못해 시 한 구절이라도 씌어 있었으면 좋았으련만. 김소월의 '못 잊어' 같은.

그건 그렇다 치고, 현교로선 어떤 방법으로든 고마움을 표하고 싶었다. 하지만 내일부터 방학이지 않은가.

'어쨌든 만나야 한다.'

그는 그날 밤 잠자리에서 무엇으로 답례를 할까 곰곰 생각했다. 전전불매(輾轉不寐)하며 갖가지 궁리 끝에 그 역시 책을 선물하기로 하고 만날 방도까지 계획했다.

방학 이틀째 되는 날(첫째 날은 어머니 시중으로 좀 바빴었다), 현교는 참고서를 산다는 명목으로 어머니에게서 돈을 탄 후 시장통에 있는 서점에 가서 《김소월 시집》을 샀다. 그는 날이 어두워지기를 기다린 끝에, 다음날 예의 그 불치막에서 만나자는 내용을 적은 모조지로 오자미를 싸서 고무줄로 동여매 가지고는 집을 나섰다.

거리는 어스레해졌고, 그가 길가의 담을 뛰어넘어 귀화의 집 마당과 접한 밭에 이르렀을 때엔 사위는 어두컴컴했다. 그는 돌담 밑으로 상반신을 굽히고 담벽 틈으로 마당 안을 살폈다. 마루에는 바깥문이 열린 채 건넌방에서 새어나온 남포등 불빛이 희미하게 비치고 있었고, 부엌 쪽엔 아궁이에 짚불을 때는지 불빛이 환해졌다 어두워졌다만 할 뿐, 한동안 인기척은 없었다.

그렇게 30분 가까이 지났을까, 큰방의 문이 열리면서 밝은 빛이 환히 마루로 새나왔다. 순간, 엉거주춤 서 있던 현교는 종이로 싼 오자미를 움켜쥐며 담 너머 마당 안으로 던질 태세를 취했다.

그러나 바로 그때, 스웨터를 걸친 중년 아낙네가 마루로 나오더니 곧장 부엌으로 들어갔고, 뒤이어 부엌문이 활짝 열리면서 머리에 수건을 쓴 또 다른 여인이 쌀뜨물인지 설거지물인지 대야째 들고 나와 마당 한구석 담 밑으로 냅다 끼뜨리고는 들어가 버렸다. 그러곤 조용했다.

'통시(변소)에라도 한번쯤 출입할 법도 하련만……!'

현교는 마치 먹이를 노리는 맹금처럼 잠시도 담벼락 틈에서 눈을 떼지 않고 사뭇 마당 안을 지켜보았으나, 부엌의 불빛이 사라지고 큰방의 불이 꺼질 때까지 끝내 귀화의 모습은 나타나지 않았다. 하릴없이 그는 허탈한 기분으로 발길을 돌렸다.

현교는 방법을 바꿔 좀 더 용기를 내기로 했다. 다음날 아침 시집을 챙기고 집을 나선 그는, 귀화의 집 근처까지 가서 길가를 왔다갔다하며 올레 입구를 주시했다.

'어디 심부름이라도 나가겠지.'

그렇게 초조한 마음으로 한 시간 남짓 서성이고 있을 무렵, 한올레에 있는 귀화네 옆집에서 한 소녀가 점퍼 깃을 여미며 올레 밖 길로 쪼르르 달려나왔다. 초등학교 3, 4년생쯤으로 보였다.

'옳지!' 하며 현교는 소녀에게 급히 다가갔다.

"나 부탁 하나 들어 줄래?"

"무신 부탁?"

소녀는 발걸음을 멈추며 눈을 똑바로 뜨고 현교를 올려다보았다.

"귀화한테 가그네(가서) 좀 나와 도렝(달라고) 허라."

"귀화 언니 어슨디(없는데)."

"어디 가시냐(갔니)?"

"육지, 지네(자기) 아버지한테."

"언제?"

"저 그저께, 방학하던 다음날인가……?"

현교는 맥이 탁 풀렸다. 그는 소녀에게 이렇다 저렇다 인사 한마디 없이 터덜터덜 걸음을 옮겼다. 한참 만에 발길이 닿은 곳은 아랫동네 해안가 J곶(串)의 끝이었다. 현교는 주머니에 양손을 쑤셔넣은 채 장승처럼 서서 먼 수평선을 망연히 바라보았다. 눈앞에는 주기적으로 밀려오는 파도가 바위에 부딪치면서 하얀 포말을 사방으로 흩날렸고, 저만치 공중에선 이름 모를 물새들이 활강과 비상의 묘기를 뽐내고 있었다.

초겨울의 바닷바람에 코끝과 양볼이 빨개지리만큼 시렸지만, 조약돌로 물수제비를 뜨거나, 떼지어 헤엄치는 물고기들을 향해 던지기도 하면서 점심도 거른 채 종일토록 그곳에서 지내다가 해거름에 집으로 돌아왔다.

"아침부터 어딜 그리 돌아다니는 거야? 어젯밤에도 늦게 들어오더니."

텃밭에서 무를 바구니에 뽑아 들고 들어오던 어머니가 마당으로 들어서는 현교를 보며 의아스러운 표정으로 물었다.

"친구들하고 만날 일이 있어서……."

현교는 평소의 그답지 않은 태도로 어물쩍 대답하곤 서둘러 자기 방으로 들어갔다.

그날 밤, 그는 귀화를 애무하는 꿈을 꾸면서 몽정을 했다. 그로서는 난생처음 경험하는 첫 사정(射精)이었다. 잠에서 눈을 뜬 그의 기분은 묘하고 감미로우면서도 한편 께름하기도 했다.

이렇듯 그해 겨울방학은 그에겐 사랑의 홍역을 치르는 것과도 같았다. 방학이 끝나고 개학을 했을 때, 그는 귀화를 대하는 데 한결 자신감이 생겨나 있었다. 방과 후 그는 여느 때와 달리, 작정하고 귀화를 앞질러 갔다. 그는 책가방을 들고 갈림길에 멈춰 선 채 그녀가 다가오는 모습을 원망하는 듯, 그러면서도 반가워하는 얼굴로 빤히 쳐다보았다.

"무사 게(왜 그러니)?"

귀화는 그의 앞에서 걸음을 멈추고 열없이 고개를 갸웃하며 상대의 표정을 읽었다. "나 만나레 와 갔젠허멍(왔다 갔다면서)?"

"난 경(그렇게) 간 줄도 모르고……."

현교는 표정을 누그러뜨리며, 지난번 자기 딴엔 어렵사리 감행했던 모험담을 어설프게 얘기해 주었다.

"나도 아버지가 갑자기 부르는 바람에……."

귀화는 진정 미안해하고 고마워했다. 그러면서 부산에 거처하는 아버지(사실은 의붓아버지였다.)가 겨울방학 시작 무렵에 숙박업을 차려 일손이 달린다는 기별을 받고 갑작스레 가게 되었다는 사정 얘기를 해 주었다.

"경 됐었구나."

현교는 되레 자신이 미안쩍어하면서 책가방에서 냉큼 시집을 꺼내어 건네주었다. 지나가는 사람이 있거나 말거나 아랑곳하지 않고.

"이젠 됐저(됐어), 알아시난(알았으니까)."

현교는 밝게 웃으며 귀화의 가냘픈 손에 책을 쥐어 주고는 곧바로 뒤돌아서 걸어갔다. 책을 받아 든 채 그의 걸어가는 뒷모습을 물끄러미 바라보는 미소 띤 귀화의 두 뺨에 살포시 볼우물이 패었다.

그로부터 이들 두 청소년은 교내에서 말고는 거의 스스럼이 없었다. 부반장을 맡고 있는 현교가 방과 후 별다른 학급 일이 없는 날에는 하굣길에 학교 후문을 나서면서부터 나란히 걷는 적이 심심찮았다. 하지만 서로간에 대화는 별로 없고, 주로 귀화 쪽에서 입을 많이 놀리는 편이었다. 그녀는 현교 앞에서 깡충대고 걸으면서 "리리 리자로 끝나는 말은 개구리 울타리 개나리 댑싸리 유리 항아리" 하고 경쾌하게 노래부르고는 휙 뒤돌아보며 "느(너)도 불러보라게." 했다. 그래도 현교는 피식 웃으며 고개를 살래살래 저을 뿐이었다.

헤어지는 갈림길에 와서는 "혼저(어서) 올라가라." 하고 손을 까딱까딱 흔들며 "넘어지지 말고 이." 하고 농까지 곁들였다.

그러나 에로스는 이들의 풋풋하고 천진스러운 모정(慕情)을 오래 지켜 주지 못했다. 이 좁은 동네에서의 햇병아리 로맨스는 어떤 경로를 거쳐서인지는 모르나, 무녀인 귀화의 어머니 귀에까지 들어가게 되었다.

어느 날 오후, 귀화가 손을 흔들며 현교와 헤어진 후 동산 기슭을 따라 집으로 다가가고 있을 때, 올레 입구의 멀구슬나무 뒤에 숨어서 지켜보고 있던 그녀의 어머니가 길 쪽으로 불쑥 모습을 드러냈다. 딸이 흠칫 놀란 것과, 어머니의 착 가라앉은 노기 띤 일성이 나온 것은 거의 동시였다.

"이제 보난(보니) 헛소문이 아니구나!"

아직 불혹이 채 안돼 보이는 무녀가 눈초리를 내리깔며 딸을 노려보았으나, 뽀얀 살빛의 빼어난 미모가 그 노기를 반감시키는 듯했다.

느닷없이 허를 찔린 귀화는 마치 죄인이라도 된 양 아무 대응도 못하고 어깨를 바짝 움츠린 채 어머니 앞을 급히 지나쳐 올레 안으로 뛰어들어섰다.

"그럴려거들랑 학교도 설러불라(그만둬라). 이마에 피도 안 마른 것들이……."

무녀는 마루에 올라서서도 딸의 방에다 대고 일갈했다.

"요새 아이들이사 옛날광(과) 같습니까? 경 허당 말겁주게(그러다가 말겠지요)."

가정부 노릇을 하는 오십대 여인이 주인 무녀를 달랠 겸 귀화를 감싸 주느라 부드럽게 한마디 했다.

"그것도 어디 사내 놈이 어성(없어서) 광질다리 아들이라! 지 어민 쪽발이고, 나 원 참! 콧구멍이 두 개난(두 개니) 숨을 쉬주(쉬지)."

무녀는 어처구니없다는 듯 내뱉었다. 건넌방에서 이 말을 들은 귀화로선 까마득히 모르고 있던 사실이었다. 하지만 그것은 그녀에겐 대수로운 일이 아니었다. 그날 저녁 그녀는 어머니로부터 갖은 질책과 훈계와 회유를 받음과 동시에, 앞으로는 그런 일이 없을 것이라는 다짐도 했지만, 현교와의 공공연한 만남만 삼갔을 뿐, 그를 향한 마음에는 일말의 변함도 없었다.

그런데 3학년 1학기 6월의 어느 날, 그동안 망울져 가던 귀화의 곱다란 꿈이 훼절되는 돌발적인 변수가 생겼다. 부산으로의 전학이었다. 어머니로부터 들은 명분인즉, 의붓아버지가 새로 시작한 숙박영업이 예상외로 성업 일로여서 이제는 귀화의 학업까지 충분히 감당할 수 있게 되었다는 것이었다.(의붓아버지에게는 귀화보다 손위인, 본처 소생의 두 남매가 있었다.)

어린 귀화로선 난감하기 이를 데 없었다. 어머니의 뜻을 거역할 수도 없거니와, 거역한다고 제 마음대로 될 일도 아니었다. 그녀는 이 사실을, 전학 수속을 다 마치고 떠나기 이틀 전—급우들에게 마지막 작별 인사를 하기 하루전—에야 현교에게 알려줬다.

그날 귀화는 저녁 무렵에 옆집 초등학생 소녀를 데리고 현교네 집을 물어물어 찾아왔다. 그러고는 꼬마 소녀를 시켜 그를 불러냈다. 소녀를 따라 고무신을 끌고 올레 밖으로 나간 현교는 귀화를 보곤 깜짝 놀라며 말을 걸었다.

"아니, 이 시간에……?"

그는 사람들의 눈을 피해 앞장서 으슥한 팽나무 아래로 걸어가선 "무신 일이고?" 하고 눈을 크게 떴다.

"귀화 언니 내일 모레 떠날거난(떠나니까)……."

귀화가 대답 없이 잠자코 우수 어린 미소만 짓고 있자, 옆에 있던 소녀가 대신 답했다.

"정말이야?"

현교는 다시 한 번 놀라지 않을 수 없었다. "어디, 부산으로……?"

귀화는 말없이 고개만 끄덕였다. 현교 또한 갑작스러운 그녀의 상황 변화에 할 말을 잃었다. 석별의 정이야 그 어느 쪽인들 없을까만, 현교로선 더더욱 아쉬움을 금할 길이 없었다.

"잘 있으라 이, 건강하고……."

"너도."

두 청소년이 목소리가 떨려 나오는 듯했다. 현교는 상대를 붙잡고 오래도록 석별의 정을 나누고 싶었으나, 마침 저만치서 자기 아버지가 초췌한 모습으로 터덜터덜 다가오는 것을 보고는 서둘러 "혼저 가라(어서 가)." 하고 귀화와 소녀의 발길을 재촉했다.

"가거들랑 곧 편지 해. 방학 땐 꼭 오고."

"응."

귀화는 대답하며 "자, 이거." 하고 얄팍한 봉투 하나를 건네주었다.

현교가 수십 미터나 그들을 배웅하고 돌아온 뒤 봉투를 열어 보니, 서울의 유명한 대학 건물의 흑백 사진 몇 장이 백지로 한 겹 싸인 채 들어 있었다. 그는 초등학교 시절 장터 입구에서 카메라를 멘 사람들이 전국 명승지며 유명 건축물 등의 사진을 팔고 다니던 것을 기억해냈다. 그는 그녀가 언제 이런 것을 다 챙겼을까 생각하며 대학 사진들을 한 장 한 장 들여다보다가 백지 안쪽 상단에 적힌 영문 글씨를 발견했다. 그것은 그녀가 직접 볼펜으로 쓴 'Boys, be ambitious!' 라는 문구였다.

'나보고 이런 대학엘 가라는 건가? 그래서 야망을 가지라는 건가?'

현교는 어린 마음에 저도 모르게 가슴이 뭉클하며 코끝이 찡해 옴을 느꼈다.

귀화가 떠나던 날 아침, 현교는 등굣길에 그녀가 무녀 어머니를 따라 시장통 버스정류장으로 향하는 것을 동산 자락의 먼발치에서, 그들 모습이 사라질 때까지 망연히 바라보았다. 그러나 그것이 그가 본 그녀의 마지막 모습이 될 줄이야!

현교가 오매불망 끝에 귀화의 편지를 받은 건 그녀가 떠난 지 보름 만이었다.—부산 영도의 아버지 집에 무사히 도착했으며, 부산진에 있는 N여중에 편입하여 개폐교인 영도 다리를 지나 전차로 통학하고 있다는, 의례적이면서 길지 않은 사연이었다. 현교는 다소 아쉬운 생각이 없지 않았으나, 앞으로의 교신에 기대를 걸었다. 그것이 그녀로부터의 처음이자 마지막 소식이 될 줄은 꿈에도 생각지 못하고.

그가 편지를 받은 바로 이튿날 보낸 답장을 비롯하여 일주일이 멀다 하고 애틋한 사연을 띄워 보냈으나, 어찌 된 영문인지 감감무소식이었다. 기다림에 지친 그는 편지 쓰기를 단념했고, 시간이 흐르면서 시나브로 그녀에 대한 기억도 차차 잊혀 갔다.

다만, 현교가 고교에 진학하고 그녀의 어머니인 무녀도 그 마을을 떠난 후,

어렴풋이 스쳐간 풍편에 귀화가 외국인을 따라 국외로 갔다는 말과, 귀화의 전학 전 단짝을 통해 그녀가 어느 날 해수욕장에서 행방불명되었다는 이야기를 들었을 뿐이었다.

13

"무슨 생각을 그리 골똘히 해?"

장 여사의 한마디가 현교의 상념을 깨뜨렸다.

"아, 아닙니다."

현교는 퍼뜩 제정신이 들면서 당혹스러움을 감추지 못했다. 그러나 장 여사는 그의 그런 태도를 별로 의식하지 않고 예사롭게 말을 이었다. "사귀는 여자 있어? 어렵게 생각 말고 허심탄회하게 얘기해 봐."

"저 그런 사람 없어요. 제 처지에 어디……."

현교는 한 손으로 뒤통수를 만지며 얼굴을 붉혔다.

"그럼 내가 한 사람 소개할까?"

곧바로 묻는 장 여사의 말에 현교는 말없이 상대의 웃음 띤 얼굴을 정시했다.

"우리 인경이 어때?"

"……!?"

현교의 눈이 화등잔이 되었다.

"내 조카래서가 아니라 능력이나 의지력이 보통이 넘는 아이야. 학교 다닐때 공부도 잘했고. 집안 형편 때문에 의대를 합격하고도 그만뒀지만, 곧 그곳에서 야간 대학에 들어간대. 외모는 현교도 봤다시피 그만하면 나무랄 데 없잖아?"

일순, 현교의 눈앞엔 풋나물같이 여린 귀화의 모습 위로 초가을의 싱싱한 청포도처럼 옹골찬 인경의 모습이 오버랩되었다.

"내가 보기엔 두 사람 다 아까워. 만일 둘이 맺어진다면 아주 훌륭한 커플이 될 것 같아. 물론 지금은 학업에 열중해야 할 때지만, 학업 역시 결국엔 인생의 성공을 위한 게 아니겠어? 거기에 중요한 것이 내조야. 그런 면에서 난 우리 인경이가 그 역할을 원만히 수행하리라고 믿어. 현교가 그 애한테 잘해 주리란 건 말할 것도 없지만."

전혀 예기치 못했던 제언에 적이 쑥스러워하는 현교의 처지엔 아랑곳없이 장 여사는 미리 준비해 두기라도 한 듯 말을 이어 갔다.

"물론 이건 어디까지나 내 생각이야. 무엇보다 중요한 건 현교의 마음이지. 그리고 인경의 마음도 몰라. 난 그저 둘 사이의 가교 역할을 하려는 것뿐이야."

그러나 그녀는 그것이 나 영감의 유언이나 다름없는 것이란 말은 하지 않았다. 오히려 강박관념으로 작용할지도 모른다는 생각 때문이었다.

"아, 내일모레가 입학식이지? 앞으로 학교생활을 하면서 천천히 시간을 두고 생각하면 돼. 너무 부담스러워하지 말고, 순리적으로 자연스럽게……. 내 말 이해하겠지?"

장 여사는 현교의 어깨에 살며시 손을 얹었고, 그는 자의반타의반으로 고개를 끄덕였다. 결국, 대화는 거의 일방적으로 장 여사가 말하고 현교는 듣기만 한 셈이었다.

제5장 아녜스 수녀의 입회 이야기

14

미카엘 신부가 현교의 입학식에 참석했다가 왜관으로 돌아온 이튿날은, 마침 아녜스 수녀가 피정(避靜)을 마치고 돌아온 날이었다. 그날 두 사람은 10여 일 앞으로 다가온 부활절 행사 준비를 위한 사목회의를 마친 뒤 자연스레 함께 회의실을 나오게 되었다.

"피정 잘 다녀오셨어요?"

복도를 나란히 걸어가면서 미카엘 신부가 아녜스 수녀에게 물었다.

"네, 참 좋았어요."

자신의 신장보다 머리 부분만큼 큰 신부를 올려다보며 수녀가 대답했다. "현교 입학식은 즐거웠어요?"

"아니, 그걸 어떻게……?"

신부가 의외라는 듯 시선을 어깨 쪽으로 돌리며 물었다.

"제가 현교 입학식 날을 모를까 봐서요? 저도 현교한테 관심이 많아요. 신부님만큼은 못하지만."

아녜스 수녀의 해맑은 얼굴에 미소가 번졌다.

"아, 그래요?"

수녀의 미소를 역시 환한 웃음으로 받으며 현관 밖으로 나온 신부는 "그럼 가만있을 수 없겠네요. 내가 오랜만에 저녁을 내지요. 괜찮겠지요?" 하고 수녀의 의향을 물었다.

"그러세요. 되도록 조용한 곳이 좋겠어요, 얘기도 좀 나눌 수 있는."

수녀는 가볍게 고개를 끄덕이며 기꺼이 응했다.

그날 저녁, 미카엘 신부가 아녜스 수녀를 안내한 곳은 택시로 30분 거리의 시 외곽에 있는 아담한 한옥의 일식 요릿집이었다. 좌우, 후면은 야트막한 산들로 둘러싸이고 전면으론 낙동강 줄기를 굽어보는 배산임수의 입지를 갖추고 있었는데, 마침 강물이 석양빛을 받아 주홍빛으로 반짝이고 있었다.

마당에는 범퍼를 가린 군용 지프 한 대와 자가용 승용차 두세 대가 주차해 있을 뿐, 주위는 자못 한적했다.

"이런 데가 다 있었나요?"

아녜스 수녀가 웨이터의 안내를 받아 외진 방으로 들어서자 주위를 둘러보며 신부에게 말했다. "참으로 조용하고 깨끗하네요."

"나도 지난해에 6·25 당시의 다부동 전투에 대한 취재를 위해 여기서 멀지 않은 미군 부대를 찾아갔다가 그 부대 군종 신부의 안내로 딱 한 번 이곳에 왔었어요. 음식맛도 맛이지만 분위기가 좋았어요."

신부는 테이블을 사이에 두고 수녀와 마주 앉았다.

"자, 수녀님이 좋아하는 걸로 시키세요."

그가, 물수건으로 손을 닦는 수녀에게 메뉴판을 건네주자, 수녀는 신부님이 알아서 주문하라고 했다.

신부는 초인종을 눌러 웨이터를 부르더니 메뉴판을 보며 "우선 생선초밥 2인분, 새우튀김 한 사라……," 하고는 수녀의 의향을 타진하듯 맞은편으로 눈을 주었다가 "그리고 마실것으로는 뱅 보르도 루주 한 병." 하고 웨이터를 올려다보았다. 아녜스 수녀는 아무 말 없이 가만히 있었으나, 잠시 침묵이 흐르자 그것이 부자유스러웠던지 먼저 입을 열었다.

"신부님은 현교를 언제까지 서포트해 주실 건가요?"

"……?"

아녜스 수녀로부터 불의의 질문을 받은 미카엘 신부는, '아까 성당에서 '얘기도 좀 나눌 수 있는' 했던 게 이것이었나?' 하는 생각이 얼른 떠올랐다.

"왜, 갑자기 그게 궁금해지세요? 내가 도중하차라도 할까 봐서요?"

신부는 농담 조로 받으며 싱긋이 웃더니 "내가 수녀님한테 얘길 안 했었나 보군요. 현교 군의 학업은 제가 끝까지 책임을 집니다."라고 정색하고 말했다.

"외국 유학까지도요?"

"어브코스(물론)!"

"미국으로 보낼 건가요?"

"글쎄, 그 문제는 차차 생각해 봐야겠지요. 그때까진 충분히 시간 여유가 있고, 나 역시 앞으로 유럽으로 옮겨가게 될지도 모르니까요."

"네, 그렇군요."

수녀는 대답하면서, 만일 그가 유럽으로 부임해 간다면 임지가 서독이었으면 좋겠다고 내심 바랐다.

"아녜스 수녀님이 그토록 현교 군에게 관심을 가져 주니 고맙군요."

"앞으론 저도 현교를 도울 수 있는 일이 있으면 힘 닿는 데까지 도울 거예요."

아녜스 수녀는 서독에 있는 인경과 장차 그곳으로 유학하게 될 현교를 머릿속에 그려 보며 반가운 기색을 했다.

이윽고 식사와 함께 얼음통에 담긴 포도주가 서빙되었다. 손에 익은 솜씨로 병마개를 딴 웨이터가 두 사람 앞에 놓인 글라스에 자홍색 포도주를 따르고 나서 "맛있게 드십시오." 하고는 물러갔다. 두 사람은 누가 먼저랄 것도 없이 '식사 전 기도'를 올렸다.

"먼저 색깔을 확인하고 향을 맡은 뒤 맛을 음미해 보세요."

신부는 수녀에게 권하며 잔을 들어 마주 부딪치고는 입으로 가져갔다. 아녜스 수녀도 신부가 하는 대로 글라스에 담긴 적포도주를 들여다보고 향을 맡아 보고는 한 모금 입 안으로 흘려 넣었다. 상큼한 맛이 맞갖게 느껴졌다.

"'포도주의 여왕' 맛이 어때요?"

신부는 입 안 가득 감도는 맛을 즐기며 물었다.

"이게 나폴레옹이 좋아했다던 그 와인인가요?"

"아, 그건 '퓌 퓌메'라는 백포도주예요. 루이 16세의 왕비 마리 앙투아네트도 그걸 좋아했었대요. 아니, 아녜스 수녀가 그런 것까지 다 아시고."

"어느 책에선가 별 관심 없이 얼핏 읽었던 기억이 나서 그래요. 저희야 뭐, 성찬전례 때 성배를 받아 마시는 것밖에……."

"오늘은 주님의 성혈이 아니라 만백성의 음식으로서 제대로 음미해 보세요. 여기 있는 음식과 함께. 원래 와인은 음식이랑 같이 마셔야 제맛을 느낄 수 있는 겁니다."

미카엘 신부는 유쾌하게 웃으며 다시 잔을 맞부딪쳤다.

초밥과 튀김 접시에 젓가락이 몇 차례 오가고 포도주가 두세 잔째 따라졌을 때, 신부가 잠시 접어 두었던 화두를 꺼냈다.

"아까부터 현교에 대해 새삼 각별한 관심을 보이는 것 같은데, 그럴 만한 이유라도 있나요?"

"네, 있지요."

수녀는 마치 '잘 물어보셨군요.'라는 듯이, 냅킨으로 입술을 닦으며 바로 대답했다. "새로운 사실을 알았으니까요."

"새로운 사실?"

"네, 현교가 강철준 선생님의 조카라는……."

"아니, 그걸 어떻게?"

신부는 갑자기 정색을 하며 수녀의 말을 자르곤 "그리고 '선생님'이라니 그건 또……?" 하고 말끝을 달았다.

"저번 이모부님 장례가 끝난 후 제 이종매인 인경이하고 현교 방에 들어갔다가 우연히 책갈피에서, 예전에 그의 어머니와 삼촌과 함께 찍은 사진을 봤거든요. 근데 놀랍게도 그 삼촌 되는 분이 제 선생님이지 뭐예요, 저의 옛 가정교사!"

"오, 디어(이런)!"

사연을 직감한 신부의 입에서 외마디 탄성이 절로 흘러나왔다. 그 탄성 속에는 뜻밖의 사실—철준과 아녜스가 사제 간이었다는—에 대한 경악과, 까마득히 잊혔던 지난날의 감회, 그리고 새로운 동조자의 출현에 대한 찐더움이 한데 뒤섞여 있었다. 그는 바로 말을 잇지 못하고 새삼 상대방의 얼굴을 뜯어보았다.

'그러고 보니 언니와 눈매가 빼닮았군!'

미카엘 신부는 강철준 일병과 함께 처음이자 마지막 날 밤을 보내면서 그가 보여주던 사진 속의 지윤의 모습을 떠올렸다.

"아녜스 수녀를 보고 있자니 언니의 모습이 더욱 선명히 떠오르는군요."

"강 선생님이 언니 사진을 보여주셨군요?"

"예, 그날 뜬눈으로 밤을 지새우며 언니에 대한 슬픈 사연도 듣게 되었지요."

신부는 단숨에 와인 잔을 비우고 나서, 강 일병과의 조우에서부터 속절없이 헤어지게 되기까지의 자초지종을 자상하게 설명해 주었다.

"그는 비록 신자는 아니었지만, '친구를 위하여 목숨을 내놓는 것보다 더 큰 사랑은 없다.'는 예수님의 말씀을 실천한 훌륭한 군인이었어요. 강 일병은 언니한테서 받았다는 성경과 성모 마리아 십자가 상을 그날까지도 지니고 있었지요."

신부는 경건하게 말하면서 현재 자신의 현교에 대한 베풂도 강 일병에 대한 조그만 보은이자, 자신이 전우를 지키지 못한 데 대한 보속이라고 부연했다.

"그런데 신부님, 전 이상하게도 강 선생님이 죽었다고 믿어지지 않아요. 선생님은 북진 중에 저의 집에 들렀을 때, 여러 전투에서 몇 차례나 죽을 고비를 넘기고 살아났다고 말했어요."

아녜스 수녀는 17년 전 소녀 시절 서울 탈환 무렵, 강 일병이 자기와 헤어지면서 "나도 개선장군처럼 당당히 서울에 다시 돌아올 테니 그때까지 무사히 지내고 있어." 하고, 철모 쓴 얼굴에 환한 웃음을 지으며 손을 흔들어 주던 모습이 근래의 일처럼 눈앞에 선히 떠올랐다.

'그것이 한낱 간절한 바람이 아니고 현실일 수만 있다면……'

신부는 아녜스 수녀의 순진무구한 소망을 꿈결처럼 들으면서 불현듯 그리스도의 기적—앉은뱅이를 바로 세우고, 소경을 눈뜨게 하고, 문둥병을 낫게 하고, 죽은 사람을 살려내는 성령의 힘—을 생각했으나, 이내 본연의 정신으로 돌아왔다.

"인간의 생사를 비롯한 모든 것이 전지전능하신 신의 섭리에 따라 이루어지는 게 아닙니까."

신부는 잠시 동안의 어두운 분위기를 걷어내려는 듯, 이미 비워진 두 잔에다 와인을 다시 따르고는 이렇게 물었다. "앞으로 현교를 어떻게 도울 생각인가요? 하긴 지금까지도 잘 도와주시긴 했지만."

"지금은 그저 막연히 생각만 하고 있을 뿐이에요. 신부님처럼 물질적인 도움은 줄 수 없고, 정신적으로라도 제가 할 수 있는 일이라면 무엇이든지 아낌없이 돕고 싶어요."

"아무튼 새로운 후원자가 생겨서 힘이 납니다. 자, 브라보!"

신부는 잔을 높이 들었다.

"차차 신부님께 상의도 드리고 도움도 청할게요."

아녜스 수녀는 그렇게 말하면서도 현교와 인경의 관계에 대해선 언급하지 않았다. 다만, 유럽으로의 부임이 결정되면 미리 알려 달라는 부탁의 말만 했다.

"허허허, 아녜스 수녀님도 같이 가시게요?"

와인 기운이 오른 미카엘 신부가 호기로운 태도로 너털웃음을 터뜨렸다.

"갈 수만 있다면요, 호호호."

아녜스 수녀 역시 형광등 불빛 아래 불그레 상기된 얼굴에 하얀 치아를 보이며 소리내어 웃었다. 신부는 맞은편에서 웃고 있는 수녀의, 베일로 반쯤 가려진 소담스러운 귓바퀴와 그 아래로 흘러내린 머리카락을 그윽한 눈빛으로 바라보더니, "이런 질문을 하는 게 실례인 것 같지만……." 하고 일단 말을 끊었다.

"뭔데요?"

수녀는 웃음을 거두고 신부를 응시했다.

"아녜스 수녀님은 언니처럼 이성을 사랑해 본 적이 없나요?"

신부 딴엔 어렵사리 한 질문이었으나 상대의 대답은 예상외로 담담했다. 게다가 그녀는 알코올 음료의 기운으로 인해 혀놀림이 활발해져 있었다.

"저보고 왜 수녀가 됐느냐는 말로 들리는군요."

신부는 찔끔했다. 상대가 바로 짚었기 때문이었다.

"내가 한 방 맞았군요. 솔직히 말해서 그게 궁금했습니다. 나야 조상 때부터 성직자 집안이라 자연스레 사제의 길로 들어섰지만, 아녜스 수녀님은 돌아가신 아버지의 전직으로 보나, 언니에게서 느껴지는 정서로 보나 지금의 직업이 걸맞지 않은 것 같아서 말입니다."

"신부님은 가장 비천한 사랑이 어떤 건지 아세요?"

"······?"

수녀의 느닷없는 물음에 신부는 얼른 대답할 바를 몰라 얼떨떨했다.

"사랑의 대상을 저울질하는 거예요. 마치 금덩이나 다이아몬드처럼 말예요. 하기야 그런 것은 사랑이라 불릴 가치도 없는 거지만."

수녀는 와인으로 목을 축였고, 신부는 호기심 어린 표정으로 그녀의 말을 기다렸다.

"저도 대학 시절 한때, 한 우직해 보이는 대학생에게 제 순수한 사랑을 준 적이 있어요. 그때만 해도 전 사랑에 저울추가 있다는 따윈 전혀 아랑곳하지 않고, 아니 모르고, 조건 없이 제 진정(眞情)을 오롯이 주기만 했지요. 그런데 사랑의 저울추가 저울대 눈금의 제로(0) 쪽으로 이동한 것을 알게 된 건 우리 집이 파산을 당했을 무렵이에요."

"파산을 당했다니요?"

신부가 의외롭다는 투로 물었다.

"저의 어머니가 사람을 너무 믿었기 때문이지요."

"그럼 사기라도 당한 건가요?"

"그것도 가까운 친척에게."

"아니, 어떻게……?"

"제 아버지의 오촌 조카뻘 되는 사람이 6·25 전에 아버지 친구 변호사 법률사무소의 사무장이었어요. 그런데 서울 환도 후 느닷없이 우리 집에 나타난 그가 공매처분을 당한 인쇄소를 자신이 인수하게 됐다면서, 온갖 감언이설로 어머니에게 동업을 권유했어요. 영업 실무는 자기가 도맡아 할 테니 어머니는 사장 자리만 지켜 달라면서요.

그렇게 일년가량을 그렁저렁 돌아가는 것 같더니, 어느 날 갑자기 종적을 감춰 버렸지 뭐예요. 사장(어머니) 명의로 된 사채와 당좌수표를 남발해 놓은 채. 나중에 안 일이지만, 그는 부산 피란 시절 호구지책으로 법률사무소에서 브로커 노릇을 했는데, 한 소송대리인으로부터 받은 거액의 수임료를 착복하고 잠적하는 바람에 지명수배가 내려진 상태였어요. 이런 와중에 사채업자들의 소송으로 마침내 청파동 가옥이 압류되면서 가재기물에 빨간딱지가 붙는 참담한 광경을 우리 모녀가 목격하기에 이른 것이죠."

"언젠가 들은 '불신시대' 란 말이 실감나는군요."

신부는 안쓰러운 표정으로 말했다.

15

지영이 이성 간의 사랑에 환멸을 느끼기 시작한 것도 바로 이 무렵이었다. 불시에 몰아닥친 가정의 횡액으로 그녀가 학교 출석은 물론 데이트마저 할 경황이 없다가 모처럼 남자를 다시 만난 것은 달포 만이었다. 그들이 단골로 드나드는 광화문 네거리의 제과점에서였다.

"그동안 집안 사정 때문에……."

"집안 사정 때문이라니, 무슨 일이 있었어요?"

적이 미안쩍어하면서도 반색해 마지않는 지영에게 상대방은 궁금해하는 빛으로 물었다.

그녀는 고개를 끄덕이며 저간의 사정을 대강 이야기하고, 인쇄소와 청파동 집도 다 남들 손에 넘어가서, 지금은 가회동 이모네 집에서 지내고 있다는 사실까지 순직하게 알려주었다.

"그런 일이 있었군요. 얼굴이 안됐어요."

상대는, 눈시울이 붉어지는 지영을 마주 보고 말했으나 표정은 무덤덤했다.

이처럼 그날의 데이트는 화기 넘치고 발랄하기보다는 우울한 분위기였고, 여느 때와 같은 극장 구경이나 고궁 산책도 없이 한 시간여 만에 헤어졌다.

"아 참, 앞으로는 이 번호로 전화 주세요."

종로 네거리 종각 앞 버스정류장에서 헤어지면서 지영은 달라진 가회동 전화번호를 수첩쪽지에 적어 상대에게 건네주었다.

그러나 이들 두 사람의 만남은 그것으로 땡이었다. 그날부터 두 주일이 지나도록 남자에게선 아무런 연락이 없었다. 행여나 하고 학교에서 돌아오자마자 "이모, 저한테 전화 온 거 없었어요?" 하고 조심스레 물으면 돌아오는 대답은 "아니."였다.(장 여사는 인쇄소 뒤처리로 낮에는 집에 없었다.) 그럴 때마다 지영은 허전해지는 마음을 어쩌지 못했다. 지영은 은근한 기다림과 누차의 망설임 끝에, 오는 주말에 만났으면 좋겠다는 편지를 남자의 하숙집으로 보냈다.

그런데 그 주 토요일 오후, 지영은 학교 수강을 마치고 같은 과(科) 단짝을 따라 또 한 명의 친구와 함께 학교 근처에 새로 개업한 레스토랑에 갔다. 지방 출신인 단짝이 고향에서 새달치 하숙비와 용돈을 부쳐 왔다며 점심을 사겠다고 한 것이었다.

레스토랑 2층 실내엔 '체리 핑크 맘보'의 경음악이 달콤하게 흐르고 있었다. 세 여학생이 안쪽 구석 테이블에 자리잡고 메뉴판을 보고 있을 때, 반투명 출입문이 열리며 그들과 같은 또래의 남녀 한 쌍이 팔짱을 끼고 들어오더니, 똑바로 안쪽으로 걸어가 들창 쪽, 지영네 쪽과는 대각선 방향에 둘이서 마주 앉았다.

"쟤 또 상대 남자가 바뀌었나 보네. 전에 봤을 땐 다른 스틱 보이였는데."

지영의 맞은편 자리에서 대각선 쪽을 바라보던 친구의 말에 지영의 옆에 앉아 있던 단짝이 고개를 돌려 그쪽을 보면서 말했다. "정외과에서 보이 헌팅으로 유명짜한 그 가시나 아이가?"

"그래, 내무부 모 국장의 외동딸이라나. 침을 삼키는 놈팡이들이 많대."

대각선 쪽 화제의 여자는 소리 내어 웃으며 무어라 지껄이고 있었고, 테이블 맞은편 남자는 두 손으로 제스처를 써 가며 열심히 대응하고 있었다. 그러나 실내 가운데 세워진 굵다란 사각기둥 때문에 남자의 모습은 잘 볼 수 없었다. 그때 지영의 단짝이 "가만!" 하고 다시 고개를 홱 돌리더니 "지영아, 저 사람 민구 씨 아이가!" 하며 목소리를 낮게 깔아 말했다. 이쪽에서 보아 남자가 등을 돌리고 앉아 있어 얼굴을 바로 볼 수는 없었으나, 일학년 말 때 지영과 그가 덕수궁에서 데이트 중 우연히 마주친 적이 있어 남자의 프로필을 알아볼 수 있었던 것이다.

'설마?' 하는 마음으로 지영은 의자 등받이 뒤로 상반신을 젖혀 기둥 너머로 눈길을 돌렸다. 아니나 다를까, 남자의 뒷모습은 눈에 익었고, 두 손을 유연하게 놀리는 제스처는 늘 자기 앞에서 나타내던 모습 그대로였다. 맞은편의 여자는 흰 이를 드러내어 생기발랄하게 웃고 있었다.

'저런 줄도 모르고 편지까지 보냈으니……'

지영은 배신감과 열패감에 앞서 자신의 순정이 얼마나 철없고 맹랑한 것이었나 하는 감정이 북받치는 걸 느꼈다.

"니 저걸 가만 보고만 있을 끼가?"

"내가 가서 한마디 해 줄까?"

옆의 두 친구가 열을 올렸으나, 오히려 지영은 냉정을 잃지 않으려고 애쓰면서 "그냥 놔둬. 국장 장인을 빽으로 출세하려는 사람의 앞길을 막을 필요 없잖니? 큐피드가 저들에게 또 어떤 장난을 칠진 모르지만." 하고 유머까지 곁다는 여유를 보였다.

그러나 그건 순간적인 감정의 은폐이자 자기속임이었다. 지영이 모래를 씹는 기분으로 식사를 마치고 레스토랑을 나와 친구들과 헤어졌을 때, 그동안 자제했던 애성이와 함께 무어라 형언할 수 없는 비분이 치미는 것을 걷잡을 수가 없었다. 그것은 지난 전쟁 당시 아버지와 언니의 죽음을 맞았을 때의 비통함이나, 파산에 직면한 어머니가 딸(자기) 몰래 흐느끼는 모습을 목격했을 때의 애통함과는 또 다른—한 여성으로서의 자존심이 송두리째 짓뭉개진— 아픔이요 아림이었다.

불현듯 지영은 남자가 두려웠다. 허위투성이로 보였다. 그리고 추저분한 존재로 치부되기까지 했다. 소녀 시절부터 세계 명작을 열독했던 그녀는, 토머스 하디가 만들어낸 테스, 톨스토이가 낳은 카튜샤, 또 모파상이 그려낸 잔 같은 여인을 한낱 픽션 속의 등장인물쯤으로 간과해 왔다. 하지만 그런 상황이 단순히 허구가 아니라 현실에도 엄연히 나타나고 있으며, 앞으로도 얼마든지 생겨날 수 있음을 그녀는 비로소 실감할 수 있었다. 비록 자신의 현재 입장에서 보면, 순정을 주고 입술을 허락했을 뿐, 테스나 카튜샤, 잔처럼 몸을 훼손당하고 버림받은 처지는 아니었지만, 이기적 사고로 여성을 농락하고 탐하고 휘두르려는 속성은 오십보백보라는 생각이 들었다. 다만, 그러한 경지에 이르기 전에 그것을 깨달은 점이 다를 따름이었다.

지영은 버스에서 내렸으나, 곧장 집으로 가지 않고 삼청공원으로 발길을 향했다. 그녀는 공원 안을 하염없이 거닐었다. 갖가지 상념이 머릿속을 오락가락했다.

'지금 같은 형편에 학업을 계속해야 하는 걸까? 졸업을 했다고 지금과 뭐가 얼마나 달라지는 것일까? 보다 나은 직장에 들어가기 위해서? 진리를 탐구하는 상아탑의 역군이 된다고? 아니면, 훌륭한 남편에 필적할 만한 배우자로서의 수준을 갖추려고? 하지만 훌륭한 남편이라고 해서 구순한 가정을 이루고 행복을 누리며 해로하리라는 보장이 있을까?

지영의 상념은 어느덧 자신도 모르는 새 속세와는 동떨어진 성(聖)가정, 아니 유토피아의 경지를 헤매고 있었다. 그녀는 스커트의 뒷자락을 쓸어내리며 연못 옆의 벤치에 앉았다. 물속에선 형형색색의 물고기들이 꼬리를 흔들며 한가로이 유영하고, 주위의 나뭇가지에선 까치와 참새들이 서로 교감을 하듯 낭랑히 지저귀고 있었다. 참으로 유유자적하고 평화롭게 느껴졌다. 그런 가운데 마침 십여 미터 떨어져 앉아 있는 중년 남자의 무릎에 놓인 트랜지스터에서 나오는 슈베르트의 '아베마리아'가 마리아 칼라스의 목소리에 실려 지영의 귀로 흘러들어왔다. 실로 오랜만에 들어 보는 반가운 곡이었다. 예전에 지윤 언니가 이따금 창가에 서서 라틴어로 부르고는 우리말로 옮겨 적어 주었던 가사가 아련히 떠올랐다.

　아베마리아! 자비로운 동정녀여.
　이 어린 소녀의 기도를 들어 주소서.
　쓸쓸하고 거친 이 바위동굴에서
　나의 뜨거운 기도를 당신께 드립니다.
　인류가 여전히 비참한데도
　우리는 아침까지 편안히 잠을 잡니다.
　오 동정녀여, 어린 소녀의 슬픔을 보소서.
　오 어머니여, 간청하는 아이의 소리를 들으소서.

　힘차면서도 경건스러운 가사와 선율이 간절한 호소력으로 지영의 고막을 진동시키곤 가슴속에 잔잔한 파동을 일으켰다. 새로운 감회와 함께 놀라우리만큼 순식간에 마음이 안온해지면서 확고한 결의가 용솟음쳤다.
　'그래, 이것이 주님의 뜻인가 보다.'

　이튿날 지영은, 주일에 어머니와 함께 열두 시 교중미사를 보던 여느 때와는 달리, 저녁 미사 시간을 택했다. 미사가 다 끝나고 신자들이 썰물처럼 성전 안을 빠져나가자, 맨 마지막 열의 장의자 끝쪽에 앉아 기다리고 있던 지영이 제단 앞으로 걸어나가, 복사(服事)들과 얘기를 나누고 있는 수녀에게 고개를 까딱하고 인사했다. 가회동 본당에 부임한 지 1년이 지난 삼십대 중반의 수녀로, 청년 봉사 활동 등으로 지영과 친분이 있는 사이였다. 본명(세례명)은 아가다였다.

"지영 자매, 아직 안 돌아갔어요?"

수녀가 눈을 내리깔며 물었다.

"수녀님께 상의드릴 게 있어서요. 잠깐 이리 앉으시겠어요?"

지영이 제단 바로 앞 좌석을 가리키자, 아가다 수녀는 "나한테 무슨 상의?" 하며 제대에서 내려와 장의자 한쪽에 앉았다.

"수도자가 되는 길을 가르쳐 주세요."

지영은 수녀의 옆자리에 앉으며 상담 상대의 얼굴을 똑바로 바라보았다. 수녀는 얼른 대답을 못하고 의아스러운 눈길로 지영의 앳된 모습을 뜯어보듯 살폈다.

"주님의 딸이 되려고요?"

수녀는 고개를 살래살래 저으며 말을 이었다. "그거 아무나 되는 게 아니에요. 수녀회 입회 수속이 복잡한 건 고사하고, 설령 모든 절차를 거쳐 입회를 한다 해도 엄한 계율 속에서 4년의 수료 기간을 버텨낸다는 것이 여간 어려운 일이 아니에요. 더욱이 그보다도 지영 씬 가족이라곤 어머님 한 분뿐이잖아요. 한데도 그런 엄두를 낼 수 있어요? 아니, 그게 주님의 뜻이라고 생각하세요?"

아가다 수녀는 차분하면서도 조리정연한 말로 지영을 설득하려 했다. 미상불 지영으로서도 자신의 결심에 마지막까지 걸림돌이 되었던 게 어머니인 장여사임을 부인할 수는 없었다. 하지만 그녀가 아가다 수녀에게 상담을 요청했을 땐 이미 그것을 건너뛴 후였다. 그녀의 각오와 태도가 워낙 확고하고 결연했으므로 아가다 수녀는 제반 구비서류와 입회 수속을 알려주긴 했으나,

행동에 앞서 재삼재사 심사숙고해 보라는 당부를 잊지 않았다.

'알았습니다.'라는 의례적인 대답을 하고 성전을 나온 지영은 교회 마당 모퉁이에 서 있는 성모 마리아 상 앞에 꿇어앉아 경건히 성호를 긋고는 '성모께 자기를 바치는 기도'를 올렸다.

천국의 성모 동정 마리아여,
이 몸은 비록 성모를 섬기기에 당치 못하오나,
성모의 애정을 굳게 믿으며,
천상의 모든 천사들과 수호천사 앞에서
성모를 가리어 어머니로 모시옵고,
특별한 임자와 수호자로 정하오니,
앞으로는 성모와 성모의 아들 예수를
더욱 충실히 섬기며,
영원히 성모 슬하에 살기로 맹세하나이다.

─────────────

지극히 거룩하신 어머니여, 간절히 비오니,
십자가 밑에서 맺어진 그 사랑으로
이 몸을 품에 안아 주시고,
일생의 온갖 위험과 고통 중에 돌보아 주시며,
더욱 죽을 때에 버리지 마옵소서.
아멘.

이튿날부터 지영은 학교 수강 대신 수녀회 입회에 필요한 서류를 준비하느라 동분서주했다. 이제 마지막으로 남은 것은 어머니의 승낙을 받는 일뿐이었다. 지영이 하룻동안을 망설인 끝에 장 여사와 마주 앉은 것은 저녁상을 물리고 난 뒤였다.

"이제 인쇄소 정리는 끝나 가요?"

지영은 피로한 기색이 역력한 어머니의 얼굴을 살피며 어렵사리 말문을 열었다.

"정리랄 게 뭐 있어. 남은 건 달랑 기계뿐이니 자기네(채권단)가 알아서들 하라고 할밖에. 나도 더 이상 어쩔 도리가 없잖니, 적수공권인걸……."

장 여사는 딸의 시선을 망연히 받으며 탄식했다.

"그 사람들도 그걸 알면 더는 어쩌지 못할 거예요."

그러면서 지영은 본연의 화두를 꺼내려 했지만, 어머니의 모습이 너무나 애처로워 한참이나 입을 뗄 수가 없었다. 그러나 모처럼 별러 온 시간인데 마냥 감상에 빠져 있을 수는 없었다. 이윽고 냉정을 되찾은 지영은 "나, 어머니한테서 몇 년간 떠나 있어도 괜찮지요?" 하고 애써 태연스레 말하며 어머니의 반응을 주시했다.

"떠나 있다니……, 무슨 소리냐, 뜬금없이?"

얼굴에 피로기가 가득 서렸던 장 여사가 정색을 하며 곧추앉았다.

"천주의 성모 동정 마리아의 뒤를 따르고 싶어요. 시기하거나 교만하지 않고, 모든 것을 덮어 주고 믿으며 언제까지나 스러지지 않는 온전한 사랑을 배우고 본받으며 살고 싶어요. 어머니, 허락해 주세요."

지영은 서랍에 넣어 두었던 '부모님 동의서'를 꺼내 넌지시 어머니 앞에 내보였다. 반응은 예상했던 대로였다. 장 여사의 얼굴이 금세 사색이 되었다. '나도 모르게 혼자서 이런 일을 결정하다니!'

어머니로선 청천벽력이 아닐 수 없었던 것이다.

"왜 갑자기 그런 마음을 먹게 됐지? 이 어머니의 신세가 처량하고 안쓰러워서? 학교를 못 다니게 될까 봐?"

"그게 아니라……."

"그게 아니라면……?"

장 여사는 격앙되려는 감정을 억제하며 말끝을 흐렸다. '그게 아니라면 남자로부터 상처라도 입은 거야?' 하는 물음이 목구멍에서만 맴돌았을 뿐, 입 밖으로 뱉을 수가 없었다.

어머니에게서 자신의 속마음을 간파당한 것 같은 생각에 지영은 한순간 당혹감이 일었으나, 저간에 자신의 신변에 일어난 일을 차마 실토할 수는 없었다. 비록 모녀 간이긴 하지만, 자신의 훼손된 자존심도 문제려니와, 그러한 마음의 상처를 어머니에게까지 안기고 싶지 않았던 것이다. 그저 얼떨결에 나온 말이 "전부터 천주의 모후 마리아를 흠숭해 왔어요."였다.

"네가 천주의 모후를 따라가면 이 어머니는 혈혈단신이 되어도 상관없다는 거냐? 너의 아버지와 언니, 그렇게 가고 나서 내가 누굴 보고 살아왔는데……."

장 여사는 울먹이며 말끝을 맺지 못하고 눈시울을 적셨다.

"아주 딴세상으로 가는 것도 아니잖아요? 3, 4년 수련을 마치고 나면 다시 볼 수 있는데요 뭐."

"그래, 평생 베일을 쓴 네 모습을 보며 살라는 말이냐? 우리가 꾸려 갈 가정, 네가 행복하게 살아갈 꿈의 나래는 다 접어 버리고……?"

장 여사는 마침내 북받치는 설움을 억누르지 못하고 울음을 터뜨렸다.

"어머니, 죄송해요……. 이것이 다 하느님의 뜻이라고 받아들여 주세요."

지영은 무릎걸음으로 어머니에게 다가가 두 손을 부여잡고 고개를 떨구었다.

모녀의 울음소리에 이모와 중학교 초년생인 인경이 헐레벌떡 별채로 건너왔다. 이모는 이내 영문을 알아차리고는 몇 마디 만류의 말을 보냈으나, 끝내 지영의 의지를 꺾을 수는 없었다.

이리하여 다음 날 그녀가 한길까지 따라나온 어머니와 이모네의 눈물 젖은 배웅을 뒤로한 채 발길을 향한 곳이 명동에 있는 샬트르 성 바오로 수녀회였다.

"이 정도면 신부님의 궁금증이 풀리셨나요?"

아녜스 수녀는 와인으로 상기된 얼굴에 쓸쓸한 미소를 띠며 상대방을 건너다보았다.

"한마디로 경이롭습니다. 아직 이십대 초의 약년인데도 그런 결연한 마음가짐을 할 수 있었다니! 더욱이, 외로운 어머님을 홀로 남겨둔 채 말입니다."

미카엘 신부는 와인 잔을 탁자에 내려놓으며, 아직도 생기발랄하게 느껴지는 아녜스 수녀의 10여 년 전의 앳된 모습을 상상해 보았다.

"아녜스 수녀를 다시 봐야 할 것 같군요."

"무슨 뜻이에요?"

"겉모습과는 다른 결기랄까 결단력이 놀랍다는 겁니다. 앞으로 주님의 복음과 사랑의 전파로 세계적인 복자(福者)가 될 거예요."

"저는 이제 시작에 불과해요. 로마 시대나 조선 시대에 갖은 박해 속에서 가족끼리도 몸을 피해 가며 복음을 전하던 순교 성인들에 비하면 저희는 그 수십 배, 수백 배의 복음 활동을 해야 할 거예요. 카타콤이나 토굴이 아닌 평화롭고 아늑한 성전에서 자유로이 미사를 보고, 가족이 보고 싶으면 찾아가서 만나고, 일부 공산주의 국가를 제외하면 외방 전교도 자유자재로 할 수 있으니, 우리는 너무나 은총 받는 시대에 살고 있잖아요? 그래서 결국엔 어머님도 저를 이해하셨고, 이젠 마음의 평화를 누리고 계시지요. 다행스럽게도 근래에는 현교까지 가족처럼 지내게 되면서 고단(孤單)함도 한결 덜어진 것 같아요. 신부님 덕분에."

지영은 새삼 미카엘 신부에게 고마움을 표하면서, 내심 현교에 대한 한결같은 뒷받침과 성원을 바랐다.

두 사람이 요릿집에서 나왔을 땐 밤이 꽤 이슥해져 있었다. 둘은 반투명의 창에서 흘러나오는 접대부의 간드러진 '동백아가씨' 노랫소리를 뒤로하며 소로를 따라 한길 쪽으로 발길을 옮겨갔다. 강기슭에서 불어오는 이른 봄의 싸늘한 밤바람이 그들의 열기 띤 뺨을 상쾌하게 어루만지며 지나갔다. 이미 인적이 끊긴 밤길은 두 사람의 숨결마저 감지할 수 있으리만큼 고즈넉했다.

이윽고 저만치 한길에서 자동차 헤드라이트의 불빛들이 교차하며 지나가는 모습이 보였다. 갑자기 미카엘 신부가 발걸음을 뚝 멈췄다. 동시에 아녜스 수녀가 흡사 마리오네트처럼 멈칫하더니, 어둠 속의 두 실루엣이 순식간에 하나가 되었다. 성직자가 수도자를 그러안은 것이었다. 우격다짐으로가 아니라 그야말로 신줏단지 다루듯이 아주 조심스럽게 살며시.

"이대로 그냥 가만히 있어요."

신부는 차분하게 말하며 수녀의 등을 애무했다. 수녀는 반항하지 않았다. 신부의 널따란 가슴에 머리를 기댄 채 그의 말처럼 '가만히' 있었다. 그러나 그의 가라앉은 목소리와는 달리 심장은 격렬하게 고동치고 있었다. 서서히 그의 팔에 힘이 가해지는 것을 느꼈다. 순간, 불현듯 수녀의 뇌리에 연전에 보았던 영화의 한 장면이 스쳐 지나갔다. 제2차 세계대전 당시 남태평양의 절해 고도에서, 안젤라 수녀(데보라 커 분(扮))가 일본군의 공격을 받고 표류해 온 미 해병 앨리슨(로버트 미첨 분)으로부터 취한 상태로 사랑의 고백을 받자, 세찬 빗발을 무릅쓰고 집 밖으로 달아나는 장면.

"신부님, 〈백사의 결별〉이란 영화 보셨어요?"

수녀는 포로가 된 자세로 침착하게 물었다.

"백사의 결별……?"

"미국에서 보셨다면 원제가 〈헤번 노스 미스터 앨리슨(Heaven Knows, Mr. Allison)〉."

"오, 그 영화 봤어요. 한국에 오기 전에."

"만약 그때 안젤라 수녀가 도망가지 않았다면 어떻게 됐을까요?"

"그을쎄……."

"병사와 수녀가 아담과 이브의 신세가 되지 않았을까요?"

"금단의 열매를 따먹고 결국엔 낙원에서 쫓겨난다……?"

신부는 중얼거리듯 말했고, 수녀는 상대의 죄어들던 완력이 느슨해짐을 느꼈다.

"신부님은 제가 에덴동산에서 쫓겨나는 걸 원치 않으시겠죠? 신부님도 마찬가지겠고요. 전 신부님을 무척 존경해요. 앞으로도 변함없이 한결같은 마음을 지닐 수 있게 해 주세요."

수녀가 비로소 고개를 들어 신부를 올려다보았다. 고르지 못한 그의 숨결에서 아직도 와인 냄새가 풍겨 나왔다.

'역시 성스럽고 현명한 여자로구나!'

미카엘 신부는 아녜스 수녀를 통해, 자신이 아직도 원죄에서 깨끗이 해방되지 못했음을 새삼 깨달으며 "내가 잠시 하느님께 불순종을 했나 봅니다. 아무래도 그리스도 성령의 힘을 더 받아야 될 것 같군요. 앞으로 안젤라 수녀처럼 낙원에서 달아나게 하는 일 따윈 결코 없을 거예요." 하며 그녀를 품에서 풀어 주었다. 그러면서도 '오늘의 이 순간만은 오랫동안 중요한 추억으로 간직될 겁니다.' 라고 그의 마음은 말하고 있었다.

그런데 그날 이들 성직자와 수도자가 모처럼 함께한 자유로운 식사와 각별한 스킨십이 석별의 정의 나눔이 될 줄은 두 사람 다 예기치 못했었다. 바로 이튿날, 미국 본부로부터 미카엘 신부에게 서독으로의 이임 통지서가 날아온 것이었다.

제6장 꿈같은 서독 여행

17

미카엘 신부가 탑승한 노스웨스트 에어라인 여객기가 김포 공항의 활주로를 박차고 떠올라 상공을 선회한 후 저 멀리 까마득히 사라질 때까지 아녜스 수녀와 현교는 송영대에서 하늘을 지켜보며 서 있었다.

"우리도 가야지?"

하나 둘씩 송영대에서 내려가는 사람들을 따라 로비를 빠져나온 두 사람은 청사 앞 정류장에 대기하고 있던 공항 버스에 올라 빈 좌석에 나란히 앉았다.

"신부님 말씀 잘 들었지?"

버스가 공항 출입구를 벗어났을 때 아녜스 수녀가 말을 꺼냈다. '신부님 말씀'이란, 아까 미카엘 신부가 탑승장으로 들어가기 전 스낵바에서 "앞으로는 학비 등에 관한 모든 일을 나 대신 아녜스 수녀님이 맡아 해 주실 테니 그렇게 알고 있어."라고 한 말을 이르는 것이었다.

"물론 내가 신부님 대행 노릇은 하지만, 당분간 심부름을 할 뿐이지, 그 전과 달라진 건 아무것도 없어. 그러니까 돈 문제뿐 아니라 어려운 일이 생기면 수시로 나한테 알려줘. 조금도 부담스러워할 것 없이. 누나처럼. 알겠지?"

아녜스 수녀는 이전과는 달리, 짜장 상냥하고 사랑스러운 태도로 대했고, 현교도 진정으로 고맙게 받아들였다.

"현교도 들어서 알고 있겠지만, 따지고 보면 현교네와 우리 집은 보통이 아닌, 남다른 사이잖아? 앞으로 내가 할 수 있는 일이라면 마음으론 신부님 못지않게 힘 닿는 데까지 현교를 도울 거야."

"제가 여기까지 오게 된 것도 다 수녀님 덕분인데, 또 신세를……."

"그보다도 이제부터는 세계로 눈을 향하도록 해. 선진국의 세계적인 석학들로부터 새로운 학문과 기술을 전수하려면 아무래도 해외로 나가야겠지. 유학에 대한 절차는 신부님이 주선해 주실 테니까, 현교는 다른 데 신경 쓰지 말고 공부에만 전념하면 돼."

이렇게 말하는 아녜스 수녀는 수도자가 아니라 자연인 한지영—강현교의 정다운 누나나 다름없었다. 현교 또한 꿈속을 헤매는 듯 애연(靄然)한 감정에 젖어들며 연신 고개를 끄덕였다.

그런데 현교의 해외 견문의 기회는 예상외로 일찍 찾아왔다. 그가 일학년 말 학과 성적 평가에서 높은 학점을 따서 향후 두 학기에 걸쳐 장학금을 받게 되었으며, 아녜스 수녀를 통해 이 사실을 알게 된 미카엘 신부는 자신이 당해 학기에 지급할 학비를 해외 견학비로 전환한 것이었다.

"잘됐어요. 마침 겨울방학이고 하니 이곳으로 보내세요. 이참에 좀 더 일찍 게르만의 문물을 접해 보는 것도 향후를 위해 여러 모로 도움이 될 겁니다."

장거리 전화였지만 아녜스 수녀는 수화기를 통해 상대의 선선하고 호연한 기상을 느낄 수 있었다. 게다가 차제에 현교와 인경이 재회할 수 있는 절호의 기회라는 생각이 들면서 평소의 그녀답지 않게 가슴이 설레기까지 했다. 그녀는 서둘러 우체국으로 갔다.

〈서독 여행 준비로 급히 상경 요망〉 아녜스 수녀.

현교가 이 전보를 받은 것은, 오랜만에 고향의 시장통 식당에서 죽마고우들과 어울려 푸짐하고 싱싱한 해산물 안주에다 한일주(漢―酒) 잔을 돌려 가며 한창 신나게 옛이야기를 나누고 있을 때였다.

"현교야, 아녜스 수녀한테서 전보 왔다."

어머니 화지 부인이 윗동네 집에서 전보지를 들고 식당까지 부리나케 달려온 것이었다. 왁자지껄하던 주석이 일순간 조용해졌고, 현교가 얼른 전보를 받아 들었다. '그럼, 미카엘 신부가……?'

이제 막 기분 좋게 흥이 오르던 현교는 전보문을 보는 순간 정신이 번쩍 들었다. 그는 바로 집으로 가겠다면서 어머니를 먼저 돌려보냈다. 애초의 마음 같아선 저나 친구들이나 밤을 지새며 코가 비뚤어지도록 추억 속에 빠져들고 싶었으나, 훗날을 기약하며 이른 시간에 석별의 정을 나눌 수밖에 없었다. 그는 여남은 명의 친구들과 일일이 손을 잡으며 진정 어린 아쉬움을 표했다. 친구들 또한 아쉽기는 매한가지였다.

초겨울의 삭풍을 등 뒤로 맞으며 집으로 오는 동안, 식당에서의 술기운은 거의 가시고 올레 입구 양쪽에 서 있는 향나무와 측백나무의 향기가 바람결에 실려 콧속을 간질였다. 서울역에서 열차에 몸을 실었을 때만 해도 이런 고향의 자연에 한 달쯤 푹 묻혔다 올라갈 생각이었는데, 마음을 풀자마자 다시 떠나야 하다니 새삼 아쉬움이 느껴지는 것 같았다.

이튿날 아침, 시장통의 버스정류장까지 배웅한 어머니의 전송을 받으며 고향 마을을 떠난 현교는 오후에 항공편으로 서울에 도착했다.

"깜짝 놀랐지? 내일 나하고 같이 여행사로 가."

저녁때 수유리 집에 도착한 아녜스 수녀가 미카엘 신부의 의도를 알려주었다. "신부님이 현교한테 선진 문물을 일찍 접하게 하시려나 봐. 참으로 대단한 분이셔. 과연 현교는 행운아야!"

자신의 전언에 어리둥절해하는 현교를 보며 아녜스 수녀는 새삼 찬탄을 아끼지 않았다.

"그럼 우리 인경이도 만날 수 있는 거야?"

부엌에서 손을 닦으며 나오던 장 노인이 말곁을 달았다.

"왜 안 그러겠수, 언니." 하는 장 여사의 대답을 아녜스 수녀가 이어 달았다. "내일 비행기표를 끊은 다음에 제가 인경이한테 연락을 할 거예요, 이모님."

현교가 탑승한 NWA 여객기가 토쿄와 앵커리지를 거쳐 프랑크푸르트 공항에 도착한 것은, 김포 공항을 이륙한 지 근 15시간 만인 오후 5시 30분경(현지 시간)이었다. 서울에서 지구의 3분의 1바퀴 떨어진 서반구의 이역만리 하늘 아래 낯선 땅에 발을 디딘 것이었다. 여느 처지라면 십중팔구 얼떨떨함직도 했지만, 그가 당황하지 않고 정신을 가다듬을 수 있었던 것은 믿고 의지하는 데가 있어서였다.

밖은 이미 어둠이 드리워져 있었으나, 청사 안은 휘황한 불빛으로 대낮처럼 밝았다. 현교가 여객들 틈에 섞여 두리번거리며 로비로 나왔을 때, 저만치서 "현교, 여기야!" 하는 귀에 젖은 목소리가 들렸다. 반사적으로 고개를 돌려보니, 로만칼라를 한 미카엘 신부가 손을 흔들며 웃고 있었다. 현교는 반가운 마음에 저도 모르게 발걸음이 새털 같았다.

"북극 상공을 날아온 기분이 어때?"

미카엘 신부는 '먼 길을 오느라 피곤하지 않아?'라는 말 대신 대뜸 이렇게 물으며 현교의 어깨에 양손을 얹었다.

"우주 여행을 한 기분이에요."

"그래, 대기권도 우주는 우주지."

신부는 미소로 답하며 선 채로 사방을 휘둘러보았다. 아녜스 수녀와의 장거리 전화에서 "우리 인경이도 공항에 나갈 거예요."라는 말을 들었기 때문이다. 현교는 미카엘 신부가 누구를 기다리고 있는지 알면서도 묻지는 않았다.

한 10여 분을 기다렸을까, 에스컬레이터를 타고 올라온 손님들 중에서 한 동양 여자가 코트 자락을 날리며 둘이 서 있는 NWA 카운터 쪽으로 다가오는 모습이 보였다. 그녀가 인경임을 현교는 첫눈에 알아보았다.

"저기 오는군요!"

현교의 입에서 무의식중에 말이 튀어나오며 팔이 그리로 향해 뻗쳐졌다.

나 영감의 장례식 때 첫 대면을 한 후 1년여 만의 재회, 그것도 타국 땅에서인 만큼, 감구지회(感舊之懷)가 새롭지 않을 수 없었다.

"여기예요, 인경 씨."

미카엘 신부가 마주 걸어가며 손을 들어 흔들었다.

"죄송합니다, 신부님. 병원에서 나올 준비를 하는데 갑자기 응급 환자가 들이닥치는 바람에 출발이 늦었어요. 온몸이 피투성이가 되어 구급차에 실려왔는데 정말 끔찍했어요."

인경은 얼굴을 찡그리면서, 부상자는 우리 유학생으로 한국 정보원에 쫓겨 가로를 횡단 질주하다가 변을 당한 것이라고 부연했다.

'아직도 간첩 용의자 검거 선풍이 그치지 않은 건가?'

미카엘 신부는 지난 7월 이래 서독과 한국 정국을 떠들썩하게 한 이른바 '동베를린 사건'을 떠올렸으나, 입 밖에 내진 않았다.

"하노버에서 여기까지 오느라 수고가 많았어요. 자, 일단 나가지요."

미카엘 신부가 앞장서 청사 밖으로 나왔다.

광장에서 택시를 탄 세 사람이 20여 분 후 도착한 곳은 〈Arirang Haus〉란 네온이 깜빡이는 한인 식당이었다.

"어서 오세요, 미카엘 신부님. 참으로 오랜만입니다."

반백의 초로의 주인이 반색해 마지않았다.

"삼개월쯤 됐나 봅니다. 제가 귀한 손님들을 동반해 왔습니다. 자, 다들 앉아요."

미카엘 신부가 현교와 인경에게 옆의 빈 테이블을 가리키며 먼저 앉았다. 투박한 목제 식탁과 의자며 벽에 걸린 산수화 족자까지 고국의 것과 하나도 다를 바 없어, 몇몇 테이블에 앉아 있는 이국인들의 말소리와 얼굴 모습을 빼면 한국 식당의 분위기를 그대로 자아내고 있었다.

"이런 데가 있는 줄을 몰랐네."

인경이 코트를 벗어 의자에 걸치며 주위를 둘러보았다. 살짝 안으로 감아

올린 파마 머리에 옅게 메이크업한 얼굴 모습이 수유리 집 밥상머리에서 느꼈던 인상보다 한결 세련되어 보였다.

"먼저 음료수부터 주문해야죠? 인경 씨, 라거 타입으로 할까요, 폰 파스(생맥주)로 할까요?"

"현교 씨가 좋은 걸로⋯⋯."

미카엘 신부의 물음에 인경이 현교 쪽으로 고개를 돌리며 웃어 보였다.

"인경 씨가 좋아하는 걸로 시키세요. 난 아무거나⋯⋯."

현교도 어색하게 웃었다.

"하아, 형님 먼저, 아우 먼전가⋯⋯? 하면 레이디 퍼스트로."

신부가 인경을 쳐다봤다.

"그냥 한국에서와 같은 걸로 하세요."

그러자 신부는 "우선 필스(라거 타입) 석 잔!" 하고 손가락으로 표시하고는 "그럼 요리는 내가 선택할게요." 하면서 빌트(사슴, 산토끼, 꿩 등 들짐승 고기의 요리)를 주문했다.

"갈비나 불백도 있지만 현교에겐 이것이 좋을 거야. 독일의 겨울철 미각을 느낄 수 있는 별미일 테니까. 인경 씨도 괜찮죠?"

"네, 저도 먹어 본 지 한참 됐어요."

인경은 고개를 끄덕였다.

"자, 현교의 보람찬 여행을 위해서!"

웨이터가 비어칸즈로 날라온 맥주 잔을 미카엘 신부가 먼저 들며 서로 잔을 부딪었다.

"독일에선 요리보다 음료수를 먼저 주문하는 것이 기본이야. 현교도 상식적으로 알아둬."

그러곤 잔을 반쯤 비우고 난 신부가 안주머니에서 소책자를 꺼내 현교에게 건네주었다. "서독의 여행 가이드북이야. 그것으로 가 보고 싶은 곳을 정하고 계획을 세우는 거야. 목표하는 방향과 거리에 따라 유효적절하게! 가이드나

동행자는 없어. 어디까지나 혼자서 탐방하는 거야. 좀 불편하고 고생스럽긴 하겠지만, 그 대신 자유자재로 돌아다닐 수 있어 괜찮을 거야."

"내가 시간을 낼 수 있다면 안내해 줄 수 있을 텐데……."

인경이, 자기 옆에서 가이드북의 책장을 주르르 펼쳐 보는 현교를 보면서 미안쩍어했다.

"아니에요. 혼자 부딪쳐 보는 것도 나쁘지 않아요. 한국 속담에 '어릴 적 고생은 사서도 한다.' 는 말도 있잖아요. 다 자기 수련을 위한 것이니까요. 잘 해낼 수 있겠지, 현교?"

신부는 격려의 눈빛으로 현교를 바라보았다.

"카이네 조르게(염려 마십시오)."

가이드북을 훑어보던 현교가 느닷없이 독일어로 대답했다. 책자 뒤쪽에 영독(英獨) 기초 회화가 첨가되어 있었던 것이다.

"오, 참, 거기 여행 기초 회화가 붙어 있었지. 게다가 현교는 고등학교 때 제2외국어로 독일어를 선택했었으니까 웬만한 의사소통은 별 지장이 없을 거야. 안 그래?"

"야(네)."

현교는 시원하게 대답했다.

"숙소는 정하셨나요?"

인경이 신부에게 물었다.

"여기서 가까운 마인츠(프랑크푸르트에서 서쪽으로 약 36킬로미터)에서 민박을 하면 돼요. 내가 있는 성당 사목회원 한 분의 아들이 마침 몇 달 전 아프리카로 전도를 떠나서 방이 하나 비어 있대요. 일단은 그곳을 이용하기로 하고……, 만일 원행을 해서 당일로 돌아올 수 없을 땐 말이야, 현교, 현지의 유스호스텔에서 자면 돼. 유스호스텔의 발상지가 독일이니까 웬만한 도시엔 다 있어. 알았지?"

그러면서 미카엘 신부는 자기는 앞으로 10여 일 간 자선 단체 설립 문제로

뷔르츠부르크 일대로 출장을 가 있게 될 것이라고 덧붙였다.

'나 혼자 여행을 하게 되면 인경 씨하고는 언제, 어떻게 만난다?'

은근히 거기에 신경이 쓰인 현교는, 음료수 뒤에 서빙된 요리를 칼질하면서 인경을 흘긋거렸다. '뭔가 말 좀 해 봐요.'라고 간청이라도 하듯이.

그의 그런 텔레파시가 통한 것일까, 이윽고 인경이 그에게 시선을 주며 입을 열었다. "현교 씨, 오는 일요일엔 내가 가이드 역을 맡을게요. 그러니 그날은 다른 여정을 잡지 말아요."

인경은 엊그제 아녜스 수녀가 장거리 전화에서 "현교가 가거든 네가 알아서 가이드를 잘 해 줘." 하고 일러준 말을 유념하고 있던 터였다.

"알았어요!"

드디어, 기다렸던 말을 듣게 된 현교는 손동작을 멈추며 얼른 대답했다. 마주 앉은 미카엘 신부가 눈을 내리깔고 빙그레 웃으며 마음속으로 '역시나!' 했다.

식사가 끝난 후, 인경은 특급열차편으로 하노버로 돌아갔고, 미카엘 신부와 현교는 마인츠행 급행열차를 탔다.

현교의 민박 집은 남역에서 멀지 않은 성 슈테판 교회 부근에 있는 2층 목조 가옥이었다. 미카엘 신부는 현교가 묵게 될 2층 방을 둘러보고는 계단을 내려와 유숙비 일부를 주인에게 선불하고 나서, 현교에게 마르크와 페니히가 든 봉투를 건넸다. "이 정도면 내가 돌아올 때까지 충분할 거야. 굿 럭!"

2층 방으로 올라온 현교는 테이블 앞에 앉아 가이드북의 책장을 넘기면서 가 볼 만한 곳을 체크해 나갔다. 하지만 명승지보다는 세계적인 위인, 특히 과학자들의 출생지나 관련 있는 고장부터 찾아보고 싶은 생각이 들었다. 마침 그가 머무르고 있는 마인츠는 활판인쇄술의 발명가인 구텐베르크의 고향이었고, 이웃 도시 프랑크푸르트는 대문호이자 자연과학자로서도 유명한 괴테의 출생지였다. 또 남쪽 바덴 주의 울름은 금세기 최고의 이론물리학자인 아인슈타인이 태어난 곳이고, 튀빙겐은 근대 역학의 선구자인 케플러가 대학을 다닌 고장이었다.

이 밖에 서독의 수도 본은 악성 베토벤을, 국내 최대의 항만 도시 함부르크는 브람스를 낳았고, 전설과 로망으로 채색된 바르부르크 성으로 유명한 아이제나흐는 음악의 시조 바흐가 태어난 곳임을 알 수 있었다. 그리고 튀빙겐과 이웃한 칼프는 헤르만 헤세의 고향이자 주요 작품의 무대이고, '독일의 작은 파리'라 불리는 바이마르는 실러가 괴테의 권유로 이주해 와서 반평생을 함께 살다 간 문화의 도시이며, 프랑크푸르트 동쪽 가까이 있는 하나우는 메르헨 가도의 기점(종점은 '브레멘 음악대'로 유명한 브레멘)으로 그림 형제의 출생지이기도 했다.

이들 지역과 더불어, 현교로서 빼놓을 수 없는 곳이 또 있었다. 튀빙겐과 함께 독일 4대 대학 도시라 일컬어지는 하이델베르크, 마르부르크, 괴팅겐이었다. 특히 하이델베르크 대학은 독일 최고(最古)의 대학으로 뛰어난 학자들을 많이 배출했으며, 지금도 물리, 화학, 의학 등 과학 분야에서 높은 평가를 받고 있음을 알 수 있었다.

19

이튿날 민박 집 식구들(주인 내외, 고등학생 아들과 중학생 딸)과 함께 아침식사를 마친 현교는 자기 방으로 올라가 간편한 여행복 차림에 가방을 메고 내려왔다. 마이어 부부는 친절하게 문 밖까지 나와 즐거운 여행이 되라고 격려해 주었다.

하이델베르크 중앙역에서 내린 현교는 점심도 때우고 길도 물어볼 겸 근처 콘디토라이(제과점)로 들어갔다.

"구텐 탁(안녕하세요)."

미카엘 신부한테서 들은 대로, 현교는 밝고 명랑한 표정으로 인사를 했다.

"빌콤멘(어서오세요)."

주인인 듯한 대머리의 중년 남자가 웃음으로 맞이했다. 현교가 메뉴를 보고 빵과 우유를 주문한 후, 자기는 한국에서 여행온 대학생으로, 하이델베르크 대학을 찾아가는 길이라고 천천히 또박또박 말했다. 그러자 상대는 자기 아들도 그 학교에 다닌다면서 호감을 가지고 구시가의 대학으로 가는 길을 친절하게 설명해 주었다.

'같은 민족이 어쩌면 이다지 다른 모습일 수 있을까!'

현교는 이 가게 주인이나 민박 집 주인이 외국인, 그것도 처음 보는 동양인에게 밝고 친절하게 대해 주는 것이 고마우면서도, 이제껏 그가 영화나 책에서 보아 왔던 나치스 당원들의 만행과는 그 이미지나 언행이 천양지판인 데에 한편으론 헷갈리기도 했다.

제과점을 나온 현교는 가게 주인이 알려준 노선 버스를 타고 가서 대학 광장에서 하차했다. 주위를 둘러보니 광장 북쪽 아래에 네카어 강이 유유히 흐르고, 강변을 따라 붉은 지붕의 가옥들이 촘촘히 늘어서 있었다. 그리고 광장을 사이에 두고 북쪽에 구교사, 남쪽에 신교사와 대학도서관이 자리잡고 있었다.

여기서 현교의 흥미를 끈 것은 구교사 뒤쪽의 골목에 있는(원래는 구교사 지하에 있었음) '학생 감옥'이었다. 옛날 독일의 대학은 치외법권 지역이었기 때문에 대학이 독자적인 재판권을 가지고 있어 학생 감옥이 존재했었다는 것이다. 그가 호기심에 이끌려 들어가 보니, 감옥의 벽과 천장에는 당시 학생들이 그렸다는 인물이나 동물, 사건 사항 등 각양각색의 그림들로 빈틈없이 채워져 있었다. 그리고 안내문에 의하면, 처음에는 감옥 생활이 비참했으나 이전한 뒤에는 감옥에서도 꽤 쾌적한 생활을 할 수 있었을뿐더러 감옥에 들어가는 것을 일종의 자랑으로 여겼다고도 했다.

현교는 '참 희한한 제도도 다 있었구나.'라고 생각하면서 학생 감옥을 나와 신교사 쪽으로 발길을 옮겼다. 이왕이면 공대를 한번 들러 보고 싶어서였다.

"공과대학이 어느 쪽에 있지요?"

그가 본관으로 보이는 건물 앞에 이르렀을 때, 이곳 학생인 듯한 청년이 출입문을 열고 나왔으므로 얼른 다가가 물었다.

"공과대학요……? 공과대학은 없는데, 혹시 자연과학대를 말하는 게 아녜요?"

청년은 미심쩍은 기색으로 말했다. "자연과학대는 네카어 강 북쪽의 '노이엔하이머 펠트'로 이전했어요. 여기 처음 와 보는 모양이죠?"

"네, 서독은 첫 여행길이라 거기까진 몰랐네요."

현교는 어색하게 대답하며, 자신이 한국의 S공대생이라는 신분과 이곳에 들른 목적을 부언했다.

"그럼 마침맞게 잘 만났네요. 나도 우리 주임교수님 심부름으로 여기 왔다가 그쪽(노이엔하이머 펠트)으로 돌아가는 길이예요. 나와 같이 가요."

상대는 현교의 의향도 묻지 않고 자기 차에 타라고 했다. 그는 차를 몰면서 자기는 동 대학 의학부 3학년에 재학중인데, 노이엔하이머 펠트는 연간 70만 명의 환자를 치료하는 대학 부속병원과 '독일 암 연구센터'로 유명하다고 은근히 자기 고장을 자랑하기도 했다.

"덕분에 그런 유명한 지역까지 볼 수 있게 되어 영광입니다. 정말 고맙습니다."

현교는 차 안에서 네카어 강 북안의 노이엔하이머 가로를 바라보면서 감사를 표했다.

"물리학부에 들렀다가 시간이 있으면 우리 병원도 한번 견학 삼아 들러 보세요."

고맙게도 의대생은 현교를 자연과학대 캠퍼스 앞에서 내려 주고는 "즐거운 여행을!" 하며 다시 차를 몰았다.

교정으로 들어선 현교가 먼저 찾아간 곳은 물리학부 교무처였다. 그가 조심스레 문을 열고 사무실 안으로 들어서자, 사십대의 여직원이 느닷없이 나타난 이방인 청년을 의아스러운 눈빛으로 쳐다보았다.

"바스 칸 이히 퓌어지툰(무슨 일로 오셨죠)?"

"구텐 탁. 엔슐디궁(죄송합니다)."

현교는 정중히 인사하고 나서 자기소개를 한 후, 이 학교의 수업 광경을 참관하고 싶어 왔노라고 말했다. 여직원이 난색을 표하듯 천천히 고개를 저으며 "미안합니다. 그건 좀 어려운……." 하고 말끝을 다는데, 문이 열리며 흰 가운을 입은 교수가 들어섰다.

"오, 프로페소 서! 마침 잘 오셨습니다."

여직원이 다행스러운 듯 반기는 소리로 말했다. 현교가 힐끗 돌아보니 동양인이었다.

"무슨 일이오?"

그는 여직원에게 다가가며 물었다.

"한국에서 온 학생입니다. 수업 광경을 참관하고 싶다고……."

그녀의 말에 흰 가운의 교수는 안경 속에서 눈알을 굴리며 현교를 훑어보았다.

"어느 대학이야?"

교수는 대뜸 말을 놓았다.

"S공대입니다."

"그래? 육훈수 교수 잘 계시나?"

"예……? 네, 저희 주임교수십니다."

"원자력공학관가?"

말씨의 톤과 눈매가 금세 부드러워졌다.

"네."

"내 방으로 가지."

그는 여직원에게 뭔가 몇 마디 하고는 뒤돌아섰다. 현교도 그녀에게 꾸벅 인사를 하고는 교수의 뒤를 따랐다. 30제곱미터쯤 되어 보이는 그의 방은 3층의 복도 거의 끝부분 왼쪽에 있었다. 출입문 맞은편 창문엔 커튼이 드리워져 있었고, 좌우 양쪽 벽은 책장으로 채워져 있었는데, 커다란 책상에 가까운 빈 공간에 걸린 조그만 칠판에는 몇 개의 도형을 중심으로 물리 공식이 쓰여 있었다.

"그리 앉지."

교수는 탁자 옆에 있는 긴 소파를 손으로 가리키며 먼저 자신의 윗자리 소파에 몸을 파묻었다. "육 교수가 찾아가 보라던가?"

"아닙니다. 제 나름으로……."

"용기가 가상하군."

교수는, 마침 학생들의 논문을 들고 들어온 조교에게 커피를 부탁하며, 좀 이따가 현교를 인도해 강의 참관을 시켜 주라고 일렀다.

"졸업하면 이곳으로 올 셈인가?"

교수는 탁자 위의 담배 케이스로 손을 뻗으며 물었다.

"아직 어떻게 될지 모르겠습니다."

"해외 유학을 할 생각이면 서독으로 와. 미국도 좋지만, 현대 과학의 요람은 역시 독일 아니겠어? 최근에는 독일에도 한국 유학생들이 늘고 있어."

"유념하겠습니다."

커피를 마시고 나자, 조교는 현교를 앞장서 물리학 강의실로 안내했다. 현교는 출입문 쪽 끝 좌석에서 강의를 들었는데, 그가 관찰한 바로는, 강의실 모습은 한국과 별차가 없었으나, 학생 수가 적고 강의 도중 교수와 학생들 간에 질의응답이 활발히 진행되는 것이 특색이었다.

강의가 끝나자 조교는 자기 나름으로 몇 군데의 실험실도 보여주었다.

이윽고 교수의 방으로 돌아온 현교는 교수에게 작별 인사를 했다. "여러 가지로 감사합니다. 다시 뵙게 되기를 바랍니다."

"나도 같은 생각이야. 그래, 다음 코스는 어디지?"

"예, 우선 튀빙겐으로 해서 마르부르크와 괴팅겐을 찾아가 볼까 합니다."

"독일의 4대 대학 도시들을 탐방할 요량이구먼?"

"그냥 주마간산이죠 뭐."

대견스러워하는 교수를 마주 보며 현교는 쑥스럽게 대답했다.

"잘 생각했어. 그 정도의 열의는 가져야지. 그래서 말인데, 그곳의 대학들 중 특히 괴팅겐 대학을 눈여겨봐 두라구. 학교의 연혁이며 배출 인물 등 등……."

서 교수는 의미 있는 눈빛으로 현교를 응시하며 말을 이었다. "모쪼록 즐겁고 보람 있는 여행이 되길 바래. 그리고 돌아가거든 육 교수한테 '트리플 에스'가 안부 전하더라고 해. 그 친구와 통화한 지도 2년이 넘었구먼." [트리플 에스란 그의 이름 서석순(徐碩淳)의 이니셜이 S.S.S.여서 학창 시절 동료들 간에 불리던 별명이자 애칭이기도 했다.]

"예, 잘 전해 드리겠습니다. 안녕히 계십시오."

현교가 서 교수와 조교하고 악수를 나누고 연구실을 나오자, 조교는 그를 1층 현관까지 배웅해 주었다.

현교가 튀빙겐 중앙역에 내린 것은 석양녘이었다. 하이델베르크와 같이 네카어 강 연안에 위치한 튀빙겐은 도시 인구의 40퍼센트가량이 대학생이거나 대학 관계자일 정도로 전 시내가 마치 대학 구내와도 같은 분위기를 자아냈다.

그날 밤을 유스호스텔에서 숙박한 현교는 이튿날 아침 브뢰트헨(딱딱하고 둥근 빵)과 우유로 간단히 식사를 때우고, 도보로 튀빙겐 대학으로 향했다. 그는 강가에서 2백여 미터 떨어진 신관을 둘러본 뒤 1477년 설립 당시 본관으로 쓰였던, 강기슭의 구대학(알테 아울라)으로 내려왔다. 이 건물에서 16세기 후반에 천문학자 케플러가 수업을 했고, 그 뒤 2백년경에는 철학자 헤겔과 셸링, 문학가 휠덜린과 실러 등이 함께 다녔을 뿐 아니라, 캠퍼스에서 길 하나 건너

네카어 강변에는 횔덜린이 정신착란으로 36년 동안 갇혀 지냈다는 '횔덜린 탑'도 남아 있어, 현교로 하여금 한결 새로운 감상을 자아내게 했다.

구대학 건물 서편의 학생 감옥을 지나 좀 더 하류로 걸음을 옮기자, 오른쪽 언덕 위에 호엔튀빙겐 성이 숲으로 둘러싸인 채 아침 햇살을 받고 붉은 지붕과 하얀벽을 반짝이며 그 위용을 드러내고 있었다. 성의 내부가 대학 연구실로 사용된다는 안내 책자의 설명에 한번 둘러보고 싶었지만, 현교는 발길을 되돌렸다. 되도록 빨리 하노버와 가까워지고자 하는 조급한 마음 때문이었다.

그길로 중앙역에 도착한 현교는, 아인슈타인의 출생지인 울름으로 가는 열차(남동행) 대신, 북행 열차를 택했다. 그의 애초 계획은 프랑크푸르트를 관광한 후, 다음날 아침에 하노버로 갈 예정이었으나, 그는 이곳 관광은 다음 주로 미루고 프랑크푸르트 역을 그냥 통과했다. 그리고 열차가 마르부르크 역에 도착했다는 안내 방송이 들렸는데도 그대로 지나쳤다. 서석순 교수가 특별히 지목해 준 괴팅겐 대학을 빨리 가 보고 싶어서였다.

20

괴팅겐 중앙역의 시계는 오후 세 시 반을 가리키고 있었다.

'늦었지만 일단 가 보자.'

역전에서 부랴부랴 택시를 잡아타고 괴팅겐 대학 정문 앞에서 내린 현교는, 대학 도서관으로 걸음을 옮겼다.

열람실 안은 책장 넘기는 소리 하나 들리지 않으리만큼 정숙한 분위기 속에서 각자가 독서삼매—더러는 뭔가를 열심히 적어 가면서—에 파묻혀 있었다.(이 대학 도서관이 독일에서 가장 많은 장서를 갖춘 도서관 중의 하나라는 사실을 현교는 몇 년 뒤에야 알았다.)

'역시 명성이 거저 얻어진 게 아니구나!'

현교는 즐비하게 늘어선 서가로 가서 〈괴팅겐 대학 편람〉을 찾아보았다.

서 교수의 말대로 이 대학의 연혁과 배출 인물을 살펴보기 위해서였다.

그가 편람을 살펴본 바에 의하면, 이 대학은 1734년 대영제국 국왕이자 하노버 선제후인 조지 2세가 설립했는데, 20세기 원년인 1901년 제1회 노벨상 시상식이 시행된 이래 60년대 후반까지 이 학교 교수 가운데 노벨상 수상자가 30여 명이나 배출되었음을 알 수 있었다. 특히 현교의 흥미를 끈 것은 폰 라우에(X선 회절상 촬영 성공)를 비롯하여 제임스 프랑크(전자 충돌에 의한 원자 연구), 막스 보른(파동함수의 통계적 해석 연구), 하이젠베르크(양자역학의 기초 확립) 등 현대 물리학에서 중요한 발견을 한 학자들이 이 대학 물리학부에서 학생들을 가르쳤다는 사실이었다. 물론 그 이전에 언어학자이자 동화작가인 그림 형제가 10여 년 간 교수로 재직했던 사실을 영예롭고 큰 자랑거리로 제시하고 있기도 했지만, 현교에겐 별다른 관심을 주지 못했다.

'하이젠베르크가 이 학교 출신이었구나!'

현교는 대학 입학 후 얼마 안되어 학교 도서관에서 한 과학지를 들춰보다가, 하이젠베르크가 양자(量子)역학의 불확정성 원리를 발견한 공로로 1932년 노벨 물리학상을 수상한 사실을 읽은 적이 있었다. 그런데 이제 보니 그가 괴팅겐 대학의 막스 보른에게서 사사했으며, 또 이 학교에서 학생들을 가르쳤다는 것도 알게 되었다. 그리고 제2차 세계대전 당시 독일의 원자폭탄 계획에 참가했으며, 종전 후 괴팅겐에 막스플랑크 물리학 및 천문학 연구소를 조직해 소장으로 재직했던 사실까지도. 뿐만 아니라, 현교의 관심을 더욱 북돋운 것은 제자인 하이젠베르크(1901년생)가 31세라는 약관에 노벨상을 수상한 반면, 그의 스승인 막스 보른(1882년생)은 고희를 넘긴 1954년에야 수상했다는 점이었다.

'이런 게 청출어람(靑出於藍)이라는 것일까?'

어쨌든, 왠지 모르게 현교는 한껏 고무된 기분으로 도서관을 나왔다.

그는 느긋한 마음으로 시내 중심가를 향해 걸었다. 마르크트 광장에 이르니, 이곳 학생들의 영원한 우상인 리젤(그림 동화 〈거위 치는 소녀〉의 주인공) 동상이 첫눈에 들어왔고, 주위 거리에는 여러 서점과 문방구점과 함께 학생 술집과 카페들이 늘어서 있었다.

현교는 갑자기 시장기가 들었다. 아침식사가 시원치 않았을뿐더러 열차에서 때운 요기도 허술했던 탓이리라. 그의 발길은 저절로 카페 쪽으로 옮겨졌다. 그는 눈어림으로 가장 깨끗해 보이는 가게로 들어서며 "구텐 탁." 하고 인사말을 잊지 않았다.

"어서 오십시오."

에이프런을 두른 중년의 아주머니가 환하게 웃으며 그를 맞이했고, 곳곳에 테이블을 차지하고 있던 남녀 대학생들의 시선이 그에게로 쏠렸다. 현교는 그들에게도 눈웃음으로 친절을 표했다.

빈자리에 앉은 현교는 먼저 알트비아 한 잔을 시킨 뒤 메뉴를 들여다보고는 브레첼(8자형 빵)과 생선 스튜, 감자소테를 주문했다. 이왕 들어온 김에 저녁식사까지 때우고 갈 셈이었다. 워낙 허기가 져 있던 탓에 그런대로 식욕을 돋우기는 했으나, 이제껏 구미에 배어 온 백반과 된장찌개, 김치에 대한 간절함은 어쩌지 못했다.

두어 잔의 맥주와 세 종류의 요리로 위를 채운 현교는 포만감을 삭일 겸 산책을 위해, 카페 주인이 알려준 대로 유스호스텔 방향으로 천천히 발길을 옮겼다. 이제 이곳에서 오늘 밤만 보내면 드디어 인경과의 감격적인 재회의 시간을 맞이하게 될 터였다.

다소 설레는 마음으로 현교는 유스호스텔의 유리문을 가볍게 열고 프런트로 들어갔다. 그의 신분을 파악하고 난 페어런츠(숙박인 관리자)는 숙박부를 열람하더니, "2층 3호실이 좋겠군." 하며 베드 표를 주었다. 현교가 지정받은 객실로 들어가자, 테이블 주위에서 체이스를 즐기고 있던 아랍인 학생 두세 명이 그에게로 시선을 향했다. 그가 한국에서 온 강현교라고 독일어로 자기소개를 하자,

"아, 한국 학생 또 한 사람 있는데." 하고, 가장 어려 보이는 아랍 학생이 영

어로 말했다.

"그래요? 반가운 일이군요."

현교는 웃음으로 응대했다. 그가 옷을 갈아입은 후 세면장에서 샤워를 하고 돌아왔을 때, 또 다른 아랍 학생이 입구를 가리키며 큰 소리로 말했다. "마침 저기 오는군요."

모두의 시선이 그쪽으로 향했다.

"왜, 왜들 그러죠?"

무심히 들어오던 한국인 청년이 멈칫하며 긴장된 눈빛으로 뭇 시선을 받았다.

"당신네 동포가 왔잖아요. 반갑지 않아요?"

여전히 어린 쪽이 친절을 나타냈다. 그제야 새로운 이방인은 긴장을 풀며 현교에게로 다가와 말을 걸었다.

"한국에서 왔어요?"

그의 입에선 알코올 냄새가 풍겼고, 눈은 약간 충혈되어 있었다. 신장은 현교보다 좀 작았으나 나이는 두세 살 많아 보였다. 현교는 서울에서 왔노라고 대답했다.

"오, 정말 반갑군요! 난 백용남(白勇男)이오."

상대는 다소 마른 얼굴에 웃음을 띠며 손을 내밀었고, 현교도 자신의 이름을 대며 상대의 손을 맞잡았다. 아랍인 학생들이 이들의 통성명 광경을 보며 저들끼리 눈웃음을 나누었다.

"가만, 우리 이럴 게 아니라 나가서 한잔 하며 얘기라도 나누는 게 어때요?"

점퍼의 지퍼를 내리던 백용남이 손을 거두곤 현교의 얼굴을 쳐다보았다.

'그럴까요?'라는 한 마디가 목구멍까지 나오다가 딱 멎었다. 순간적으로 인경의 모습이 문득 떠올랐기 때문이었다. 이미 좀 전에 카페에서 알트비어를 두세 잔 마셨거니와 상대에게서도 주기가 느껴지는 터라, 자칫 술자리가 길어지는 날엔 내일로 예정된 모처럼의 데이트에 차질을 빚을지도 모를 일이었다. 더욱이 그는 내일 약속 시간에 대기 위해 아침 일찍 출발하지 않으면 안된다.

"왜, 술을 못 하세요?"

현교의 난색을 알아챈 백용남이 한쪽 눈을 찡긋하며 물었다.

"그게 아니라……."

현교는 둘러대야만 했다. "어젯밤 먹은 음식이 잘못됐는지 오늘 종일 배탈이 나서……." 하고 한 손으로 배를 만지며, 상대가 입을 떼기 전에 말을 이었다. "그러지 말고 구내 매점에서 차를 하면서 얘기를 나누는 게 어떻겠어요?"

"그럽시다, 그럼."

상대는 두말없이 응하고는 앞장서 걸으며 "물 때문인 게로군요. 강 형의 몸이 아직 라인 강 물에 적응이 안된 모양이오. 나도 이곳에 처음 왔을 땐 그랬어요." 하고 여유로운 자세를 보였다. 현교로선 다행스럽고 미안스럽기도 했다.

"대신 서빙과 지불은 제가 합니다."

"그래도 괜찮겠어요?"

"술을 사는 것도 아닌데요 뭐. 뭘 드시겠어요?"

"그럼 난 레몬스쿼시로 한 잔."

"알았어요."

현교는 카운터로 가서 레몬스쿼시와 우유를 들고 탁자로 와선 백용남과 마주 앉았다.

"서독엔 언제 오셨어요?"

현교는 우유를 한 모금 마시곤 먼저 물었다. 백용남은 도독(渡獨)한 지 3년 가까이 되었으며, 현재 하노버 대학 사회학과에 재학 중이라고 덧붙이면서 "강 형은 유학온 지 얼마나 됐어요? 어느 대학이죠?" 하고 되물었다.

현교는, 유학을 온 것이 아니라 여행차 엊그제 프랑크푸르트에 도착했다며, 자신의 학교와 학년을 알려주었다.

"이제 보니 우리 대학 후배로구먼. 같은 문리대는 아니지만."

수염이 거뭇거뭇 자란 백용남의 입 언저리에 웃음이 가볍게 번졌다.

"아이고, 선배님을 몰라뵙군요. 죄송합니다."

현교도 고개를 끄덕하며 웃음으로 응대했다.

"강 형의 배탈이 심히 유감이구먼."

"네?"

"이런 날 강 형과 함께 권커니 잣거니 하면서 실컷 회포를 풀고 싶은데 말이야."

백용남의 말씨는 이제 거의 반말이었다.

"죄송합니다, 선배님. 며칠만, 아니 이틀 후에 다시 만날 수 없을까요? 내일 아침 일찍 갔다가……."

"어딜 가는데?"

"하노버요. 만날 사람이 있어서. 연락처만 주시면 돌아오는 길에 전화할게요."

"하노버?"

백용남은 정색을 하고 현교를 쳐다보더니 "별로 멀지 않은 데구먼. 그래, 좋아. 그때 만나지. 여기로 연락하라구." 하며, 수첩 한 장을 찢어 연락처를 적어 주었다.

객실로 돌아온 두 사람은 각각 2층침대 위아래에 들었다. 현교가 사다리를 타고 위쪽으로 올라가 몸을 편안히 누이고 있는데 아래 침대에서 백용남의 목소리가 들려왔다. "아, 강 형, 내가 수일 동안은 하숙에 안 들어갈 테니 아까 적어 준 번호로 하지 말고 여기로 연락해요. 페어런츠에게 행선지를 알려둘 테니까."

"예, 알겠습니다. 그러지요."

21

현교와 인경의 랑데부가 이루어진 곳은 하노버 중앙역 서편 길 건너에 있는 관광안내소였다. 시간은 약속 시간보다 10분 이른 아침 여덟 시 50분경.

20분가량 일찍 중앙역에 도착한 현교가 관광안내소에 이르러 줄곧 사방을 두리번거리고 있자니, 사거리 건너편에서 뛰다시피 횡단보도를 건너오는 낯익은 여인의 모습이 보였다. 현교도 그쪽을 향해 빠른 걸음으로 둘 사이의 거리를 좁혀 갔다.

"오래 기다렸어요?"

숨찬 어조로 말하며 웃음으로 대하는 인경의 위 속눈썹이 위아래로 움직였다. 블루진과 주황색 아우터 재킷 차림에다 핑크빛 털모자를 쓴 모습이 며칠 전보다 한결 경쾌하고 산뜻해 보였다.

"나도 좀 전에 왔어요"

마주 보며 대답하는 현교의 시선이 자연스레 그녀의 속눈썹과 털모자 아래로 흘러내린 까만 머리칼로 쏠렸다.

"어디서 오는 길이에요?"

인경이 어깨에 메었던 가방을 반대쪽으로 바꿔 메며 물었다.

"괴팅겐에서요."

현교는 대답하면서 그동안의 답사 행로를 알려주었다.

"우아, 거의가 대학 도시네!"

인경이 놀라워하며 눈을 동그랗게 떴다.

"그냥 주마간산으로."

현교는 멋쩍게 씩 웃었다.

"그럼 오늘은 내가 안내할게요. 하지만 금강산도 식후경. 아직 아침식사 안 했죠? 이리로 오세요."

인경은 현교의 대답도 듣지 않고 앞장서서 중앙역 구내로 들어가더니, 여객들의 왕래가 드문 코너 쪽 벤치에 자리를 잡았다. "이리 앉으세요."

그녀는 손으로 자기 옆자리를 가리키곤 어깨에 메었던 백을 무릎 위로 올려놓았다. 현교는 영문도 모르고 시키는 대로 앉았다.

"소풍 가는 날 아침식사예요."

그녀가 말하며 백 속에서 꺼낸 것은 나무도시락의 김밥이었다. "이게 이곳에선 별미가 될 수도 있겠다 싶어 아침에 내가 직접 만든 거예요."

인경은 나무젓가락의 종이 껍질을 벗겨 몇 차례 문지르고는 현교에게 건네준 뒤, 다시 백 속에서 조그만 플라스틱 통 하나를 꺼냈다. 내용물은 배추김치였다.

순간, 젓가락을 받아 든 현교는 저도 모르게 가슴이 찡하며 코허리가 시어졌다. 뒤이어 그녀가 "자, 식기 전에 어서 들어요."라고 할 땐 현교에게 더없는 정감을 자아내게 했다.

"인경 씨도 같이 들어요."

"난 오기 전에 집에서 먹고 왔어요. 그럼 한 개만."

인경은 엄지와 검지로 김밥 한 조각을 살짝 집었고, 뒤따라 현교도 젓가락을 댔다. 입 안에 넣으니 김밥에선 아직도 온기가 느껴졌다. 그리고 김치는 약간 신 듯하면서도 상큼한 맛이 새로운 미각을 돋우어 주었다.

"모처럼 입맛에 맞는 음식을 먹는 것 같네요. 음식 재료를 장만하느라 애썼겠어요."

현교는 맛난 고기반찬이라도 먹듯 김치 맛을 음미하며 흐뭇한 표정을 감추지 못했다.

"김치는 우리 기숙사 동료들끼리 담가 먹어요. 김은 각자 고향에서 부쳐 오기도 하고."

인경은 이렇게 얘기하면서도 이 메뉴가 지영이 언니(아녜스 수녀)의 배려로 마련되었다는 말은 하지 않았다.

"아침은 이 정도로 간단히 하고 점심은 함부르크에서 신선한 해산물 요리를 먹기로 해요."

그녀는 백에 넣고 온 보온병을 열고 물을 따라 주면서 현교의 얼굴을 정겹게 바라보았다.

"정말 인경 씨 덕분에 멋있는 소풍을 하게 되는군요."

"그렇담 다음번에 내가 서울에 갈 때 현교 씨가 갑절로 갚아요."

인경은 음식물쓰레기를 거두며 "이제 가요." 하고 벤치에서 일어나 자동발권기로 가서 함부르크행 티켓을 끊었다.

특급열차 IC는 한 시간 30여 분 만에 두 사람을 함부르크의 중앙역까지 실어다 주었다. 현교가 알고 있는 이곳에 대한 상식으로는, 중세 한자동맹의 대표적인 멤버로 엘베 강 하류에 위치한 독일 최대의 무역항이자 국내 제2의 도시라는 정도였다.

그런데 본(本) 도시의 안내 책자에 의하면, 시가 중심에 자리잡은 184제곱킬로미터의 알스터를 포함한 크고 작은 호수 외에 수많은 운하들이 시내를 종횡으로 누비고 있는 '물의 도시'로서(수면이 전체 시가 면적의 약 10퍼센트), 다리의 수(數)도 이탈리아의 베네치아보다 많다고 설명되어 있었다.

"현교 씨 말처럼 이곳 구경도 주마간산일 수밖에 없어요. 그것도 항구 쪽의 구시가 지역만."

역의 남쪽 출구로 나온 뒤 인경이 현교를 돌아보며 말했다. "모처럼 물의 도시에 왔으니 유람선을 빼놓을 순 없겠죠? 자, 저기 호반으로 가요."

두 사람은 슈타인 거리를 지나고 성 페트리 교회 옆을 지나 승선장이 있는 '내부 알스터' 호반의 융페른슈티로 향했다. 마침 사람들을 가득 태운 운하 관광 유람선이 출발 직전에 있었다.

"잠깐만요!"

인경은 유람선을 향해 소리치며 현교의 손을 잡고 승선장으로 부리나케 달려가 배에 올랐다.

"오, 분더바!"

먼저 타 있던 유람객들이 숨을 헐떡이며 배에 오른 한쌍의 청춘 남녀를 박수로 맞이하며 환성을 질렀다.

유선형의 날씬한 유람선은 삼색 깃발을 나부끼며 수면을 미끄러지듯 나아갔다. 호수를 빠져나와 운하로 접어든 배는, 중앙에 높은 탑이 솟아오른 르네상스 양식의 시청사와 증권거래소, 건설청 등의 건물을 좌우로 끼고 신시가를 내려가더니, 이윽고 고색창연한 검붉은 벽돌 건물이 즐비한 구시가를 종관하여 엘베 강과 만나는 바움발 선착장에 닿았다. 질서정연하게 하선하는 사람들을 따라 인경과 현교도 배에서 내렸다.

"자, 여기서 기념으로 한 컷 찍어요."

인경은 유람선을 배경으로 자동카메라의 초점을 맞추곤 재빨리 현교 옆으로 와서 포즈를 취했다. 그리고 서로의 독사진을 몇 컷 더 찍었다.

"여기가 항구 관광의 중심이에요. 하항이지만 항구의 총면적이 87제곱킬로미터로 부산항보다 넓대요."

카메라를 백에 챙긴 인경이 서쪽으로 발길을 옮기며 여행 가이드처럼 설명했다.

"현교 씨, 이번엔 배 구경을 시켜 줄게요."

인경은 현교를 앞서서 엘베 강 안벽에 고정된 배 박물관인 '리크머 리크머스'로 향했다. 이 박물관은 세 개의 마스트가 솟아 있는 범선으로, 1893년 건조 당시의 모습으로 복원되어 박물관으로 문을 열었는데, 내부에는 해산물 요리 레스토랑도 있었다. 인경은 시장기를 느꼈으나 다음의 관람을 위해 그곳에서 나왔다.

둘은 바로 옆 선창에 있는 캡 샌디에이고(지난날 남미 항로를 왕래하던 여객선을 이용한 박물관)를 둘러본 후, 엘베 강과 이어진 여러 운하에 면한, 벽돌로 된 창고들이 있는 창고 거리로 이동했다. 과연 거리 이름답게 7,8층의 창고 건물들이 운하를 따라 즐비했는데, 그중에는 항구와 무역의 역사 등을 알 수 있는 창고 박물관과, 밀수 도구나 가짜 브랜드 제품 등을 전시한 세관 박물관도 끼여 있었다.

"물의 도시뿐만 아니라 박물관의 도시이기도 하군요."

세관 박물관에서 나온 현교가 뒤돌아보며 말하자, 인경이 "갑자기 배가 고파지네. 이제 식사하러 가요." 하며 현교의 팔을 끌었다.

인경이 현교를 안내한 식당은 알트함부르크라 불리는 구시가 중에서도 가장 아름다운 거리의 하나인 다이히 거리에 있는 다이히그라프였다. 니콜라이 운하 수변에 자리잡은 해산물 전문 레스토랑으로, 실내에는 골동품 가구가 진열되어 있고, 오래된 낚시 도구들이 걸려 있어 항구의 정서를 물씬 풍겨 주기도 했다.

요행히, 인경과 현교가 들어섰을 때 마침 창문 쪽 좌석에 앉아 있던 사람들이 식사를 마치고 물러가는 바람에 둘은 그 자리에 앉을 수 있었다.

"야, 정말 멋지네요! 물 좋고 정자 좋은 곳이 이런 델 두고 하는 말 같아요."

현교가 점퍼를 벗어 의자에 걸치며, 창 밖으로 바라다보이는 아름다운 운하와 그 건너 가로변에 늘어선 전통적인 주택에 눈길을 멈추고 탄성을 질렀다.

"주말엔 이쪽 자리를 차지하려면 미리 예약을 해야 한대요. 우린 오늘 운이 좋은 거예요. 자, 현교 씨가 골라 보세요."

재킷과 털모자를 벗고, 현교가 자리에 앉기를 기다리던 인경이 메뉴판을 넘겨주었다. 현교는 자긴 잘 모르니 인경이 알아서 주문하라며 메뉴판을 보지도 않고 도로 건넸다.

"좋아요. 그럼 내가 현교 씨 입에 맞게 시켜 볼게요."

웨이터가 다가오자, 인경은 일반적인 순서에 따라 먼저 필스 두 잔을 주문한 다음, 좀 특별 요리를 부탁해도 되겠냐고 친절히 말했다. 웨이터가 눈을 크게 뜨고 그게 뭐냐고 물었다. 인경은 메뉴판에 적힌 알주페(장어 수프) 대신 장어의 배를 갈라 그릴(석쇠에 구운 짓)로 주고, 일부는 생짜로 잘게 썰어 달라고 했다. 그러니까 장어구이와 장어회를 요리해 달라는 거였다. 웨이터는 고개를 갸웃거리며 주방 쪽으로 가더니, 맥주잔을 들고 와서는 특별 케이스로 주문대로 요리를 해 드릴 거라고 했다. 인경은 고맙다면서 장어 요리에 이어 라프카우스(감자와 쇠고기를 갈아 으깬 데다 계란 프라이를 얹은 것)를 주문했다.

"뭘 그렇게 많이 시키세요?"

현교가 미안스러워했다.

"우리 한국식대로 먹어야지요. 장어 요리는 맥주 안주고, 지금 시킨 것은 밥 대용이에요. 그게 모자라거든 현교 씬 빵이라도 더 들어요. 자, 건배해요, 우리."

인경의 말과 동시에 둘은 잔을 들어 부딪었다.

"어, 시원해."

"쌉쌀한 맛이 덜하네."

현교와 인경은 마주 보고 웃음을 나누며 서로의 모습을 살폈다. 현교의 눈엔 인경의 티(Tee) 위로 솟아오른 가슴이, 인경에겐 현교의 턱 아래쪽 후두에 튀어나온 울대뼈가 돋보였다.

이윽고 장어 요리를 들고 온 웨이터가 "이게 한국식 요린가 보죠?" 하며 어깨를 으쓱하곤 돌아섰다. 인경이 젓가락으로 노릇노릇한 장어구이 한 점을 집어 맛을 보더니 "역시 간이 덜 됐네." 하고, 생선구이 위에다 소스를 친 뒤 소금을 살살 뿌리곤 다시 맛을 보았다. "음, 이제 먹을 만하네요. 현교 씨가 맛 좀 봐요."

그녀는 구이 한 점을 젓가락으로 집어 현교의 입으로 가져갔다. 얼떨결에 현교는 입을 벌려 받아들이곤 우물거렸다.

"어때요, 맛이?"

"괜찮은데요."

현교는 대답을 했으나, 입 안의 미각보다는 그녀가 몸소 젓가락으로 생선을 건네주는 손맛이 감미로울 지경이었다. 아깃적에 어머니나 할머니가 수저로 '맘마'를 떠먹여 준 이래 남으로부터, 그것도 젊은 이성으로부터 음식이 먹여지긴 단 한 번도, 아니 꿈에서조차 없던 일이었다.

"기번 테이크예요. 그럼 인경 씨도."

현교가 장어구이를 날름 집어 인경의 입 쪽으로 내밀었다. 자신도 모르게 순식간에 발로된 용기였다.

"어머, 그렇게까지 공정거래를……?"

인경은 가볍게 눈을 치뜨면서 루주 기 없이도 발그레한 입술을 동그랗게 벌렸고, 현교는 그녀의 입 안으로 생선 조각을 떨어뜨렸다. 그녀 역시 감개가 없을 수 없었다. 이성에 의해 먹여지는 음식은 난생 최초였을 테니까.

"현교 씨, 이쪽 것도 들어요."

인경은 상기된 얼굴로 장어회가 담긴 접시를 가리키더니 가방의 지퍼를 열고 랩으로 싸인 크림 통 모양의 타파를 꺼냈다. 그리고 뚜껑을 열곤 현교 앞으로 내려놓았다. "여기 초고추장."

그녀가 무얼 꺼내나 주시하던 현교의 눈이 회동그래질 수밖에 없었다. 그렇잖아도 방금 장어회가 날라져 왔을 때 어째 고추장은 안 주나 하고 궁금해하던 참인데 이제야 알 것 같았다.

"아니, 어떻게 이런 것까지?"

"수년간의 타국살이에서 터득한 하나의 노하우라고나 할까요. 식문화가 다르니 목마른 자가 우물을 팔 수밖에요. 하지만 지금은 많이 적응됐어요."

인경은 생선회 접시를 현교 쪽으로 밀어 주며 어서 먹으라고 했다. "현교 씬 섬에서 자라서 회 요리에 익숙할 거 아녜요?"

"예? 아, 그럼요. 회 요리를 준다고 결코 노하거나 슬퍼하지 않아요."

현교는 인경의 말에 농으로 대응하면서 회 한 점(한국에서 먹었던 것보다 크게 썰어져 있었다.)을 초고추장에 찍어 입 안에 넣고 씹으면서 음미해 보았다.

"어때요?"

인경도 회에 젓가락을 대며 물었다.

"북해산 장어에다 한국산 초고추장이라……. 천하의 별미예요. 내 위장이 깜짝 놀라겠는데요."

현교는 엄지손가락을 치켜세웠다. "인경 씨도 들어 봐요."

"정말 옛날에 집에서 먹던 것과는 맛이 독특하네."

인경은 입을 오물거리며 손으로 웨이터를 불러 맥주와 함께 메뉴판의 식사를 추가로 주문했다.

"이 '장어회' 하면 돌아가신 아버님이 꺼뻑하셨죠. 특히 5·16 후엔 진지보다 '두꺼비(진로 소주)'와 이걸 더 가까이하셨어요. 그 바람에 난 그 횟감을 구하느라 하루가 멀다 하고 남대문 시장 지하상가를 들락거렸고요. 그래서 나도 장어의 맛을 좀 익혔나 봐요."

'나로 하여금 또 다른 감동을 불러일으키게 하는구나.'

그러면서 현교는 한순간 생전의 나 영감의 모습을 떠올렸다. 그때, 두 번째 맥주잔에 이어 라프카우스가 서빙되어 그들의 미각을 다채롭게 했다.

"함부르크 향토 요린데 괜찮아요?"

현교가 라프카우스를 두어 스푼 떠먹고 나자 인경이 물었다.

"굿이에요. 느끼하지도 않고."

현교는 계속 입맛을 보며 고개를 끄덕거렸다.

"다행이네요, 내 입맛에 맞추어 시키긴 했지만."

인경은 멈췄던 손을 다시 부지런히 놀렸다.

"잘 먹었어요, 정말. 오랜만에 포식을 했네요."

레스토랑을 나왔을 때 현교가 배를 쓰다듬으며 천진스레 말했다.

"나도요, 현교 씨 덕분에."

인경도 농으로 받았다. "그럼 이번엔 소화를 시켜야겠네요. 우리 잠시 걸어요."

두 사람은 구시가의 번화가인 뢰딩스마르크트를 따라 북쪽으로 향했다. 그러니까 오전에 유람선을 타고 내려왔던 방향을 반대로 거슬러 올라가는 셈이었다. 수백 미터 걸었을까, 거리의 면모가 새로워지면서 주위 곳곳에 갖가지 상점들이 즐비한 것을 볼 수 있었다. 신시가로 들어선 것이었다.

"여기가 함부르크의 중심가 중에서도 쇼핑가로 유명한 겐제마르크트 구역이에요."

인경이 상점들을 둘러보며 설명하고는 함부르크가 쇼핑에 있어 상점의 종류나 내용, 브랜드 등의 면에서 독일에선 최고, 유럽에서는 파리, 밀라노, 런던에 버금간다고 했다. 특히 여러 상점들이 아케이드로 되어 있어 우천과 추위에 관계없이 쇼핑을 즐길 수 있다고도 했다.

"아케이드를 몇 군데 돌아다니다 보면 먹은 게 쑥 꺼질 거예요."

인경은 블라이헨호프, 카우프만하우스, 갈레리아 등을 차례로 안내하다가 마스코트와 공예품, 각종 토산품이 즐비하게 진열된 한 상점 앞에서 우뚝 멈춰 섰다.

"아이 쇼핑만은 할 수 없겠죠? 독일 여행 기념품 하나쯤은 갖고 가야 될 거 아녜요. 여기서 현교 씨 맘에 드는 것 하나 골라 보세요."

인경이 상품들을 좌우로 훑어보았고, 현교도 진열대로 눈을 돌려 인경의 눈길을 좇았다.

"이게 어때요, 현교 씨?"

한참 눈길을 좌우로 번갈아 움직이던 인경이 진열대에서 하나의 세공품을 냉큼 집어들더니 현교 눈앞으로 내밀었다. 상아 조각품이었다. 대충 지름이 6센티미터쯤 되는 원반형이었는데, 두께 약 1센티미터의 열대산 흑단 받침대 위에 박힌 듯이 세워져 있었다. 마치 받침대인 흑단의 중앙에서 돋아난 듯 양쪽으로 뿔처럼 뻗친 코끼리의 엄니가 아카데미를 상징하는 듯한 건물을 떠받치고 있는 형상으로, 원반 상단부 가장자리에는 'Wahrheit Forschung'이란 양각 글자들이 건물 위를 둘러싸고 있었다.

"이거 상아 조각 아녜요?"

그것을 받아 든 현교가 작품을 감상하듯 유심히 보며 "Wahrheit Forschung(바르하이트 포르슝)⋯⋯ '진리 탐구'가 맞아요?" 하고 인경을 보았다. 그녀는 고개를 끄덕이면서 "이 조각품을 디자인한 목적이 사람들에게 '상아탑에서 진리 탐구를 하라.'는 메시지를 전하기 위한 게 아니었나 싶군요. 그래서 이걸 고른 거예요. 괜찮지요?" 하고 눈웃음을 지었다.

"인경 씨 말을 들으니 내겐 과분한 것 같군요. 이제 갓 프레시맨을 면했는데⋯⋯."

"현교 씬 앞날이 창창하잖아요? 그러니 이것을 항상 책상 위에 놔두고, 정신이 해이해질 땐 들여다봐요."

22

그들이 하노버로 돌아왔을 땐 오후 네 시가 지나 있었다.

"헤렌하우젠 왕궁 정원은 좀 있음 닫히겠네. 함부르크에서 서둘러 출발할걸."

인경은 손목시계를 보며 아쉬운 표정을 지었다.

"거기가 어떤 덴데요?"

"하노버의 대표적인 관광 명소예요."

인경은 역사(驛舍)를 나오면서, 헤렌하우젠 왕궁 정원은 그로센가르텐을 중심으로 하노버 대학 북쪽의 벨펜가르텐, 2천5백 종의 컬렉션이 있는 베르크가르텐, 로맨틱한 가로수와 연못이 배치된 게오르겐가르텐 등 4개의 정원으로 조성되었는데, 그중에서도 그로센가르텐은 기하학적으로 배치된 수목과 화단이 너무나 아름다워 '바로크의 보석'이라 불린다는 해설까지 부연했다.

"그렇다면 내일 나 혼자서라도 들어가 보죠 뭐."

"나도 한번 들어가 봤지만, 현교 씨 혼자 감상하기엔 정원의 조경이 너무 아까워서 그렇죠."

"잘됐네요, 다시 또 여기 올 구실이 생겨서."

현교의 유머를 인경은 웃음으로 대했다. "딴은 그렇군요. 그럼 오늘은 가까운 공원으로 가요."

행선지를 정한 두 사람은 카르마르슈 거리를 따라 마슈 공원으로 발길을 옮겨갔다. 구(舊)시청사와 방겐하임 궁전을 지나 프리드리히로(路)를 건너자, 이윽고 넓은 녹지대가 나타나면서 케스트너 박물관이 눈에 들어왔고, 그보다 조금 안쪽에 르네상스 양식의 건물인 시청사의 돔이 황혼 속에 위용을 드러내 보였다. 두 건물 사이로 더 안으로 들어가니 시청사 뒤로 마슈 호(湖)가 남북으로 길게 펼쳐져 있었는데, 마침 공원 안의 전등이 일제히 켜지면서 수면 위에 아름답게 반사되었다.

"서울보다 춥지 않지요?"

호숫가에 이르렀을 때 인경이 현교의 팔짱을 살며시 끼며 그에게로 고개를 돌렸다.

"이제야 그걸 몸소 체감하고 있어요. 예전에 지리 시간에 배운 '멕시코 만류'의 영향 때문이구나, 하고요."

"그런 걸 아직까지 다 기억하고 있어요? 난 지리 시간엔 졸기만 했는데. 뭐, '쾨펜의 기후 구분'이다, '베버의 공업입지론'이다 하는 딱딱한 설명들이 도통 머리에 들어왔어야 말이죠."

"그런데도 그런 인문지리의 용어들은 잘 기억하고 있군요. 그럼 인경 씬 무슨 시간에 잠이 젤 안 왔어요?"

"으음…… 굳이 택한다면 생물 시간? 그중에서도 생리학이 재밌었어요."

"의예과를 지망한 걸 알 만하군요. 근데 병원 일을 마치고 야간대학에 다니는 게 힘들지 않아요?"

"힘들다고 해서 평생을 너스(간호사)로만 지낼 순 없잖아요? 그럴 거면 애초부터 어머니, 아버지를 뒤로하고 이곳에 오지 않았을 거예요. 내 딴엔 하나의 꿈과 포부를 가지고 떠난 거라구요. 누구의 도움도 없이 내 스스로 이루어 내겠다는 굳은 결심하에 말예요."

인경의 어조에서 현교는 또 다른 새로운 의지와 각오를 느낄 수 있었다.

"인경 씬 오늘 참 나를 여러 번 감동 먹게 하네요."

"그래요?"

그녀의 말 가락이 금방 부드러워지며 "그럼 한 가지 더 현교 씰 감동시켜 줄까요?" 했다.

"무슨……?"

현교는 말을 잇지 못하고 발걸음을 멈추곤 상대의 얼굴을 바라보았다. 인경도 따라 멈춰 선 채 그으윽한 눈망울 속으로 현교의 형형한 눈빛을 흡수했다. 그런 상태로 5,6초쯤 흘렀을까, 인경이 오른팔로 현교의 어깨를 감싸며 살포시 입술을 맞대었다. 얼결에 현교는 그녀의 입술을 수동적으로 수용했다. 촉촉하고 따스한 감촉이 그렇게 감미로울 수가 없었다. 현교로서는 난생처음 경험하는 이성과의 입맞춤이었고, 인경 또한 그와 다름없었으리라. 왼쪽 어깨에서 가방 끈이 흘러내리는 걸 추스르려는 듯 인경이 한순간 입술을 떼자, 이번엔 현교 쪽이 틈을 주지 않으려는 듯 강렬하게 상대를 그러안으며 접문 (接吻)을 늦추지 않았다. 그녀의 가방이 잔디밭으로 툭 떨어졌다. 간밤에 면도를 한 남자의 자디잔 나룻이 여자의 여린 입 언저리에 따끔거렸으나, 그것 또한 인경으로선 남자에게서 처음으로 겪어 보는 쾌감이었다. 둘은 그 누구에서 전수받지도 않았는데 누가 먼저랄 것도 없이 서로 설교(舌交)를 나누었다. 그야말로 자연적 교감이었다. 이제 인적도 거의 끊어진 호반에서 둘은 그렇게 사각일체가 된 채 일 분이 경과하도록 황홀경에 빠져 있었다.

그들이 도로 둘로 떨어진 것은 이름 모를 새 한쌍이 머리 위로 후루루 날아갔을 때였다. 두 사람은 잠시 말없이 그으윽한 눈빛으로 마주 보았다. 마치 자신들의 미래에 대한 첫 통과의례를 치렀다는 걸 묵시적으로 다짐이라도 하듯.

그러다 현교가 잔디밭에 떨어진 인경의 백을 집어들고 한 손으로 밑바닥을 닦고는 그녀의 어깨에 걸쳐 주었다.(자신의 가방은 오른쪽 어깨에서 왼쪽 허리로 메어진 상태였다.) 그의 이마에 맺힌 땀이 공원의 전등빛을 받고 반짝였다.

"현교 씨, 이래 봐요."

인경이 백에서 손수건을 꺼내 이마를 가볍게 토닥였다. "나가요, 이제 우리밖에 없나 봐."

인경은 현교의 팔 대신 그의 손을 잡았고, 그녀의 가느다란 손가락이 현교의 손아귀에 움켜쥐었다.

"저녁식사 때가 됐네."

공원을 나와 워털루 거리에 이르렀을 때 인경이 시계를 보았다. 그러자 현교가 말했다.

"저녁은 나한테 낼 기회를 주세요."

"그래도 되는 건지 모르겠네. 아무튼 적당한 레스토랑부터 찾아봐요."

"이곳에 한국 음식점은 없겠지요?"

현교가 별 기대 없이 행여나 하는 마음에서 해 본 물음이었다.

"일식집은 본 적이 있지만 한국 식당은 아직. 우리 음식이 먹고 싶어요……? 아, 가만!"

인경이 걸음을 뚝 멈추었다. "가끔 우리 병원에 진료차 찾아오는 교포 아주머니가 있는데, 그분이 시 교외에 살아요. 두어 달 전에 함께 그 집에 가서 음식을 대접받은 적이 있어요. 오늘 저녁은 그 아주머니네 신세를 좀 지는 게 어때요? 찬거리는 우리가 다 사 갖고 가고."

짙은 속눈썹 밑의 까만 눈동자가 유난히 반짝거렸다.

"폐가 되지 않는다면 나로선 좋은 자리죠."

"나하곤 그런 사이가 아녜요. 늦기 전에 서둘러야겠어요."

두 사람은 지체없이 서둘러 슈퍼마켓에서 대구와 쇠고기, 양파, 당근 등을 잔뜩 사 들고 남쪽으로 향하는 버스에 올랐다.

"그리구 참, 지난번 내가 갔을 때 들은 얘긴데, 그 집에서 하숙하던 한국 유학생이 얼마 전에 나가서 방이 비었대요. 아직도 누가 안 들어왔다면 현교 씨

가 마인츠에서 그리로 옮기는 게 어떻겠어요? 물론 미카엘 신부님하고 상의
해야겠지만."

버스 좌석에 앉자마자 인경이 현교에게 말했다.

"그래요? 그거 잘됐네요. 안 그래도 식사 때문에 좀 거북스러웠는데."

"가는 날이 생일이라더니 어쩜 현교 씨가 성찬을 받을지도 모르겠네."

둘은 기쁘고 즐거웠다.

제7장 뜻밖의 변고

23

알러 강의 지류인 라이네 강줄기를 따라 20분쯤 달려온 버스는 현교와 인경을 루테라는 소도시에 내려 주곤 바로 떠나갔다.

거리엔 이미 어둠의 장막이 드리워져 있었으나, 곳곳에 서 있는 가로등이 두 사람이 가는 길을 밝혀 주었다.

"저기 막다른 길 정면으로 보이는 목조 건물이 오 여사네 집이에요."

인경이 대로에서 왼편 골목길로 꺾어들며 손가락으로 앞쪽을 가리켰다. 그들로부터 50미터쯤 떨어진 거리였다.

그때, 그 집 문간에서 중절모에다 바바리코트 차림의 한 사내가 나오더니, 바로 앞에 세워진 승용차의 운전석으로 올라탔다.

"우리가 한발 늦었나요?"

운전석의 선글라스 고수머리가 중얼거렸고, 거의 동시에 시동이 걸린 차는 헤드라이트의 광속(光束)을 내쏘며 골목길을 미끄러져 갔다. 그런데 현교와 인경이 헤드라이트 빛을 거슬러 오 여사의 집 대문께에 이르렀을 때, '끼익' 하는 브레이크 소리가 날카롭게 골목에 울렸다. 두 사람은 반사적으로 '뒤로 돌아' 동작이 취해졌다. 동시에 조수석에서 튕기듯 차 밖으로 나온 바바리코트 사내가 대문을 향해 돌진해 왔고, 그를 따라 자동차도 후진했다. 바바리코트가 다짜고짜로 현교의 상완을 움켜잡은 건 눈 깜짝할 사이였다.

"백용남이지?"

바바리코트는 번들거리는 눈으로 현교를 노려보며 악력을 가해 그의 팔을 힘껏 비틀었다. 실로 마른하늘에 날벼락이었다.

"아아! 저 아니에요!"

비명과 함께 양손에 들고 있던 비닐봉지가 땅바닥으로 떨어지면서 찬거리들이 와르르 쏟아져 나왔다.

"왜 그러세요? 이 사람은 서울에서 여행 온 S공대 학생이라구요! 신분증 보시면 아실 거 아녜요? 현교 씨, 학생증이랑 다 있죠?"

인경이 울상으로 바바리코트를 제지하려 했고, 현교는 상의 안주머니로 손을 넣었다. 그러자 어느새 나타났는지 운전석에 있던 고수머리 사내가 현교의 전 포켓을 뒤져 소지품을 몽땅 끄집어냈다. 시민증과 학생증을 확인하고 난 그는 손전등으로 수첩장을 넘기면서 비춰 보다가 마치 쾌재라도 부르듯 소리쳤다.

"그러면 그렇지! 백용남……!"

고수머리는 수첩 갈피에 끼워진, 백용남의 이름과 전화번호가 적힌 메모를 바바리코트의 눈앞으로 내밀었다.

"끌고 가!"

베이스 톤으로 명하면서 바바리코트는 현교의 팔을 붙잡고 있는 인경의 손을 억세게 털어냈고, 고수머리는 현교의 손목에 수갑을 채우고 떼밀었다. "가!"

"그 사람은 아무 죄가 없다구요! 현교 씨~!"

인경이 그를 좇으며 애절하게 울부짖었다.

"신부님께 연락해 줘요!"

차 속으로 밀어넣어진 현교는 울먹이며 몇 번이고 뒤돌아보았다. 이 같은 그의 어처구니없는 봉변에는 아랑곳없이 그를 실은 자동차는 '부르릉' 시동 소리와 함께 테일라이트를 깜박이며 골목길을 내달았다.

'이를 어쩌면 좋담!'

눈시울을 적시며 망연히 자동차의 깜빡이를 지켜보던 인경은 마음을 가다듬고 부리나케 대문 안으로 달려들어갔다. "안녕하셨어요? 아주머니, 방금 전에 여기서 나간 사람들 누구예요?"

인사를 하는 둥 마는 둥 인경은 안절부절못했다.

"글쎄, 한국 대사관에서 나왔다고 하던데…… 지난달에도 두어 번 찾아왔었어요. 그리 서 있지 말고 일단 들어와요."

현관에서 밖으로 나오려던 오 여사가 인경의 사색이 된 얼굴을 보며 대답했으나, 여느 때와 다른 그녀의 허둥대는 태도에서 상황이 심상치 않음을 직감했다.

"그래 뭣 때문이래요?"

인경이 거실의 의자에 앉으며 물었다.

"전에 여기서 하숙하던 학생의 거처를 알 수 없느냐고……."

"그 학생 이름이 백……용남이에요?"

"맞아요, 백용남."

오 여사가 탁자 맞은편에 앉으며 고개를 끄덕였다.

"왜 거처를 알려는 거죠?"

"내 추측이지만 아무래도 그 용남이 학생이 지난번 세상을 떠들썩하게 했던 그 동베를린 사건하고 관련이 있나 보우."

침실에서 두 사람의 말을 들은 오 여사의 남편이 문을 열고 나오며 말곁을 달았다. 머리가 희끗희끗한 오십대 후반이었으나 눈빛은 예리했다. "십중팔구 한국의 정보원일 거야."

순간, 인경의 뇌리엔 며칠 전 누군가에게 쫓기며 도망가다가 교통사고를 당한 유학생의 참상이 떠오르면서 그녀의 얼굴에 공포와 불안한 기색이 역력히 번져나왔다.

"무슨 일이 있었어요?"

오 여사가 염려스러운 빛으로 물었지만 인경의 대답은 "전화 좀 쓸게요."였다. 그녀는 재빨리 주머니에서 수첩을 꺼내 마인츠 성당의 전화번호를 확인하고는 다이얼을 돌려 미카엘 신부의 행선지를 물어보았다. 그러나 그의 소재 파악은 쉽지 않았다. 날마다 행선지가 바뀌었기 때문이었다. 대여섯 군데를 거쳐 간신히 소재지를 알아냈으나, 회의 중이라 대어 줄 수 없다는 응답이었다. 인경은, 긴급한 사항이니 회의가 끝나는 대로 즉시 자기 처소(오 여사의 집)로 연락을 바란다고 신신당부하곤 전화를 끊었다.

그로부터 한 시간여 동안은 인경에겐 일각이 여삼추요, 그야말로 좌불안석이었다. 이따금 벨소리가 울릴 때마다 눈을 크게 뜨고 신경을 곤두세웠다. 그러다가 미카엘 신부에게서 전화가 걸려온 것은 아홉 시 반이 다 되어서였다.

"저 인경이예요, 신부님!"

오 여사가 넘겨주는 전화기를 빼앗듯이 받아 든 인경은 울먹임이 앞섰다.

"무슨 일이에요?"

상대의 목소리는 침착했다.

"현교 씨가 정보원에게 연행돼 갔어요. 두어 시간 됐어요."

그러곤 인경은 이곳에 오게 된 사연에서부터 현교가 연행되어가기까지의 경위를 전화상으로나마 비교적 상세히 설명했다.

"알았어요. 내일 아침 날이 밝는 대로 내가 직접 본(Bonn)에 있는 한국 대사관에 가서 알아볼 테니 인경 씬 병원에 가 있어요. 신원이 밝혀지면 별일 없을 테니 너무 걱정 말아요. 알았죠, 인경 씨. 기운을 내요."

미카엘 신부는 인경에 대한 위안과 격려도 잊지 않았다.

24

한편, 현교를 실은 승용차가 그날 밤 늦게 도착한 곳은 함부르크의 한 3층 건물 앞이었다. 철제 출입문 위에는 〈한국 영사관—Korea Gesandtschaft〉이란 글자가 새겨진 간판이 붙어 있었다.

차에서 내린 두 사나이가 현교를 사이에 두고 건물 안으로 들어갔다. 실내는 이미 텅 비어 있었고, 칸막이 안쪽에 앉아 있던 삼십대의 두 장년이 벌떡 일어나 튀어나왔다. 한쪽은 스포츠헤어에 부리부리한 눈이었고, 다른 쪽은 올백에 뱁새눈이었다.

"일단 집어넣어!"

바바리코트 사내가 지시를 하자, 스포츠헤어의 남자가 "예!" 하고, 현교를 끌고는 복도 막다른 곳에 있는 나선형 계단을 플래시를 비추며 내려갔다. 그는 지하실 벽의 스위치를 켜고 철문에 달린 둔중한 자물통을 따더니 현교를 안으로 밀어넣었다. 형광등이 조는 듯 깜박이는 3,4평의 방에는 취조용으로 보이는 장방형의 탁자와 두 개의 의자가 마주 놓여 있었고, 방 구석에 있는 간이 변기(플라스틱 양동이에 나무덮개를 한 것)에선 역한 냄새가 코를 찔렀다.

"여기 앉아 있어."

스포츠헤어가 커다란 눈망울로 현교의 위아래를 훑어보며 한쪽 의자를 가리켰다. 현교가 엉거주춤 엉덩이를 의자에 대었다. 곧이어 상대가 물러갔고, 철문과 자물통 잠기는 소리가 났다. 절그렁, 철컥.

난방 시설이나 기구가 없는 콘크리트 지하실엔 싸늘한 냉기가 감돌았고, 게다가 의자에 앉자마자 사타구니가 차갑고 축축함을 감촉했다. 루테의 오여사 집 대문 앞에서 느닷없이 바바리의 기습을 받는 순간 겁결에 짤끔 방뇨된 것이 승용차에선 느끼지 못했으나, 의자에 엉덩이를 대자 그 습기가 한순간에 느껴졌던 것이다.

'이게 무슨 날벼락인가! 내가 무슨 죄를 지었기에? 백용남이 어떤 사람인진 모르지만, 난 그와 유스호스텔에서 차 한잔 나눈 일밖에 없잖은가? 혹시 만에 하나 인경 씨가 나를 요시찰 인물과 관련된 것으로 의심하는 건 아닐까? 지금쯤 미카엘 신부님하고는 연락이 닿았을까? 앞으로 나는 어떻게 되는 것일까……?'

갖가지 궁금증이 꼬리를 물고 일어나면서 걷잡을 수 없는 공포감과 함께 북받치는 억울함을 가눌 길이 없었다.

철컥, 절그렁. 둔중한 금속성이 현교의 상념을 정지시켰다. 동시에 그의 가슴이 철렁 내려앉았다. 이번에 나타난 자는 뱁새눈의 사내였다. 그의 손엔 미슈브로트(밀과 호밀로 만든 빵)와 우유 컵이 얹힌 플라스틱 쟁반이 들려 있었다.

"우선 순대부터 채워."

쟁반을 탁자 위에 내려놓고 현교의 수갑을 풀어 주는 뱁새눈이의 어조는 제법 부드러웠다. 그러나 현교의 손은 음식으로 가지 않았다.

"왜, 메뉴가 신통치 않나? 설렁탕이나 짜장면이 아니라서?"

"생각이 없습니다."

"좋아, 이따가라도 뱃속에서 쪼르륵 소리가 나거든 먹어 둬. 그럼 슬슬 시작해 볼까?"

뱁새눈이는 구두 발뒤꿈치로 360도 회전을 하더니 현교의 맞은편 의자에 몸을 얹었다. 이미 현교의 여권을 포함한 신분증과 가방 속의 소지품(여행 가이드 등)을 통해 그의 신원을 확인했음인지 첫 심문부터 백용남에 관한 거였다.

"백용남과 어떤 관계야?"

방금 전까지의 톤과는 달리, 사뭇 위압적이고 윽박지르는 투였다.

"관계라니요? 그저 괴팅겐 유스호스텔에서 우연히 만나 차 한잔 같이 하고 헤어진 것뿐입니다. 대학 선배라는 것도 거기서 알았구요."

현교는 잔뜩 주눅이 들어 있었으나 답변만은 분명했다.

"여기 적힌 전화번호는 뭐야?"

뱁새눈이는 백용남의 전화번호가 적힌 수첩 쪽지를 탁자 위로 팽개치듯 날렸다.

"그건……."

"언제, 어디서 만나기로 했어?"

취조자는 말을 자르며 톤을 높였다.

"그런 약속은 하지 않았습니다."

"어허, 어딜!"

그는 실낱같은 뱁새눈을 한껏 치떴다. "바른 대로 불지 않고 어기대다간 콩

밥을 먹는 수가 있어."

"정말입니다. 그날 저녁 그가 술 한잔 하자길래 속도 좋지 않은 데다 이튿날 아침 일찍 하노버로 출발해야 하니까, 볼일을 마치고 제 민박 집인 마인츠로 돌아가는 길에 다시 만나기로 한 겁니다. 그래서 연락처도 알아둔 거구요."

"이 번호로?"

뱁새눈이는 탁자 위의 쪽지를 향해 턱짓을 했다.

"예."

"으음……."

그는 잠시 심문을 멈추고 겹자락 양복 주머니에서 캐멀 담배를 꺼내 물곤 라이터를 댕기더니 '푸' 하고 자연을 길게 내뿜었다. "하노버에서의 볼일이란 뭐였지?"

"예에?"

뱁새눈이의 느닷없는 물음에 현교는 어궁했다.

"하노버에 간 목적이 뭐냐구. 우리말도 몰라?"

"아, 예. 서울에 있는 저의 하숙집 가족이 하노버의 병원에 근무하고 있어서 그냥 만나보러 갔던 겁니다."

"그래, 만났나?"

"예."

"그럼 이제 돌아가는 길에 백용남을 만나 한잔할 차례군?"

뱁새눈이는 재떨이에 담배를 비비며 현교를 쏘아보았다. 현교는 무어라 선뜻 응답할 수가 없었다.

"그 자식이 어떤 놈인지나 알아?"

"……."

"동베를린을 이웃집 드나들듯 수시로 들락거린 놈이야. 지난번 일제 검거 때 미꾸라지처럼 빠져나간 놈이라구!"

'설마 그 선배가……?'

현교로선 오싹하리만큼 충격적이 아닐 수 없었다. 자기에게 그토록 스스럼 없이 소탈하게 대해 주던 그가 북한과 내통한 간첩이라니 좀체 믿기지 않았다.

"그러니 하루라도 빨리 이곳에서 나가고 싶거든 우리 일에 순순히 협조하는 게 좋을 거야. 괜히 의리니 지조니 하면서 언걸먹지 말고."

수사관을 위시한 거개의 취조자들이 항용 그렇듯, 혐의자를 병 주고 약 주는 식으로 으르고 구슬리는 수법은 뱁새눈이 역시 다르지 않았다.

'나더러 백용남을 검거하기 위한 미끼가 되라는 말이구나!'

현교는 새삼 사위스러운 생각이 들면서 뱁새눈이의 시선을 피했다.

"그럼……."

상대는 탁자 서랍을 열더니 A4 용지 수십 장과 볼펜 한 자루를 현교 앞에 던지듯 내주었다. "여기다 그동안 서독에 와서 한 일, 그러니까 프랑크푸르트 공항에 내리면서부터 오늘 저녁 루테의 백용남 전 하숙집(오 여사의 집)에 이르기까지의 행적을 다 적어. 하나도 빠뜨리지 말고 상세히! 낼 아침까지야, 알겠지?"

그는 어리둥절해하는 현교의 등을 툭툭 치고는 나가 버렸다. 절그렁, 철거덕.

혼자 남겨진 현교는 갑자기 오싹 한기를 느끼면서 휘휘한 기운이 온몸을 엄습하는 듯했다. 동시에 심적 갈등도 수반되었다. 자기의 행적(여행 기록)에 대해서라면 밤을 꼬박 세워서라도, 수십 장이라도 쓸 수 있겠으나, 백용남을 붙잡는 데에 앞잡이가 된다는 건 이유야 어찌 됐건 의리를 저버리는 것과 다름아니라고 여겨졌던 것이다.

25

이튿날 아침, 서독의 수도 본 주재 한국 대사관.

"무슨 일로 오셨습니까?"

문 가까이 앉아 있던 직원이 일어서며, 사무실 안으로 들어서는 미카엘 신부에게 독일어로 물었다.

"대사님을 만나러 왔습니다."

미카엘 신부가 한국어로 대답하자, 의외라는 표정으로 모두가 그를 쳐다보았다.

"대사님은 아직 안 나오셨는데, 무슨 일이시죠?"

이번엔 그 직원이 한국어로 말했다.

"사람을 찾으러 왔습니다."

"사람을 찾으러요……?"

"예, 내가 서울에서 초청한 학생이 어젯밤 루테에서 한국 정보원에게 연행되었습니다. 어찌 된 영문인지 신속히 내막을 알아야겠습니다."

"하지만 이곳에 연행된 사람은 한 명도 없는데요."

옆자리의 다른 직원이 심드렁한 태도로 내뱉었다.

"그러니 대사님에게 부탁하려는 거 아닙니까?"

신부의 말투는 사무적이면서 은근히 고압적이었다.

"아, 김 사무관."

그때까지 태극기와 박정희 대통령 사진이 걸린 벽 앞 데스크에서 장중의 말을 듣고만 있던 최 참사관이 첫 번째의 직원을 불렀다.

"옆방에 가서 혹시 어젯밤 무슨 일이 있었나 확인해 보고, 함부르크 영사관에도 알아보라고 해요."

"예, 알겠습니다."

사무관은 냉큼 방에서 나갔다.

"심려가 많으시겠습니다. 자, 일단 앉으시지요."

자리에서 걸어나온 참사관이 미카엘 신부를 소파로 안내하곤 자기도 상석에 앉았다.

"신부님도 아시다시피 동베를린 사건이 얼마 전 공판이 끝나긴 했습니다만, 이를 계기로 해외 반정부 인사나 유학생에 대한 감시를 강화하라는 본국의 훈령이 있어서 그런 일이 일어난 것 같습니다. 우리 정보원이 개입되었다면 말입니다. 그러나 본인이 별 혐의만 없으면 바로 풀려날 거예요."

"그런 문제라면 내가 성직을 걸고 책임을 지겠습니다. 신원보증서라도 쓰지요."

"하하하, 그렇다면 과히 심려할 거 없겠군요. 우리 정보기관에서도 무고한 국민을 처벌하진 않으니까요."

참사관은 여유롭게 입가에 웃음을 흘렸다. 그때, 옆방으로 갔던 사무관이 바람을 일으키며 들어와서는 참사관 앞에 메모지를 들이밀었다.

"찾는 학생이 S공대생 강현교인가요?"

메모지를 받아 본 참사관이 미카엘 신부를 쳐다보았다.

"예, 맞습니다. 혐의가 뭡니까?"

신부가 다급스레 물었다.

"그게……"

사무관이 흘긋 참사관의 눈치를 보곤 말끝을 달았다. "혐의가 있는 게 아니라 한 재독 유학생의 수사에 협조해야 할 사항이 있어서 데려간 모양입니다."

"이해할 수가 없군요. 혐의가 없는 사람을 수갑까지 채우고 연행하다니……"

"아, 그건 착오였습니다."

사무관이 미카엘 신부의 말을 자르곤 부연했다. "실은 동베를린 사건 관련 혐의자를 수배하는 과정에서 강현교를 그자로 오인한 데서 비롯됐으며, 또 우연인지 어떤지는 몰라도 둘이 괴팅겐에서 만난 사실이 밝혀지면서 함부르크까지 연행된 것입니다."

"그럼 혐의가 없으면 석방해야 되는 거 아닙니까?"

"물론이지요. 다소 시간이 걸리겠지만, 그쪽에서 알아서 잘할 겁니다."

"시간이 걸린다구요? 아무래도 내가 그곳으로 가 봐야겠군요. 참사관님,

함부르크 영사관에 연락해서 현교 군이 다치는 일이 없도록 선처해 주십시오. 부탁합니다."

"예, 염려 놓으십시오."

의례적인 인사를 하는 최 참사관과 악수를 나누고 대사관을 나온 미카엘 신부는 재빨리 자기 차에 올라 가속 페달을 밟았다. 군청색의 메르세데스 벤츠는 시내 중심가를 지나, 이미 수확이 끝난 라인 강 기슭의 포도원을 따라 북쪽으로 질주하기 시작했다. 이윽고 시가지를 벗어나 아우토반으로 들어서자, 미카엘 신부는 액셀에 힘을 가했다. 속도계의 바늘이 180을 중심으로 좌우로 파르르 흔들렸다.

'설마 현교가 며칠 사이에 부화뇌동한 건 아니겠지! 만에 하나 동베를린 사건 관련자에게 발목이라도 잡혔다면⋯⋯?'

미카엘 신부는 은근히 조바심이 일면서 동시에 남북 간의 첨예한 이념 대립을 개탄하지 않을 수 없었다. '십수년 전 6·25 전쟁이라는 동족상잔도 모자라 이제 와선 제삼국의 적도(赤都)에서까지 이념의 암투를 벌이고 있으니, 이 얼마나 한심하고 비극적인 일인가!'

쾰른 외곽을 통과한 미카엘 신부의 벤츠는 시원하게 뻗은 고속도로를 질주하는 앞차를 씽씽 추월하면서 하겐, 함, 빌레펠트, 솔타우를 거쳐 오후 한 시 언저리에 함부르크 시에 이르렀다.

"강현교 때문에 오셨습니까?"

미카엘 신부가 함부르크 영사관 사무실로 들어섰을 때 한 직원이 그를 맞았다. "본(Bonn)의 본부로부터 연락을 받았습니다."

"일단 면회를 허락해 주시겠습니까?"

"지금은 불가능합니다."

신부의 정중한 부탁에 대응한 사람은 어젯밤 현교를 지하실로 데려갔던 스포츠헤어 사내였다.

"왜 안됩니까?"

"지금 여기 없어요. 필히 조사할 일이 있어서 외부에 나가 있습니다."

"간 데가 어디죠?"

"그건 알려드릴 수 없습니다."

"언제 돌아옵니까?"

"확실한 시간은 우리도 모릅니다. 그러니 나가서 볼일 보시고 저녁때쯤 오시지요."

"현교 군을 만나는 일이 나의 볼일입니다. 저녁때, 아니 그가 돌아올 때까지 여기서 기다리지요. 괜찮겠죠?"

삽시간에 분위기가 냉랭해졌다. 스포츠헤어 사내는 어이없어하는 표정으로 상대를 쳐다보았고, 미카엘 신부는 의연한 자세로 한쪽 팔걸이에 기대앉았다.

그 무렵, 현교를 태운 차는 발스로데, 하노버 외곽, 힐데스하임을 지나 괴팅겐에 다다르고 있었다. 함부르크를 출발하기에 앞서, 당일 오후 다섯 시에 유스호스텔에 도착할 테니 백용남 선배에게 전해 달라는 전화를 페어런츠에게 걸었던 것이다. 물론 영사관 요원이 다른 수화기로 도청하는 상태에서.

"어디로 갈까요?"

승용차가 괴팅겐 시가로 들어섰을 때, 핸들을 잡은 사내가 물었다. 어젯밤의 운전자와는 달리, 이십대 후반의 청년으로 여행객 차림을 하고 있었다.

"일단 유스호스텔 앞으로 가."

뒷좌석에 현교와 나란히 앉은 예의 그 바바리코트 사나이가 중저음의 톤으로 말했다.

"아직 한 시간이나 남았는데요?"

조수석의 뱁새눈이가 손목시계를 보며 뒤돌아보았다.

"여기가 서울의 명동인 줄 아나?"

바바리코트가 내뱉듯 했다. "외부 지물(地物)도 파악해 둬야잖나!"

정보원의 주도면밀함에 현교는 새삼 소름이 끼치는 걸 느꼈다. 그는 내심 자기가 페어런츠에게 한 전언이 백용남에게 전달되지 않기를 바랐다. 백용남이 괴팅겐에서 원거리에 가 있거나, 혹은 그가 유스호스텔로 전화했을 때 페어런츠가 자리를 비웠거나 해서 양자 간의 통화가 이루어지지 않았으면 하고 말이다.

하지만 한발 나아가 생각해 보면, 오늘 백용남이 나타나지 않는다고 해서 순순히 물러설 요원들이 아니었다. 오히려 자기만 이리저리 질질 끌려다니면서 시달리기 십상일 터였다. 백용남이 검거되지 않는 한, 언제 자유의 몸이 될지 막연하다. 갑자기 미카엘 신부와 인경의 모습이 떠오르며 눈앞에 번갈아 어른거렸다.

'지금쯤 두 사람은 어디서 무얼 하고 있을까? 인경 씨가 나에 대한 돌발적인 신변의 변화를 신부님에게 제대로 전달은 했을까? 날 위해 손을 쓰고는 계실까?'

백용남의 거취에 대한 우려와 자책감, 그에 수반될 자신의 신변 변화에 대한 불안과 조바심이 교차하는 가운데, 그들을 실은 차는 유스호스텔 바로 옆 건물 골목에 멎었다.

"우선 유스호스텔 전체의 출입구부터 확인해 봐."

바바리코트가 앞쪽에다 한마디 내뱉고는 셔츠주머니에서 럭키스트라이크 한 개비를 뽑아 던힐 라이터를 켰다. "배 사무관은 전후를, 마 주사는 좌우를 살펴봐."

배 사무관은 뱁새눈이, 마 주사는 젊은 드라이버의 호칭이었다.

"나타나기만 하면 제깐놈이 뛰어봤자 벼룩이죠 뭐."

"이 '날쌘돌이'란 별명이 거저 얻어진 게 아니잖아요."

배와 마가 자신의 능력을 과시하는 듯 한마디씩 지껄이며 각각 좌우 문을 열고 내려섰다.

"자만은 금물이야!"

바바리코트가 현교 옆에서 꿈쩍도 하지 않은 채 두 부하의 뒤통수를 향해 경고를 날렸다. 그러곤 잠시 후 운전석으로 자리를 옮겨 몸소 차를 골목 밖으로 반쯤 빼더니, 건물 앞에 설치된 공중전화 부스를 손으로 가리키며 백용남을 만나기로 한 전달이 제대로 이루어졌는지 페어런츠에게 확인해 보라고 지시했다.

"긴 얘기 할 필요 없이 약속 시간에 나타나는가만 확인하면 돼. 극히 자연스럽게! 만에 하나 추호라도 허튼짓을 하는 날엔 귀국길이 험난하게 될지도 몰라. 사랑하는 간호원 아가씨를 만나는 것도 그렇고."

그의 착 가라앉은 목소리는 하나의 으름장에 지나지 않았으나, 인경의 신분까지 파악하고 들먹이는 데 대해 현교로선 다시금 간담이 서늘해지고 등골이 오싹해지지 않을 수 없었다.

"내 말이 무슨 뜻인지 모르진 않겠지?"

"……."

현교는 대답 대신 고개를 주억거리며 좌석에서 엉덩이를 빼고 나와 공중전화 부스로 다가갔고, 곧이어 바바리코트가 그를 따라붙었다. 현교가 수화기를 들자 바바리코트가 동전을 떨어뜨렸다. 금방 응답이 왔다. 바바리코트의 날카로운 이목이 쏠린 가운데 현교의 서툰 독일어로 몇 마디 대화가 오갔고, 통화는 10여 초 만에 끝났다.

"제 말을 전했대요."

현교는 뒤돌아서서 바바리코트에게 말했다. 상대는 "오케이." 하고 짧게 대답하곤 얼른 차로 돌아와서 핸들을 잡고 골목 안으로 후진시켰다.

도로 제자리에 앉은 현교는 '케세라 세라' 라는 심정으로 어찌 됐건 지긋지긋한 순간이 어서 빨리 지나가기를 바랐다.

"정문 말고 출입구는 후문 한 곳밖에 없는데요."

유스호스텔 주위를 둘러보고 10분 후에 돌아온 뱁새눈이가 차 앞문을 열고 조수석에 걸터 앉으며 집게손가락을 세워 보였다. 마 주사는 골목 밖에서 양손을 허리에 얹고 주위를 둘러보았다.

이윽고 20분 전 다섯 시.

"자, 모두 움직여."

손목시계에서 눈을 뗀 바바리코트가 일성을 질렀다. 뱁새눈이가 용수철처럼 좌석에서 벌떡 상체를 일으켰고, 마 주사는 운전석 옆에 있던 가방을 어깨에 멨다. 현교도 가방을 챙기고 차 밖으로 나왔다.

"한 치의 오차도 없도록!"

맨 마지막으로 차에서 내린 바바리코트가 거듭 쐐기를 박았다. 뱁새눈이는 잰걸음으로 유스호스텔의 후문으로 향했고, 여행객을 가장한 현교와 마 주사가 천천히 정문 쪽으로 발길을 옮겼다.

"어서 와요, 미스터 강."

현교가 회전문 안으로 들어섰을 때, 마침 페이퍼홀더를 들고 프런트에서 나오던 페어런츠가 현교를 맞이하면서, 시선을 현교를 따라 들어오는 마 주사에게 주었다.

"아, 하노버에서 만난 새 친굽니다."

현교는 각본대로 대답하곤 멋쩍은 표정으로 마 주사를 뒤돌아보았다.

"고향 친구가 늘어서 좋겠군요. 조금 있으면 미스터 백이 올 거예요. 저기서 기다려요."

프런트 뒤 벽면에 걸린 원형 시계를 얼핏 쳐다본 페어런츠는 프런트 맞은편 장의자를 턱짓으로 가리키곤 페이퍼홀더를 든 채 복도 안쪽으로 멀어져 갔다.

현교와 마 주사는 의자에 나란히 앉았으나, 감시자와 피감시자인 그들의 처지로선 좀처럼 말을 섞을 수가 없었다. 현교는 백용남이 나타나면 어떤 식으로 그를 대할까 내심 전전긍긍했고, 마는 마대로 회전문이 돌아갈 때마다 눈에 칼을 세우고 어떻게 한순간에 때려잡을까를 궁리했다. 이러한 동상이몽의 긴장 속에서 벽시계의 초침은 쉴새없이 원운동을 계속하고 있었다.

팔짱을 낀 채 죄책감과 갈등에 사로잡혔던 현교가 회전문을 마주하고 벌떡 일어선 건 다섯 시 5분 전이었다. 반사적으로 호시탐탐 몸을 일으키려던 마주사가 주춤하고 도로 엉덩이를 내렸다. 복도를 거쳐 다가오고 있는 페어런츠를 의식했기 때문이었다.

"오, 와 줬군요, 선배! 다시 만나 반가워요!"

회전문 안으로 들어서는 백용남을 향해 달려간 현교는 상대의 어깨를 와락 껴안았다.(이 정도의 재회는 악수로도 충분했다.) 감시자로부터의 거리는 불과 4,5미터. 그는 들릴 듯 말 듯한 소리로 "플리언(도망쳐)!"이라 속삭이며 백용남의 등에다 손가락으로 재빨리 '36계'라고 그었다. 현교로서는 실로 순간적으로 발로된 마지막 양심의 소리이자 동작이었다. 그런 상황에서 단 한마디의 말과 세 글자가 무슨 효과가 있겠는가 싶었지만.

그러나 상대의 반응은 식충식물처럼 민감했다. "후배가 한잔 산다고 약속했는데 안 올 수가 있나."

백용남은 짐짓 호기롭게 너스레를 떠는 척하며, 의자 쪽의 감시자를 흘깃 곁눈질했다. 순간, 상대의 독수리 같은 눈빛과 부딪치며 불꽃이 튀는 듯했다. 동시에 백용남의 뇌리엔, 방금 전 유스호스텔 가까이 다가왔을 무렵 반대쪽 골목에서 중절모의 챙이 잠깐 비쳤다가 사라지던 모습이 전광석화처럼 스쳐 지나갔다.

"급히 오느라 소피를 참았더니…… 나 얼른 화장실 갔다 올게."

싱긋 웃으며 어깨에 메고 있던 가방을 프런트의 스탠드에 내려놓은 백용남은 한 손을 사타구니로 가져가며 볼일이 급한 듯 열려 있는 유리문 밖의 복도로 나갔다. 감시자의 눈길이 서치라이트처럼 그의 뒤를 좇았다. 그게 불과 2,3초. 자리에서 튕겨지듯 감시자를 일으켜 쏜살같이 복도로 내닫게 한 것은 직업 본연의 직감—맹금이 먹이를 노릴 때와 같은—이었다. 그는 좌우로 눈알을 굴렸다. 그의 직감대로 백용남이 향한 발길은 오른쪽(화장실 쪽)이 아니라 왼쪽, 그러니까 계단쪽이었다. 화장실 옆을 거쳐 직진하면 후문으로 통할 수 있었다. 하지만 백용남은 이 건물의 외부와의 출입구가 이미 감시당하고 있다는 걸 순간적으로 감지한 것이다. 정상의 출입구를 이용했다간 스스로 감시자의 손아귀에 걸려들기 십상일 터였다. 그러니 비상 탈출구는 창문일 수밖에 없었다.

백용남이 무작정 4층으로 치달아 올라간 건, 언젠가 한번 건물 계단을 오르내리다가 그곳 외벽의 유리문 밖으로 발코니가 돌출되어 있는 것을 보았기 때문이었다.(당시 4층 방은 개보수 공사 중이었다.) 그리고 그만한 높이를 두고 이웃 건물의 등마루가 뻗어 있는 모습도 눈에 들어왔다.

그러나 추적자도 녹록지 않았다. 마 주사가 발소리를 놓치지 않고 4층까지 따라붙었던 것이다. 개보수만 끝내고 아직 빈 상태인 4층 방에 뛰어든 백용남이 방 안에 남아 있는 받침대와 사다리 따위로 문을 막고 방을 가로질러 발코니로 나갔을 때, 번개처럼 4층에 이른 마 주사가 양쪽 어깨로 두세 차례 거세게 문을 밀치고 냅다 돌진해 왔다.

"백용남! 거기 서!"

추적자의 위협적인 목소리가 도망자의 귓전을 때렸다. 백용남은 발코니의 오른쪽 끝으로 내달았고, 발코니 문께까지 뒤쫓아온 마 주사는 한순간 멈칫했다. 뒤를 힐끗 돌아본 백용남이 발코니 난간 위로 냉큼 올라서더니 발바닥으로 난간을 힘껏 밀며 옆 건물 지붕 위로 훌쩍 몸을 날린 것이다. 그 동작은 마치 도망치는 사냥감을 덮치는 표범처럼 날렵하고 유연해 보였다. 눈어림으로 6~7미터쯤 되는 공간을 단숨에 뛰어넘다니, 그런 가공할 만한 위력이 어디서 솟아났는지 도망자 자신도 알 수 없는 일이었다.

'와장창' 소리와 함께 백용남의 몸은 자줏빛 지붕 위로 개구리헤엄의 캐치 자세로 절묘하게 안착하긴 했으나, 곧바로 몸이 주르르 미끄러졌다. 지붕의 물매가 45도가량 경사를 이루고 있었기 때문이었다. 그는 박공 모양으로 돌출한 창문으로 잽싸게 손을 뻗어 창틀을 움켜잡았다. 그러곤 지붕처럼 생긴 창문 상부로 뛰어올라 빙벽을 타듯 지붕 마루로 기어올라서는 추적자가 볼 수 없는 반대편 창문 상부로 미끄러져 내렸다. 양 손바닥에서 철철 흐르는 선혈 따윈 아랑곳도 없이.

실로 순식간에 일어난 일이었다. 언필칭 민완 수사관을 자처하는 마 주사도 발코니 끝에 이르러선 눈앞에서 벌어지는 일을 멀뚱대며 바라볼 뿐, 속수무책이었다. 상황 그대로 닭 쫓던 개 지붕 쳐다보는, 딱 그 꼴이었다.

분기탱천한 그는 발코니에서 내려와 뱁새눈이와 함께, 백용남이 도주한 건물 주변을 수색했으나 도로(徒勞)였다. 반대편 창문 상부로 미끄러져 내린 백용남이 빗물받이 홈통을 타고 내려온 후 길가의 맨홀 뚜껑을 열고 그 속으로 숨어든 데까지는 생각이 미치지 못했던 것이다.

"놓쳤어?"

차 안에서 잔뜩 긴장하고 유스호스텔 앞을 주시하고 있던 바바리코트가, 넷이 아니라 세 명(뱁새눈이, 마 주사, 현교)만 다가오는 것을 보고는 차문을 후딱 열고 소리치며 눈을 부라렸다.

두 부하는 주눅이 들어 선뜻 입을 열지 못했고, 현교는 그들의 실패로 인한 화살이 결국엔 자기에게 날아오지 않을까 조바심쳤다.

"어떻게 된 거야, 독 안에 든 쥔데?"

상사는 다그치듯 했으나 목소리는 높지 않았다.

"4층 발코니로 톡겼지 뭡니까!"

그나마 심적 부담이 덜한 뱁새눈이가 먼저 입을 떼었고, 뒤이어 마 주사가 "옆 건물 지붕 위로 날아가는 바람에 어쩔 수가 없었어요." 하고 낭패스러워하며, 더 이상 추적이 불가했음을 털어놓았다.

옆에서 듣는 현교로선 상상을 초월하는 무용담과도 같은 것이었다. 사실 그의 입장에서 보면, 백용남의 도주를 조장하긴 했지만 정녕 성공률은 1퍼센트의 확신마저 보장할 수 없는 것으로 여겼다. 그가 내심 놀라워하며 가슴을 쓸어내리는데, 바바리코트의 매서운 눈씨가 그의 표정을 훑었다.

"이 친구가 수작을 건 건 아니구?"

현교의 가슴이 철렁 내려앉으며 쿵덕거리는 것을 가까스로 억누르면서 태연을 유지하느라 안간힘을 썼다. 지금으로선 침묵이 상책이었다.

"그럴 틈이 있기나 했나요?"

마 주사가 상황을 대변하듯 상사에게 눈을 돌렸다.

"그럼 그 자식이 어떻게 낌새를 챘지?"

"저와 시선이 마주치는 순간 직감한 것 같습니다. 보통놈이 아니에요. 그때 덮쳤어야 하는건데, 으잇!"

마 주사는 마치 대어를 낚아올리다 놓친 기분으로 오만상을 지었다. 그러나 현교는, 자기의 실패를 남의 탓으로 돌리거나 덮어씌우지 않는, 그러니까 현교를 빌미잡지 않는 그의 양심적인 태도에 안도감과 함께 일말의 고마운 정마저 느껴지기도 했다.

"일단 돌아가서 다시 생각해 보자구."

바바리코트를 선두로 그들은 올 때와 같은 좌석에 각각 올라앉았다. 그러나 올 때와는 달리, 모두가 침묵한 가운데 차 안의 분위기는 납덩이같았다.

26

그 무렵, 함부르크 한국 영사관에는 직원들이 모두 퇴근하고, 스포츠헤어의 요원과 미카엘 신부만이 남아 있었다. 영사가 현교의 백용남과의 연루 여부에 대해 조사 중이란 사실을 알려준 후, 사무실을 나가기에 앞서 "오늘은 돌아가셨다가 내일 아침 오시는 게 어떻겠습니까?" 하고 점잖게 권유했으나, 신부의 답변은 단호했다. "현교 군을 보기 전에는 여기서 한 발짝도 나갈 수 없습니다."

미카엘 신부는 소파 위에 허리를 꼿꼿이 세운 채 굳은 표정으로 석상처럼 꼼짝하지 않고, 스포츠헤어는 신부 바로 앞자리 빈 책상의 회전의자에 엉덩이를 걸치곤 좌우로 빙글빙글 돌리고 있었다. 초조하고 따분한 건 양쪽 다 마찬가지였다. 둘 다 입을 다물고 이따금 눈만 마주칠 뿐이었으니까.

이처럼 무언 겨루기를 방불케 하는 대치 상태는 두 시간여 계속되었는데, 그런 침묵이 깨진 것은 밤 여덟 시가 좀 지나서였다. 철분 밖에서 자동차 멎는 소리와 함께 클랙슨이 두어 번 빵빵거렸다.

"왔구나!"

스포츠헤어가 의자에서 용수철처럼 튀어오르더니 사무실 문 밖으로 달려나갔다. 미카엘 신부도 반사적으로 소파에서 몸을 일으켰다. 곧이어 바바리코트를 선두로 뱁새눈이와 스포츠헤어가 사무실 안으로 들어왔고, 마지막으로 현교와 마 주사가 거의 나란히 모습을 나타냈다.

부동자세로 문 쪽을 주시하던 미카엘 신부와 현교의 시선이 딱 마주쳤다. 현교의 발이 뚝 멈췄다. 너무나 예기치 못한 상황에 북받치는 감격이 일순 그의 발을 붙박은 것이었다. 그러기를 3,4초. 이윽고 강한 자석에 끌리는 철물처럼 미끄러지듯 다가간 현교가 신부의 허리를 두 팔로 부둥켜안고 울먹였다. "신부님!"

실내 요원들의 시선이 두 사람에게 집중되었다. 그런 시선도 아랑곳없이 신부는 현교의 머리를 내려다보며 등을 어루만졌다. "그동안 마음고생이 많았지? 이제 괜찮아질 거야. 내가 지켜 줄 테니까."

그러고는 눈을 들어 바바리코트를 보았다. "현교 군이 간첩이라는 사실이 잘도 밝혀졌군요?"

확신에 찬 반어법이었다.

"좀 더 밀착 수사를 해 봐야겠지요. 상대 접선자가 겁도 없이, 정말 대담무쌍하게 도망쳐 버렸으니 말예요. 서로 교신이 없고서야 어찌 그리 비상하고 용의주도할 수가……."

바바리코트는 말을 끊고, 신부의 허리에서 팔을 풀고 돌아서는 현교를 노려보며 비양을 쳤다. "메시아를 만난 기분이겠군!"

"아, 아니, 전 절대로……!"

현교가 겁먹은 얼굴로 더듬거리는 것을 미카엘 신부가 받았다.

"현교 군의 삼촌은 6·25 동란 때 나와 함께 공산군과 싸우다 전사했습니다. 공산주의의 희생자 가족이란 말입니다. 그런 강 군이 북한 간첩 용의자와 접선을 했다니 말이 됩니까?"

"만난 것 자체도 문제지만, 백용남이란 놈은 우리 유학생들을 동베를린으로 유인해다가 평양까지 보낸 골수란 말이에요. 알겠습니까!"

미카엘 신부에게 향한 바바리코트의 눈초리가 매섭게 번득였다.

"그럼 현교 군을 먹잇감 삼아 그자를 사냥하겠다는 거로군요? 간첩을 잡기 위해 멀쩡한 국민을, 그것도 해외 여행을 온 학생을 미끼로 이용하다니 이건 엄청난 인권 유린입니다."

"인권 유린이라고요? 그럼 대한민국이 적화통일된 뒤의 인권은 어떻게 될 것이라 봅니까? 한국전쟁에 참전했었다니 북한군이 보여준 인권은 고사하고 그들의 만행을 직접 목격했겠군요. 만일 당신네 나라 미국과 국경을 맞댄 캐나다가 공산 국가라고 칩시다. 그 나라에서 무시로 간첩들을 침투시켜 미국의 지식인과 학생들을 포섭하여 국경을 자유자재로 들락거리게 한다면 미국 정부는 손놓고 구경만 할까요? 50년대에 매카시즘이 왜 일어났는데요? 그리고 또 케네디 대통령 당시 소련이 당신네 나라 뒷마당인 쿠바에 미사일 기지를 설치했을 땐 핵전쟁의 일보직전까지 가지 않았던가요? 그리고……."

"논리의 비약이 심하시군요."

미카엘 신부가 바바리코트의 말허리를 잘랐다. "난 적대 관계에 있는 국가 간의 인권을 말하는 게 아닙니다. 이 현교 군이 대한민국 국민이 아니라 적국 국민, 아니 북한 공산주의자라도 되느냐 말입니다."

신부는 현교의 양 어깨를 붙잡고 상대 앞으로 똑바로 돌려 세웠다.

"대부분의 젊은이들이 단번에 좌경 사상에 빠지는 일은 드뭅니다. 자주 먹을 가까이하다 보면 자신도 모르는 새 시나브로 검어지게 마련이지요. 게다가 세뇌교육까지 받게 되면 감염 속도가 엄청 빨라집니다. 하얀 솜이 붉은 잉크를 빨아들이듯 말입니다. 우리의 임무는 북한 당국의 지령에 따라 움직이는 먹과 같은 검은손들이 서독 땅에 발붙이지 못하도록 발본색원하는 겁니다. 그러니……"

바바리코트는 다소 부드러워진 눈초리를 현교에게 돌렸다. "조금만 더 협조해."

이와 동시에 현교의 얼굴에 핏기가 가셨고, 미카엘 신부의 입에선 고성이 나왔다. "아니, 현교 군을 더 붙잡아 둘 작정입니까?"

"하루 이틀 정도면 될 겁니다."

눈을 부릅뜨며 거칠게 내뱉은 신부의 항의에도 바바리코트는 태연자약했다. "오늘이 벌써 이틀쨉니다. 아무 죄나 혐의도 없는……"

"이 일은 어디까지나 우리 소관입니다."

바바리코트가 신부의 말을 끊었다. "또한 우리 고유권한이기도 하구요."

"고유권한이라고요? 좋습니다. 정 그렇다면 국제인권위원회에 의뢰할 수밖에 없군요."

미카엘 신부가 요원들을 노려보며 밖으로 나갈 포즈를 취했다. "아니, 그보다도 먼저 BND(독일 연방정보부)에 찾아가서 그자의 정체부터 밝혀내 달라고 해야겠군요. 백용남이라 했던가요?"

BND란 말에 바바리코트를 비롯하여 옆에 둘러섰던 부하들이 긴장된 눈으로 신부를 주시했다.

"현교야, 조금만 더 고생해. 내일 다시 올게."

신부는 현교의 등을 토닥이고는 잔뜩 상기된 얼굴로 바람을 일으키며 사무실을 빠져나갔다.

미카엘 신부가 정보 요원들 앞에서 BND를 쳐든 것은 단연 효과가 있었다. 이튿날 아침, 그가 지인을 통하여 BND의 소재지를 비롯해 인권 관계 기관들을 파악한 뒤, 사제관을 나서기에 앞서 성경 〈시편〉 91장을 펴 기도를 올렸다.

"……너에게는 불행이 다가오지 않고, 네 천막에는 재앙이 얼씬도 못하리라. 그분이 당신 천사들에게 명령하시어, 네가 가는 모든 길을 지켜 주시리라. ……그가 나를 부르면 나 그에게 대답하고, 환난 가운데 내가 그와 함께 있으며, 그를 해방시켜 영예롭게 하리라."

그런데 기도가 막 끝났을 때, 갑자기 전화벨이 울렸다.

'이, 이 시간에 웬 전화가……?'

무심결에 탁자로 다가가 수화기를 든 신부는, '할로'라고 할 사이도 없이 "신부님이세요?" 하는 상대의 격앙된 목소리에 일순 입을 떼지 못했다.

"저 풀려났어요, 신부님!"

연이어 들려오는 귀에 젖은 목소리는 완연히 떨리고 있었다.

"어디야, 거기가?"

드디어 신부의 입에서 환성이 터져 나왔다.

"함부르크 중앙역이에요."

"그럼 바로 프랑크푸르트로 와. 도착 시간에 맞춰서 중앙역 우체국 앞에 있을 테니까."

"알았어요."

수화기를 놓고 난 미카엘 신부는 안도의 숨을 내쉬었다. 기실, 지난밤 그가 BND를 쳐든 것은 임기응변의 대응이었으나, 상대측으로선 예사로이 넘길 수 없는 문제였다. 가뜩이나 몇 달 전 한국의 수사관들이 서독에 급파되어 17명의 간첩 혐의자를 임의동행 형식(당시에는 한국·서독 간에 범인 인도 협정이 체결되지 않았었다.)으로 체포·연행하는 바람에 양국 간 외교 문제로 논란이 많았던 터였다. 그런 판국에 이제 BND까지 나서서 사태가 불거지는 날엔 자칫 긁어 부스럼을 내기 십상이었다. 게다가 백용남이 그토록 혼비백산하여 도망친 마당에 쉽사리 모습을 드러낼 리도 만무했다. 그러니 현교의 효용가치도 떨어질 수밖에 없었다. 이런저런 점을 감안한 끝에 결국 바바리코트 들은 현교를 석방하기로 결정을 내렸던 것이다.

27

현교가 프랑크푸르트 역에 도착했을 때 그를 마중나온 사람은 하나가 아니라 둘이었다. 구내 우체국 문 앞에 미카엘 신부와 함께 인경이 나란히 서 있었던 것이다. 신부만을 표적으로 다가오던 현교가 잠시 발을 멈추어 감격에 겨운 눈빛으로 이쪽을 주시했고, 인경도 환희 어린 미소로 그의 시선을 받았다.

"거기 마냥 붙박여 있을 거야? 인경 씨 때문에 감동 먹은 모양이군요."

미카엘 신부가 현교와 인경을 번갈아 보며 웃음을 흘렸다. 그제야 둘은 마주 다가갔다.

"고생이 많았죠?"

인경이 현교의 초췌한 모습을 살피며 먼저 입을 떼었다. 그 사이에 볼이 쏙 들어간 데다 입가에 수염까지 자라서 한결 수척해 보였다.

"고생요? 돈 주고도 못 살 경험을 했지요. 근데 이 시간에 괜찮아요?"

현교는 대합실의 시계를 쳐다보며 물었다. 시간은 정오를 10분 지나고 있었다.

"오늘 하루 휴가를 냈어요. 저녁때 오려 했는데, 마음이 가만 있어야 말이죠."

인경이 짙은 속눈썹을 위아래로 움직이며 눈웃음을 지었다. 그녀의 몸에선 은은한 방향(芳香)과 소독 냄새가 함께 묻어났다.

"인경 씨는 나보다도 훨씬 먼저 왔어. 자, 어서 나가자고."

미카엘 신부는 어린애처럼 솔직한 말투로 현교를 돌아보고는 앞장서 역 밖으로 발길을 옮겼다. 그가 두 사람을 태우고 차를 몰고 간 곳은 마인츠에 있는 현교의 민박 집이었다. 도착할 즈음, 신부는 "우선 샤워부터 해. 옷도 갈아입고. 우린 아래서 기다리고 있을 테니." 하고 일렀다.

차를 세우고 문 안으로 들어선 신부는 집주인과 인사를 나누고 현교를 2층으로 올려보낸 후 인경과 함께 커피를 마시며 기다렸다.

30분가량 지나 현교가 발자국 소리를 내며 계단을 내려왔다. 면도를 깔끔히 하고 위아래 복장도 새로 갈아입은 산뜻한 모습이었다. 하지만 얼굴에 아무것도 바르지 않아 피부가 뻣뻣하고 번득거렸다.

"로션을 안 발랐어요?"

인경이 의자에서 일어서며 현교의 얼굴을 살펴보더니 "우선 이거라도 발라요." 하면서 백에서 '샤넬 NO.5'를 꺼내 현교의 손바닥에 찍어 주었다. 그러곤 다시 한 번 그의 모습을 위아래로 훑어보았다. "점퍼가 멋있는데요?"

"아녜스 수녀님이 골라 주신 거예요."

현교의 별뜻 없는 응답에 인경은 '역시나!' 하는 감탄스러운 눈빛으로 현교를 다시 바라보았다. 밋밋하던 살갗이 윤기를 내며 한결 부드러워 보였다.

"배고프겠지만 조금만 참아. 인경 씨도."

집 밖으로 나와 모두가 차에 몸을 실었을 때, 미카엘 신부가 두 연인이 앉아 있는 뒷좌석으로 힐끗 고개를 돌렸다간 "주님께 감사 기도부터 드려야 하니까." 하고 시동을 걸었다.

차가 이른 곳은 마인츠 대성당. 천여 년의 역사를 자랑하는 고색창연한 로마네스크 양식의 건물 자체만으로도 입구에 들어서는 두 남녀의 마음을 압도하는 듯했다.

"무척 장엄하지? 하지만 긴장할 필욘 없어. 곧 안온해질 거야."

미카엘 신부는 천장이 높다란 성전 안을 걸어가며 현교와 인경을 좌우로 내려봤다. 그는 십자가 상을 배경으로 한 제단 앞으로 나아가 십자가를 향하곤 오른쪽과 왼쪽에 각각 현교와 인경을 나란히 세웠다.

신부는 '성호경'을 시작으로 '주모경'(주기도문, 성모송, 사도신경)과 자비송을 드렸는데, 현교는 그저 눈을 감고 두 손을 모으고 있었으나, 인경은 신부와 함께 조용한 목소리로 낭송했다. 뒤이어 신부는 "저희 사랑하는 현교를, 위험과 고통 중에 돌보아 주시고 은총으로 보호해 주신 데 대해 감사를 드리며, 앞으로도 세상 부패에 물들지 않게 해 주소서." 하고 기도한 후, 마지막으로 '강복'을 빌었다.

대성당을 나와 미카엘 신부가 현교와 인경을 안내한 식당은 교외의 라인 강 기슭에 위치한 일식집이었다. 규모는 조그마했으나 깨끗하고 조용했다. "아무튼, 예상치 못한 일로 고생이 많았어. 충격도 컸을 테고."

음식이 나오기 전, 미카엘 신부는 맥주 잔을 부딪고 건배를 하고 나서 위로의 말을 했다.

"그만하길 천만다행이에요. 요마적 내사가 어찌나 심한지 한국 정보원들이 우리 간호원의 신원까지 은밀히 조회하고 다닌대요. 정말이지 신부님 아니었으면 어쩔 뻔했어요?"

인경은 그날 밤 루테에서의 악몽과도 같은 사건이 연상되는 듯 미간을 찌푸렸다.

"인경 씨가 신속하게 연락을 취해 줘서 그나마 적시에 손을 쓸 수 있었지요."

미카엘 신부는 여유롭게 맥주 잔을 두어 모금 기울이고 나서 말을 이었다. "하지만, 어찌 보면 이번 일은 하느님이 현교를 시험대에 올려놓았던 것인지도 몰라요. 주님께서는 당신을 따르는 이들에게 먼저 고통과 시련을 겪게 하시지요. 때로는 심한 좌절을 느끼게도 하고요. 다시 말해, 영적으로 성숙한 사람이 되라는 이끄심인 것이지요. 주님의 은총이랄까. 얼마 지나고 나면 현교도 이번 체험이 자신을 한층 성숙되게 했다는 걸 깨닫게 될 거야."

미카엘 신부의 순순(諄諄)한 말에 인경은 수긍이 가는 듯 고개를 끄덕였으나, 현교로선 얼른 마음에 닿지 않았다.

마침 식사가 나왔으므로 미카엘 신부는 말머리를 돌렸다. "앞으로의 여정은?"

"아무래도……."

현교는 말을 더듬으며 대답했다. "이번 여행은 여기서 접을까 합니다."

"그래, 현교의 마음을 충분히 이해해. 하지만 앞으로도 기회는 얼마든지 있어. 다만 한 가지, 여행자든 유학생 신분이든 북한 첩자의 책동에 말려들거나 부화뇌동하지 않는 것이 중요해. 알겠지?"

신부는 향후 현교의 서독 유학을 암시라도 하듯 경계의 말을 잊지 않았다.

제8장 깊어지는 신앙과 사랑

28

"아니, 왜 벌써 왔어?"

현교가 서울의 하숙에서 여장을 푸는 길로 바로 고향에 불쑥 나타나자 화지 부인이 의아스러운 표정으로 물었다.

"그럴 만한 사달이 있었어요."

가방을 마루에 내려놓고 방으로 들어선 현교는, 뒤따라 들어온 어머니를 앉히고는 여행 도중 연행되었던 일의 전말을 소상히 이야기했다.

"그럼 그 유학생과의 관계 말고는 다른 일은 없었니?"

현교의 말을 듣는 도중 화지 부인은 가슴이 철렁 내려앉는 듯했다 연전에 그녀가 오일장에 갔다가, 밀항한 시아버지(현교의 할아버지)가 북송되었을지도 모른다는 말을 이웃 마을에 사는 외척이 긴가민가한 투로 귀뜸해 준 게 기억났기 때문이었다. 만에 하나 그런 사실이 현지 정보 요원에게 알려지기라도 했다면 현교를 엮어넣을 더없는 빌미가 아닐 수 없잖은가.

"다른 일이라니요?"

아들의 물음에 어머니는 당황스러워하며 얼른 얼버무렸다. "그게…… 네 아버지가 일제 때 일본군 장교였던가 하는……."

"그런 심문은 없었어요."

"그래? 그렇담 그만한 게 다행이로구나. 난 혹시나 하고 걱정이 돼서. 이번에도 미카엘 신부님이 큰 도움을 주셨구나. 자, 얼른 씻어라. 저녁 준비 할 테니."

화지 부인은 내심 '하마터면 큰일날 뻔했구나!' 하며 가슴을 쓸어내렸다.

"어머니, 저 한 가지 양해를 구할 게 있는데?"

저녁상을 사이에 두고 마주 앉았을 때 현교가 말문을 떼었다.

"양해? 그게 뭔데?"

화지 부인은 숟갈을 든 채 아들을 쳐다보았다.

"저 성당에 나가도 괜찮겠어요?"

"신앙 생활을 하려고? 괜찮고말고. 너의 외가도 크리스찬 집안이었어. 개신교이긴 했지만. 구교든 개신교든 그 뿌리는 하나란다. 안 그래도 신앙에 대해 언젠간 너와 상의하려던 참인데, 말을 잘 꺼냈다. 어머니는 대찬성이야."

"고마워요, 어머니. 올라가는 대로 미사에 참례할게요."

"그래, 기도만큼 성스러운 건 없으니까. 하숙집 어르신들도 좋아하시겠구나."

화지 부인의 말마따나 현교가 교회에 나가겠다는 말을 듣곤 두 장 노인 자매는 감희(感喜)를 감추지 못했고, 특히 장 여사는 "오, 주님, 감사합니다!" 탄성을 지르며 현교를 얼싸안기까지 했다. 그러고는 서가에서 성경(나 영감이 쓰던 것)을 빼내 주며 말했다.

"당장 이번 주일(主日)부터 우리와 함께 교회에 나가도록 해. 그리고 내가 신청해 줄 테니 통신교리도 받고. 그런 다음 영세를 받으면 우리 가톨릭 교우가 되는 거야. '착한 목자(그리스도)'의 안내를 받는 '순한 양'이 되는 거지. 그러면 현교도 비로소 그 문을 통하여 주님의 구원, 즉 '은총'을 받게 되는 거야."

장 여사는 유난히 '은총'이라는 말에 악센트를 주었다. 여사는 현교가 고향에 내려간 동안, 그가 서독 여행 중에 겪은 불상사며 그 밖의 일들을 인경과의 장거리 전화를 통해 대충 알고 있었다. 그래서 '여행은 즐거웠어?', '미카엘 신부님도 안녕하시고?', '인경이하곤 데이트 잘 했어?' 따위의 의례적인 물음만 던졌을 뿐, 상세한 사연에 대해선 물어보지 않았다. 장 여사로선 현교의 이번 여행이, 목자를 따라 양 우리를 찾는 계기가 되었다는 것 하나만으로 커다란 성과를 거둔 것이라 여겨졌던 것이다.

29

기나긴 겨울방학도 끝나고 신입생들의 입학식까지 치르고 난 신공덕동의 캠퍼스는 초봄의 생동감과 더불어 젊은 엘리트들의 물결로 활기가 넘쳐흘렀다. 이 같은 분위기 속에 현교가 동료들과 함께 수강 신청을 하고 강의실로 향하는데, 마침 계단을 올라오는 주임교수와 마주쳤다.

"안녕하셨습니까?"

학생들이 꾸벅이며 이구동성으로 인사를 했다.

"오, 그래. 잘들 지냈나? 그리고 강현교, 너 서독에서 별일 없었어?"

인사를 받자마자 주임교수의 시선이 현교에게 쏠렸다.

"네? 아 네, 안 그래도 이따 강의가 끝나면 선생님을 찾아뵐 참이었어요."

뜻밖의 물음에 현교는 약간 놀라는 표정으로 교수의 눈치를 살폈다.

"그래, 알았어. 끝나면 내 방으로 와."

주임교수는 출석부를 휘저으며 다시 계단으로 올라갔다.

현교가 수업을 마치고 주임교수의 방에 들렀을 때, 주전자에 물을 끓이고 있던 교수가 미리 준비해 둔 두 개의 커피 잔에 몸소 물을 붓고는 탁자 위로 가져왔다.

"거기 앉어. 낯선 사람 집에 왔어?"

좀 서먹해하는 현교를 보고 교수가 턱짓을 했다. 현교는 조심스레 맞은편 의자에 엉덩이를 대었다. 향긋한 커피 내음이 기분 좋게 콧속으로 스며들었다.

"무슨 일이 있었나, 독일에서?"

주임교수가 커피를 한 모금 마시곤 현교를 쳐다보았다.

"그게……."

커피를 살살 젓던 현교가 어디서부터 말을 할까 말머리를 더듬자, 교수가 먼저 운을 떼었다.

"방학 중에 집에서 전화로 들은 얘기지만, 학교 교무처로 자네 신원 조회가 왔었다지 않아? 중정(中情)에서."

"네에, 학교에까지 조회를 했었군요."

'중정'이란 말에 함부르크 영사관의 지하실을 떠올린 현교는, 다소 상기된 모습으로 괴팅겐 유스호스텔에서 백용남을 조우하면서 비롯된 일련의 사건을 가감없이 실토했다.

"미카엘 신부님이 아니었으면 큰 곤욕을 치를 뻔했구먼."

주임교수는 탁자 위에 놓인 '청자' 담뱃갑에서 한 개비를 꺼내 물었다. "가나오나 그놈의 '동베를린 사건'이 문제로군!"

그는 거푸 코와 입으로 연기를 흘리더니, "거기서 만난 자가 백용남이라고 했나?"라고 물었다.

"네, 혹시 선생님도 아세요?"

현교가 커피 잔을 탁자에 내려놓으며 정색했다.

"안다기보다 귀에 익은 이름이라서……. 왕년에 문리대에서 운동권 학생으로 유명짜했으니까. 6·4 사태 때 시위를 주도하다가 몇 차례 철창 신세도 졌지, 아마. 그런데 독일엔 언제 건너갔으며, 간첩단 사건엔 어떻게 엮어졌는지……?"

"제가 보기엔 운동권 학생 같지 않던데요? 친화력이 있고 소탈해 보였어요."

"이 사람아, 선동가일수록 카멜레온적인 기질이 농후한 거야. 열 가지, 스무 가지 얼굴을 갖게 마련이지. 아무튼 이번 일은 불행 중 천만다행이라 생각하라구."

"네, 알겠습니다."

현교는 이렇게 대답하면서도 불현듯 백용남의 도망을 방조한 순간적인 행위가 상기되어 심기가 찜찜하기도 했다. 그러나 그의 이런 기분은 주임교수의 화두 전환으로 일시에 호전되었다.

"아까 나한테 찾아올 참이었다고 했는데, 무슨 할 말이라도 있나?"

"아, 네. 견학 삼아 몇몇 대학을 들러 봤는데요, 하이델베르크 대학의 교수님이 선생님께 안부 전해 드리라고 했어요."

"하이델베르크 대학?"

"네, '트리플 S'라고 하시던데요."

"오, 트리플 S…… 서석순! 자네가 용케 거기까지 찾아갔었구먼. 쉽지 않은 조우야. 이제 보니 나도 소식 끊긴 지가 2년이 넘었네."

교수의 입에선 반가움의 소리가 절로 새어나왔다.

"두 분이 대학 동창이세요?"

"대학 동창이 다 뭐야. 중·고교 때부터 한학교에 다녔다니까. 그것도 쭉 같은 반에서. 게다가 대학도 같은 학교, 같은 학과에 들어간 후, 6·25 통에 피란지에서 다녔지만, 서울 수복 후에 함께 졸업을 했지."

주임교수는 새삼 학창 시절의 감회에 젖어들며 다시 청자 갑으로 손을 뻗쳤다.

"그럼 유학도 함께 떠나셨나요?"

"아니야. 대학 졸업 이후로는 코스가 달라졌어. 그 친구는 졸업하자마자 서독으로 갔고, 난 집안 사정으로 일년 후에 미국 MIT로 갔지. 그리고 나는 4년 후 D.E.(공학박사) 학위를 받자마자 귀국했지만, 그 친군 졸업하고도 계속 서독에 눌러앉은 거야. 그동안 간간이 소식을 주고받았는데, 최근 1,2년은 서로 연락을 못했지 뭐야. 그런 참에 자네가 그의 소식을 가지고 왔으니 이 얼마나 반가운 일인가!"

"그래서 그런지 교수님께서 조교에게 일러 그 학교의 강의 모습도 참관시켜 주셨어요."

"그래, 충분히 그럴 만한 친구지. 학업에 관한 한 후배들에 대해서도 친절했으니까. 반면에 동료들 간엔 경쟁심도 대단했어. 특히 이과(理科) 부문의 암기력은 타의 추종을 불허했지. 그래서 고등학교 때는 별명이 DM이었다니까."

"DM요?"

"그래, 암기 박사(Doctor of Memory)!"

교수는 호기심 어린 현교의 눈빛을 읽고는 반쯤 타들어 간 담배를 재떨이에 비벼 껐다.

"어떤 건지 궁금해? 몇 가지만 말해 줄까? 한 예로 1차 무지개의 일곱 가지 색깔을 외울 때 흔히 '빨·주·노·초·파·남·보'라고 하지? 한데 그 친구는 이걸 역순으로 보라(violet)부터 빨강(red)까지 일곱 가지 색의 이니셜을 따서 '바이브지오(VIBGYOR)'로 단어화해서 암기하는 거야. 또 화학에서 '이온화 경향'을 암기하는 경우에도 K(칼륨)→Na(나트륨)→Ca(칼슘)→Mn(망간)→알루미늄(Al)→Zn(아연)……을 '갓나간 망알연……'이란 식의 우스갯소리로 만들어 쉽게 외우기도 했지."

"우리도 '이온화 경향'은 그런 식으로 외었는걸요."

현교가 새삼스럽다는 듯 웃었다.

"그랬겠지. 자네 세대에 와선 보편화되었을 테니까. 하지만 우리 때엔 아주 기발한 방법이었어. 어디 그뿐인 줄 아나? 수학에서도 루트 2와 루트 3의 값 1.414213과 1.732055를 '완네완네둘일세', '한치상투공달고'라고 나타냈어. 시골에서 서울로 올라온 두 노인의 우스꽝스러운 그림을 곁들여서 말이야."

"그건 제가 학원에 다닐 때 수학 참고서에도 실려 있었어요."

"오, 그래? 그러고 보니 그 친구의 수강생들이 간접적이지만 전국적으로 나온 셈이군. 자네까지 포함해서 말이야. 하하하."

주임교수는 너털웃음을 웃으며 "그 친구, 거기선 어떤지 모르지만 한국에 있을 땐 잠시도 머리를 놀리는 법이 없었다니까."

"그곳 대학에서도 연구실 분위기 하며 조교에게 지시하는 모습 들이 대단히 열성적으로 보였어요."

"모르긴 해도 언젠가는 독일에서 일을 낼 거야."

"혹시 노벨상 수상이라도 말인가요?"

"내 기대가 빗나가지 않는다면……."

한순간 스승과 제자는 진지한 낯빛으로 서로 시선을 교환했다.

30

현교가 2년째 맞은 새 학기는 여느 때보다 유난히 빠르게 돌아가는 것 같았다. 학교의 중간고사가 끝나고 나니, 얼마 안 있어 교회에선 교리문답에 이어 세례성사가 기다리고 있었다. 현교와 함께 합격한 신참 입교자(入敎者)들이 각자의 대부와 대모의 입회하에 신앙고백을 하고, 사제로부터 세례를 받음으로써 정식으로 가톨릭 신자, 곧 하느님의 자녀가 된 것이다.

그날 누구보다도 기뻐한 사람은 장 여사였다. 세례식이 끝나고 사제를 비롯하여 새 입교자와 대부 대모, 가족 친지들이 성당 지하 식당에서 간단한 다과회를 가진 후 집으로 돌아온 장 여사는 뒤따라 들어오는 현교와 장 노인을 제단 앞에 앉히고 양초에 불을 켠 다음, 경건히 기도를 올렸다.

좋으신 목자 예수님
주님께서 사도들을 부르시어
사람 낚는 어부가 되게 하셨나이다.
비오니, 오늘도 믿음직한 젊은이들을 많이 부르시어
주님의 제자로 삼으시고, 주님의 일꾼으로 삼으소서…….

뒤이어 〈시편〉 23장을 봉독한 후, 〈가톨릭 성가〉 55번 '착하신 목자'를 장

여사의 선창에 따라 장 노인과 합창했으나, 현교는 악보 아래의 가사만 목독
했다.

착하신 목자 나의 주님
양들을 위해 목숨 바치니
영원한 생명 얻게 하여
우리를 살게 하시도다.
착하신 목자 우리 주님
영원한 생명 주시었네.
끝없이 푸른 목장에로
모든 양들을 인도하네.

"이제 현교가 양 우리의 문을 들어섰으니 착한 목자께서 은총을 베풀어 주
실 거야."
성가를 마치고 난 장 여사가 환희에 넘치는 표정으로 현교를 바라보았다.
"제가 은총을 받을 만한 일을 해 나갈 수 있을지 모르겠군요."
현교가 멋쩍어하며 한 손으로 머리를 긁적였다.
"그것은 한마디로 '사랑' 이야."
장 노인이 옆에서 조용히 거들었다. "항상 사랑을 베풀고 나누면서 살아가
면 주님께선 '깨달음의 은총' 과 함께 오시지. 예수님께서 제자들에게 늘 하시
던 말씀도 '내가 너희를 사랑한 것처럼 너희도 서로 사랑하여라.' 였거든."
"그래, 우리 언니 말이 맞아. 하지만 그런 사랑을 실천하며 살아간다는 것
이 말처럼 쉬운 일은 아니야. 앞으로 신앙 생활을 하는 가운데 주위에서 배우
고 몸소 체험하고 실천하려는 노력을 끊임없이 해 나가면 되는 거야."
"노력하겠습니다."
현교는 좀 더 자신 있는 대답을 해 보였다.

"가만! 이런 경사스러운 일을 미카엘 신부님에게 빨리 알려드려야지. 인경이에게도……. 현교도 어머님께 알려드려야겠지?"

장 여사가 벽시계를 보더니 탁자 위의 전화기로 시선을 돌렸다. "전화할까? 지금 저녁 일곱 시니까 저쪽은 오전 열한 시쯤 됐을 거야."

"뭐, 전화까지나……. 현교가 편지로 알려주면 되지 않겠니?"

장 노인은 국제전화 요금을 의식하는 모양이었다. 이에 장 여사는 "그럴까요, 그럼." 했고, 현교는 "네, 내일 바로 제가 편지를 띄우겠습니다."라고 응했다.

답장은 예상외로 화지 부인에게서 일착으로 왔다. 아들의 가톨릭 입교를 진심으로 축복한다는 말과 함께 앞으로 '세상의 소금과 빛'으로 살아가기를 당부한다며, 말미에는 〈마태복음〉 5장의 일부가 첨기되어 있었다.

너희는 세상의 소금이다. 만일 소금이 짠맛을 잃으면 무엇으로 다시 짜게 하겠느냐.

그런 소금은 아무 쓸모가 없어 밖에 내버려져 사람들에게 짓밟힐 따름이다.

너희는 세상의 빛이다. 산 위에 있는 마을은 드러나게 마련이다.

등불을 켜서 됫박으로 덮어 두는 사람은 없다. 누구나 등경 위에 얹어 둔다. 그래야 집 안에 있는 모든 사람들을 밝게 비출 수 있지 않겠느냐.

이와 같이 너희도 너희의 빛을 사람들 앞에 비추어 그들로 하여금 너희의 착한 행실을 보고 하늘에 계신 아버지를 찬양하게 하라.

'소금과 빛!' 현교는 어머니의 편지를 손에 든 채 한참 음미를 하면서 무엇으로, 어떻게 소금과 빛의 역할을 해야 할까를 곰곰이 궁리해 보았다.

그로부터 이틀 후, 이번엔 미카엘 신부로부터 답신이 왔다. 현교가 저녁식사 후 양치질을 끝내고 막 자기 방으로 들어서려 했을 때, "현교야, 전화 받아." 하는 장 여사의 목소리가 건넌방에서 들려왔다. 하지만 여사는 깜짝효과를 위해 송화인이 누구라는 건 말하지 않았다.

"여보세요."

현교가 수화기를 들었다. 그러나 상대편 응답은 전혀 귀에 선, 극 중 대사 같은 근엄한 소리였다.

"나는 길이요, 진리요, 생명이다. 나를 통하지 않고서는 아무도 아버지께 갈 수 없다."

"아, 여보세요. 저 강현굡니다."

"우리는 모두 모세에게선 율법을 받았지만, 그리스도에게서는 은총과 진리를 받았다."

그리고 몇 초간 침묵이 흐른 뒤 귀에 익은 음성이 성가의 리듬을 타고 들려왔다. "야훼 나의 목자 아쉬울 것 없노라……."

"신부님!"

"우리 강현교에게 주님의 은총을. 알렐루야, 알렐루야!"

미카엘 신부는 진정 어린 마음으로 현교의 가톨릭 입교를 거듭 축복한 다음, 몇 가지 실천 사항을 당부했다. 즉, 이왕 가톨릭 신자가 된 이상 이제부터 하루에 성경을 장(章)별로 몇 절씩 읽어 나가라는 것이었다. 그러니까 《구약》의 첫 편 〈창세기〉에서부터 《신약》의 마지막 편 〈요한의 묵시록〉에 이르기까지 전편을 통독하고, 가능하면—물론 학업에 지장이 없는 범위 안에서지만—베껴 보는 것이 더욱 좋다고 했다.

"흔히 한국에선 《삼국지》 세 번 읽은 사람하고는 말 상대를 하지 말라는 얘기가 있지만, 《성경》에는 인간이 살아가는 데 피가 되고 살이 되는, 이 세상 모든 진리가 담겨 있다는 걸 알아야 돼."

그러고 나서 신부는, 가톨릭 신앙은 기도로 시작해서 기도로 끝난다 해도 과언이 아니라면서, 최소한 성호경을 비롯하여 주모경, 영광송, 그리고 가급

적이면 '삼종기도'까지 매일 바쳐야 한다는 당부도 빼놓지 않았다.

"신부님 말씀 명심하겠습니다."

현교는 거의 일방적으로 듣기만 하고 수화기를 놓았다.

"미카엘 신부님이 많이 좋아하시지?"

마침 설거지를 마치고 도로 방으로 들어오던 장 여사가 웃음을 띠고 물었다.

"네."

현교는 짧게 대답은 했으나, 신부의 격려와 훈고(訓告)가 마냥 감회스러운 것만은 아니었다. 무언가 자기 몸에 새로운 짐 하나가 더 얹힌 기분이 들었다.

"왜, 신부님이 언짢은 말씀이라도 하셨나?"

장 여사는 현교의 표정을 보며 의아해했다.

"아녜요. 그런 게 아니라, 앞으로 성경 공부가 수월치 않을 것 같아서요. 매일 몇 절씩 읽고, 또 쓰고……."

"호호호, 그것 땜에 벌써부터 걱정이야? 난 또 무슨 심각한 문제라도 있는 줄 알고……."

장 여사는 현교의 그늘진 얼굴을 보며 등을 어루만졌다. "그렇게 강박감을 가질 필욘 없어. 형편에 따라 자연스럽게 읽어 나가면 돼. 미카엘 신부님이 현교를 완벽한 신자, 주님의 은총을 듬뿍 받게 하려다 보니 강조가 너무 지나치셨나 보군. 더구나 현교는 무엇보다 학교 공부가 우선이잖아? 신앙 생활도 각자 본연의 임무를 충실히 하는 가운데 이루어지는 게 중요하니까."

"알겠어요. 어휴, 이제 마음이 좀 놓이네요."

그제야 비로소 현교는 열없는 웃음을 지으며 두 손으로 뒷머리를 감싸고 건넌방에서 물러나왔다.

그는 자기 방의 책상 앞에 앉자마자, 미카엘 신부의 가르침을 실천해 볼 양으로 책장에서 성경을 꺼내 〈일상 기도〉편의 '저녁 기도'쪽을 펼쳐 성호경을 올리고 기도문을 작은 소리로 읽었다.

주여, 오늘 생각과 말과 행실이나 궐함으로 천주께
지은 죄를 자세히 생각하고, 그중에 습관된 것을
살피게 하소서.
천주여, 나는 많은 죄를 지었나이다.
주의 지극한 사랑과 은혜를 배반하였사오니,
그 죄를 진심으로 뉘우치고 사하심을 비나이다.
이제 마음을 잡아 속죄하며,
주를 사랑하여,
다시는 배반하지 않도록 굳게 결심하오니,
주의 은총으로 도우소서.
아멘.

이렇게 그가 혼자서 기도문을 읽어 보기는 난생처음 있는 일로, 스스로 생각해도 신기하게 느껴졌다. 이러한 기분 탓으로 그날 밤은 학교 공부를 접고 여느 때보다 일찍 잠자리에 들었다.

세 사람의 답신 중 현교가 가장 고대해 마지않던 인경의 편지는 그날부터 사흘이 지난 일요일에 배달되었다. 그가 장 여사와 장 노인과 함께 낮 교중미사를 보고 돌아왔을 때, 대문 우편함에 꽂힌 편지가 눈길을 끌었다. 봉투가 장자리가 적·청색 띠로 둘린 낯익은 '에어 메일'이었다.

"인경 씨한테서 답장이 왔군요."

설레는 마음으로 편지를 꺼낸 현교는 "보고 나서 말씀드릴게요." 하며 마당 안으로 내달았고, 두 노부인 남매는 서로 찐더운 눈웃음을 나누었다.

자기 방으로 들어오자 현교는 여느 때와 같이 편지 봉투의 한쪽 모서리를 가위로 조심스레 잘랐다. 그는 하얀 편지지를 살그머니 펼치는 순간, 적이 놀라며 눈을 크게 떴다. 문장이 서간체가 아닌 시문처럼 나열되었을뿐더러 내용 또한 그러했기 때문이었다. 글의 첫머리도 종전에 써 오던 'my dear HG'가 아니라 '사도 바오로가 고린도 인들에게 보낸 첫째 편지 중에서—사랑'이었다.

사랑
내가 이제 가장 좋은 길을 여러분에게 보여 드리겠습니다.
내가 인간의 여러 언어를 말하고 천사의 말까지 한다 하더라도
사랑이 없으면
나는 울리는 징과 요란한 꽹과리와 다를 것이 없습니다.
내가 하느님의 말씀을 받아 전할 수 있다 하더라도
온갖 신비를 환히 꿰뚫어 보고
모든 지식을 가졌다 하더라도
산을 옮길 만한 완전한 믿음을 가졌다 하더라도
사랑이 없으면
나는 아무것도 아닙니다.
내가 비록 모든 재산을 남에게 나누어 준다 하더라도
또 내가 남을 위하여 불 속에 뛰어든다 하더라도
사랑이 없으면
모두 아무 소용이 없습니다.
사랑은 오래 참습니다.
사랑은 친절합니다.
사랑은 시기하지 않습니다.
사랑은 자랑하지 않습니다.
사랑은 교만하지 않습니다.
사랑은 무례하지 않습니다.
사랑은 사욕을 품지 않습니다.

사랑은 성을 내지 않습니다.

사랑은 앙심을 품지 않습니다.

사랑은 불의를 보고 기뻐하지 아니하고

진리를 보고 기뻐합니다.

사랑은 모든 것을 덮어 주고

모든 것을 믿고

모든 것을 바라고

모든 것을 견디어냅니다.

사랑은 가실 줄을 모릅니다.

그러므로 믿음과 희망과 사랑,

이 세 가지는 언제까지나 남아 있을 것입니다.

그중에서 가장 위대한 것은 사랑입니다.

주님, 주님의 말씀은 영이며 생명이시옵니다.

멀리 떠나 계시지 마옵시고, 항상 저의 강현교 유스

티노를 지켜 주소서.

1968년 6월 일

―그대와 같은 포도나무의 한 가지, 가타리나

   다 읽고 난 현교는 경건한 마음에 잠시 동안 편지를 놓질 못했다. 처음 편지를 펼쳤을 때 느낀 허전함과는 달리, 가슴속에 진한 감동을 자아낸 것이었다. 더욱이 편지 속에 열거된 '사랑'의 너르고도 심오한 참뜻은 현교로 하여금 이제까지와는 사뭇 다른, 사랑에 대한 경외심을 불러일으키기까지 했다.

   '사랑의 조건이 이다지도 많다니…… . 오직 신만이 그걸 다 갖추고 있는 게 아닐까!'

그런 마음 한편으로 그는 편지 말미의 한 줄—그대와 같은 포도나무의 한 가지—의 '포도나무'에 대하여 생각이 미쳤다. 그런데 바로 그때 건넌방에서 장 여사의 성가 소리가 들려왔다.

나는 포도나무요 너희는 가지로다.
가지가 나무에 붙어 있지 않으면
작은 열매도 맺을 수 없듯이
너희도 내 안에 머무르지 않으면
그러하리라.

그러나 그것이 〈요한복음서〉 15장(나는 참포도나무)의 한 구절임을 현교가 알게 된 것은 한참 뒷날의 일이었다.

그로부터 석 달쯤 후, 현교는 마침내 견진성사를 받게 되었다. 견진성사(堅振聖事)란 가톨릭에서 이르는 칠성사(七聖事: 성세, 견진, 고백, 성체, 병자, 신품, 혼인)의 하나로, 영세를 받은 신자에게 성령의 은총을 주기 위하여 주교가 신자의 이마에 성유(聖油)를 바르는 의식을 말한다. 이날 견진은 향내가 그윽이 풍기는 성전 안에서 많은 가족들이 지켜보는 가운데, 숙연한 분위기 속에서 30여 명이 줄을 서서 차례차례 받았는데, 대부분이 부부 신자였다. 그러고 보니 현교로선 꽤 일찍 견진을 받는 편이었다.

경건한 마음으로 이마에 성유가 발리고 주교 앞을 지나 얼핏 고개를 돌려 보니 장 여사 옆에 아녜스 수녀가 반가운 눈길로 그를 마주 보고 있었다. 그의 견진성사를 축복하기 위해 왜관에서 올라온 것이었다. 현교는 절로 얼굴에 웃음이 떠올랐다.

그리고 행사가 끝나갈 무렵, 뜻밖에 더욱 반가운 일이 일어났다. 김수환 서울 대교구장이 축하차 방문한 것이다. 모두들 깜짝 놀라 환호성을 지르지 않

을 수 없었다.(물론 성당의 사제들은 이미 알고 있었지만)

대교구장은 자비로운 미소로 새로운 견진자들을 축하하고 격려한 후 함께 기념사진을 촬영하는 영광까지 안겨 주었다. 현교가 특히 감명을 받은 것은 대교구장의 간단한 축사 속에 함의된 사목(司牧) 표어였다. 인간에 대한 사랑, 예수 그리스도의 평화와 화해를 역설한 그는, '너희와 모든 이를 위하여' 자신의 모든 것을 내어준 그리스도를 본받아야 한다면서 "평화는 내가 남에게 '밥'이 되어 줄 때 이루어진다."고 강조했다.

"대교구장님은 한평생 예수님의 십자가를 지고 걸어가는 것이 힘들지 않습니까?"

그날의 견진자 중 누군가가 불쑥 던진 질문이었다.

"솔직히 말해 감당하기 어려운 십자가의 짐에서 벗어나고 싶을 때가 한두 번이 아니었지만, 결국 주님의 뜻이라 여기고 받아들이기로 했습니다. '모든 이의 모든 것'이 되기로 말입니다. 이제 교회는 모든 것을 바쳐서 사회에 봉사하는 '세상 속의 교회'가 되어야 합니다."

그러면서 이 사십대 중반의 대교구장은 그 특유의 미소를 지으며 견진자들을 향해 "이제 여러분은 하느님의 꽃입니다. 여러분에게서 하느님의 향기가 나기를 기대합니다."라고 덧붙였다.

이 같은 대교구장의 진솔하고 온화한 자세에 현교의 가슴엔 저절로 신심이 우러나오는 것 같았다. 그가 사람들과 함께 성당에서 나오자, 마당에서 기다리고 있던 아녜스 수녀가 백합꽃다발을 안겨 주며 축하의 기도를 했다.

"희망과 평화를 가득히 내리시는 하느님께서 현교 유스티노와 함께."

이에 현교도 곧이어 "또한 아녜스 수녀님과 함께."로 응답했다. 수녀 옆에 서 있던 장 여사가 회심의 미소를 지었다.

"근데 수녀님."

꽃다발을 든 채 두 모녀와 나란히 걸어가던 현교가 아녜스 수녀 쪽을 돌아보았다. "'평화는 내가 남에게 밥이 되어 줄 때 이루어진다.' 니 참으로 실천하기가 쉽지 않을 것 같아요."

"그건 '탐욕을 버리고 이웃과 사회에 봉사하라.'는 대교구장님의 일종의 메시지야. '밥'이라는 사전적인 풀이에 너무 마음을 쓸 필요가 없어. 남에게 '이용당한다'기보다 '베푼다'는 데 의미를 두면 되는 거야."

"하지만 평생을 그렇게 살아간다는 게 어디 쉬운 일인가요?"

"그건 현교 같은 신자뿐 아니라 사제들이나 우리 수도자들도 실행하기가 어려운 거야. 아니, 불가능해. 오직 하느님만이 하실 수 있는 일이지. 그래서 김수환 대교구장님도 교구장에 착좌하시기까진 사제직을 감당하기가 너무 버겁다고 여기신 나머지, 신학교 입학에서부터 사제 수품, 주교 임명 등을 받을 때마다 마음의 갈등이나 도망치고 싶은 유혹을 극복하느라 자신과 숱하게 싸움을 벌이셨대. 일반 평신도와는 비교할 수도 없는 번민이셨지. 그러니 현교는 아까 대교구장님의 말씀처럼 하느님의 꽃으로서 하느님의 향기가 나는 생활을 하는 데 노력하면 되는 거야. 내 말 알아듣겠지?"

아녜스 수녀의 상아(詳雅)한 설명에 현교는 "그리스도님, 찬미와 영광 받으소서." 하며 꽃다발을 가슴 앞으로 모아 기도했고, 장 여사는 "주님께서 말씀하시기를 '나를 믿는 사람은 그 속에서 생명의 물이 강물처럼 흘러나오리라.'" 하는 성구로 현교를 격려해 주었다.

"아 참, 인경이한테 소식 들었지?"

세 사람이 집에 도착했을 때, 아녜스 수녀가 현교에게 물었다.

"무슨 소식요?"

"요즘 인경이가 주일마다 열심히 교회 미사에 참례한다는 것."

"언젠 그러지 않았나요?"

"……"

현교의 물음에 아녜스 수녀가 얼른 대답을 못하자 장 여사가 대신 나섰다. "걔가 한땐 냉담(冷淡)을 했었거든. 학교를 관두고 서독으로 떠날 무렵에. 신(神)이 살아 있다면 세상, 아니 우리 집안이 이 지경이 되도록 내버려 두지 않았을 거라면서."

"아, 그런 일이 있었군요. 저한텐 매주일 미사에 참례한다는 말은 없고, 거의 성경 구절로 채워져 있었어요. 가만……!"

현교는 잠깐 생각해 보더니 큰마음을 먹은 듯 자기 방으로 달려가 인경에게서 받은 편지를 가져다 아녜스 수녀 앞에 내밀었다. "제가 영세를 받았다는 데 대한 답장이에요."

현교에게서 편지를 받아 든 아녜스 수녀는 봉투에서 편지지를 꺼내 첫머리부터 찬찬히 읽어 내려갔다. 그녀는 몇 번이고 머리를 끄덕이더니, 맨 마지막의 '그대와 같은 포도나무의 한 가지, 가타리나'에선 크게 감복이라도 한 듯 10초 가까이 눈을 떼지 못했다. "인경일 다시 봐야겠네. 어쩜 표현 방법이 이리도 기발할까!"

아녜스 수녀는 살며시 고개를 들어 그윽한 눈빛으로 현교를 바라보고는 편지를 장 여사에게 건넸다. 장 여사 또한 편지 아닌 성구를 읽고 난 감동이 아녜스 수녀와 다르지 않았다. 여사가 보기에, 인경의 글월 안에서 두 사람(현교와 인경)의 사랑이 주님이라는 '영(靈)과 생명' 속에 용융되어 있는 것 같은 느낌을 받았던 것이다.

"미사에 참례한다는 백 마디 말보다 이 한 통의 편지가 더없는 증거 아니겠니?"

"제 말이 그 말이에요."

아녜스 수녀는 어머니의 말에 웃음으로 호응하며, 부엌 쪽을 향해 큰 소리로 말했다. "이모, 인경이가 이제 냉담을 끝냈나 봐요. 주일마다 착실히 교회에 나간대요."

"그래? 듣던 중 반가운 소리로구나!"

장 노인이 행주치마에 손을 닦으며 방으로 다가오면서 "내 생각엔 그게 현교 덕분인 것 같은데…… 안 그러니?" 하고 세 사람을 돌아보았다.

그러자 현교가 얼른 나섰다. "아닙니다. 저보다도 미카엘 신부님의 영향이

큽니다. 서독에서 저희를 신부님네 성당에 데리고 가서 기도도 드려 주시고."

"그랬어? 어찌 됐건 잘된 일이야. 지 아버지도 천당에서 기뻐하시겠구나."

장 노인은 만족스러운 듯 주름진 얼굴에 웃음이 번졌다.

"아 참, 이모. 요전 전화 통화에서 들은 얘긴데 인경이가 올 겨울에 집에 왔다 갈지도 몰라요. 이모부님 2주기도 치를 겸 해서."

"그게 정말이야?"

"경사가 연달아 일어나는구나."

아녜스 수녀의 새 소식에 장 노인과 장 여사가 반가움을 감추지 못했다. 하지만 정작 내심 설레어 마지않은 건 현교 쪽이었다. 그에게는 다시없는 빅뉴스였던 것이다. 도시 가만 있을 수가 없었다.

그날 밤, 현교는 교리 공부할 때 쓰던 메모지에 짧막하면서도 간절한 글을 적었다.

　그리운 나의 가타리나

나, 오늘 견진성사를 받았어요. 김수환 서울 대교구장님을 비롯하여 장 여사님과 어머님, 아녜스 수녀님, 그리고 여러 교우님들의 축하 속에서.

이처럼 기쁘고 즐거운 날에 또 하나의 기쁜 소식을 듣게 되다니…… . 정말 올 겨울에 오는 건가요? 이제부터 하고 싶은 말들은 꾹 참고 그때까지 가슴속에 차곡차곡 쌓아 둘게요.

파수꾼이 아침을 기다리기보다 이 몸이 겨울을 더 기다립니다.

　　　　　　　　　　　　　　—같은 포도나무의 한 가지, 유스티노

인경으로부턴 보름 만에 답장이 왔는데, 그녀의 글 역시 간결함 속에 애정을 담고 있었다. 먼저, 견진성사를 받은 걸 진심으로 축하한다는 말에 이어, 겨울의 서울 방문은 거의 확정되었음을 알리고 있었다. 미리 현교에게 알리지 않은 건, 요 얼마 전까진 병원 사정이 불확실했기 때문이라는 사연도 빠뜨

리지 않았다. 그리고 결구(結句)는 역시 성경의 〈시편〉을 인용하여,

　'암사슴이 시냇물을 그리워하듯 제 영혼이 그대를 그리나이다.' 로 현교의
글에 화답하고 있었다.

31

　2학기 말도 이제 종강이 가까워지고 있었다. 기말고사가 끝나고, 머잖아 겨
울방학을 맞게 될 캠퍼스에는 자유분방함과 해방감이 넘쳐흐르고 있었다. 한
동안 강의실이라는 경직된 굴레에서 벗어나게 된다는 게 즐거워지는 건 이들
공학도들에게도 예외일 수는 없는 것 같았다.

　"아, 이 글감옥으로부터 해방되는 즐거움이여!"

　교정의 벤치에 현교와 함께 나란히 앉아 있던 문재성이 양팔을 등받이로
뻗으며 호기롭게 외쳤다.

　"문 형은 외국 유학 간다는 사람이 정신 상태가 그래도 되는 기가?"

　벤치의 가운데에 앉은, 같은 과(科)의 홍일점인 임선주가 억세지 않은 나긋
한 경상도 말씨로 핀잔을 주었다.

　"하지만 좋은 걸 어떡해? '이제 방학 동안 지루해서 어떻게 보내지?' 하고
내숭을 떨 순 없잖아?"

　"그래, 재성이 말이 맞아. 쉴 땐 화끈하게 쉬고, 공부할 땐 머리 싸매고 몰
두하면 되는 거야."

　임선주의 오른쪽에 있던 현교가 한마디 거들었다.

　"누구는 공부가 좋아서 하나? 그런 사람이 몇이나 되겠노? 나사 마 그 엄청
난 학비 들여 가며 외국 유학까지 가려면 마음의 자세부터 남달라야 한다고
한 말 아이가. 다른 뜻은 없다."

　지방 고등학교 출신인 임선주는 얼굴이 가무잡잡하고 아리잠직했으나, 사
고방식은 깊고 건전해서 늘 도시 출신 학생들의 생각을 앞서갔다.

"임 형은 우리 대학에 잘못 들어온 것 같아, 사대(師大) 교육학과나……."

"그건 또 무슨 소리고?"

문재성의 빈정거리는 투에 임선주가 말허리를 잘랐다. 재성이 대답을 멈칫거리자 현교가 대신 입을 열었다. "임 형의 말이 교장 선생님의 훈화처럼 들린다는 거겠지."

"그래? 문 형이 내 말을 훈화로 받아들인다면 그나마 다행이겠지. 하긴 나도 '원자력공학과' 란 새로운 학과에 원대한 포부를 안 가졌었나? 한데 막상 합격이 되어 다녀 보니 전망이 까마득하다 아이가. '다 꿈은 사라지고' 라고나 할까. 적어도 지금의 내 생각은 그렇다."

임선주의 솔직한 말에 잠시 침묵이 흐르는 가운데, 벤치 뒤에 서 있는 반라(半裸)의 오동나무에서 마른 잎사귀가 두세 잎 떨어져 내렸다.

"그래, 어디로 갈 낀데? MIT?"

임선주가 침묵을 깨고 고개를 문재성에게로 돌렸다.

"안 그래도 오늘 지원 학교며 수속 절차, 그리고 스칼라십 등등에 대해 주임교수님께 알아보려던 참이야. 너희들 같이 안 갈래? 현교, 너 어때?"

문재성의 말에 현교는 고개를 끄덕여 보였으나, 임선주는 벤치에서 일어서며 말했다. "나는 아이들 때문에(그녀는 가정교사 일을 하고 있었다.) 지금 가 봐야 한다. 느그들끼리 가 보거라."

임선주는 두 손으로 둔부의 스커트 자락을 쓸어내리며 씁쓸한 미소를 지었다.

"음, 들어와."

현교와 문재성이 노크를 하고 문을 열었을 때, 신문에 눈을 주고 있던 주임교수가 시선을 돌리며 두 제자를 맞아들였다.

"거기들 앉아. 오늘 조간신문 봤어?"

주임교수는 들고 있던 신문을 던지듯 탁자 위에 내려놓으며 손가락으로 지면 한 곳을 지적했다.

〈올해 노벨 물리학상의 영광은 미국의 앨버레즈〉란 제하의 기사가 수상자의 사진과 함께 실려 있었다.

"올해도 과학 부문은 미국이 싹쓸이야."

교수는 제자들이 대답할 틈도 주지 않고 "자네들은 해마다 이맘때면 느끼는 게 없나?"라며 앞에 앉은 둘을 뚫어지게 보았다. 마치 질책과도 같은 스승의 느닷없는 물음에 두 제자는 꿀 먹은 벙어리일 수밖에 없었다.

"주눅들라고 한 소리가 아니니 얼굴들 펴. 나한테 화가 나서 하는 소리니까."

주임교수는 긴장했던 안면 근육을 풀며 탁자 위의 담배 케이스에서 권련 한 개비를 꺼내 물었다. "커피 생각 있으면 주전자에 물 끓여. 나도 한 잔 하게."

"네, 그러죠."

두 제자는 동시에 일어났다. 현교는 주전자를 곤로 위에 얹어 코드를 꽂았고, 재성은 잔에다 커피와 프림, 설탕을 떠 넣었다. 물이 끓을 동안 현교는 선 채로 신문을 들고 노벨 물리학상 수상자의 관련 기사를 읽었다. 문재성도 다가와 신문 한쪽을 맞들었다.

1911년생으로 1930년대에 캘리포니아 대학을 졸업한 후 동 대학 교수를 지낸 앨버레즈는, 제2차 세계대전 후에 최초로 양성자 선형 가속기 건설에 성공, 거품상자 연구에 힘썼으며, 이를 이용해 '고에너지에서 발생하는 소립자의 공명상태를 많이 발견한' 공로로 수상자로 선정된 것이었다. 또한 그는 40년대 초기엔 MIT 레이더 연구소에 재직했고, 43~45년에는 로스앨러모스 연구소에서 핵폭탄 개발 계획에도 참가했었음이 첨기되어 있었다.

"선생님, 당시 핵폭탄 개발 계획이 '맨해튼 프로젝트' 아닌가요?"

현교가 신문과 함께 커피 잔을 교수 앞 탁자 위에 내려놓았다.

"그래, 맞아!"

"그럼 앨버레즈는 30대 초반에 맨해튼 프로젝트에 참여한 거군요?"

문재성이 스승을 마주 보며 현교 옆에 나란히 앉았다.

"그러니 우리하곤 숫제 게임이 안되는 거지. 실력 차는 고사하고 연구 환경부터가 천양지차니까 말이야. 내가 평소에 구미 학자들을 선망하고 존경하다가도 우리의 열악한 환경, 특히 자연과학 부문을 생각하면 절망감과 함께 국력의 초라함에 한심스러운 마음이 들 때가 한두 번이 아니야. 나도 모르게 슬그머니."

교수는 자연을 길게 내뿜었다.

"현재 해외에서 연구하는 우리 과학자들은 없나요?"

"한국 과학자?"

예상치 못한 문재성의 물음에 반문하는 교수의 눈빛은 공허했다.

"보낼 여건이 돼야 말이지. 36년간 식민지 교육을 받다가 해방이 되자마자 좌·우익이 대립하는 와중에 전쟁이 터졌으니, 실험실 도구를 만지기보다 방아쇠 당기기에 바빴지. 그나마 우리 또래 학생들이 휴전 후에 주로 미국으로 유학을 갔지만, 대부분 나처럼 학위를 딴 후 돌아왔고, 현지에서 연구를 계속하는 사람은 손가락으로 헤아릴 수 있을 정도지. 네임 밸류도 아직은 없고. 물론 일제 때 교토 대학을 졸업하고 현재 유타 대학 교수로 계신 이태규(李泰圭) 박사 같은 분은 특수한 케이스지만."

"지금 서독 하이델베르크 대학에 계신 서석순 교수도 해외파 아닌가요?"

현교가 새삼 확인하듯 물었다.

"그렇지. 그 친구, 자네를……."

교수의 느긋한 대답이 끝나기도 전에 문재성이 교수의 말을 끊었다. "지난번 교내 학보에 발표된 이휘소(李輝昭) 박사님도 선생님 동기신가요?"

"아니야, 이휘소는 우리보다 2년 후배야. 하지만 재학 중에 마이애미 대학 물리학과로 편입했지. 전시 재학 시절부터 수재였어. 학보에서도 봤겠지만 63년도, 그러니까 28세 때 닥터 디그리(박사학위)를 받았고 펜실베이니아 대학 정교수로 임명되었으니 정말 파격적이잖나! 향후 이휘소나 서석순이 필경 일을 낼 거야."

"선생님, 서 교수가 저를 어째셨다는 거예요?"

현교는 좀 전의 끊긴 말을 되돌리었다.

"응. 2주 전 그 친구로부터 편지를 받았는데, 현교 자넬 눈여겨보는 것 같아. 유학을 희망한다면 서독의 학교로 천거하라더군."

교수는 잠시 커피 잔을 비우고 나서 다시 말을 이었다. "내가 평소 생각하는 바지만, 우리는 시대를 못 만나 그렇다 치더라도 자네들 세대부턴 세계적인 과학도들과 어깨를 맞대고 경쟁해 나가지 않으면 안된다는 거야. 국내에만 안주해 있다간 우물 안 개구리 되기가 십상이야. 최근 외국 과학 잡지를 보면, 북한도 핵기술을 도입하기 위해 소련 모스크바 대학으로 유학생을 보내고 있다는 거야. 북한이 우리보다 먼저 핵폭탄을 개발한다고 생각해 봐. 끔찍한 일 아니겠어?"

교수는 가정(假定)이 현실이라도 된 듯 방울눈으로 두 제자를 쳐다보았다.

"그래서 말씀인데요……."

문재성이 입을 열고 뜸을 들이자,

"그래, 뭐?" 하고 주임교수가 다그었다.

"재성이가 조기 유학을 하고 싶답니다."

현교가 옆의 친구를 힐끗 보며 대변했다. "실은 그 때문에 선생님을 찾아뵌 거예요."

"아, 이 사람아, 그럼 진작 그 얘기부터 꺼낼 것이지. 하긴 내가 말을 앞서 나가 버리긴 했지만."

교수는 다시 권련에 라이터를 댕겼다. "어쨌든 반가운 일이군! 그래, 학군 정했나?"

"저는 그저 MIT가 어떨까 생각 중이지만, 어플리케이션(입학원서)이나 연구 분야, 각 학교의 특징에 대해 아는 것이 없어서 선생님께 상의드리려고요."

"물론 MIT도 나쁘진 않아. 우리나라에도 비교적 잘 알려져 있고. 그러나 앞으로 좀 더 시야를 넓혀 보면, 핵공학과 함께 핵물리학의 주요성도 점증될 거야. 명색이 주임교수인 내가 자네들한테 이런 얘길 하는 게 뭣하지만, 원자력 발전소 못지않게 핵무기 개발도 중요하다는 말이야. 내가 전망하건대 이건 정치·군사적으로 명백한 사실이야. 1945년 미국이 일본에 원폭을 투하한 이래, 현재 소련, 영국, 중공, 이스라엘이 핵무기를 개발했고, 인도도 목하 핵기술 개발에 열을 올리고 있다는 게 공공연한 비밀이야. 그러니 다른 나라들이라고 개발 못 하란 보장이 있어? 물론 일본은 평화 헌법 때문에 핵무기 제조가 금지된 상태지만, 마음만 먹으면 핵무기 보유는 시간문제지. 따라서 우리 한국도 세계적인 핵무기 확산 경쟁에 대비해 둘 필요가 있다는 거야. 언제까지나 미국의 핵우산 밑에 안주해 있을 수만은 없잖겠어? 지금부터라도 거기에 만전을 기하는 게 자네들의 몫이라는 거야, 내 말은."

교수는 장광설을 늘어놓다가 담뱃재가 탁자 위에 떨어지는 걸 보고서야 재떨이에 비볐다. "아니, 이러다 내가 붙잡혀가는 건 아닌가? 이 방에 CIA 도청 장친 없겠지?"

그는 눈을 부릅뜨고 머리 위 천장과 좌우 벽을 살펴보는 시늉을 하고는 두 제자를 대하며 장난스럽게 웃었다. "그래, 재성이 너 정말 생각 잘했어. MIT, 프린스턴, UCLA에 내 은사님과 선배, 동기들이 있으니까 전반적인 사항을 빠른 시일 내에 알아봐 줄게. 그동안 너는 어학 능력을 충실히 기르도록 하라구."

"네, 잘 알겠습니다."

"재성이가 로스앨러모스 연구소나 페르미 가속기 연구소의 어엿한 연구원으로 탄생되길 기대한다."

현교의 말에 주임교수가 "못할 것도 없지." 하고 맞장구를 치고는 덧붙였다. "현교 넌 서독으로 진출해 봐. 아까도 말했지만 트리플 S도 각별한 관심을 갖고 있을뿐더러 자네 후견인도 독일에 있다니 말이야. 그쪽에도 막스플랑크 연구소를 비롯해 세계적으로 유수한 연구소가 많아. 자네 같은 인재라면 세계 어디서든 두각을 나타낼 수 있으리라 확신해!"

교수는 '확신'에 힘을 주어 말했다.

32

겨울방학에 접어들었는데도 현교의 마음은 홀가분하거나 편안스럽지 않았다. 주임교수로부터 받은 자극 탓일까, 자신의 미래에 대한 고민이 요즘 들어 부쩍 머릿속에 자리를 잡아 가는 것이었다. 좁은 소견으로는 문재성과의 경쟁에서 선수를 빼앗겼다는 자격지심의 발로이기도 했지만, 좀 더 멀리 보면 앞으로의 진로에 대한 순항(順航) 여부가 보다 절실한 고민거리였다.

그런데 이 같은 현교의 번민은, 예상보다 빠른 인경의 방한으로 일시적이나마 해소될 수 있었다. 현교에게는 그녀의 출현이 가뭄 중에 내린 단비가 아닐 수 없었다.

"이모!"

느닷없는 방문자의 목소리에, 때마침 건넌방에서 나와 부엌으로 가려던 장 여사가 멈칫하고 마당으로 고개를 돌렸다. "인경아!"

장 여사는 대청문을 열면서 안방을 향해 소리쳤다. "언니, 인경이가 왔어요."

그러나 대청으로 뛰어나온 건 장 노인보다 현교가 먼저였다. 댓돌 앞에 트렁크를 내려놓은 채 서 있는 인경과 눈이 마주침과 동시에 그는 튕겨지듯 맨발로 뛰쳐나왔다. "예정보다 일찍 왔군요!"

"나 때문에 현교 씨가 고향에 못 가는 것 같아서."

블루진에 반코트를 걸친, 상큼한 차림의 인경이 눈망울을 굴리며 재치있게 대답했다.

"추운데 들어가요."

현교가 트렁크 손잡이를 잡고 마루로 올라가서야 인경도 따라 올라서며 입을 열었다. "잘 있었지, 마마?"

"아무렴. 어서 오너라!"

장 노인은 장갑을 벗은 딸의 손을 양손으로 부여잡으며 반색했다.

"이젠 현교도 집에 갔다 올 수 있겠네? 인경일 봤으니까."

인경이 손을 씻고 건넌방으로 들어왔을 때, 장 여사가 두 사람의 눈치를 동시에 살폈다.

"그런 게 아니고……."

현교가 망설이다가 말을 이었다. "이번 기회에 제가 서독에서 진 신세를 갚으려는데요."

"으응, 인경일 제주도 관광을 시켜 주겠다는 말인가 보군."

장 여사는 자신의 예감이 빗나가지 않았다는 듯 밝게 미소를 지었다. "그것도 괜찮겠구나, 인경아. 2주기 추도 미사도 아직 일주일 남았으니."

"나야 마달 게 없죠 뭐."

인경이 방긋 웃으며 어머니와 이모를 보았다. 이에 장 노인이 한마디 말곁을 달았다. "이참에 현교 자당도 한번 뵙고 인사드리는 게 어떻겠니?"

"현교 씨 어머님?"

인경은 장 노인 대신 현교를 보며 어리둥절한 표정을 지었고, 현교는 장 여사의 눈치를 살폈다.

"언니 말대로 하렴. 별 부담 없이 자연스럽게. 현교도 괜찮지?"

장 여사는 둘 사이를 돈독히 아우르듯 순순하게 말했다.

쇠뿔도 단김에 빼랬다던가. 장 여사와 장 노인의 권유는 지체 없이 실행에 옮겨졌다. 이튿날 아침 현교와 인경은 서울역에서 부산행 무궁화호에 몸을 실었다. 역전 우체국에서 현교가 어머니에게 전보 한 통을 치고 나서.

선실 내의 왁자지껄한 소리에 현교가 눈을 뜬 것은 아리랑호가 제주항에 입항할 무렵이었다.(그는 심한 토기 때문에 인경이 응급처방해 준 멀미약을 먹고 잠이 들어 있었던 것이다.) 승객들은 하선 준비를 하느라 부산스러웠다. 인경도 내릴 채비를 하며 둘의 가방을 챙기다가 현교와 눈이 마주쳤다.

"인제 욕지기가 가라앉았어요?"

"배가 입항한 모양이죠? 나 참, 가이드가 이런 꼴이라니……."

부스스 몸을 일으킨 현교가 멋쩍어하며 뒤통수를 긁적였다.

"멀미에 약한 체질인가 봐요. 하지만 그만하길 다행이에요. 다른 사람들은 연신 토하느라 말이 아니었는데."

인경은 말짱한 모습으로 현교를 위안하며, 그에게 덮어 줬던 스웨터를 들어 자기 몸에 걸쳤다.

현교와 인경이 손님들 대열에 섞여 부두에 내려섰을 땐 동녘 하늘을 거의 뒤덮은 잿빛 구름 사이로 아침 햇살이 비치고 있었다. 그러나 이 고장의 별명 (삼다도)을 입증이라도 하듯 세찬 바람이 처음 맞는 육지 처녀의 전신을 휘감으며 머리칼을 사정없이 흩날렸다. 하지만 서울의 바람처럼 맵지는 않았다.

"진짜 듣던 대로네!"

인경은 목에 감았던 스카프로 머리를 감싸며 윗몸을 움츠렸다.

"부둣가를 벗어나면 잦아질 거예요."

트렁크를 바꿔 쥐며 부두를 빠져나온 현교는 얼른 택시를 잡아타고 시외버스 터미널로 향했다. 마침 동쪽행 버스가 출발 직전이어서 둘은 재빨리 차에 올랐다.

버스가 시가를 벗어나 해안 일주도로를 달리면서 차창을 통해 검푸른 겨울 바다가 전개되었는데, 갯바람에 밀려온 파도가 바위에 부딪치며 하얀 포말을 일으키는 광경은 인경에겐 처음으로 접하는 볼거리였다. 반대편 차창으로 펼쳐지는 돌담으로 둘린 밭이며 초가집들과 더불어.

버스가 S리 시장통 정류장에 정거한 시각은 정오가 채 되기 전이었다.

"내려요, 인경 씨."

현교가 인경을 안내하며 몇몇 손님들을 따라 차에서 내려섰을 때, 그는 깜짝 놀랐다. 잡화점 앞에 서 있던 화지 부인이 "현교야!" 하고 느닷없이 부르며 그의 앞으로 다가왔기 때문이었다.

"아니, 어머니가 어떻게……?"

"네 전보를 받고 이 시간쯤에 오리라 짐작하고 내려와서 기다렸단다."

화지 부인은 반색해 마지않았으나, 정작 아들보다 더 놀란 건 어머니 쪽이었다. 어깨에 가방을 멘 묘령의 처녀가 아들 바로 뒤에 다소곳이 서 있었던 것이다.

"저의 어머니세요."

현교가 인경을 뒤돌아보고는 곧바로 어머니를 향해 소개를 했다. "인경 씨예요. 마침 휴가차 서울에 온 참에 함께 오게 됐어요."

"처음 뵙겠습니다. 나인경이에요."

인경이 두 손을 앞으로 모으며 깍듯이 인사를 했고, 화지 부인 또한 밝은 눈빛으로 상대방을 유심히 살피며 담소로 받았다. "우리 현교한테 얘긴 많이 들었어요. 지난번 서독에 갔을 때도 신세 많이 졌다던데."

"신세는요, 뭘……. 말씀 낮추세요, '어머니'."

하지만 마지막 '어머니'란 말은 입 밖으로 나오지 않았다.

"그건 앞으로 자연스럽게……."

화지 부인은 말끝을 흐리면서 "내려온 김에 내 얼른 장을 보고 뒤따라갈 테니, 현교야, 먼저 가 있거라." 하곤 어물전 쪽으로 발길을 돌렸다.

"맛있는 거 많이 사 오세요."

현교는 신이 난 듯 장난기 어린 웃음을 지으며 인경의 손을 잡고 발걸음을 옮겼다. 그들을 내려 준 버스는 어느새 꽁무니에서 짙은 가스를 내뿜으며 성산포 방면으로 멀어져 가고 있었다.

시장통 거리를 벗어난 두 사람은, 겨울이라 주민들의 왕래가 드문 한길을 따라 현교네 H동네로 한가로이 걸어 올라갔다. 억새풀로 엮어진 초가의 지붕과, 길목에서 마당까지 이어지는 올레며, 마당 입구에 대문 대신 가로놓인 정낭 등에 대해 도란도란 이야기를 주고받으면서.

이윽고 두 사람은 현교네 집 올레에 들어섰다. 한쪽으론 파란 싹들로 뒤덮인 보리밭이 눈에 들어왔고, 다른 한쪽 텃밭에는 실팍한 무들이 싱그러운 잎사귀를 얹은 채 땅 위로 하얀 몸을 드러내고 있었다. 마당만 한 텃밭이든 수백 평의 넓은 보리밭이든 돌담으로 구획 지어져 있는 경관은 이 마을이라 해서 다를 것이 없었다. 과연 '돌의 고장' 임을 인경은 실감할 수 있었다.

"어서 들어가요."

마당을 가로지른 현교가 들고 있던 트렁크를 안채의 툇마루에 내려놓았다. 인경은 현교를 따라 안채로 다가가면서 주위를 둘러보더니, 메고 있던 가방을 트렁크 옆에 내려놓으며 한쪽 눈을 찡그렸다. "현교 씨, 나……."

"……?"

"아보르트(변소)?"

예기치 못한 물음에 적이 당황한 현교가 섬돌에서 퍼뜩 내려서며 안채의 외벽 쪽을 가리켰다. "불편하겠지만 며칠만 참아요."

뒷간으로 가는 인경의 뒤를 바라보는 현교는 꽤나 마음이 걸렸다. 하지만 그나마 어머니가 일찍이 변소를 개량하여 돼지우리를 겸하지 않은 것만은 현교로선 천만다행이 아닐 수 없었다. 그는 부랴부랴 헛간에서 세숫대야를 들고 부엌으로 가서 솥에서 물을 떠냈다.(화지 부인이 현교의 도착에 대비해 물을 데워 둔 것이다.) 아직 미지근한 게 씻을 만했다.

"자, 여기."

볼일을 보고 나온 인경을 보며 현교는 대야와 비누를 툇마루 위에 올려놓았다.

"아이 참, 이렇게 더운물까지 대령하시다니."

인경은 비누 칠한 손을 조몰락거리며 사랑스레 눈을 치떴다.

"모든 게 누추한 대신 이런 서비스라도……."

현교는 웃음을 띠며 두 손에 걸친 수건을 바치듯이 인경 앞으로 내밀었다.

인경은 현교가 건네준 수건으로 손을 닦고는 두 손바닥으로 현교의 양 볼을 부드럽게 감쌌다.

향긋한 비누 냄새를 맡으면서 인경을 그러안으려던 현교의 동작이 멈칫한 것은, 올레로 들어서는 어머니의 모습이 보였기 때문이다.

"어, 어머니가 오시네."

둘은 얼른 떨어져 섬돌 아래 마당으로 내려섰다.

"몹시들 배가 고프겠구나."

양손에 찬거리를 잔뜩 든 화지 부인이 황황히 마당 안으로 들어서며 말했다.

"내 후딱 점심상을 마련할 테니 조금만 기다려요."

"제가 거들어 드릴 일은 없나요?"

인경이 부인에게 조심스럽게 물었다.

"괜찮아요. 나 혼자서도 충분해요. 그동안 내가 물을 데워 줄 테니 우선 씻기부터 해요."

그러고는 현교더러, 추위를 피해 헛간에다 세면장을 마련하라고 일렀다. 두 사람은 우선 툇마루의 트렁크와 가방을 안방으로 옮기고 간편복으로 갈아입었다. 곧이어 현교가 헛간 바닥에 낡은 멍석 자락을 깔고 나서 양동이에다 더운 물을 떠 날랐다. 그리고 인경이 먼저, 현교가 다음의 순으로 씻기를 마쳤다.

그러나 아직 식사 준비가 안되었으므로 현교는 인경을 데리고 뒤꼍으로 갔다. 수령이 수십 년 된 동백나무들이 울타리처럼 늘어서 있고, 이 산울타리에 연이어진 이웃집 대나무숲이 바람기가 거세질 때마다 '쏴아~' 소리를 내며 춤을 추었다.

"아, 동양화가 따로 없네요. 정말 멋진 정경이에요!"

인경이 낡은 평상 위에 앉으며 동백나무와 대나무숲을 살폈다.

"여기가 내 요람기의 주요 생활공간이었어요."

현교는 유아 시절 이곳에서 삼촌이 만들어 준 바람개비를 돌리고 이따금 어머니도 끼여 사진을 찍던 일이며, 초등학교 때에는 아버지 때문에 당하게 되는 뭇 아이들의 놀림이나 눈총을 피하기 위해 동백나무의 상자리(평행으로 뻗은 두 나무줄기 사이에 알맞은 개수의 가로대를 걸쳐 매고 그 위에 돗자리 등을 깔아 앉아 쉴 수 있게 한 자리)에 올라앉아 소년소녀 세계 명작을 읽던 추억이 주마등처럼 눈앞을 스쳐 지나갔다.

"어? 저기 저 항아리 어디서 본 것 같은데?"

인경이 문득 손을 뻗어 동백나무 둥치에 새끼로 매인 커다란 항아리(나무줄기에서 흘러내리는 빗물을 받기 위한 것)를 가리키며 말을 이었다. "현교 씨 방에 있던 사진, 어릴 적 어머님과 삼촌하고 찍은 그 사진 배경 아니에요?"

"인경 씨도 그걸 보았군요?"

현교는 고개를 끄덕이며 새삼 감개무량해졌다.

"나야 뭐 전에 내가 쓰던 방이라 무심코 들어갔다가 보게 되었지만, 지영이 언닌 얼마나 놀랐는데요."

"알아요. 그 뒤에 아녜스 수녀님한테서 삼촌에 관한 자초지종을 들었으니까요."

"그러고 보면 우리의 인연도 참 묘하지요? 현교 씨 삼촌의 지영이 언니네 가정교사부터 시작해서, 삼촌과 제임스 하사의 조우, 지영이 언니의 수녀원 입회와 미카엘 신부의 외방(한국) 파견, 이들 수녀와 신부의 같은 왜관 수도원 봉직, 이로 인해 미카엘 신부의 부탁에 따라 현교 씨가 우리 집, 그것도 내가 비운 방에 하숙하게 된 사연에 이르기까지 어느 것 하나 예사로운 게 없는 것 같아요. 우리 언니마저도 어쩌면……."

"신의 섭리일까요?"

현교가 공감하는 듯한 어조로 물었다.

"'하느님은 모든 것을 그르침 없이 섭리하시니…….' 라는 말이 있잖아요. 난 이 말을 믿고 싶어요."

인경은 진지한 표정으로 대답하곤 항아리 쪽으로 시선을 돌렸다. 때마침 동박새 한 마리가 동백나무 위로 호르르 날아들더니 새빨간 꽃잎 속의 노란

꽃술에 부리를 박고 꿀을 빨아댔다.

"오, 저 신비한 자연의 앙상블! 이따가라도 카메라에 담고 가야겠네."

인경이 소녀처럼 감탄하자, 이에 화답이라도 하듯 동박새는 꽃에서 부리를 빼고 노란 깃털에 둘러싸인 까맣고 초롱초롱한 눈을 굴리며 짹짹거렸다.

그때 "현교야." 부르는 소리가 등 뒤쪽에서 들렸다. "식사 준비가 다 됐으니 어서들 들어와."

마루의 뒷문을 열고 화지 부인이 손짓을 했다.

"들어가요, 인경 씨."

두 사람은 마루를 통해 안방으로 들어갔다. 비록 전형적인 초가집이긴 했으나, 외관과는 달리 방 안은 벽지며 장판, 가구 등이 산뜻하고 단정했다.

"자, 이리로 앉아요."

화지 부인이 아랫목의 밥상머리를 가리키자, 인경은 엉거주춤한 자세로 현교를 보았다.

"여기선 인경 씨가 손님이에요."

현교가 웃는 얼굴로 그녀의 두 팔을 잡고 아랫목에 앉혀 주었다. 온돌의 따스한 기운이 둔부로 전해졌다.

"와, 곤밥(쌀밥)에다 온통 해군 일색이네."

현교는 어린애처럼 소리 지르며 둥근 밥상 위를 살펴보았다.〔이 고장에선 논이 도내 총 경지 면적의 2 퍼센트도 안되므로, 그 시대엔 겨울에는 조밥, 여름에는 보리밥이 상식(常食)이었다.〕

밥상 위엔 검붉은 팥을 알맞게 섞은 백반과 함께 성게미역국에 갈치 · 옥돔구이, 전복 · 소라무침들이 정갈하게 차려져 있었다.

"음식이 입에 맞을지 모르겠네? 현교가 팥밥을 좋아해서 넣어 봤는데."

화지 부인이 인경과 현교 옆에 자리하며 미소를 보냈다.

"예, 저도 팥밥을 좋아해요. 이렇게 진수성찬을……. 맛있게 먹겠습니다."

인경은 머리를 꾸벅이곤 손을 수저로 옮겼다.

"벌써 세 시가 지났네요. 끼니때가 지나서 시장할 텐데, 체면치레 말고 천천히 많이 들어요. 현교, 너도."

화지 부인은 벽시계를 쳐다보곤 접시 위의 옥돔구이를 젓가락질에 알맞게 손으로 뜯었다.

"어머님도 같이 드세요."

인경의 입에서 무의식중에 '어머님'이라는 소리가 튀어나왔다. 그러나 그녀는 당황함이 없이 화지 부인의 손놀림을 스스럼없이 바라보았고, 상대 또한 인경의 호칭을 자연스레 받아들였다.

"나중에 천천히 먹을 테니 내 걱정은 말고 어서 들어요. 난 둘이서 먹는 걸 바라보는 것만으로도 배가 부른걸 뭐."

화지 부인은 자리를 비켜 줄 양으로 얼른 일어나 옥양목 치마를 뒤로 접으며 방을 나갔다.

이미 섣달로 접어든 겨울의 해는, 둘이 늦점심을 마치고 밖거리의 부엌으로 밥상을 물리고 났을 땐 파리한 빛살을 남기며 남서녘의 오름 뒤로 기울어 가고 있었다.

"정말 오랜만에 폭식을 했네요. 뱃속에서 혁명이 일어난 줄 알겠네!"

인경이 거북스러운 듯 한 손으로 자신의 복부를 쓰다듬었다. "뭐, 운동 삼아 할 만한 거 없나?"

그러면서 마당 안을 둘러보더니 "아, 저거면 되겠네." 하며, 마당 구석에 세워진 대나무 장대를 들고 땅바닥에 누였다. 양끝을 돌덩이로 받치고서. 그러곤 지난날 어린 시절 고무줄 놀이를 하던 식으로 리듬에 맞추어 장대의 좌우를 넘나들었다.

"고구려에는 연개소문이 돌아가시자 나라가 망했다…….

땍때굴 땍때굴 도토리 하나, 도토리 먹으면 약이 된다고…….

씽씽씽씽 아버지 바지 핫바지, 짝짝 찢어서 맘보바지 만들자……."

인경은 발장단에 맞추어 기억나는 대로 두서없이 흥얼거렸고, 이런 천진스
러운 모습을 벙그레 바라보던 현교가 갑작스레 생각이라도 난 듯 부엌으로
갔다.

"어머니, 오늘 밤엔 제 방을 써야겠지요?"

"네 방? 응, 그래."

설거지를 끝내고 멧돌로 메밀을 갈던 회지 부인이 팔의 회전을 멈추고 알
아듣겠다는 듯 고개를 끄덕였다.

"제가 방 청소를 할게요. 소화도 시킬 겸."

현교는 솥뚜껑을 열고 더운물을 확인했다.

"그래, 잘 생각했다. 소제(掃除)한 지 오래돼서 곳곳에 먼지가 앉았을 거야.
비와 걸레는 마루 구석에 있는 거 알지?"

"예, 제가 알아서 할게요."

현교가 더운물이 든 양동이를 들고 마당으로 나오자, 장대넘기를 하던 인
경이 재빨리 다가왔다. "뭐 하려는 거예요?"

"내 방 청소하려구요."

"잘됐어요. 나도 거들게요."

현교와 함께 마루로 올라간 인경이, 비와 걸레를 들고 자기 방으로 가는 현
교를 따르다가 "가만!" 하고 멈춰 섰다. "현교 씬 자기 방을 청소해요. 난 이
마루를 맡아 할 테니."

"마루는 괜찮은데요. 어머니가 자주 하시니까."

"그래도 현교 씨 방 하는 김에 마루도 같이 하는 게 좋잖아요? 소화에도 도
움이 될 테구요."

"인경 씨 섬섬옥수가 물걸레질로 거칠어질까 봐."

"이 손이요?"

인경이 두 손을 내들며 말했다. "이보다 더 궂은 일도 숱하게 겪어낸 손이에요. 처음 서독에 도착했을 땐 물걸레질은 약과고, 이 손으로 얼마나 많은 환자들의 대소변을 받아 내고 시신들을 닦아 낸 줄 알아요?"

인경의 표정이 다소 정색을 띠는 것 같아서 현교는 웃음으로 그녀의 말문을 막았다. "그럼 살살 한번 해 볼래요?"

인경에게 비를 건네준 현교는 더운물에 걸레를 빨아 주고는 자기 방으로 들어갔다. 인경은 안방의 가방에서 트랜지스터를 들고 나와 마루 한쪽에 있는 뒤주 위에 올려놓고 틀었다. 마침 '하오의 희망가요' 2부 시간으로 정훈희의 '안개'가 애연하면서도 호소력 있는 음조로 흘러나오고 있었다.

마루의 넓이는 사방 각각 5, 6미터 정도로 넓진 않았으나, 바닥이 짧은 널빤지들로 이어진 데다 규격도 서로 꼭 맞지 않아 군데군데 꿀렁거리기까지 했다. 그 때문에 인경은 초등학교 때처럼 교실 마룻바닥에서 허리를 굽히고 한번에 끝에서 끝으로 걸레를 밀어 가는 방법은 한 번의 시도로 그만뒀다. 그 대신 널빤지 길이별로 찬찬히 걸레질을 했다.

인경이 새 물로 손을 헹구고 현교 방으로 들어섰을 때, 그는 뒤뜰로 향한 여닫이문을 활짝 열어젖힌 채 바닥닦기를 다 끝내고 앉은뱅이책상 앞에 앉아 책들을 정리하고 있었다.

"아직 안 끝났어요?"

인경이 호기심 어린 눈으로 정방형(4제곱미터쯤 되는)의 방 안을 휘이 둘러보았다. 천장과 사면의 벽이 온통 신문지로 도배되어 있었는데, 한쪽 벽 상부에 1966년의 한 장짜리 달력과 사진틀 하나가 걸려 있을 뿐 아무런 장식도 눈에 띄지 않았다.

"다 됐어요."

현교가 일어서며 인경을 맞더니, "벌써 날이 어두워졌네." 하며 여닫이문을 닫고는 천장에 매달린 백열전구의 스위치를 돌렸다. 방 안이 환해지면서 인경의 시선이 책상 바로 위쪽에 붙어 있는 백지 쪽으로 쏠렸다.

"이게 뭐죠?"

인경은 앉은뱅이책상 앞, 방금 현교가 앉았던 자리에 무릎을 구부리며 백지 위에 씌어진 글귀를 들여다보았다.

〈노력─성공의 어머니!〉

그런데 그 붉으스레한 글자 빛깔이 잉크라고 하기엔 색이 한결 옅었고, 물감으로 보기엔 글자 획마다의 농도 변화가 심했다.

"이거 뭘로 쓴 거예요?"

인경이 퍼뜩 고개를 돌려 현교를 올려다보았다. 그러나 현교는 대답 대신 빙그레 웃음만 지을 뿐이었다.

"혹시 혈서……?"

인경의 확신에 찬 추정에 현교는 여전히 웃음과 무언으로 수긍하는 가운데, 그의 상념은 한순간 고교 입학식 날로 돌아가 있었다. 그날 식사(式辭)에서 '노력'을 유난히 강조한 교장은 에디슨의 위대한 업적이 99퍼센트의 노력과 1퍼센트의 영감으로 이루어졌음을 일례로 들었는데, 그 훈화가 현교의 가슴 깊숙이 꽂힌 것이었다.

학교에서 돌아오는 길로 현교는 지금의 앉은뱅이책상 앞에서 오른쪽 무명지의 끝마디를 실로 찬찬 동여매고 발갛게 피가 모여 있는 말단부를 새 면도날로 1센티미터 정도 지그시 그었다. 금방 빨간 피가 흘러나왔고, 현교는 미리 준비한 장팔절(長八折) 모조지에다 손가락 끝으로 획을 그어 나가기 시작했다. 하지만 획을 그을 때마다 혈류량이 일정하지 않아서 때론 덧칠도 하다 보니 글자의 농도가 다를 수밖에 없었다. 대시(─)와 느낌표(!)까지 10자를 다 쓰고 마침내 그걸 벽에 붙이고 나니, 마치 자신이 위대한 인물이라도 된 양 자긍심이 생겼고, 앞으로 이를 좌우명 삼아 나아가리라고 내심 굳게 다짐하기도 했었다. 그런데 이제 와서 인경에게 그 사연을 설명하려니 쑥스러운 생각이 들었던 것이다.

"좀 유치하지요?"

벽에서 해묵은 달력을 떼어낸 현교가 "지금 생각해 보니 문구도 너무 진부한 것 같고. 이제 그만……." 하면서 혈서 쪽으로 손을 옮기자, 인경이 얼른 그의 손을 잡으며 제지했다.

"이 문구가 어때서요? 극히 평범하면서도 변하지 않는 진리잖아요! 떼지 말고 여기에 그냥 붙여 둬요. 현교 씨의 제2의 산실인데. 그리고 앞으로는 이 명구를 현교 씨 머릿속에도 붙이고 다니도록 하세요. 나도 그럴 테니. 내 말의 참뜻을 알아듣겠죠?"

인경의 애틋하리만큼 진정 어린 당부에 현교는 그녀의 손을 꼭 잡고 머리를 끄덕였다.

"이제 안방으로 가요."

현교가 잡았던 손을 놓고 전등불을 끄려 하자 "잠깐만! 저 사진들 한번 보고요." 하며 사진틀 밑으로 다가갔다. 자세히 보니 사진틀이라기보다 왕대쪽을 장방형으로 엮어 둘러싸인 공간에 몇 겹의 창호지를 발라 거기다 사진들을 붙여 놓은 것으로, 흡사 아마추어가 만든 죽공예품 같았다.

"삼촌이 입대하기 전에 심심풀이로 만든 거예요."

현교가 인경의 등 뒤에서 묻지도 않은 설명을 해 주었지만, 그녀의 시선은 사진틀보다는 그 속에 담긴 빛바랜 화상들을 훑고 있었다. 대부분이 가족들의 사진으로서 누렇게 변색되었는데, 그 가운데 덜 바랜, 틀의 오른쪽 아래 귀퉁이 것에 시선이 멎었다.

"지윤이·지영이 언니!"

손가락을 뻗쳐 사진 속의 주인공을 가리키는 인경의 입에서 반가움보다 탄식 같은 소리가 새어나왔다.

"효창 사진관에서 찍었네."

1950년 3월 10일—이라는 날짜까지 박힌 사진에는 수양버들이 늘어진 냇가 그림을 배경으로 철준과 지윤이 미소를 띠고 나란히 의자에 앉아 있고, 그 뒤에 단발머리 지영이 선 채로 두 사람의 어깨에 가볍게 손을 얹고 함초롬히 웃음을 머금고 있었다.

"이때만 해도 공주님 부럽지 않을 정도로 정말 행복했는데. 이 지영이 언니 표정 좀 봐요, 어디 수녀원에 갈 상상이라도 했겠나. 볼수록 새삼 안타까운 맘이 드네요. 현교 씨 삼촌 역시……"

인경은 말끝을 흐리며 틀 속의 사진과 현교의 얼굴을 번갈아 보았다.

"왜 그래요, 인경 씨? 내 얼굴에 뭐가……?"

현교는 눈을 크게 뜨며 손바닥으로 자기 양 볼을 만졌다.

"현교 씨 모습이 삼촌을 빼닮은 것 같아서 그래요. 그래서 이모님과 지영이 언니가 현교 씨에 대해 각별한 것 같아요. 삼촌에 대한 연상 작용이랄까……?"

"에이, 그렇지 않아요. 삼촌을 닮았다는 말은 어릴 적부터 들었지만 그건 그냥 외모뿐이고, 품성이나 인격은 내가 못 따라가지요. 특히 삼촌은 이타심이나 동정심, 그리고 봉사정신이 남달랐대요. 그래서 내가 서울에 가기 전엔 삼촌의 그런 점을 닮으라고 어머니로부터 늘상 듣곤 내 딴엔 노력하고 있어요. 물론 그 봉사의 첫 대상자는 인경 씨지만."

현교의 우스갯소리에 인경도 해맑게 웃으며 그를 얼싸안았다. "오, 분더바!"

"집안 어른들껜 말씀드리고 왔겠지?"

저녁 늦게 일을 마무리한 화지 부인이 안방으로 건너와서 셋이 등불 아래 모여 앉았을 때 꺼낸 첫말이었다.

"그럼요. 우리보다 먼저 인경 씨 어머님이 인경 씨더러 어머님을 찾아뵙고 인사드리라고 하셨는걸요."

현교가 떳떳하다는 투로 대답했다.

"내가 괜한 기우를 했나 보구나."

화지 부인은 안도감과 함께 인경의 가족에 대해 새삼 깊은 신뢰와 친숙감을 느낄 수 있었다.

화지 부인은 눈앞에 앉아 있는, 단아하기 그지없는 인경의 자태를 보면서 지난날 자신이 그녀 또래일 적에 청년 장교 철민의 오사카 집에서 그의 어머니(강씨 부인)와 마주 앉아 갖가지 얘기를 주고받던 장면을 연상해 보았다. 당시 강씨 부인은, 오로지 '사랑'이라는 장밋빛 꿈에 생의 모두를 거는 화지 처녀에게 심사숙고를 권유하면서도 그녀의 순박함과 사랑스러움 때문에 끝내 며느리로 받아들이지 않을 수 없었다. 한데 4반세기가 지난 지금에 와선 당시의 며느리가 시어머니역으로서 인경을 대하는 입장이 된 것이다. 물론 태평양 전쟁이 한창이던 그때와는 시대 상황이 딴판이긴 하지만.

어쨌건 청춘 남녀의 결합에 대한 어머니의 관심과 원려가 각별할 수밖에 없는 것은 화지 부인도 예외일 수가 없었다.

'우리 현교 좋아할 만한 데가 있긴 있어요?'

화지 부인은 인경을 찬찬히 뜯어보며 이렇게 물으려다 말고, 현교에게로 시선을 돌렸다. "너 인경 씰 평생 행복하게 해줄 자신 있어?"

"그거야……."

어머니의 예기찮은 물음에 현교가 얼떨떨해하자 인경이 먼저 대답했다. "앞으로 함께 노력해야지요."

"바로 제가 하려던 말이에요."

현교가 구원투수를 만난 듯 목소리를 높였다.

"그래, 우리 현콜 많이 도와줘요."

화지 부인은 감격스러운 눈빛으로 인경을 쳐다보며 그녀의 손을 꼭 잡았다. 그러나 한순간 일말의 불안감이 뇌리를 스친 것은, 인생이란 게 반드시 의지대로 따라 주지 않는다는 걸 부인 자신이 몸소 겪어서 알고 있었기 때문이었다.

'아무쪼록 이 아이들에게는 앞으로의 인생길이 평탄해야 할 텐데…….'

화지 부인은 얼굴에 번지려는 우수를 순간적으로 걷어내며 심기를 일전했다. "그래, 관광은 어디를 시켜 줄 건데?"

"예, 우선 성산 일출봉을 시작으로 영주(제주) 십경을 돌아볼까 해요. 예정대로 될지는 잘 모르겠지만."

현교는 고2 때 수학여행하던 코스를 떠올리며 대답했다. "이따 저녁 막차로 성산까지 가서 여관에 묵었다가 새벽에 올라갈까 하는데 어때요, 어머니?"

"그러지 말고 오늘 밤은 여기서 자고 새벽에 택시로 가거라. 일출 시간에 맞춰서. 거기 가서 어관 신세를 지느니 그 편이 나을 게다."

"그게 좋겠네. 괜찮죠, 인경 씨?"

"나야 가이드가 하자는 대로 따라갈 뿐이죠 뭐."

"어머니, 그럼 내일 출발이 늦지 않도록 부탁해요."

"그래, 내가 알아서 깨워 줄 테니 오늘은 일찍 자도록 해라."

화지 부인은 일어서더니 벽장에서 이불과 베개를 챙겨 아들에게 건네며 "오랜만에 네 방에서 자 보겠구나." 하고는, 다소 궁금해하는 인경을 향해 말했다. "인경인 이 방에서 자고."

"어머니는요?"

현교가 이불을 안은 채 물었다.

"난 밖거리 방—남편인 철민이 거처하던—에서 잠깐 눈을 붙이면 돼."

"아녜요, 어머님. 저하고 같이 주무세요. 저 혼자선 무서워요."

인경이 간곡히 만류했고, 현교도 거들었다. "그렇게 하세요, 어머니. 둘이서 얘기도 나누고요."

"그래, 알았으니 건너가거라."

아들을 손짓해 보낸 화지 부인은 아랫목에 이부자리를 펴고 예비 며느리와 나란히 누웠다. 밖에선 삭풍이 윙윙거리며 문풍지를 파르르 흔들어댔으나, 온돌방 안은 따뜻하고 아늑했다.

"이런 데서 잠자리를 하게 되리라곤 꿈에서도 못 봤겠지?"

화지 부인이 비로소 반말을 구사했다.

"사람이 앞일을 예측한다는 건 참으로 어려운 것 같아요."

인경은 화지 부인에게로 돌아누우며 덧붙였다. "제가 현교 씰 만나게 된 것부터 말예요."

"인간의 인연이란, 여러 가지 설화(說話)에서 보듯이 참으로 신묘스러운 거야. 그걸 흔히들 운명이니, 팔자니라고도 하지만……."

화지 부인은 잠시 말을 끊고, 모로 누워 자신을 말끄러미 바라보는 인경의 시선을 정다이 받고 있더니, 작정이라도 한 듯 말을 이었다. "아무튼 이왕 우리 현교하고 인연이 맺어졌으니 내가 오직 바라는 건 두 사람의 미래의 행복뿐이야. 내가 누리지 못한 행복의 몫까지 둘이 함께 누렸으면 해. 현교한테서 나에 대한 얘기를 들었는지 모르지만, 난 행운의 여신의 축복을 받지 못했거든."

화지 부인은 담담한 심경으로 지난 날 고국에서 자라난 가정의 배경에서부터 현해탄을 건너게 된 사연, 난생처음 대하는 기막힌 두메산골에서 겪어야만 했던 숱한 고난의 인생 역정, 심지어 남편의 정신병과 그로 말미암은 죽음에 이르기까지 대략적이나마 솔직하게 이야기해 주었다.

인경은 현교 아버지에 대한 대목에서는 삽시 께름한 느낌이 들기도 했으나, 이를 숨김없이 자기에게 털어놓는 화지 부인의 진솔함과 기나긴 인고의 생활 속에서 흔들림 없이 아들을 훌륭하게 길러낸 꿋꿋한 의지에는 같은 여성으로서 탄복하지 않을 수 없었다.

'모정이라는 게 그토록 위대한 것일까!'

인경은 전등불빛에 잔주름이 드러난 화지 부인의 얼굴을 응시하며 그 옛날 처녀 시절의 아리따웠을 모습을 연상했다.

"대해 봐서 알겠지만, 우리 집 환경이 그러다 보니 현교가 고독하게 자랐어. 앞으로 인경이가 사기와 용기를 많이 북돋워 줘야 할 거야. 내 보기에 인경인 싹싹하고 옹골차 보이니 잘해 주리라 믿어."

"아이, 제가 뭘요. 현교 씬 지금도 씩씩한데요, 뭐."

두 예비 고부는 정겹게 마주 보며 웃음을 나누었다.

그로부터 3, 4십 분가량 지났을까, 인경은 꿈속에 빠졌는지 색색 콧소리를 냈고, 화지 부인도 어렴풋이 잠이 들려는데, 마당에서 '찌르릉' 울리는 자전 거 소리에 이어 "잠수꽈(주무세요)?" 하는 목소리가 들렸다.

부스스 눈을 뜨고 일어난 화지 부인이 전등을 켜고 한쪽 방문을 살며시 열 었다. "누구세요?"

"전보 왔수다."

털모자를 쓰고 귀마개를 한 우체부가 자전거의 라이트를 켜 놓은 채 섬돌 위로 올라서며 전보 쪽지를 내밀었다.

"아이고, 한밤에 수고 많으시네요."

화지 부인이 툇마루로 나서서 전보를 받자마자, 우체부는 "안녕히 계십 서." 하고 의례적인 한마디를 남기곤 찌르릉 소리를 내면서 어둠 속으로 사라졌다.

급히 방으로 들어온 화지 부인은 선 채로 얼른 전보를 펼쳤다.

〈현교 급히 전화 연락 요망. 장예숙〉

화지 부인이 전문을 읽는 사이, 인경이 상반신을 일으켜 화지 부인을 올려 다봤다.

"장 여사님이 보내신 전보야."

화지 부인이 다소 의아스러운 표정으로 전보 쪽지를 인경에게 건네줬다.

"이모님이? 무슨 일일까?"

잠시 전보지에 시선을 박은 채 두세 번 읽고 난 인경이 고개를 갸웃거리더 니 벌떡 일어섰다. "일단 현교 씨에게 알려야겠지요?"

그녀는 화지 부인에게서 대답을 들을 새도 없이 전보지를 든 채 황급히 마루를 가로질러 현교의 방문을 두드리며 옥타브를 높였다. "안 들려요? 문 좀 열어 봐요!"

그제야 "어어? 인경 씨?" 하고 잠꼬대 같은 소리에 이어 전등이 켜지면서 파자마 바람의 현교가 부스스한 모습으로 문을 열었다. "벌써 출발 시간이 됐어요? 아~."

그는 잠이 덜 깬 듯 길게 하품을 토했다.

"그런 게 아니라, 이거……."

인경은 전보를 현교의 눈앞으로 들이밀었다. 순간, 졸음 때문에 깜박거리던 그의 눈이 번쩍 뜨였다. "무슨 일일까요?"

"글쎄, 우선 전화부터 해야잖겠어요?"

"그러죠. 어머니한테……."

황급히 안방으로 건너간 현교가 화지 부인에게 전화를 의뢰했다. 그러나 어머니의 대답인즉, H 동네에는 아직 전화가 가설된 집이 단 한 곳도 없다는 것이었다.

"이 밤중에 시장통 이장(里長) 집에 가는 것도 그렇고…… 날이 밝는 대로 우체국에 가서 거는 게 좋겠구나."

다소 실망스러운 빛을 띤 두 사람을 보며 화지 부인이 미안쩍이 덧붙였다.

"어차피 어둑새벽에 성산으로 출발할 수는 없게 됐으니 건너가서 좀 더 눈을 붙이도록 해라. 우체국도 아홉 시나 돼야 문을 열 텐데."

초조한 기다림 끝에 현교와 인경이 집을 나선 건 여덟 시가 조금 지나서였다. 바다 쪽에서 불어오는 아침의 칼바람을 맞받으며 시장통의 우체국에 도착한 두 사람은 잠시 기다렸다가 문이 열리자마자 재빨리 전화기 앞으로 다가가 다이얼을 돌렸다.

"여보세요."

나직이 들리긴 했지만 귀에 익은 장 여사의 목소리였다.

"저 현꼽니다. 무슨 일 있습니까?"

"주임교수님한테서 전화가 왔었어." 하고 말머리를 꺼낸 장 여사의 전언인즉, 서독에서 서 교수란 분이 왔는데, 현교를 한번 만났으면 한다는 것이었다. 일정이 빡빡해서 체경 시간이 많지 않으니 연락이 닿으면 알려 달라는 당부도 있었다는 말과 함께.

"알겠습니다. 오늘 첫 비행기로 올라가죠. 주임교수님껜 제가 직접 연락 드리겠습니다."

곧이어 주임교수와 통화를 하고 난 현교의 마음속엔 자신의 기대감과 인경에 대한 미안감이 동시에 일었다.

"무슨 일예요?"

"서독에서 서 교수님이 서울에 오셨다는군요."

"작년에 만나뵀다던 그 하이델베르크 대학 교수?"

"예, 아무래도 올라가 만나뵈야겠어요."

현교는 우체국을 나서며 장 여사와 주임교수에게서 들은 내용을 말해 주었다.

"모처럼의 여행 스케줄이 틀어져서 어쩌죠? 순전히 인경 씨를 위한 행차였는데."

미상불 현교로선 이번 기회에 성산 일출봉의 해돋이 관광도 빼놓을 수 없으려니와, 서귀포의 빼어난 풍광이야말로 인경에게 보여 주고 싶은 첫손 꼽는 목표이자 하이라이트였다. 한라산이 북풍을 막아 주어 겨울에도 온화한 서귀포는 감귤의 본고장일뿐더러, 특히 할머니의 고향이어서 어린 시절 어머니와 함께 몇 차례 둘러본 낯익은 곳이기도 했다. 그렇기에 인경과 더불어 한라산 끝자락에 펼쳐진 밀감 농원을 시작으로 '서귀포 칠십리'로 일컬어지는 그림 같은 해안 경관이며 문섬, 새섬과 천지연·정방 폭포 등의 절경을 두루 구경하고, 마지막으로 저녁에는 해변의 호젓하고 아담한 여인숙에서 철썩이는 파도 소리를 배음 삼아 애틋하고 농밀한 로맨스로써 기나긴 겨울밤을 지새우고도 싶었던 것이다.

"참는 자에게 복이 있나니……. 앞으로 더 좋은 기회를 하느님께서 주시겠죠 뭐."

인경은 현교의 의중을 십분 헤아리기라도 한 듯 그의 섭섭해하는 마음을 어루만져 주곤 말을 이었다. "나한텐 마음 쓰지 말고 서둘러 올라가요. 뭣보다도 서 교수님을 만나뵙는 게 급선무인 것 같아요."

인경의 위안을 받으며 마을길을 올라가는 현교의 머리엔 '언제 또 이런 기회가 오기나 할까?' 하는 생각이 줄곧 맴돌았다.

집에 돌아오는 길로 화지 부인과 석별의 정을 나눈 현교와 인경은 시장통에서 택시를 잡아타고 제주 공항으로 향했다.

33

현교가 약속 장소인 충무로 S호텔 커피숍에 들어서서 실내를 두리번거리고 있을 때, 마침 뒤따라 들어온 주임교수가 그의 등을 툭 쳤다. "나 때문에 여행 펑크 난 거 아냐?"

"아, 선생님 오셨군요."

뒤돌아본 현교가 반가워하며 인사했다. "펑크는요, 방학 때마다 가는 고향인데."

"저쪽으로 가지."

주임교수는 창문 쪽 빈자리를 가리키며 손목시계를 보았다. 약속 시간 15분 전인 오후 다섯 시 45분이었다.

"역시 트리플 S, 서 박사의 안목도 보통이 아닌 모양이지? 자넬 예사롭지 않게 보았으니 말이야."

주임교수는 의자에 앉자마자 입을 열었다. "실은 이번 도쿄에서 열리는 '국제 핵물리학회 세미나'에 참석차 일본에 왔다가 잠깐 서울에 들렀는데, 온 김에 자넬 만나고 싶다는 거야."

"무엇 때문이지요?"

"확실한 건 나도 잘 모르겠어. 이제 곧 올 테니 직접 들어 봐. 아, 저기 오는군."

출입문 쪽으로 향한 주임교수의 얼굴이 환해졌고, 현교는 반사적으로 벌떡 몸을 일으켜 후래자를 주목했다. 하얀 가운이 까만 외투로 바뀌었을 뿐, 검은 뿔테에 파리슴한 렌즈 안에서 빛나는 형형한 눈빛과 근엄한 표정은 일년 진과 조금도 달라진 데가 없었다.

"교수님, 안녕하셨습니까?"

다가오는 서 교수에게 현교는 90도 가까이 허리를 꺾었다.

"오, 미스터 강!"

서 교수는 팔을 뻗으며 살그머니 내미는 현교의 손을 힘차게 잡았다.

"오랜만이군, 반갑네!"

그는 원탁의 빈 의자 등받이에 외투를 벗어 걸치며 현교의 주임교수인 육훈수 교수에게 물었다. "얘기는 해 봤나?"

"자네가 강 군에게 직접 설명해 주게나."

육 교수는 '청자' 갑에서 권련을 빼내며 현교에게 얼핏 고개를 돌렸다.

"그래?"

서 교수의 눈길이 현교를 향했고, 현교는 정색했다.

"이번 우리 과(科) 2학년에 유학생 티오가 하나 생겼는데, 미스터 강 자네 생각이 나서 말이야. 자네 생각은 어떤가?"

"저로서야 더할 나위 없는 좋은 기회죠."

현교는 설레는 마음으로 대답했으나 뒷말을 잊지 못했다. "하지만 제 여건이······."

"그래, 무슨 말인지 알겠네. 한데 자네의 성적이면 어느 정도의 스칼라십도

받을 수 있을 거야. 그리고⋯⋯."

그는 일단 옆에 앉아 있는 육 교수의 눈치를 살피고 나서 말을 이었다. "이 친구 말로는 자네, 독일에 후원자가 있다면서?"

"예, 그렇긴 합니다만⋯⋯."

'그걸 어떻게 아십니까?' 라는 현교의 말투에 주임교수가 토를 달았다. "내가 닥터 서한테 네 사정에 대해 얘기해 줬어. 너에게 도움이 되는 말일 뿐 아니라 어차피 나중엔 알게 될 일이기도 해서 말이야."

"물론 지금까지 미카엘 신부님이 보살펴 주고 계시긴 합니다만, 저로선 앞으로의 일에 대해 확실히 답변을 드릴 처지가 못 됩니다. 제가 신부님께 직접 여쭤 보기도 그렇고."

"그 문젠 내게 맡겨."

육 교수가 현교의 말을 가로챘다. "네가 신경 쓸 일은 오직 실력이야. 모처럼 찾아온 기횐데 놓치지 말아야지."

그러곤 서 교수를 정시하며 말했다. "일단 가는 걸로 알고 있게. 거긴 신학기가 4월이라던가? 그때에 맞춰 수속을 밟도록 할 테니. 아무튼 자네 문하에서 대한민국의 수재자 하나를 세계적인 과학자로 길러낸다는 사명감을 갖고 힘을 써 주게나. 반드시 그만한 결실이 있을 걸세."

육 교수는 확신에 찬 어조로 말하곤 현교의 어깨에 힘주어 손을 얹었다. "모든 건 네 각오와 의지에 달렸어!"

"그래, 육 교수의 말이 맞아. 미스터 강, 희망과 자신감을 잃지 말게."

뒤이어 육 교수도 현교에 대한 격려를 잊지 않았고, 이에 고무된 현교는 용기백배한 기분으로 벌떡 일어나 두 교수님의 말씀을 명심하겠노라고 정중히 인사를 올렸다.

"내일 아침 도쿄로 간다고?"

육 교수가 서 교수에게 묻고는 상대의 대답도 듣지 않고 먼저 자리에서 일어섰다. "가세, 이별의 만찬이라도 해야 되잖겠나?"

세 사람은 커피숍에서 나와 지하에 있는 그릴로 내려갔다.

"얘기가 길어졌던 모양이네요?"

현교가 밤 열한 시가 다 되어 수유리 하숙에 돌아왔을 때, 여고 동창생들을 만나고 먼저 집에 와 있던 인경이 대문을 열어 주며 그를 맞이했다.

"예, 두 분 교수님과 저녁까지 함께 하다 보니 시간이 좀 걸렸어요. 일찍 왔어요?"

현교가 대문을 걸어 잠그며 물었다.

"나도 좀 전에 왔어요. 어? 입에서 향기가 풍기네."

인경이 장난스레 현교 얼굴 가까이에서 코를 실룩거리는 제스처를 해 보였다. 실은 그녀 역시 저녁 자리에서 맥주를 마신 상태였다.

"교수님이 주시는 와인 몇 잔 마셨어요. 그대와 함께였으면 기분 만점이었을 텐데."

현교는 호기롭게 인경의 어깨에 팔을 걸치고 마당 안쪽으로 걸어갔다.

"좋은 일이라도 있었나 보죠? 얼굴에 화색이 도는 걸 보니."

인경이 현교를 따라 방 안으로 들어서며 그의 안색을 유심히 살폈다. 현교와 서 교수와의 만남의 결과가 궁금했던 것이다.

"네, 좋은 일이고말고요. 성사만 된다면 나로선 그보다 좋은 일이 없지요."

현교는 의자에 앉으며, 커피숍에서 두 교수로부터 들은 사연을 그대로 설명했다.

"하지만 그게 어디……"

현교의 말소리가 이내 처졌고, 인경은 그 말의 행간—경제적 여건이라는—을 읽을 수 있었다.

두 사람 사이에 잠시 침묵이 흐른 뒤, 보조의자에 앉아 상대를 지켜보던 인경이 입을 열었다. "현교 씨, 자신을 가져요!"

"……?"

현교는 눈으로 물었다.

"서독행을 절대로 포기해선 안돼요!"

인경은 자세를 바로잡으며 정색하고 말했다.

"아, 그, 그거야……."

현교는 더듬거렸다. "인경 씨가 알다시피 그 문제는……."

"만에 하나, 미카엘 신부님의 서포트가 여의치 않으면 내가 나설 거예요. 내 학업을 중단하는 한이 있더라도."

"안돼요, 그건!"

방금 전 집에 들어섰을 때의 농조와는 백팔십도로 다른 어조였다. "나 때문에 인경 씨의 장래를 희생시킬 순 없어요."

"내 장래를 희생시키는 게 아니에요. 현교 씨 장래가 곧 내 장래니까요. 현교 씨, '반려자'란 말 몰라요? '서로 짝이 되는 사람' 말예요."

그녀는 마치 수업 준비를 하고 강단에 선 선생처럼 말하곤 쐐기를 박듯이 물음을 던졌다. "현교 씨는 날 인생의 반려자로 생각하지 않나요? 내가 여태 잘못 생각한 건가요?"

이 한마디에 현교는 움츠렸던 고개를 번쩍 치켜들고 상대를 바라보았다. 그 눈빛엔 감격과 신망이 가득했지만 입으론 표출되지 않았다.

"난 우리 집 어른들―아버지와 어머니, 언니, 그리고 이모와 지영이 언니를 믿어요. 그러기에 그분들이 믿는 현교 씨를 나 또한 믿는 거예요. 철석같은 내 인생의 동반자로서!"

"그건 내 생각도 인경 씨와 같다는 걸 알아줘요!"

현교는 용기를 내어 신뢰에 찬 어조로 말했다.

"그럼 됐어요!"

인경은 환한 미소를 지었다. "누구에게나 기회란 항상 찾아오는 게 아니에요. 특히 학문의 경우에는요. 이번 기회를 놓치지 말아요, 현교 씨. 일단 독일 대학에 들어가면 내 힘이 닿는 데까지 뒷받침을 할게요. 내 말 알아들었죠,

현교 씨?"

"감사합니다, 수호천사님!"

알맞게 오른 알코올 기운으로 호연해진 현교는 익살스레 꾸벅거리고는 "어디?" 하고, 인경의 한쪽 어깻죽지에 손을 얹었다.

"시방 뭐 하는 거예요?"

인경이 움찔하며 고개를 돌렸다.

"날개 자국이 있나 보려고요."

시치미떼고 하는 현교의 말에 인경도 짐짓 의외로운 대도로 응대했다. "어머, 현교 씨가 그런 유머를……?"

그러나 바로 인경의 말끝이 끊겼다. 현교가 그녀를 와락 끌어안고 입술을 막아 버렸기 때문이었다. 남자의 격렬한 접문 공세에 여자 쪽도 적극 호응하면서 순식간에 양 몸의 피가 뜨겁게 달아올랐다. 이윽고 두 남녀는 한 덩어리로 방바닥으로 넘어지더니, 남자의 든든한 손이 브래지어 속의 탄력 있는 둔덕으로 파고들었고, 그와 동시에 여자의 나긋나긋한 손바닥이 튼실한 가슴팍을 콩알 같은 유두까지 골고루 써레질했다. 갈수록 숨결이 거칠어지고 서로 꼬인 네 다리가 후들거렸지만 언제까지고 마냥 그런 대로 시간이 정지해 주었으면 싶었다.

34

그로부터 사흘 뒤 나준석 영감의 2주기 기일을 맞았다. 장 노인과 장 여사는 아침나절부터 제물 준비에 분주한 가운데 한 가지 마음 쓰이는 게 있었다. 현교에게 어떻게 제주(祭主)를 의뢰하느냐는 문제였다. 장 여사는 "이젠 예비 사위나 진배없는데 언니가 직접 얘기하세요." 했고, 장 노인의 대답은 "그래도 괜찮을까?"였다. 마침 장 여사의 건넌방으로 가다가 이런 대화를 들은 인경은 발을 현교의 방으로 돌렸다.

인경의 노크 소리에 현교는 놀리던 펜을 잡은 채 의자에서 몸을 일으켜 문을 열었다. 갈색 코르텐 스커트에 바이올렛 스웨터를 걸친 인경이 빙그레 웃음을 머금고 서 있었다.

"어서 들어와요."

현교는 인경의 어깨를 보듬으며 문을 닫고는 보조의자를 권했다.

"뭐 하고 있었어요?"

인경이 의자에 살포시 히프를 얹으며 책상 위로 눈길을 옮겼다.

"어머니한테 편지 쓰는 중이었어요."

"어머님 친절에 내가 고마워한다는 말도 한 줄쯤 보태 줘요."

"아예 별지 한 장을 줄까요?"

"아이, 그렇게까진."

현교가 편지지 한 장을 찢어내려는 시늉을 하자, 인경이 손짓으로 막았다. 두 사람의 친밀감과 정감이 그 어느 때보다도 농익어 보였다.

"그 대신 현교 씨."

인경이 현교의 눈치를 살피며 물었다. "오늘 저녁 우리 아버지 제사 모실 수 있죠?"

"……."

"제사상은 어머니와 이모가 다 차릴 거니까 현교 씬 제를 올려만 주면 돼요."

"그러죠 뭐. 내가 대신 올려도 괜찮다면."

현교는 얼떨결에 선뜻 대답하긴 했으나, 한순간 죄스러운 생각이 들었다. 정작 고향 집에서 지내는 친아버지의 제사에는 참례를 못하여 해마다 어머니 혼자 모시는 걸 송구스러워하고 있었기 때문이었다. 그러나 그런 마음도 인경의 뒷말에 스러졌다.

"고마워요, 현교 씨. 그럼 편지 마저 써요. 이따 봐요."

인경이 현교의 볼에 살짝 입을 맞추고 방을 나갔다. 현교는 편지를 다 쓰고 나서 말미에 다음과 같이 추신했다.

⟨오늘 저녁 인경 씨 아버지의 제사를 지내는 데에 제가 제주 노릇을 하게 되었으니 해량하시기 바랍니다.⟩

제상(祭床)이 다 차려진 것은 밤 아홉 시 언저리였다. 먼저 나 영감의 영정이 놓인 제상 앞에서 장 여사의 주도로 '주모경'을 바치고 난 뒤, 검정 예복 차림의 세 여인(장 노인, 장 여사, 인경)이 제상 옆에 나란히 서 있는 가운데, 역시 검정 양복에 흰 와이셔츠를 받쳐 입은 현교가 제상 앞에서 장 노인이 일러 주는 대로 술잔을 올리고 절을 했다. 하지만 축문을 읽는다든가, 철상까지 기다린다든가 하는 절차는 생략하고, 그 대신 마지막으로 성가 '길이요 진리요 생명이신 주'의 합창에 앞서, 모두가 제상 앞에 앉아 인경의 선도로 '죽은 부모님을 위한 기도'로 갈음했다.

우리 주 천주여, 부모를 효도로 공경하며
은혜를 갚으라 명하시고,
이미 죽은 이를 생각하여
대신 주께 기도하라 가르치셨나이다.
저는 이제 세상을 버린
아버지의 영혼을 생각하오니,
세상에서 주를 섬기고
주의 가르치심을 따랐나이다.
저는 비록 어전에 드릴 공과 덕이 없사오나,
주께 구하오니 너그러우신 인자로
제 아버지에게 연옥을 면하여 주시고,
빨리 승천하여 영원한 행복을 누리게 하소서.
아멘.

"오늘은 형부님도 외롭지 않았겠어요. 현교가 올리는 술잔과 메도 드셨으니."

성가를 부른 뒤에 제삿밥을 먹으면서 장 여사가 찐더운 표정으로 현교를 쳐다보았다.

"조금만 더 계시다가, 그 즐기시던 약주, 현교 씨하고 대작(對酌)을 하셨으면 오죽이나 좋았겠어요. 단 한 번만이라도."

인경이 돌아간 아버지에 대한 감회가 새로운 듯 못내 아쉬움을 토로했고, 거기에 공감을 불러일으킨 듯 장 노인이 "그러게 말이다." 하며 처연히 딸과 현교를 바라보았다.

"그래도 형부님이 현교와 인경의 연을 맺어 주고 가신 것만도 얼마나 다행스런 일이에요. 이제야 말이지만 인경아, 형부님의 소망이 여간 간절한 게 아니었단다. 그걸 잊어선 안돼. 현교도 마찬가지지만."

이렇듯 모처럼 한자리에 모인 네 사람은 화기애애한 분위기 속에서 나 영감에 대한 추억담으로 밤이 이슥하도록 시간 가는 줄 몰랐다.

이윽고 날이 밝았다. 인경이 떠나는 날이었다. 가족들은 석별의 정을 나누었고, 현교에겐 그런 시간이 김포 공항까지 이어졌다.

"이제부터 독일어 어학 강좌를 받을 작정이에요."

인경이 카운터에서 출국 수속을 마치자, 현교가 가방을 넘겨주면서 말했다.

"잘 생각했어요. 열심히 하세요."

인경은 탑승구를 향해 나란히 걸어가며 기꺼이 응대했다. "그럼 현교 씨, 나 들어갈게요. 4월달에 프랑크푸르트 공항에서 만나요."

탑승구를 들어선 인경이 손을 흔들었고, 현교도 마주 향해 손을 들어 답례했다.

인경을 떠나보낸 현교는 새로운 각오로 독일어 연수에 몰두했다. 낮에는 독일 문화원에서 어학강좌를 듣고, 집에 와서는 테이프를 틀어 놓고 밤늦도록 말하기와 듣기를 번갈아 반복했다. 이따금 대청에서 전화벨이 울릴 때마다 행여 미카엘 신부로부터 걸려온 게 아닌가 조바심치면서.

그러던 중 방학이 거의 끝나갈 무렵, 마침내 기다리던 복음이 전해졌다. 밤 아홉 시쯤 되었을 때 전화벨 소리에 이어 잠시 장 여사의 통화 소리가 들리더니 곧바로 그를 불렀다. "현교야, 전화 받아. 미카엘 신부님이셔."

"미카엘 신부요?"

의자를 박차고 단숨에 달려 나간 현교는 수화기를 받아 들고 한두 마디 인사말을 나누곤 미카엘 신부의 말을 들었다. 그 요점인즉, '얼마 전 주임교수로부터 연락을 받고 설명을 들었으니 유학 수속을 밟으라.'는 것이었다.

"정말 감사합니다, 신부님!"

통화를 마치고 난 현교는 가슴이 벅차서 한껏 부풀어오른 풍선처럼 '펑' 하고 터질 것만 같았다.

"유학 수속을 밟으래요, 이모님!"

그의 입에선 자신도 모르게 장 여사에게 '이모'라는 호칭이 튀어나왔다. 좋아서 어쩔 줄을 몰랐던 것이다.

"참으로 행심한 일이야, 역시 미카엘 신부님이셔!"

장 여사도 진정으로 기뻐해 마지않았다.

이튿날 아침, 현교는 어학원에 가는 길에 먼저 주임교수 댁을 찾았다. 그리고 미카엘 신부로부터 들은 반가운 이야기를 알리고, 자신을 위해 애써 준 데 대해 심심한 사의를 표했다.

"나한테 고마워할 거 없어. 감사를 받을 사람은 신부님이지. 난 그저 자네 학업에 대해 문제가 있을 경우, 그분이 자기와 상의해 달라는 요청, 말하자면 일종의 묵계랄까, 그걸 이행한 것뿐이야."

주임교수는 현교의 어깨를 툭 치며 "자넨 이를테면 한국판 '키다리 아저씨'를 만난 거야." 하고 씩 웃었다.

제9장 유학의 걸림돌 '연좌제'

35

드디어 신학기가 시작되었다. 그러나 학기 벽두부터 현교의 마음 한구석이 허전했다. 개학을 두어 주일 앞두고 삼총사의 멤버인 문재성이 미국으로 떠났고, 임선주마저 타(他) 단과대학으로 전과해 버린 것이었다.

그런 가운데에도 현교는 자기도 곧 뒤이어 서독 유학길에 오르게 되리라는 기대와 희망으로 허전함을 달래며, 독일어 강습과 함께 유학 수속을 밟기에 여념이 없었다. 그러니까 하이델베르크 대학에서 필요로 하는 구비 서류(고교·대학 성적 증명서, 어학 능력 증명서 등)를 작성하는 일 외에도 여권, 비자, 병역 증명서 들을 발급받기 위해 외무부, 서독 대사관, 병무청을 들락거리느라 그야말로 앉은 자리가 더울 새 없었다. 그리하여 3월 말경에는 서류가 거의 다 갖추어지고, 하이델베르크 대학으로부터의 마지막 통지서가 도착하기만을 기다리고 있었다.

그러나 그보다도 먼저 현교에게 날아든 것은 청천벽력과도 같은 한 통의 공문서였다. 그날 현교가 주임교수에게 유학 수속의 진행 상황을 알려드리고 집에 돌아와 보니 책상 위에 병무청 관용 봉투가 기다리고 있었다.

'이것으로 마지막 수속이 끝나는구나!'

현교는 설레는 마음으로 책상 옆에 선 채 봉투 상단을 가위로 잘라 내용물을 폈다. 첫눈에 〈국외 유학 허가 신청 결과 통보〉라는 제목이 들어왔다. 그런데 다음 글귀를 읽는 그의 얼굴빛이 어두워지더니 금세 사색이 되었다.

〈귀하는 정보 기관의 신원 조회 결과, 국외 유학 부적격자로 판정되어 유학

허가 신청이 부결되었음을 통보합니다.〉

1969년 3월   일
제주 지방 병무청장

현교는 의자 위로 털썩 쓰러져선 두 손으로 머리를 감싸쥐었다. 이제껏 공들여 쌓은 탑이 순식간에 여지없이 와르르 무너져 내리는 참담한 심정이었다. 그로서는 23 성상의 생에 처음으로 맛보는 좌절이자 절망이 아닐 수 없었다.

'신원조회 결과……? 국외 유학 부적격자……?'

현교는 한참 동안 책상에 머리를 처박은 채로 통지서에 박힌 뚱딴지같은 문구를 음미해 보았다. 무엇보다도 먼저 떠오른 것이 작년에 서독에서 있었던 백용남과의 사달이었다. 그러나 그건 당시 현지에서 일단락된 게 아니었던가?

'혹여 그자가 붙잡히자, 자기에게 유리하도록 나와의 관계를 날조한 건 아닐까? 하지만 그랬다면 서울의 정보 기관에서 즉각 나를 연행해 갔을 게 아닌가! 도대체 내 신원의 무엇이 부적격하단 말인가?'

이윽고 책상에서 상반신을 벌떡 일으킨 현교는 마음을 추스르고 정신을 가다듬었다. '뒷일은 어찌 되든 이것만은 분명히 밝혀야 한다!'

이튿날 아침.

조반을 먹는 둥 마는 둥 서둘러 상머리에서 일어선 현교는 급한 용무로 고향에 다녀온다는 한마디를 집안 어른들한테 남기곤 휭허케 집을 나와 김포 공항으로 향했다. 잠시도 그대로 가만히 앉아 있을 수가 없었던 것이다.

"아니, 네가 갑자기 어떻게……?"

방문을 열고 황급히 들어서는 현교를 본 화지 부인은 반색보다 놀라움이 앞섰다. 현교는 대답 대신 시큰둥한 표정으로 병무청의 통지서를 던지듯이 어머니의 무릎 위에 떨어뜨렸다.

"이게 뭔데?"

봉투를 열고 내용물을 펼쳐 보는 화지 부인의 얼굴에 이내 그림자가 드리워졌다.

'유학 부적격자라니!'

화지 부인은 손으로 이마를 짚고 눈을 감았다. '어찌 이런 날벼락 같은 일이……?'

그녀는 자신의 신원이나 혹은 죽은 남편의 경력에 문제가 있는 게 아닌가고 생각나는 대로 행적을 톺아보았으나 좀처럼 짚이는 데가 없었다.

"우리 집안에 혹시 4·3 사건에 연루된 사람은 없나요?"

어머니의 죽을상을 보다 못한 현교가 불쑥 한마디 내뱉었다.

"4·3 사건? 우리 가족은 피해잔데, 그런 사람이 있을 리가……."

말끝을 흐리던 화지 부인이 무슨 생각이 떠올랐는지 황망히 일어섰다. "내 한번 확인해 보고 올 테니 여기 있거라."

부리나케 집을 나선 화지 부인은 한걸음에 시장통에 있는 면사무소로 달려갔다. 그녀가 사무실 안을 두리번거리며 찾아간 사람은 한동네에 사는 중년의 서기였다.

"이거 한번 봐 주세요."

화지 부인은 가쁜 숨을 몰아쉬며 핸드백에서 통지서를 꺼내 보였다. 부지런히 펜대를 움직이던 서기가 손놀림을 멈추고 화지 부인을 올려다보았다.

"대관절 우리 현교 신원이 어떻기에 이런 통지서가 날아온 거예요?"

통지서를 받아 들고 유심히 들여다보던 서기는 고개를 갸웃거리더니 몇 자리 떨어진 호적계로 가서 담당 직원에게 보이며 뭐라고 말했다. 이를 보자마자 상대는 금방 알아차렸다는 듯 서류 보관소에서 두툼한 호적부를 들고 나오더니 한 곳을 펼치곤 손가락으로 짚어 가며 설명했고, 서기는 알아들었다는 듯 고개를 끄덕였다. 그리고 화지 부인은 이 광경을 불안스러운 표정으로 지켜보았다.

이윽고 제자리로 돌아온 서기가 안됐다는 투로 입을 열었다. "원인은 현교 할아버지군요."

"우리 시아버님 말인가요?"

"예, 북송됐어요. 60년대 초에."

뜻밖의 말에 화지 부인은 소스라쳐 주저앉을 것 같았다.

"현교 어머닌 모르고 있었어요? 얼마 전에 정보 기관에서 조사하고 갔답니다."

"마른하늘에 날벼락이라더니……!"

화지 부인은 망연자실하여 말을 잇지 못했다. 약 10년 전에 거국적으로 일어난 '재일 교포 북송 반대' 궐기 대회에 참여했던 기억이 떠올랐으나, 이제 와서 그것이 자기 집안에까지 직접적인 영향을 끼치리라고는 꿈에도 상상하지 못한 일이었다.

"그나저나 당사자인 현교가 충격이 크겠어요."

평소에 길거리에서 이따금 화지 부인을 만날 때마다 현교의 근황을 묻거나 칭찬을 아끼지 않던 서기가 진정으로 안쓰러워했다.

"무슨 손쓸 방법이 없을까요?"

화지 부인은 지푸라기라도 잡고 싶은 심정으로 물었다.

"신원 조회라는 게 원래 상부 관계 기관의 지시에 따라 하는 것이라 우리 면소 같은 말단 행정 기관에선 어찌해 볼 도리가 없어요."

그러면서 자리에서 일어선 서기가 화지 부인을 앞장서 출입문 밖으로 나오더니 주위를 살펴보고는 다시 말문을 떼었다. "이게 결국 고약한 제도 때문이에요. 한 범죄자의 행위, 특히 사상적인 문제를 그 가족이나 친척에게까지 관련지어 처벌하거나 불이익을 주는 '연좌제' 말입니다. 현교뿐이 아니에요. 그런 사례가 우리 마을에도 여러 건 있어요."

다시 주위를 살핀 서기는 목소리를 다소 낮추어, 김 아무개의 아들은 6·25 때 부친이 월북한 사실이 밝혀져 도청의 과장직에서 물러났고, 문 아무개의 아들은 숙부가 조총련계라는 이유로 ROTC 훈련을 마치고 임관 직전에 탈락되어 일반병으로 입영했다고도 했다.

"그러니 현교 어머니, 현교더러 너무 실망하지 말고 느긋이 기회를 기다려 보라고 하세요. 언젠간 연좌제가 폐지될지도 모르는 일이니."

서기로선 화지 부인을 위한답시고 하는 말이었지만, 그녀의 귀엔 그 소리가 제대로 들어오지 않았다.

"공무로 바쁘실 텐데 여러 가지로 고마웠어요."

화지 부인은 서기에게 인사를 하고 그길로 동네 집으로 향했으나 발걸음은 천근만근이었다.

'여태 시아버지에 대한 행방조차 모르고 있었다니……. 이 상황을 어떻게 설명한담?

화지 부인이 올레 안으로 들어서자, 초조한 마음으로 마당을 서성거리던 현교가 빠른 걸음으로 다가왔다.

"알아보셨어요?"

"그래."

화지 부인은 섬돌 위로 올라 툇마루에 힘없이 걸터앉았다. "네 할아버지 때문인가 보더라."

어머니는 면사무소에서 들은 사연을 아들에게 그대로 들려주었다. 하지만 현교는 한동안 말이 없었다. 어머니의 말이 좀처럼 믿기지 않았던 것이다. 중3 때까지만 해도 자신의 학생복이며 어머니의 옥양목·나일론 옷감, 플라스틱 가구, 그리고 학용품(만년필, 볼펜, 노트, 영일(英日) 콘사이스), 때론 카메라, 트랜지스터까지 소포로 보내 주시지 않았던가. 그토록 자상하시던 할아버지가 그 지긋지긋한 북한 땅으로 송환되었다는 게 선뜻 인정되지도 않았으려니와, 그게 사실이라면 최소한 자신이 알고 있는 대북(對北) 상식으로는 이만저만 참담한 일이 아닐 수 없었다.

"할아버지의 마지막 편지를 받아 본 게 언제였죠?"

사진 속에서밖엔 할아버지의 모습을 볼 수 없었던 현교가 입을 열었다.

"가만있자, 그게 언제더라? 그래, 5·16 나던 해(1961년) 연말 무렵이었나 보다."

눈을 깜빡이며 기억을 더듬던 화지 부인이 문득 한 구절을 떠올리곤 정색했다. "맞어. 이제 생각이 나는구나. 그때 편지 말미에 '불원간 조선으로 들어가게 될지도 모른다.' 고 씌어 있던 사연 말이다."

"그건 나도 어렴풋이 기억나요."

"그래서 난 하도 궁금해서 언제쯤 들어오시게 되는지 알려주십사고 서신을 올렸단다. 한두 달에 한 번 꼴로 수차례나. 하지만 단 한 번의 회신도 없었다. 이제 생각해 보니, 들어가게 될지도 모른다는 그 '조선' 이 대한민국이 아니라 북조선이었다는 걸 알겠구나."

화지 부인은 무릎에 깍지끼었던 두 손을 풀며 말을 이었다. "이 사실을 미카엘 신부님이 아시면 걱정이 크시겠구나."

이에 현교는 잠시 누그러졌던 절망감이 다시금 살아나면서 '푸후' 한숨이 절로 흘러나왔다. 그동안 줄곧 품어 온 꿈이 좌절된 데 대한 절망도 절망이지만, 자신에게 기대를 걸었던 여러 사람들— 미카엘 신부를 비롯하여 인경과 그녀의 친지들, 그리고 주임교수와 서석순 교수에게 불의의 실망감을 안겨주게 되었다는 사실이 몇 곱절 괴로웠던 것이다. 더욱이 자신의 서독 유학을 확신해 마지않는 인경이 "4월에 프랑크푸르트 공항에서 만나요." 하며 손을 흔들던 모습이 눈앞에 아른거리면서 그를 허탈감에 잠겨들게 했다.

"현교야!"

아들의 낙담상혼을 간파한 듯 화지 부인이 착 가라앉은 목소리로 불렀다. 현교는 고개를 들어 눈으로 대답했다.

"네 마음이 얼마나 괴롭고 절망적인지 이 어머니는 알고도 남는다. 하지만 나로선 해결해 줄 방법이 없구나. 오직 이 한 가지 말밖에는……."

화지 부인은 아들의 표정을 읽으며 단연한 어조로 말했다. "내가 한국에 와서 알게 된 속담 중 가장 마음에 닿는 게 '하늘이 무너져도 솟아날 구멍이 있다.' 는 말이야. 그래서 하는 말인데, 현교야, 절대로 믿음과 희망을 단념하면 안된다. 뜻이 있는 곳에 길이 있다고, 문제는 너의 의지야. 더구나 너는 아직 나이가 있잖니? 졸업하고서도 네 의지만 확고히 한다면 언제고 유학의 길은 열리지 않겠니? 물론 이번 기회를 놓치는 것이 너나 여러 사람들에게 아쉬운 일이긴 하지만 말이다. 그러니 이번 일로 좌절하거나 의지가 꺾이거나 해선 절대 안된다."

그러고는 톤을 바꾸어 순순히 덧붙였다. "이 어머니가 살아온 인고의 세월을 넌 모르지 않겠지?"

언중유언(言中有言)이랄까, 이 말은 초심이 흔들려선 안된다는 경고성 발언으로, 만에 하나 아들이 낙담한 나머지 나쁜 길로 빗나가는 걸 미연에 방지하기 위한 쐐기박기이기도 했다.

아나나 다를까, 어머니의 인생 내력을 누구보다도 잘 알고 있는 현교로선 그 한마디가 백 마디 하소연보다도 주효했다.

"염려 놓으세요, 어머니. 어머닐 실망시켜 드리는 일은 없을 거예요. 어머니의 유전자가 어디 가겠어요?"

"오, 사랑하는 나의 아들!"

쓸쓸히 웃어 보이는 현교를 화지 부인이 감격스레 얼싸안고 눈시울을 적셨다.

이튿날 아침 어머니와 작별하고 낮때에 김포 공항에 도착한 현교는 수유리 하숙으로 가지 않고 곧바로 학교로 향했다.

그가 주임교수 방을 찾아갔을 때 사제간에 서로 나눈 제일성은 "어떻게 된 거야?"와 "면목 없습니다."였다. 그리고 잔뜩 주눅든 자세로 현교가 안주머니에서 통지서를 꺼내 내밀었고, 이를 받아 본 교수가 어이없어하는 표정으로 사유를 물었다.

"저도 이번에야 알았습니다."

현교는 고향의 면사무소 직원을 통해 파악된 사실을 스승에게 하소연하듯

피력했다.

"아닌 밤중에 연좌제라니!"

현교의 말을 듣고 있던 교수가 실망의 빛을 감추지 못하며 양손을 동시에 탁자 위의 담배와 라이터로 뻗쳤다. "아니, 반공도 좋지만 어디 갖다 붙일 데가 없어 이런 데까지 연좌제야 연좌제가! 북한 인민보안부의 사상 검증도 아니고 말이야."

"선생님, 아무래도 이번 일은 이행하기 어려울 것 같습니다. 죄송하지만 선생님께서 서 교수님에게 잘 말씀해 주세요. 미카엘 신부님한텐 제가 편지로 하겠습니다."

"일단 기다려 봐. 내가 교무처를 통해서 달리 해결 방법이 없나 알아볼 테니."

그래서 주임교수가 노심초사 제자의 유학 성사를 위해 노력을 기울였으나, 그건 한낱 성의와 희망으로 그쳤다. 그가 2, 3주에 걸쳐 교무처 직원과 자기가 아는 관계 요로를 통하여 제자를 구제할 수 있는 방안을 백방으로 알아보았지만, 돌아오는 대답은 하나같았다. 현재로선 구제 방법이 없다고.

결국 이번 조기 유학의 꿈은 곱다시 접을 수밖에 없었던 것이다.

36

4월의 막바지에 접어들면서 현교의 심경도 평정을 되찾아가고 있었다. 더욱이 그달 28일에 발표된 '한국 최초의 김수환 추기경 서임'이란 빅뉴스는 수유동 성당은 물론이려니와 전국의 교회를 축제 분위기로 들뜨게 만들었다. 그런 가운데 5월 들어 현교에게 날아든 인경의 답장은 마치 고산병 환자에게 불어넣은 한줄기 신선한 산소와도 같았다.

나의 인생의 반려자 현교 씨

예기치 못했던 병무청의 통지서를 받고 얼마나 실망이 컸겠느냐는 의례적인 위로의 말은 안 할게요. 그보다도 주님께서 현교 씨에게 내리시는 시련이 좀 가혹하다는 말을 하고 싶군요. 지난번 하노버에서도 한 차례 겪었는데.

하지만 이러한 시련이 현교 씨로 하여금 믿음과 희망을 더욱 돈독하고 튼실하게 하기 위한 훈육 과정이라 생각해요. 당신의 피로 속량(贖良)되어 우리 죄를 용서받게 해 주신 예수님께서는 평생 우리와는 비교조차 할 수 없는 숱한 시련을 겪으셨지만 결코 실망하거나 원망하지 않으셨지요.

현교 씨의 편지를 받던 날, 난 '주님 수난 성(聖)금요일' 미사에 참례했다가 예수님의 온갖 수난과 죽음—체포에서부터 십자가에 못 박힘까지—을 동영상으로 보았어요. 온 민족이 멸망하는 것보다 한 사람(예수님)이 죽는 게 낫다고 유대인들에게 충고하는 대사제 가야파, 예수님을 수석 사제들에게 은돈 서른 닢에 팔아넘긴 이스카리옷 유다, 닭이 울기 전에 사람들에게 예수님을 모른다고, 예수님의 제자가 아니라고 세 번 부인하는 시몬 베드로, 예수님을 붙잡아 결박하여 총독 빌라도의 관저로 끌고 가는 군대와 성전 경비병들, 정작 "나는 저 사람(예수님)에게서 아무런 죄목도 찾지 못하겠소." 하는 빌라도에게 "저 사람은 유대인들의 임금님 행세를 하는 자요. 누구든지 자기가 임금이라고 자처하는 자는 로마 황제에게 대항하는 것이오. 우리 임금은 황제뿐이오."라고 주장하는 유대인들, 가시나무로 관을 엮어 예수님 머리에 씌우고 채찍질을 하고 뺨을 마구 때리는 군사들, 예수님을 풀어 주려는 방도를 찾는 빌라도에게 "그 사람이 아니라 바라빠(강도 사형수)를 풀어 주시오."라면서 "그자(예수님)를 십자가에 못 박으시오!" 하고 외쳐 대는 수석 사제와 군중들, 빌라도로부터 수석 사제들에게 넘겨진 후 십자가를 지시고 해골터(골고타)로 향하시는 예수님, 그리고 예수님을 십자가에 못 박고 나서 그분의 속옷(솔기 없이 위에서부터 통으로 짠 것)을 차지하려고 제비를 뽑는 군사들, 이를 쳐다보며 십자가 곁에 서 계신 성모 마리아와 이모, 마리아 막달레나, 목말라하시는 예수님의 입에 신 포도주를 듬뿍 적신 해면을 우슬초 가지에 꽂아 갖다 대는 사람들, 이 포도주를 드신 다음 "다 이루어졌다."고 말씀하시곤 고개를 숙이시며 숨을 거두신 예수님, 이미 숨 지신 예수님의 옆구리를 창으로 찌르는 군사…… 이제까지 말로만 듣던 예수님에 대한 감명이 새삼 리얼하게 다가온 순간이었어요.

사랑하는 현교 씨

내가 이런 글을 쓰는 사연은 현교 씨가 예수님의 '십자가를 지는' 일과 같은 성덕을 닮으라기보다 그분의 만분의 일이라도 시련과 수난을 극복할 수 있는 의연한 정신력을 본받기를 바라는 마음에서예요. 그분이 살던 시대와 2천 년 가까운 세월이 흐른 오늘날에도 인간이 사는 세상엔 예기치 않은 갖가지 고난과 불행한 일들이 일어나게 마련이니까요.

그리고 현교 씨, 언젠가도 얘기했지만, 어려운 일이 있을 때마다 현교 씨 혼자가 아니라 '나, 인경이 가타리나'가 늘 함께 있다는 것을 잊지 말아요. 비록 예수님을 돌보신 성모 마리아님하고는 비교할 바가 못 되지만, 마음 만은 그에 못지않다는 걸 말이에요. 그리고 매양 하느님의 은총이 함께하시기를 기도하고 있음도 잊지 말아요.

—우리 주 예수 그리스도의 아버지, 강현교 유스티노의 눈을 밝혀 주시어, 그의 희망을 보게 하여 주소서.

1969년 4월 30일
그대의 반려자 인경

추이: 김수환 대주교님의 추기경 서임을 축하해요.
　　어제 미카엘 신부님과 통화를 했어요. 불원간
　　한국을 방문하실 것 같아요.

역시 사랑의 힘은 불꽃같은 것인가! 그동안 얼어붙은 것 같았던 현교의 가슴은, 인경의 호소력 넘치는 한 통의 편지—연문(戀文)이라기보다는 격려문과도 같은—로 5월의 훈풍과 더불어 봄눈처럼 녹아내리고, 그 자리에 맑은 물이 샘솟기 시작했다.

'그렇다! 유대인과 로마 군사들로부터 갖은 모욕과 형벌을 받으신 예수님이 가시 면류관을 쓴 채 십자가를 짊어지고 골고타 언덕까지 끌려가시어 십자가에 못 박혀 숨을 거두시기까지의 수난에 비하면 내가 당한 일 따윈 시련이랄 것도 못 된다. 이제부턴 매사에 용기와 확신을 가지고 희망을 잃지 말아야 한다.'

심기일전, 새로운 각오를 다짐하며 마음을 가다듬은 현교는 옷을 갈아입고 성경을 챙겼다. 여태껏 하지 못했던 평일 저녁미사에 참례하기 위해서였다.

37

미카엘 신부가 서울에 도착한 것은 현교가 인경의 편지를 받은 다음날이었다. 하지만 그는 현교를 만나기에 앞서 우선적으로 해야 할 일이 있었다. 그 첫째가 김수환 서울 대교구장의 추기경 서임 축하였다.

미카엘 신부가 왜관 수도원에 처음 부임해 왔을 당시, 김수환 신부는 독일 유학에서 돌아와 대구의 〈가톨릭시보사〉 사장으로 재임 중이었는데, 미카엘 신부가 《한국 가톨릭사(史)》를 집필할 때 필요한 자료를 김 사장에게 의뢰했고, 김 사장 또한 힘 닿는 데까지 미카엘 신부를 도와줬다. 이를 계기로 두 사람은 막역한 사이가 되어 사석에서는 형님(김 추기경이 6,7세 위였다.), 아우로 부를 정도였다. 지난날의 이런 띠앗 같은 정을 못 잊어 이역만리에서 날아온 것이었다.

이번에도 명동 성당을 찾아 추기경 서임을 축하하는 미카엘 신부에게 김 추기경은 그 한결같은 온화한 미소로 화답하며 당신의 심경을 진솔하게 털어놓았다.

"솔직히 말해서 나는 신자들과 함께 고락을 같이하던 본당 신부 시절이 가장 그리워요. 정말이지 교구장 때만 해도 할 수만 있다면 본당 신부로 돌아가고 싶었는데……. 하지만 이제 추기경이라는 무거운 직책이 지워지고 보니 '도망갈 길이 정말 막혔구나.'라는 생각이 들어요. 그러니 앞으로는 더 많은 시간 하느님께 기도드려야겠지요. 그리고 언젠가 미카엘 신부님도 강조한 바 있듯이, 나 또한 앞으론 교회가 모든 것을 바쳐서 사회에 봉사하는 '세상 속의 교회'로 만들어 갈 겁니다."

미카엘 신부는 김 추기경의 말을 들으며, 한국에서 이런 훌륭한 성직자와 교분을 가지게 된 것이 새삼 다행스럽게 여겨졌다.

미카엘 신부의 다음 일은 아녜스 수녀를 만나는 것이었다. 지난번 통화에서 아녜스 수녀가 외방 전교차 불원간 아일랜드로 파견될 거란 말을 들었기 때문이었다.

명동 성당을 나온 미카엘 신부는 그길로 왜관 수도원으로 내려갔다. 두 사람의 재회는 유달리 소박하면서도 정감을 자아냈다.

"아니, 저번 통화 때만 해도 오신다는 말이 없더니. 현교 때문에 오신 건가요?"

갑작스러운 방문에 적이 놀라워하는 수녀를 신부는 익살스레 웃음으로 대했다. "겸사 겸사요. 임도 보고 뽕도 따고."

그는 현교 일로 마음을 쓰던 중 고향의 아버지가 편찮으시다는 소식도 있고 해서, 이래저래 움직이려던 참이었는데, 때마침 김수환 추기경의 서임 소식을 듣고 날아오게 된 것이라 했다. 또한 아녜스 수녀의 외방 전교 문제도 궁금했다면서 "이왕이면 서독으로 파견되었으면 좋았을 텐데." 하고 아쉬워했다.

"아일랜드에서 봉직을 하다가 나중에 서독으로 갈 기회가 있겠죠 뭐."

"언제쯤 떠나게 되나요?"

"다음 달 초요."

"그때쯤이면 내가 미국에 들렀다 돌아가 있을 무렵이에요. 어차피 아일랜드로 가려면 서독을 거쳐야 할 테니 티켓을 끊은 뒤에 프랑크푸르트 도착 시간을 알려주세요."

"시간이 허락하는 한 그래 볼게요. 가는 길에 인경이도 만나볼 겸……. 벌써부터 학생 시절 수학여행 떠나던 기분이 드네."

아녜스 수녀는 소녀처럼 미소를 띠고 천진스럽게 미카엘 신부를 바라보다가 이내 웃음을 거두고 걱정스레 말했다. "그리고 보니 앞으로 현교를 보살피는 일이 염려되네요."

"그 문제는 내가 현교 주임교수와 상의해서 처리해 나가도록 할 테니 염려하지 않아도 될 거예요. 안 그래도 이번 유학 문제도 그렇게 되고 해서 현교의 앞일에 대해 논의할 참이에요."

"역시 신부님이야말로 현교의 진정하고 유일한 후견인이세요. 이제야 마음 놓고 떠날 수 있을 것 같네요."

아녜스 수녀의 얼굴 표정이 환하게 밝아졌다.

이튿날 저녁.

광화문 버스정류장에서 내린 현교는 다동에 있는 양식당 '에메랄드 그릴'을 찾아 간판을 두리번거리며 걸어갔다. 오늘 아침 그의 등교 전, 미카엘 신부가 왜관을 출발하기 앞서 전화로 만날 장소와 시간을 알려주었던 것이다. 그런데 그릴에 이른 현교가 웨이터를 따라 한쪽 자리로 안내되었을 때 그는 눈이 회동그래졌다. 미카엘 신부가 주임교수와 함께 이미 자리를 차지하고 마주 앉아 있었던 것이다.

"그리 놀랄 거 없어. 이리 와서 앉기나 해."

주임교수가 자기 옆자리를 가리키며 히죽이 웃었다. "신부님이 깜짝쇼를 하신 모양이야. 나도 자네가 오는 줄을 여기 와서야 알았으니까."

"그래, 내가 현콜 감동 먹이려고 그랬어."

현교의 어리둥절해하는 모습을 물끄러미 바라보던 신부가 빙그레 웃으며 시선을 주임교수에게로 향했다.

"스승과 제자의 색다른 미팅을 마련하느라 한 건데 괜찮죠, 교수님? 결례가 됐다면 양해를 바랍니다."

"무슨 말씀을. 아주 신선한 미팅입니다. 저도 감동 먹었어요. 하하하."

육 교수도 스스럼없이 큰 소리로 호쾌하게 웃었다. 그때 웨이터가 얼음에 채운 코냑과 비프스테이크를 날라 왔다. 현교가 도착하기 전에 신부가 주문한 것이었다.

"자, 현교도 잔을 받아."

교수의 잔에 먼저 술을 따르고 난 신부가 현교의 잔에 술병을 기울이면서 "술은 사제지간에 대작해도 괜찮다지요?" 하고 교수를 보았다.

"그럼은요. 그런 것까지 다 아시고……."

교수가 얼른 술병을 되받아 신부의 잔에 따르자, 셋은 곧 술잔을 들어 '브라보' 소리와 함께 잔을 부딪쳤다.

"으으!"

처음 보는 브랜디를 한 모금 목구멍으로 흘려 넣은 현교가 얼굴을 찡그리자, "얼음 몇 조각을 띄워. 그리고 자넨 칼질부터 먼저 하고 나서 마시는 게 좋을 거야." 하고 주임교수가 제자에 대한 배려를 잊지 않았다.

"예, 알았어요."

현교의 손이 곧바로 얼음통의 집게로 움직이는 걸 지켜보며 신부가 말했다. "현곤 참 행운아야. 교수님이 머릿속뿐만 아니라 윗속까지 챙겨 주시니 말이야."

"6·25 때 부산 피란지 천막에서 공부할 당시 멋모르고 깡술을 들이켜던 생각이 나서 그러지요. 위(胃)도 위지만 필름이 끊어진 적이 한두 번이 아니었으니까요. 지금 생각하면 무모하기 짝이 없는 객기였지요. 하하하."

육 교수는 소탈하게 웃어젖히곤 고기 한 조각을 포크로 찍어 입 안으로 넣었다.

"아무튼 그 같은 피란생활이라는 열악한 환경에서도 학구에 전념할 수 있었다니 참으로 대단한 일입니다. 그런 노력이나마 있었기에 오늘날 후진 양성이 가능한 게 아닙니까."

"후진 양성이요? 솔직히 말해서 부끄럽습니다. 선진국의 학문, 특히 자연과학이 어찌나 급속히 발전하는지 우리 교수들도 공부하면서 가르쳐야 할 판입니다."

육 교수가 입으로 가져가려던 잔을 테이블 위에 내려놓으며 말을 이었다. "나 역시 미국에서 공부를 했습니다만, 교수진이 우리나라와는 비교가 안 될 정도예요. 그래서 난 우리 학생들에게 기회만 있으면 무조건 구미 유학을 권합니다. 그러지 않고선 한국 과학의 미래가 없어요. 제가 현교의 서독 조기 유학을 권려한 것도 그 때문입니다."

"나라의 장래를 걱정하는 충정이 참으로 놀랍습니다. 교수님의 생각에 나도 동감입니다. 앞으로도 변함없이 우리 현교를 독려해 주세요."

잔을 내미는 신부의 제스처에 육 교수도 잔을 들고 서로 부딪쳤다.

"그래서 상의드리는 건데……."

잔을 반쯤 비우고 난 신부가 물음을 던졌다. "현재 상태론 현교의 유학길을 열 방법이 없는 겁니까?"

"글쎄요, 제가 알아본 바로는 그놈의 연좌젠가 뭔가 하는 게 풀리기 전에는 어려울 것 같습니다."

"나도 그런 제도가 있다는 걸 이번에야 비로소 알게 되었습니다만, 실망스럽기 이를 데 없는 노릇입니다. 왕조 시대 역모자 집안의 삼족을 멸하던 악법의 잔재가 이 개명 천지 대한민국에까지 살아남아 선량한 백성의 발목을 잡고 있으니 말입니다."

그덧 불쾌해진 미카엘 신부의 목소리가 자신도 모르게 높아졌다.

"어찌 보면 6·25 전쟁을 직접 체험한 세대, 특히 당시 공산 괴뢰군과 싸웠던 군인들이 정권을 잡고 있으니 그럴 만도 하지요. 더군다나 휴전 후 북에서 남파되는 간첩들이 남한의 연고자(고정 간첩)나 재일 교포와 접선하여 공작 활동을 벌이고 있음이 밝혀졌으니까요. 그러니 과거와 현재를 막론하고 누군가가 좌익 계열이거나 북한과 관계되어 있다면, 무고한 가족이나 친인척에게까지 영향이 미칠 수밖에 없지요. 첩자와의 접선이나 내통 같은 건 차치하고 말입니다. 현교의 경우도 마찬가지지만, 그런 사례가 비일비재하다고 들었습니다. 연유야 어쨌든 참으로 불행하고 비극적인 현실이지요."

"그럼 앞으로 현교가 어떻게 하는 것이 좋겠습니까?"

"나도 그 문제로 좀 고민을 했습니다만……."

취기로 호연해진 육 교수가 격의 없이 대답했다. "군에 입대하는 게 어떻겠습니까? 어차피 앞으로 유학을 가게 되더라도 병역 의무를 완수해야 하니 이참에 군 복무를 마치는 게 좋을 것 같군요. 운이 좋으면 군 복무를 하는 사이에 남북 간 화해 분위기가 조성되어 연좌제가 폐지될지도 모르잖습니까."

"제 생각도 그래요."

그때까지 양주를 홀짝이며 신부와 교수의 대화를 듣고만 있던 현교가 불쑥 끼어들었다. "교수님 말씀대로 하고 싶어요, 신부님!"

"오, 그래?"

미카엘 신부의 눈이 밝게 빛났다. "나도 같은 생각이었는데. 이건 이심전심(以心傳心)이 아니라 삼심전심이라 해야겠군. 자, 다 같이 브라보 합시다."

세 사람이 잔을 들어 올림과 동시에 '쟁그랑' 소리가 경쾌하게 울렸다.

제10장 서자 강철부

38

현교가 논산에서 신병 훈련을 마치고 배치된 곳은 중부전선의 철원에 있는 육군 제6사단 예하 ○○부대였다. 도착 때만 해도 들녘에 코스모스들이 만발한 초가을이었는데, 그덧 12월로 접어들어 찬 북서풍이 겨울을 재촉하고 있었다.

행정 병과 소속의 현교는 그날(12월 11일)도 점심식사를 마치고 동료 병사와 함께 PX 쪽으로 향하고 있었다. 그런데 그들이 막 PX 안으로 들어섰을 때, 정규 방송(한낮의 데이트)이 뚝 그치면서 "긴급 뉴스를 알려드리겠습니다."라는 아나운서의 긴장된 멘트가 라디오에서 흘러나왔다. "오늘 낮 12시 25분, 승무원 4명과 승객 47명을 태우고 강릉을 떠나 서울로 향하던 KAL 여객기가 대관령 상공에서 고정 간첩에 의해 북한으로 강제 납북되었습니다. 납북자 명단은 입수되는 대로 알려드리겠습니다."

"도대체가 저놈들이 하는 짓을 보면 동족이라고 할 수가 없어. 무장간첩 침투도 모자라 이젠 하이재킹까지 서슴지 않다니."

PX를 나온 동료 병사가 '아리랑' 담뱃갑을 뜯어 한 개비를 현교에게 건네며 투덜거렸다. "또 비상사태가 벌어지겠군!"

"남북 관계도 더 얼어붙겠지."

현교는 몇 달 전 주임교수가 "운이 좋으면 군 복무를 하는 사이에 남북 간 화해 분위기가 조성되어 연좌제가 폐지될지도 모르잖습니까." 하던 말이 상기되면서 마음이 무거워졌다.

39

그 즈음, 중부 전선 DMZ 너머 북한군 전방의 한 부대.

막사 앞에 우와즈(소련제 지프) 한 대가 '끼익' 소리를 내며 정거하더니 대위 계급장을 단 군관 한 명이 가죽 장화를 훌쩍 땅바닥에 내디뎠다.

"일동 차렷!"

보초병이 막사 안쪽을 향해 '영접들어총' 자세로 소리쳤다. 군관은 까닥 거수경례를 하곤 운전병과 사병 하나를 차에 남겨둔 채 막사 안으로 들어섰다. 사병들은 일제히 차렷자세를 취했고, 탁자 앞에서 전화 통화를 하던 중대장이 이 불시의 외래자를 엉거주춤 쳐다보았다.

"당 작전부에서 왔소."

대위는 막사 안의 사병들을 둘러보며 중대장 앞으로 다가갔다.

"이제 막 련대(聯隊)로부터 전통을 받았습니다. 강철부 하사의 전출 문제로 오신 염 동지시군요. 이리 앉으시지요."

수화기를 내려놓은 중대장이 상대 어깨의 계급장을 보며 의자를 권했다.

"마침맞게 전화를 받았수다 그래."

대위는 만족스러운 기색으로 자신이 가져온 전출통지서를 건네주곤 가까이 서 있는 상사에게 물었다.

"강철부는 와 안 보이네?"

"강철부 하사는 지금 철책 경비 중입네다."

상사의 대답과 동시에 중대장은, 얼른 강철부를 불러오라면서 그의 인사기록도 챙겨 드리라고 지시했다.

"김 전사, 가서 강 하사하고 교대해."

"알겠습메."

상사의 명령을 받은 전사가 바로 뛰쳐나갔고, 곧이어 강 하사가 어리둥절한 표정으로 막사 안으로 들어서다가 대위와 눈이 마주치자 멈칫했다.

"오, 강철부! 잘 있었네?"

먼저 인사를 한 쪽은 대위였다.

"아, 염기철 대위님! 여기까지 웬일이십니까?"

강철부의 표정이 제 모습으로 돌아온 것 같았다.

"강 동무를 데불러 왔디. 날래 배낭부터 챙기라우. 가면서 얘기해 줄 테니
끼니."

대위의 느닷없는 한마디에 강철부는 물론 막사 안의 동료들조차 어안이 벙
벙했다.

"차에서 기다리고 있을 테니 날래 준비하고 나오라우."

중대장에게서 철부의 인사기록을 받아 든 대위는 "그럼 수고하기요, 중대
장 동무." 하고 악수를 나누곤 밖으로 나왔다.

잠시 후 배낭을 어깨에 메고 나온 강철부가 지프에 올라 뒷좌석의 사병 옆
에 앉았고, 뒤따라 대위가 사병들의 경례를 받으며 앞좌석에 올랐다.

"어디로 가는 겁니까, 대위님?"

강철부가 앞에 앉은 대위의 뒤통수에다 질문을 던진 건 차가 협소한 산길
을 빠져나와 대로에 들어서서였다.

"이자 곧 가 보믄 알갔디만……."

윗호주머니에서 권련을 꺼내 입에 문 대위가 라이터를 댕겼다. "강 하사가
공화국에 충성할 기회를 줄라 그래. 훈련받는 동안은 고생이 되갔디만 끝내고
나믄 진급도 빨라지구 대우도 좋아질 거야. 거저 앞길이 확 열리는 거이디."

"무슨 일인지는 모르지만 저 같은 놈이 그렇게 할 수 있겠습니까?"

대위의 말에 대해 강철부는 도통 영문을 몰랐으나 내심 은근히 궁금증이
일었다.

"그러니까 앞으로 훈련을 받는 게 아니갔네? 일본말은 아직두 까먹디 않구
잘 하갔디?"

"그거야 뭐……."

"그럼 돼서!"

대위는 뒤를 돌아보며 만족스러운 웃음을 띠어 보였다. "유도, 태권도, 그 딴 투기(鬪技)는 들어가서 배우믄 돼."

이렇듯 대위가 신명 난 듯 강철부를 격려하는 데에는 그만한 이유가 있었다. 그의 가까운 친척이 노동당 조직지도부의 요직에 앉게 되면서 염기철 대위 역시 두어 달 전 노동당 산하인 작전부의 직속 예하 기관으로 영전된 것이었다. 작전부는 35호실, 대외연락부와 함께 노동당 내 대남 기구로, 해외 정보를 수집하고 제삼국에서의 대남 사업을 주관하는 핵심 조직이었다.

그런데 염기철이 현지에 부임했을 때, 김정일의 지시에 따라 작전부 내에 외국인 납치 전담 조직이 만들어지고 있는 것을 알게 되었다. 그 까닭인즉, 납치한 외국인으로 하여금 북한 요원의 불법 활동을 목격한 증인을 없애거나, 북한 해외 공작원에 대한 외국어와 관습 교육 강사로 활용하거나, 대남 파괴 공작 및 체제 선전 등에 활용하기 위한 것인데, 북한 당국은 이들 납치인을 간첩 훈련소로 보내 암호 해독과 도청 기술 외에 유도, 태권도 등의 무술도 가르쳤다.(이 같은 외국인 납치는 1976년 김정일이 노동당 35호실을 비롯한 해외 공작 부서에 외국인을 조직적으로 활용하라는 '스파이 교육 현지화' 지령을 내리면서부터 본격화된다.)

이러한 외국인 납치 전담 조직에 대한 정황을 파악한 염기철의 머리에 가장 먼저 떠오른 것이 강철부였다. 일본에서 북송된 자로서 일어에 능통하고 이목구비가 반듯한 데다, 아직 세상 물정에 어두운 스물한 살의 애송이니 훈련만 제대로 시키면 2백 프로의 실력을 발휘할 것이고, 사상 교육도 하얀 솜이 붉은 잉크를 빨아들이듯 공화국을 위한 충성심에 무젖을 것이다. 더욱이 그는 자기(염기철)에게 생명의 빚을 지고 있지 않은가. 그걸 갚기 위해서라도 몸을 사리지 않을 터이고, 그가 해외에서 큰 공을 세우는 날엔 자기의 영향력도 함께 인정받게 될 것이 아닌가.

대충 이런 잔머리 굴림이 염기철의 강철부 차출에 대한 명분임과 동시에 실리 챙기기였다.

   강철부를 태운 지프는 4시간 남짓 질주한 끝에 평안남도 북대봉 기슭의 한 초대소 앞에 멈추었다. 정문 좌우로 높다란 담장이 빙 둘려 있고, 그 위에 이중으로 철조망이 쳐져 있었다. 지프 앞자리에 앉아 있는 염기철 대위를 알아본 보초병이 정문을 통과시켰고, 차는 30여 미터 미끄러져 맨 첫 건물 앞에 멎었다.

   "내리라우."

   염기철이 한 발을 땅바닥으로 내디디며 뒷자리로 시선을 주자 강철부가 냉큼 뒤따라 내렸고, 둘은 곧바로 건물 안으로 들어갔다.

   "어서 오시라요."

   염기철과 강철부가 출입문을 밀고 들어서자, 난롯가에 앉아 있던 중위가 벌떡 일어서 다가오며 염기철 대위를 맞이했다. "오신다는 연락은 받았습니다. 여기 앉으시라요."

   중위는 난로 옆으로 의자를 다그며 권했다.

   "앞으로 점점 수고가 많겠수다래."

   염기철은 난로를 향해 의자에 앉더니 잠시 깍지 낀 손을 뻗어 녹인 후, 안주머니에서 서류를 꺼내 중위에게 내밀며 "이자의 신상기록이오." 하고, 옆에 서 있는 강철부에게로 시선을 돌렸다.

   대위 옆에 앉은 중위는 말없이 서류를 받아 대강 훑어보고는, 부동자세의 강철부 얼굴을 차가운 눈초리로 노려보았다. '이렇게 햇병아리 같은, 그것도 자본주의의 물을 먹은 놈이 그 혹독한 공작 요원 교육을 어떻게 받을 수 있가서? 당해 보믄 알겠지만 일주일도 못 배기고설랑 내뺄 게 뻔할 터인디.'

   "이자가 멜레멜레해 보여서 그러오?"

   강철부에 대한 중위 나름의 판단은 염기철이 불쑥 내뱉은 한마디로 일단 수그러졌다.

"사람은 겉으로만 보아 가지군 모르는 법이야. 이자의 기질은 내가 잘 알아. 한번 한다믄 끝까지 하고 말디, 고럼. 이곳 훈련에 충분히 적응할 거이야."

중위는 상대의 반말이 비위에 거슬렸으나 내색하지 않고 속으로 눌렀다. "알겠습네다. 이따 소장님이 오시믄 보고드리지요."

"잘 부탁하오."

염기철은 차제에 훈련소장을 만날 생각이었지만, 훈련소 시설 확장 문제 상신차 상급 기관에 출장했다는 말에 오늘은 이대로 돌아갈 수밖에 없었다.

"그럼 난 가 보겠수다. 수고하시오. 그리구 강철부, 내레 한 말 잊디 말구 거저 훈련만 열심히 받으라우. 나도 틈틈이 들러 볼 테니끼니."

염기철은 강철부의 어깨를 투덕거리곤 뚜벅뚜벅 방을 나갔다. 중위와 강철부도 뒤따라 현관 밖까지 나가 거수경례를 했다.

"안녕히 가시라요."

"안녕히 가십시오, 염 대위님."

염기철이 지프에 올라타자 차는 배기관에서 시커먼 가스를 분사하며 부르릉거리더니 이내 정문으로 내달았다.

"들어가자우."

차체가 멀어져 가는 걸 본 중위가 철부에게 명령조로 내뱉곤 뒤돌아 들어갔다. 그러나 강철부는 정문을 빠져나간 차가 한참이나 직선으로 달리다가 우회전하며 산자락 뒤로 사라질 때까지 나목들이 산재한 황량한 들판을 망연히 바라보고 있었다.

40

강철부와 염기철의 인연은 첫 만남부터가 공교롭달 수밖에 없었다. 강철부는 북송자로서 화성 정치범 수용소의 죄수였고, 염기철은 노동당 산하 대외

연락부 요원이었으니까. 따라서 강철부가 이 악명 높은 정치범 수용소에 흘러들어오기까지의 내력을 알기 위해선 먼저 그의 출생 배경부터 거슬러 살펴보는 게 순서이리라.

그의 어버이 세대를 보면 아버지는 한국인인 강달표, 어머니는 일본인인 아라이 기쿠코(新井菊子)였다.

광복 이듬해 강씨가 밀항하여 처음 찾아간 곳은, 귀국 전부터 오랜 친지로서 그의 밀항을 권유하기도 했던 오사카 시에 있는 김승남(金村勝男) 씨의 거처였다. 그러나 불행히도 그가 당지에 도착했을 무렵에는 김씨가 운영하던 공장은 물론 가옥까지 압류당하여 문자 그대로 파산상태였다. 어쩌다가 마카오 지역의 밀수에 손을 댄 것이 화근이었다고 했다.

하릴없이 두 번째로 찾아간 데가 오사카부(府) 모리구치(守口) 시에 있는 외종제 현재봉의 집이었다. 그 딴엔 당분간만 몸을 의탁할 요량이었으나, 며칠 묵어 보니 집구석이 도무지 가시방석이었다. 외종제의 다섯이나 되는 가족들 틈에 끼여 지내는 것도 그렇거니와, 전후 일본의 핍박한 경제적 여건 속에서 온 식구가 나서서 고물·넝마주이로 생활을 이어가는 걸 매일 목격하자, 아무리 친척 연장자지만 더 이상 식객 노릇만 할 수는 없었다.

'이제 다시 해방 전 청년 시절로 돌아가자.'

이렇게 결심한 강씨는 현재봉과 상의도 없이 작업복을 챙기고 부두로 나가기 시작했다. 하역 일거리가 있으면 고된 일도 마다하지 않고 뛰어들었고, 하역 작업이 없을 땐 고물과 넝마를 수거했다. 그야말로 돈벌이가 되는 일이면 체면이고 뭐고 닥치는 대로 달려들었다.

그러기를 일년여. 그날도 강씨는 여느 때와 같이 작업을 마치고 피곤한 몸을 이끌고 돌아왔다. 그런데 청천벽력과 같은 비보가 그를 기다리고 있었다. 고향의 D마을이 폭도들로부터 습격을 받아 가족(노부모와 강씨 부인)이 참사를 당했다는, 아들 철준의 편지였다.

강씨는 망연자실한 채 석상처럼 그 자리에 서 있었다. 편지가 손에서 맥없이 떨어졌다. 영문을 알게 된 현재봉 내외가 갖가지 위로의 말을 했으나, 강씨는 하염없이 흐르는 눈물을 어쩌지 못했다. 그는 애통하고 심란한 나머지 며칠이나 작업장에도 나가지 못했다.

그로부터 두어 달 뒤, 저녁에 강씨가 귀가했을 때 현재봉이 "걸읍서(가십시다), 형님." 하더니, 술이나 한잔 하자며 집 근처의 선술집으로 안내했다.

"형님, 제가 중매 서쿠다(설게요)."

첫 잔을 냉수 마시듯 단숨에 들이켠 현재봉이 느닷없이 뱉은 말이었다.

"아니, 난데없이 중매라니, 거 무신 소리라?"

잔을 반쯤 비운 강씨가 다소 놀란 표정으로 반문했다.

"저번 고향의 궂은 일도 있었고 해서……, 아명해도(아무래도) 형님이 고적할 것 같안(같아서) 말이우다. 불원간 고향으로 돌아갈 거민(거면) 모르지만, 한동안 객지에서 지내쟁허민(지내려면) 안식구 하나쯤은 있어야 않겠수과(않겠어요)?"

"아시(아우)도 참, 별 히엿득한(황당한) 소릴! 고향 식구들헌티(한테) 나 죄인 만들젠(만들려고)? 시방 내 나이가 몇인디."

강씨는 짐짓 핀잔 투로 말하며 얼른 잔을 기울였다.

"경허난(그러니까) 각시가 필요한 거우다. 밥하고 세탁할 사람은 있어야 할 거 아닉과(아닙니까)? 돌아가신 아주머니도 알아줄 거우다. 결정은 형님이 알아서 할 일이우다만, 일단 어떤 여잔지 들어나 봅서."

현재봉은 거푸 두 잔을 자작한 뒤, 강씨가 묻지도 않은 말을 늘어놓았다. 그의 말을 빌리면, 화제의 주인공은 평소 현재봉과 가까이 지내는 고물상 주인의 계수 되는 삼십대 미망인으로, 남편이 태평양 전쟁 중에 전사하는 바람에 시집과 연을 끊고 나와서 독신으로 살고 있었다.(아이가 없는 것은 여자의 불임증 때문이라고 했다.)

현재 오사카 시 변두리에서 셋방살이를 하면서 식당의 종업원으로 나가고 있었는데, 그곳에 한국인 동료들이 몇 있는 데다 단골 교포 손님들의 출입도 잦다 보니 그녀로서도 한국인에 대해 친숙감 같은 걸 느끼게 되었다는 것이다. 이전부터 지인의 고물상에서 몇 차례 대면했던 관계로 낯이 있는 현재봉은 종종 그 식당에 들를 적마다 "평생 외기러기 신세로 살아갈 작정예요?" 따위의 말을 걸면서, 그쪽에서 마음만 있으면 적당한 반려자를 소개하겠노라고 농반진반으로 속내를 떠보기도 했다. 그래, 얼마 전엔 강씨의 신원과 연령까지 알려줬는데, 별로 싫은 기색은 아니었다. 다만, 나이 차가 많은 것이 좀 걸렸으나, 오히려 자신이 석녀(石女)라는 흠결과 상쇄되는 것 같아 심적 부담이 적었다. 이윽고 그녀는 자기 의중을 나타내기라도 하듯 "아이를 원하지만 않는다면……." 하고 조건을 달았다.

그동안 현재봉이 관심을 가지고 관찰한 결과, 비록 용모는 동글납작한 게 내세울 게 없었으나, 진술하고 헛치레가 없는 데다 한결같은 근면함은 현재 처지의 강씨에겐 다시없는 배필로 여겨졌다.

"혼또니 못따나이데쓰, 니상(정말 아깝습니다, 형님)!"

현재봉은 집에 돌아올 때까지 끈질기게 강씨의 재고를 당부했다.

오랜만에 얼큰해진 상태로 방으로 들어온 강씨는 다다미 한쪽 구석으로 벌렁 몸을 누였다. 두 조카(현재봉의 아들)는 이미 꿈나라에서 드르렁거리고 있었다.

'그래, 우선 이 더부살이에서부터 헤어나야 한다!'

취기가 강씨의 용기를 북돋운 것일까, 갑자기 그의 마음이 동하기 시작했다. '일단 만나고 보자. 다 팔자소관이 아니겠는가!'

그로선 만일에 성사될 경우, 제일 먼저 고향의 남은 가족들에 대한 죄책감이 떠올랐으나, 상대가 아이를 낳지 못한다는 데 마음 한구석에 안도랄까, 위안의 염(念)이 자리하고 있었다. 어차피 서로의 편리와 성적 본능을 위해 재결합하는 마당에, 언젠가 고국으로 돌아가게 되더라도 재산 분배만 원만히 이루어지면 결별도 그리 어렵거나 복잡한 문제가 아닐 터였다. 더욱이 아이가 없으니까.

그로부터 일주일도 안되어 이른바 미아이(맞선)가 이루어졌고, 뒤이은 과정
도 일사천리로 진행되어 마침내 그해 세밑에는 모리구치 변두리에 두 사람—
오십대 한국인 남편과 삼십대 일본인 아내—을 위한 새로운 보금자리를 틀었
다. 비록 셋방이긴 했지만.

이제 이들 부부의 첫째 목표는 자신들 소유의 집을 장만하는 것이었다. 이
를 달성코자 아내는 식당보다 수입이 나은 플라스틱 공장으로 일자리를 옮겼
고, 밤에는 부부가 함께 포장마차 장사를 했다. 명색이 신혼부부인 이들에겐
무척 고된 나날이었지만, 한푼 두푼 불어나는 수입은 그들의 육체적 고통을
깨끗이 날려 주었다.

그런 가운데 추운 겨울도 지나고 따스한 봄이 찾아왔다. 집집의 정원과 시
내 거리, 그리고 곳곳의 공원과 사원마다 벚꽃이 만발하고, 이를 좇아 날아든
꾀꼬리들이 봄을 반기는 듯 신나게 짖어댔다. 이처럼 새로운 계절의 생동과
더불어 강씨 집안에도 기적 같은 일이 일어났다.

그날은 참으로 오랜만에 맞는 휴식일이었다. 아내의 휴일에 맞추어 두 부
부가 상의하여 벚꽃 구경 겸 하루를 쉬기로 한 것이다. 그리하여 한나절 넘도
록 유명한 오사카 성(大阪城)을 구경하고 나서, 이왕 나들이하는 김에 극장 구
경까지 하고 돌아가자고 강씨가 권했다. 그러나 아내가 볼일이 있다며 양해
를 구하는 바람에 교바시(京橋) 역 근처에서 헤어졌다.

그길로 아내 기쿠코가 찾아간 곳은 다른 데가 아닌 산부인과였다. 지난날
생리를 걸렀을 때만 해도 거의 무심히 지나쳤었는데, 이달에도 또 연달아 같
은 현상이 나타나자 '이럴 수가?' 하는 의구심과 함께 '행여나!' 하는 일말의
기대감이 요마적 내내 머릿속을 맴돌았던 것이다.

"축하합니다! 3개월 됐군요."

진단을 하고 난 오십대 초반의 여의사가 금니를 드러내며 환하게 웃었다.

"제가 임신을 했다구요?"

기쿠코의 표정은 기쁨 반, 놀라움 반이었다. "정말입니까?"

"왜, 믿기지 않나요?"

"그게 아니라, 제가 원래 불임이라서 10년 전부터……."

"10년이 아니라 15년, 20년 만에 임신이 되는 경우도 있어요. 생명의 탄생도 역시 신의 섭리라고 봐야지요."

여의사는 상대에게 신뢰를 주면서 격려했다. "아무튼 다시 한 번 축하해요. 섭생과 조리를 잘 하세요."

한껏 설레는 마음으로 집에 돌아온 기쿠코는 어디서부터 어떻게 말할까 주저하다가, 뜰에서 허리를 굽혀 리어카를 수리하고 있는 남편의 등을 향해 나직이 입을 열었다. "오또상(여보), 우리 어린애가 생긴 것 같아요."

"뭐라고……?"

강씨가 펜치를 손에 든 채 엉거주춤한 자세로 아내를 올려다보았다.

"임신 3개월이랍니다. 지금 병원에 들렀다 오는 길이에요."

"볼일이란 게 그거였군!"

아내의 몸에 일어난 경이로운 변화에 강씨는 몸을 일으키며 한순간 부담감과 경외감이 교차하는 마음으로 아내의 복부를 유심히 바라보았다. 그러나 역시 새 생명의 탄생에 대한 경사로움은 그라고 해서 아내와 다를 것이 없었다.

"이제 우리 둘이 더 많이 벌어야겠소!"

아내에 대한 격려의 말에 기쿠코는 "하늘이 내려 주신 선물인가 봐요."라고 호응했다.

그해 10월, 마침내 기쿠코는 옥동자를 낳았다. 그녀로선 삼십대 후반에 얻은 무녀리로, 비록 만산이긴 했지만 순산이었다.

"축하합니다, 아들이에요. 산모도, 아기도 다 건강합니다."

산후 조리를 마치고 기다리던 초로의 산파가, 평소보다 일찍 귀가한 강씨를 보고 함박웃음을 지었다.

"수고하셨습니다. 감사합니다."

강씨는 연신 머리를 숙여 산파에게 인사를 하면서 문밖까지 배웅했다. 그러고 방으로 들어와서는 다다미 위에 누워 있는 아내에게 "애 많이 썼어." 하고 위로하며 그 옆에 앉아선 허리를 굽혀 포대기에 싸인 붉고 주먹만 한 얼굴을 뜯어보더니 포대기를 풀어 사타구니에 달린 고추를 확인했다.

"이름을 뭐라고 지을 거예요?"

남편의 흐뭇해하는 눈빛을 읽으면서 아내가 물었다.

"이름? 데쓰오(哲夫)가 좋을 거 같아. 제 형들의 돌림자를 따서."

강씨는 미리 아들의 작명을 해 둔 듯 단박에 대답했다.

"계집아이라면 데쓰꼬(哲子)라 지었겠군요."

아내는 베개 위에서 머리를 끄덕이며 엷은 미소로 받았다.

"거기까진 생각 못했는데, 하하하."

남편은 오랜만에 소리내어 쾌활하게 웃었다. "그건 이담에 당신 몫으로 남겨 둡시다."

이렇듯 예기치 않던 이세가 탄생하면서 지금까지 조용하던 이 집안엔 올드 부부의 화목한 웃음소리와 아기의 기운찬 울음소리가 그치지 않았고, 나날이 생기가 감돌기 시작했다.

생업에 대해서도 의욕이 더욱 높아지고 매사에 신바람이 났다. 출산 후 직장을 관둔 기쿠코는 종이 봉지 만들기와 구슬꿰기 같은 수작업 일을 맡아다 가용을 보탰고, 아기가 백일을 지나면서부턴 그를 포대기로 둘러업고 남편의 포장마차 일을 거들었다. 그야말로 두 부부는 톱니바퀴가 서로 맞물려 돌아가듯 쉴새없이 움직였다. 예금통장의 액수는 나날이 불어 갔고, 둘은 밤마다 숫자를 확인하며 뿌듯해했다.

"이런 조시(상태)라면 일년쯤 후엔 조그만 집 한 채 장만할 수 있겠지요?"

"그보다 먼저 가게를 세내는 게 어떻겠소?"

기쿠코는 집, 강씨는 가게가 목표였는데, 결국 남편의 제안에 합의를 보았다.

그들의 계획대로 1년여 후 마침내 목표가 이루어졌을 무렵, 강씨는 또 한 번 고국에 대한 뜻밖의 뉴스를 접하게 되었다. 6·25 전쟁의 발발이었다. 하지만 라디오와 신문을 통한 보도라, 그로선 동족상잔의 참상을 실감하지 못했다. 오히려 전쟁이 장기화되면서 이른바 '한국전쟁의 특수'를 누리게 된 일본의 경제가 급격히 부흥함에 따라 강씨네 음식점 영업도 날로 달로 증대해 갔다. 그리하여 결국엔 아내 기쿠코의 목표도 이루어져, 강씨는 앞으론 수시로 생활용품이나마 고향에 보낼 수 있으리라는 희망에 젖어 있었다.(한·일 국교 체결 이전인 당시에는 우편이나 금융기관을 통한 공식적인 송금은 불가능했다.)

그러나 피붙이를 향한 이 같은 소박한 희망은, 실천을 며칠 앞두고 갑자기 날아든 며느리(화지 부인)의 편지 한 장으로 인해 비통에 찬 절망으로 급전하고 말았다.

철준의 전사—불행은 겹쳐서 닥쳐온다고 했던가. 조강지처와 노부모를 잃은 지가 언젠데 이제 또 그 막내아들마저 잃어버리다니. 언제까지나 철석같이 믿고 기대했던 가문의 유일한 동량(棟梁)이 아니던가!

'대관절 전생에 무슨 몹쓸 죄를 지었다고 하늘이 이런 엄청난 고통을 내리시는 걸까? 태평양 전쟁에서 큰아들이 그 지경으로 망가졌는데, 그것도 모자라 작은아들까지 앗아가 버리다니……! 이제 달랑 며느리 혼자 산 설고 물 선 이역 땅에서 어린 손자 하나를 데리고 어떻게 살아갈 것인가?'

그날 저녁, 강씨는 별로 이기지도 못하는 술을 과음하곤 밤새 목놓아 울며 베갯잇을 흥건히 적셨다. 하지만 아내는 속수무책이었다. 철부를 재우고 난 기쿠코가 다다미 위에 엎드려 통곡하는 남편의 베갯머리에 앉았으나, 맞갖은 위로의 말을 찾을 수가 없었다. 자기 역시 전 남편을 잃은 전쟁 미망인으로서 전사 통지가 안기는 단장의 설움을 몸소 겪었던 터라, 이런 상황에선 어떤 위로도 효과가 별무, 오직 시간만이 약이라는 것을 알고 있기 때문이었다.

그래서 중얼거리듯 그녀의 입에서 새어나온 말이 "역시 그놈의 전쟁이 원수겠지요."였다.

미상불, 슬픔을 가라앉히는 묘약은 시간인가 보다. 이튿날 정신을 가다듬고 고향의 며느리에게 위로와 함께 향후 경제적인 후원도 다짐하는 편지를 부치고 난 뒤로 강씨 마음의 상흔은 시나브로 아물어 갔고, 식당 영업 수익은 나날이 증가했다. 이에 따라 그는 심기일전, 애초와는 전혀 새로운 각오가 문득문득 고개를 들기 시작했다.

다름 아닌 수구초심(首丘初心). 여우도 죽을 땐 머리를 자기가 살던 굴 쪽으로 둔다지 않는가. 그러니까 향후 일정 기간, 이를테면 고희까지 부지런히 벌어서 어느 정도 재산이 축적되면 아내와 아들을 설득해 현지에서 살게 하고, 홀로 귀향하여 여생을 전원에서 여유롭게 보내려는 것이었다.

일단 그렇게 작심하고 나니 어느 정도 마음이 가벼워지고, 고향의 조상이나 사거한 가족들, 그리고 고궁(孤窮)히 살아가는 며느리에 대한 죄책감도 누그러지는 듯했다.

이렇듯 심기가 호전됨에 따라 여생에 대한 의욕이 배가되고, 게다가 영업마저 일취월장하면서 업소도 시내 중심가로 이전했다. 그러는 한편, 철부도 엄마의 애지중지 보살핌 속에 아무 탈 없이 무럭무럭 자라 소학교에 입학했고 성적 또한 반에서 10등 안에 들 정도였다. 이때야말로 강씨의 집안은 순풍에 돛단배였다.

그러던 어느 날, 영업이 파할 언저리에 뜻밖의 손님이 가게를 찾아왔다. 기쿠코의 재혼 전 아주버니로 고물상 운영을 한다는 오카다(岡田)였다. 그동안 현재봉과 더불어 몇 차례 대면하여 서로 구면인 두 사람은 반갑게 인사를 나누고 탁자에 마주 앉았다.

기쿠코가 술과 안주를 내오자, 오카다가 "제수 씨도 거기 앉아요." 하며 강씨의 옆자리를 가리켰다. 그는 술잔을 기울이며 잠시 이런 말 저런 말(식당의 하루 매상, 영업 순이익 등)을 물어보더니 이윽고 본마음을 꺼냈다. "혹시 빠찡꼬를 해볼 생각 없습니까?"

"빠찡꼬라고요?"

생소한 업종에다 뜻밖의 제안에 강씨는 어리둥절했다.

"그래요. 요즘 전국적으로 성행하는 오락이지요. 마침 내가 아는 사람이 여기서 운영을 하다가 이번에 도꾜에다 영업을 확장·신설하려고 내놨어요. 한데 나 혼자 떠맡기엔 좀 버거워서 궁리 끝에 야스모또 상 생각이 나서……."

"동업하시자는 건가요?"

기쿠코가 말곁을 달았다.

"남보다는 아무래도 제수 씨네하고 하는 게 미덥고 안전할 것 같아서……."

오카다는 강씨의 눈치를 힐끗 살피곤, 현재 있는 시설에 게임기를 몇 대 더 늘리고 인테리어만 새롭게 하면, 식당 수입과는 비교가 안될 만큼 대박을 터뜨릴 수 있을 거라고 호언장담했다. 그러면서, 금명간 직접 현 업소의 상황을 살펴보고 생각이 있으면 다시 상의하자며 그곳 약도까지 그려 주었다.

"빠찡꼬라……. 당신 생각은 어떻소?"

오카다가 돌아간 뒤 강씨가 아내에게 물었다.

"저도 빠찡꼬라면 거리에서 간판만 봤을 뿐예요. 하지만 오까다 씨라면 무슨 일이나 허투루 하는 분은 아니에요."

아내는 에이프런을 풀어 의자에 걸치며 "일단은 영업장부터 둘러보는 게 어떻겠어요? 내일이라도."라고 덧붙였다.

"그럼 한번 구경이나 해 볼까?"

이튿날, 강씨는 오카다가 그려 준 약도를 가지고 영업 장소를 직접 찾아갔다. 어렵지 않게 차야마치(茶屋町) 십자로의 한 모퉁이 건물에 늘어뜨린 〈브라보 빠찡꼬〉라는, 흰 바탕에 군청색 글씨의 아크릴 간판을 발견할 수 있었다.

게임룸은 지하 일층에 있었는데, 20여 대의 게임기에 청장년 게임꾼들이 빈자리 없이 들러붙어 손잡이를 쉴새없이 잡아당기고 있었다. 곳곳에서 주르륵, 좌르르, 코인 떨어지는 소리가 들리는가 하면, 간간이 "쓰리 스타다!" 하는 탄성이 터져나오기도 했다.

게임룸 안을 찬찬히 둘러보면서 강씨는 '참 신나는 놀음 기구도 다 있구나!'고 신기해했다. 그리고 앞으로 더 보급되면 남녀노소들에게도 성행할 것 같다는 생각이 들었다. 그는 게임룸을 나오다가 입구의 사무실에 들어가 한 영업 직원에게 지나가는 말로 장사가 할 만하냐고 물어보았다.

"땅 짚고 헤엄치기지요. 단, 똥파리 떼만 없으……."

대답하던 직원이, 마침 문을 열고 들어서는 가죽 점퍼 차림의 사내를 보자 말문을 뚝 닫았다. 강씨는 꺼림해하는 직원의 표정을 보며 얼른 사무실을 나왔다. 그러곤 그길로 현재봉을 찾아가 오카다의 제안을 이야기하면서 그의 자문을 구했다. 강씨로선 업종 전환의 타당성이나 그에 따른 채산성에 대해서도 확실한 정보나 자료가 없었을뿐더러, 오카다와의 동업이란 점에 있어서도 적합성이나 신뢰성에 확신이 서지 않았던 것이다.

"돈만 되걸랑 헙서(하세요)."

강씨의 말을 듣고 난 현재봉의 첫마디로 내린 결론이었다. 그러면서 그는 이를 뒷받침하기 위해 그 나름의 명분을 부연 설명했다. 즉, 현재의 식당은 생계형 업이지, 부를 축적하는 데에는 부적합하며, 이에 반해 파친코는 바야흐로 전국적으로 성행 일로에 있는 유망 업종으로, 향후 기업형 사업으로 급속히 발전할 것이라 했다. 또 이를 위해선 오랫동안 자영업을 운영해 온 오카다와 손을 잡는 것이 유리하며, 자기가 지금까지 겪어 온 관계에 비추어 신뢰할 만한 사람이라고 말했다.

"허민(허면) 나, 아시 말대로 허크라(하겠네)."

현재봉과 헤어져 가게로 돌아온 강씨는 영업이 파한 후, 낮에 자기가 둘러본 상황과 현재봉으로부터 받은 자문을 더하거나 덜함이 없이 아내에게 그대로 설명해 주었다. 더불어 자신의 견해도 한마디 보탰다. "아무튼 유망한 사업인 것만은 틀림없는 것 같소."

"그렇다면 지체할 것 없이 추진해 보지요 뭐."

아내의 한마디로 부부간에는 예상외로 쉽게 결론이 내려졌다. 이에 따라 오카다와의 합의—절반씩 투자하여 이익을 균등 분배한다는—도 원만히 이루어짐으로써 예의 〈브라보 빠찡꼬〉 인수 계약 또한 일사천리로 체결되었다. 동시에 강씨는 그동안 생계의 기반이 되어 온 식당을 처분했고, 집을 담보로 은행에서 대출도 받았다. 아울러 파친코 영업장은 새롭게 단장되었고, 게임기도 10대나 증설되었다.

그리하여 마침내 새 동업자 주인들에 의한 새 영업장이 개장되었고, 강씨와 오카다는 현재봉을 비롯한 양쪽의 지인들을 초대한 가운데 〈브라보 빠찡꼬〉의 성업과 발전을 위해 샴페인을 터뜨리며 축배를 들었다.

그러나 이러한 축배의 환희는 그로부터 2주일이 채 가기도 전에 망징패조 (亡徵敗兆)가 나타나기 시작했다. 신장개업을 한 지 열흘쯤 지났을 때, 겹자락 양복을 말쑥하게 차려입은 사십대 중반 사나이가 노크도 없이 사무실에 불쑥 들어섰다. 올백 머리엔 포마드가 반지르르했고, 왼쪽 뺨엔 칼자국 같은 3,4센티미터의 빗금이 그어져 있었다.

"무슨 일로 오셨습니까?"

경리 직원의 물음에 대답도 없이 곧바로 강씨에게로 다가온 불청객은 쏘아보는 듯한 눈빛으로 "당신이 사장입니까?"라고 물었다.

강씨가 그렇다고 답하자, 상대는 오사카 시 기타구(北區) 상회조합 보호위원회 위원장이고 이름은 다나카 히데요(田中英世)라며 명함을 내밀었다. 강씨는 그를 탁자 옆 소파로 안내하면서 명함을 건네곤 경리에게 차를 시켰다.

"한데 무슨 용건으로……?"

두 사람이 영업에 대한 의례적인 말을 몇 마디 주고받고 난 뒤 강씨가 다나

카의 내방 목적을 물어보았다.

그러자 상대는 "앞으로 우리 구역의 보호위원회 사업에 많은 협조를 부탁드립니다."라고 대답하고는 일방적으로 장광설을 늘어놓았는데, 간단히 요약하면, 지금 강씨가 운영하는 〈브라보 빠찡꼬〉는 다나카의 나와바리(세력 범위)에 속하는바, 따라서 앞으로 달마다 일정액의 '세금'을 내야만 한다는 것이었다. 말은 '협조를 부탁드립니다'였지만 실상은 강제적인 수탈 행위였다.

'나와바리라니! 동물 세계의 텃세권도 아니고!'

전혀 예기치 못한 뜬금없는 부탁, 아니 일방적인 협박성 통고에 강 씨는 황당하기 짝이 없었다. 그는 이제야 비로소 계약 전 처음 이곳을 찾아 영업 직원에게 영업 상황을 물었을 때, 그가 하려다 만 '똥파리 떼만……'이란 말을 알 것 같았다. 그러나 내색은 하지 않고 담담히 대했다. "오카다 사장과 상의해서 가능한 한 협조하도록 하지요."

그날 저녁, 오카다가 사무실에 들르자(그는 대체로 이틀에 한 번 꼴로 영업 시간 끝무렵에 왔다.), 강씨는 낮에 다나카로부터 들은 얘기를 불만에 가득 찬 투로 털어놓았다. 하지만 오카다는 그의 불만을 받아들이기는커녕 당연시하는 투로 웃어넘겼다.

"이 바닥에선 그게 불문율이랄까 관행처럼 돼 있어요. 그들에게 괜한 까탈을 잡히느니 얼마씩 집어주는 게 나아요. 원만한 영업을 위해선."

요컨대 좋은 게 좋다는 식이었다. 강씨는 좀처럼 납득이 가지 않았을뿐더러 선뜻 내키지도 않았다. 하지만 동업자의 의견을 거스르는 것도 쉽지 않아서 일단은 그의 뜻에 따르기로 했다.

그런데 문제는 거기서 끝나지 않았다. 그로부터 한 달 뒤에는 건장한 이십대 청년 하나를 사무실에 붙박이로 앉히더니 날마다 수입금을 체크하기 시작했고, 가죽 점퍼 차림의 청년 떨거지들이 수시로 게임룸과 사무실을 마구 들락거렸다. 이러한 행태에 강씨가 상을 찌푸리며 노골적으로 언짢아했으나,

그따윈 안중에도 없다는 태도였다.

며칠을 두고 참다 못한 강씨가 오카다에게 그들의 무리와 횡포를 호소조로 알렸으나, 자기가 다나카에게 잘 얘기해 볼 테니 좀 더 기다려 보자는 상투적이고 미온적인 말만 늘어놓을 뿐, 직접적인 제지책에 대해선 일언반구도 내비치지 않았다.

그렇지만 거기까진 감내할 수 있었다. 아무리 뒤틀린 감정이라도 눈 딱 감고 자제하지 않으면 안되었다. 오직 영업의 지속을 위해서.

그러나 또 하나의 새로운 돌출변수는 강씨에게 치명타가 아닐 수 없었다. 하루가 다르게 주변의 요소요소에 파친코 영업소가 우후죽순처럼 생겨나면서 영업장 손님이 하나 둘 빠져나가더니 근 한 달 사이에 절반 이하로 급격히 줄어든 것이었다. 이와 보조라도 맞추듯 오카다의 발걸음도 뜸하더니, 일주일 전부터는 발길이 뚝 끊기고 말았다.

한데, 불화살을 맞은 듯 몸이 단 강씨가 허겁지겁 오카다의 집을 찾아갔을 때, 그는 나락으로 떨어지는 절망감에 사로잡히지 않을 수 없었다.

"오까다 씨, 그 사람 이사갔는디요."

오카다를 찾는 강씨의 화급한 물음에 새 주인으로 보이는 오십대 곰보 사나이의 심드렁한 대답이었다.

"언제, 어디로요?"

"며칠 됐구만유. 도꾜 가까운 어디라던디……."

강씨의 애타는 심정을 아는지 모르는지 곰보의 규슈 사투리 대답은 여전히 심드렁했다.

강씨는 그제야 깨달았다. 오카다에게 곱다시 당했음을. 이 마당에 누구를 탓하겠는가! 이제 모두가 끝장난 것이다. 그는 집으로 돌아오는 전차간에서 이상하리만치 한 가지 속담이 머릿속에 문득 떠올랐다.

'송충이가 솔잎을 먹어야지 갈잎을 먹으면 떨어진다.'

급기야 파친코장은 물론, 어렵사리 마련했던 집마저 고스란히 은행으로 넘어가고 말았다. 다시 셋방살이에 노상 포장마차 신세로 전락한 것이었다.

그 무렵 강씨에게 뻗쳐 온 것이 조총련(재일본 조선인총연합회)의 마수였다. 북한의 일본 거점 해외 공작 기지나 다름없는 조총련은, 1955년 북한의 지령에 따라 한덕수의 주도로 결성되었는데, 당시 그들에게 내려진 중대 지시가 '재일 교포 북송'에 대한 선전 활동이었다.

한국의 6·25 전쟁 덕분에 특수(特需)를 누렸음에도 일본은 자국 내의 재일 교포를 골칫거리로 여겼으며, 이에 호응이라도 하듯 전쟁 이후 노동력의 부족을 겪게 된 북한은 1955년 외상 남일(南日)의 재일 교포 귀환 추진 발언(남일 성명)에 이어 1958년 김일성의 '재일 교포의 귀국을 환영한다.'라는 성명 발표를 계기로 재일 교포 북송이 표면화되었다.

이에 대해 한국 정부는 외교적 항의와 더불어 국민의 거국적인 '재일 교포 북송 반대' 궐기 대회를 전개하였다. 그러나 이듬해 2월 일본 각의에서 '재일 조선인 중 북조선 귀환 희망자의 취급에 관한 건'이 의결되고, 8월에는 캘커타에서 일본과 북한 적십자 간에 '재일 교포 북송 협정'이 체결됨으로써 재일 교포의 북한 송환이 정식으로 이루어지게 되었다.

그리하여 그해 12월 14일 소련 선박 토보르스크 호에 실려 니가타 항을 출발, 청진항에 도착한 제1진(975명)을 시작으로 속속 노예선이나 다름없는 북송선(1971년부터는 만경봉호)에 몸을 실었는데, 그들 중 조총련의 열성 분자를 제외하곤 대부분이 공사장 인부, 일일 고용자, 공원, 상공업 종사자 등의 밑바닥 계층이었다. 조총련의 입장에선 그들을 상대로 선전하는 게 가장 효과적이었을 뿐 아니라, 하루하루의 삶을 불안하게 이어가는 그들로서도 귀국하면 집과 직장을 마련해 준다는 달콤한 회유에 귀가 솔깃하지 않을 수 없었던 것이다. 강씨 또한 당시로선 그런 계층의 하나였다.

"이래 가지고 되겠수과(되겠어요)?"

어느 날 느닷없이 포장마차를 찾아온 현재봉이 불쑥 내뱉은 말이었다. 강씨가 파친코장에서 물러나던 날 분통을 터뜨리며 넋두리를 하고 난 후 처음 보는 것이니 근 반 년 만의 재회였다. 당시에도 현재봉은 소리 소문도 없이 사라진 오카다를 두고 "나쁜 자식, 우라질 놈!"만 되뇔 뿐, 자신이 강씨의 사업 전환을 조장한 데 대해선 단 한마디 입 밖에 내지 않았을뿐더러 미안쩍어하는 내색마저 비치지 않았었다. 그런데 지금은 그때보다 더 뻔뻔스럽고 도도해 보였다. 차림새도 전과는 달리 겹자락 양복에 넥타이까지 말쑥하게 매었고, 포마드를 바른 머리가 포장 위에 달린 전등 빛을 받고 반짝거렸다.

"누겐(누군) 이런 노릇 하고 시펑(싶어서) 허는 거라? 처자식 목구멍에 풀칠은 해야 될 거 아니라(아닌가)?"

강씨는 그다지 달갑지 않은 현재봉의 내방에 건성으로 대답하며, 예전과 달라진 그의 모습을 유심히 살폈다. "아신(아우는) 요새 살 만한 생인게(모양이군)?"

그날따라 유난히 강씨는 자신의 초라함과 왜소해짐을 의식하며, 어묵을 꽂던 일손을 잠시 멈추고 귓바퀴 위에 끼웠던 꽁초를 물고 라이터를 댕겼다. 한데 상대의 반응은 엉뚱했다.

"형님, 조선으로 들어가는 게 어떠쿠가?"

마사무네(正宗) 두어 잔을 거푸 들이켜고 난 현재봉의 입에서 튀어나온 소리였다.

"⋯⋯?"

강씨로선 아닌 밤중에 홍두깨였다.

"북조선으로 갑서! 여기보다 훨씬 잘 살게 해줄 거우다."

그의 말투는 상의나 설득이라기보다 차라리 강요에 가까운 것이었다. 그도 그럴 것이, 이미 조총련에 가담한 그는 강씨의 외종제라는 혈연관계보다 조총련의 일원이란 신분으로서의 사명감이 앞서 있었다.(강씨로선 북송선을 탈 무렵에야 알게 된 사실이지만.) 그런 현재봉으로서는 무엇보다도 북송 지원자를 끌어 모으는 실적 올리기가 중요했던 것이다. 그는 조총련의 지시에 따라 동분서주, 재일 교포들 사이를 파고들며, 상부의 마이크와 레코드 노릇을 충실히 수행했다.

"이거 봅서, 얼마나 잘해 주는디 말이우다."

현재봉은 가방에서 선전 팸플릿을 꺼내 강씨에게 내밀었다. 상단에 〈'지상 낙원'으로의 귀환을 환영합니다!〉라는 캐치프레이즈가 돋보이는 팸플릿에는 귀환자에겐 주택 제공은 물론, 일정 기간 생활 대책을 마련해 주고, 자녀의 무상 교육을 보장한다는 것을 비롯해 각종 혜택을 준다는 내용이 나열되어 있었다.

그는, 첫 북송이 개시된 이래 2년도 안 돼 그 수가 5만 명을 넘어섰고 앞으로도 계속 늘어날 것이라 호언하고 나서, 남한에 대한 악선전도 빼놓지 않았다. 예컨대 남조선(한국)에선 5·16 군사정변이 일어나 정정(政情)이 불안정하고 인민들의 궁핍한 생활이 말이 아니라면서, 불원간 북조선이 기선을 잡게 되면 남조선에 대한 지원과 더불어 남북 소통도 이루어질 것이라고 과장 떨며 허세를 부리기도 했다.

'경(그리) 좋은 곳이란 게 참말일까?'

강씨는 현재봉의 선전에 대해 의구심이 안 든 것은 아니었지만, 그 상황에 선 그의 말을 믿고 싶었다. 오직, 지겨운 현재 생활에서 벗어나고 싶은 마음이 앞설 뿐이었다. 그래, 그의 입에서 나온 대답이 안사람과 한번 상의해 보겠다는 거였다.

한데, 그날 밤에 강씨가 집에 돌아왔을 때, 아내 기쿠코도 일터(고물상)에서 북송 종용을 받았다면서 선전 팸플릿을 내보이는 것이었다.

"그래, 당신 생각은 어떻소?"

아내의 화두가 안성맞춤이라 여기며 강씨는 넌지시 물었다.

"그들의 말이 사실이라면 나쁠 것도 없겠지요. 다만, 데쓰 짱의 공부가……."

아내는 낮게 중얼거리다가 말끝을 흐렸다. 하지만 이 마당에 두 부부에겐 아들의 학업—무엇보다 북한의 언어·문자에 대한 적응력—을 배려할 만한 심적인 틈자리가 없었다. 이들 부부가 북한행을 결정하는 데는 하루도 채 걸리지 않았다. 마침내 강씨의 뜻이 현재봉에게 전달되었고, 북송 절차는 거침없이 진행되었다.

제11장 끝내 '지상낙원'으로

42

1961년 겨울 어느 날.

제88차 북송인을 싣고 갈 북한 선박이 니가타 항에 정박해 있었다. 선상 갑판엔 이미 승선한 사람들로 부산스러운 가운데, 뒤늦게 도착한 북송 지원자들이 속속 배에 오르고 있었다. 부두에는 이들을 환송하기 위해 운집한 군중들이 인공기를 흔들며 함성을 지르는가 하면, 그 한편에선 거류민단원들이 도열한 채 〈재일 교포 북송 결사반대〉라는 플래카드를 흔들며 외쳐대고 있었다.

"형님, 무슨 일이 있으면 바로 연락헙서."

강씨네 가족이 부두에 도착했을 때, 환송객들 앞에서 대열을 정리 · 지도하던 현재봉이 그에게로 다가오며 인사를 했다. 그제야 강씨는 현재봉이 재일 교포 북송을 선동하는 조총련의 앞잡이임을 확실히 알 수 있었다.

"알아서. 나 자주 연락허크라(하겠네)."

강씨는 현재봉과 악수를 나누곤 식구들과 함께 배 위로 발을 옮겼다.

강씨네 일행의 북송자들이 희망과 기대를 걸고 동해를 건너 도착한 곳이 '지상 낙원'이 아닌 속박의 땅, 아니 지옥과도 같은 곳임을 실감하게 되기까진 그리 오래 걸리지 않았다.

그들이 청진항에서 '교포사업총국' 소속 직원으로부터 소정의 입국 절차와 검열을 받은 후 트럭에 분승하고 다다른 곳은 청진시에서 남쪽으로 수십 킬로미터 떨어진 농수산 겸업 마을의 아파트 단지였다.(물론 조총련 간부의 벗바리가 있거나 경제적으로 여유로운 자들은 도시로 보내지기도 했다.) 하지만 말이 아파트지, 3,4층의 소형 건물인 데다 가구당 면적도 10여 평에 지나지 않았다.

이들 북송 교포, 이른바 귀국자 가족들은 각각 배당된 동호(棟號)에 짐을 풀었는데, 강씨네가 배당받은 주거는 '다' 동 1층 5호였다.

"자, 다들 이리로 모이기요."

오후 느지막해서 일행이 짐을 다 풀었을 때, 그들을 인솔했던 인민복 차림의 동(洞) 지도원이 전원을 단지 앞 공터로 집결시켰다.

"여기가 이제부터 여러분이 살아갈 생활터전임메."라고 말문을 연 그는 "우리 공화국에서는 이러한 주거뿐 아니라 의식(衣食)도 무료로 제공해 줄 것임메. 그러니 쌀은 동네 쌀 배급소에서, 식료품(간장, 된장, 소금, 식용류 등)은 해당 상점에서 타 가도록 하기요." 하고 호의적인 태도로 말하면서 인민반장으로 하여금 가구별로 식량배급표와 식료품 공급카드를 나누어 주도록 했다. 의복 또한 속옷은 일년에 한두 차례 받는 공급표로 국영 상점에서 구입할 수 있으며, 외출복인 인민복도 나라에서 공급해 준다고 부연했다.

결국 귀국자들의 의식주가 배급 체제하에 이루어진다는 것이었는데, 그나마 거기까진 그런대로 수긍이 가는 듯했다. 그러나 지도원이 막바지에 한 말에는 뜬금없다 못해 놀랍기까지 했다. 그는 "이곳에서 이사를 하거나 또는 타 지방으로 여행을 하려면 반드시 동사무장의 허락을 받아야 함메."라고 목소리를 돋우었다.

"간만에 내 집 한번 가져 보는구만."

"인자 굶어 죽을 걱정은 없는가 벼."

지도원이 물러가고 난 뒤, 귀국자들의 무리 속에서 이런 긍정적인 목소리가 들렸으나, 한편에선

"식량과 옷이 배급제라니 이거 완전 공산주의 아이가!"

"아니, 북조선에선 주거의 자유도 없단 말인가?"

"여행도 허가를 받아야 된다잖는가?"

라는 불평불만도 터져 나왔다.

그러나 이러한 불평불만은 정착생활이 계속되면서 차라리 사치스러운 것

임을 인식하기 시작했다. 한 달 두 달 시간이 흐름에 따라 귀국 당시의 호의와 친절이 싸늘하게 사그라져 갔고, 배급 식량 또한 쌀 대신 옥수수의 비율이 늘어 갔다. 식료품 공급량도 줄었다.

다행히 강씨네는 북송에 앞서 얼마간의 부식(생선·육류 통조림, 건어물, 김 등)을 준비해 갔으므로 한두 달은 그런대로 버텼지만, 그렇지 못한 가족들은 이미 현금이 바닥나(귀국자들은 청진항에 도착했을 때 일정액의 북한 화폐를 환전했다.) 종내엔 지니고 있던 금반지나 손목시계 같은 패물까지 처분하기에 이르렀다. 은연중 거간꾼 노릇을 자처하는 인민반장이나 동 지도원을 통해서.

하지만 귀국자들은 오래지 않아 이 같은 먹거리 문제 따위는 약과라는 것을 실감하기에 이르렀다.

세상에 공짜란 없는 법! 마침내 그들은 노역을 강제당하지 않을 수 없었다. 정착한 지 두세 달 되었을 때, 인민반장이 나서서 소위 경지 확장 사업이란 명분하에 그들을 계단식 논이나 밭을 개간하는 데 동원하더니, 이듬해 봄부턴 이른바 '천리마운동'(북한에서 1957년부터 전개되기 시작한 사회주의적 경쟁 운동)이 이곳까지 파급되면서 당국은 이들을 광산이나 탄광에까지 투입하기 시작했다. 특히 1960년을 전후해선 개인 단위에서 집단을 단위로 하는 '천리마작업운동'으로 발전함에 따라 작업반 우대제·보상제가 도입되면서 각 조별로 일일 할당량이 정해졌고, 그것을 채우지 못한 조는 식량 배급량을 깎았다. 때문에 이를 보충하기 위해 작업 시간을 어쩔 수 없이 연장하는 조가 적지 않았다. 따라서 노동 강도 또한 격심해지면서 작업 중에 부상을 입거나 과로로 쓰러지는 인부들이 속출했다. 북송자들이 믿었던 '지상 낙원'이란 미명은 어느새 "낙원은 무슨 얼어죽을!"이란 원성과 함께 '지옥'으로 바뀌었고, '완전히 속았다!'는 확신이 그들의 뇌리에 각인되기에 이르렀다.

강씨 역시 다를 바가 없었다. 더욱이 그는 난생처음으로 친척인 현재봉에 대해 강한 배신감과 더불어 참을 수 없는 분노가 끓어올랐다. 사실상 그는 천리마운동에 투입된 이래 수차례 현재봉에게 기초 생필품을 좀 보내 달라는 부탁과 아울러 은연중 일본으로의 귀환을 주선해 주기를 바라는 편지를 띄웠으나, 생필품은커녕 단 한 통의 답장조차 받지 못했다. 가뜩이나 북송자들의 편지가 중간에 북한 당국의 검열을 받는 바람에 강씨의 귀환 주선 청탁 내용이 알려지면서, 반에서 일주일에 한 번 열리는 '생활 총화'에서 비판을 받음과 동시에 다른 몇몇 북송자와 함께 요시찰 낙인이 찍히고 말았다.

'이제 꼼짝없이 새장에 갇힌 새의 신센가?'

생각하면 할수록 강씨는 자신의 일시적인 감정에 젖어든 나머지, 사려 깊지 못한 패착을 두어 버린 데에 자책감과 함께 아내와 아들에 대한 죄책감을 떨쳐 버릴 수가 없었다.

'이 노예 같은 삶을 어찌 감내할 것인가!'

강씨는 문가에 있는 빈 나무 궤짝에 걸터앉은 채, 사선을 그으며 쏟아지는 빗줄기를 망연히 바라보면서 허리춤에서 담배쌈지를 빼내 들었다. 며칠째 계속해 내리는 초가을 장맛비로 오랜만에 작업 동원을 면하게 된 것이었다. 그는 삭정이 같은 깡마른 손으로 종잇조각에 살담배를 말아 물고는 성냥을 그었다. 그러곤 빗속으로 내뿜은 담배연기를 바라보며 어젯밤에 하던 아내의 넋두릿조의 말을 되뇌어 보았다. "언제까지 이런 생활을 계속해야 하는 걸까요?"

거기에 잇달아 아들의 소망과도 같은 말도 머릿속에 되살아났다. "우린 도시로 나가 살 수 없는 거야?"

그때 '으흠' 하는 헛기침 소리에 이어 같은 '다' 동 2층 5호에 거주하는 귀국자가 계단을 내려와 강씨에게로 다가왔다. 이름은 허삼도(許三道). 이곳에 처음 도착하던 날 저녁, '다' 동 사람들과 통성명을 나눈 이래, 집에서나 작업장에서나 강씨하곤 대화의 빈도가 기중 잦은 편이었다. 강씨보다 5,6세 아래인 사십대 후반이었는데, 경남 통영 출신으로, 주위의 다른 사람들보다 호기롭고 시원스러운 성품이었다.

"어서 오시오. 마침 심심하던 참인데……."

홀로 심란해하던 강씨는 사뭇 반색하며 허삼도를 안으로 맞아들였다.

"참말로 가을장마한테 고마워해야 안 되겠능교? 이래 쉬는 날도 있고."

허삼도는 강씨가 손수 만든 박달나무 의자에 앉으며 시니컬하게 웃어
보였다.

"석 달 열흘만 오라지요."

강씨도 쓴웃음을 띠고 궤짝을 끌어다 마주 앉았다.

"노아의 홍수라도 나갔고 마, 싹 쓸어가 버렸믄 좋겠심더!"

허삼도는 분통을 웃음으로 감싸고 갑자기 품속에서 병을 꺼냈다. '산토리'
라벨이 붙어 있는 위스키였는데, 반은 이미 비어 있었다.

"헹님, 기분도 안 그렇고 한잔 하입시더."

"지난번에도 얻어먹었는데……."

"그동안 약 먹듯이 애끼고 애껴서 먹었는데, 이게 마지막입니더."

그는 병아가리에 얹어 온 종이컵에 술을 따르고는 점퍼 주머니에서 마른
멸치 봉지를 꺼내 뜯었다.

"자, 드이소."

둘은 종이컵을 마주 들고는 입으로 가져갔다.

"헹님요!"

술이 두어 잔째 들어갔을 때, 허삼도는 강씨를 똑바로 쳐다보며 입을 열었
다. "이게 어디 사는 겁니꺼, 숨만 할딱거리는 게지!"

"그나마 끊어지면 어떡하겠소?"

톤 높은 허삼도의 말소리에 강씨는 몸을 일으켜 바깥을 주시하며 문을 닫
았다.

"하지만 나는 마…… 이대론 몬 살 거 같십니더."

강씨의 태도에 허삼도는 은근하고 조심스러운 말투로 톤을 낮추었다. 그들
이 이곳에 도착한 지 2주일도 안되어 몇몇 다혈질 청장년들이 "속아서 왔
다!", "완전한 사기다!" 하고 공공연히 불평불만을 토로했다가 며칠 만에 쥐도

새도 모르게 어디론가 끌려간 사실을 모두가 알고 있었던 것이다. 어느 동, 어느 세대, 어떤 자가 간자 노릇을 하고 있는지 모를 일이었다. 그러니 그들 사이엔 일언반구라도 서로의 눈치를 보며 신중하고 조심스러울 수밖에 없었다. 하지만 강씨와 허삼도 사이의 관계는 비교적 격의가 없었다.

"헹님!"

어지간히 취기가 오른 허삼도는 문 쪽을 두리번거리고 나서 강씨의 얼굴을 뚫어지게 바라보았다.

"……?"

강씨가 '왜 그러시오?'라는 표정으로 상대를 한번 마주 바라보곤 살담배를 말려고 하자, 허삼도가 티셔츠 주머니에서 낯익은 담뱃갑을 꺼내 들이밀며 지포 라이터를 찰칵 켰다. 권련을 엉겁결에 받아 문 강씨는 한 모금 깊숙이 빨아들이곤 콧구멍으로 자연을 내뿜었다. 오랜만에 음미해 보는 구수한 담배 맛에 일종의 향수를 느끼며 필터에 새겨진 'Peace'란 글자를 새삼 들여다보았다.

하긴 강씨도 북송 당시 '피스'를 십여 보루 가지고 왔었지만, 동 지도원이나 인민반장, 동료들이 손을 벌릴 때마다 나눠 주는 바람에 달포 만에 동이 나 버렸던 것이다.

"아직까지 이걸 갖고 있었구먼."

"이것도 이제 바닥났습니더. 이게 마지막이라 예."

허삼도는 자기도 한 개비 뽑아 물고 연기를 토하더니 불쑥 이렇게 내뱉었다. "헹님은 이대로 버틸 작정인교?"

"아니면…… 이 마당에 무슨 옴치고 뛸 재간이라도……?"

매가리 없는 강씨의 목소리엔 체념 어린 기색이 역력했다.

"방법은 하나뿐임더!"

허삼도가 상대의 말꼬리를 자르곤 나직하면서도 단호한 어조로 덧붙였다. "누께다시마쇼(탈출합시다)!"

"탈출!?"

강씨는 '탈출이라니 언감생심.' 이란 두려움과 긴장감이 들면서도, 강물 속에서 지푸라기라도 잡는 심정으로 상대의 심각한 얼굴을 지그시 응시했다.

"어차피 이판사판 아닝교? 사람이 한 번 죽지 두 번 죽십니꺼?"

술병을 거의 수직으로 기울여 바닥에 남은 술로 간신히 두 잔을 채운 허삼도는 강씨에게 건배를 권하며 결연한 의지를 보였다. "지는 꼭 하고 말 겁니더. 동참자가 없으면 우리 식구만이라도 결행할 거라 예.(그에게는 아내와 이십 대 전후반의 아들과 딸이 있었다.)"

그는 종이컵의 남은 술을 입 안에 털어 넣고는 눈망울을 꿈벅거렸다.

"대관절 어디로, 어떻게……?"

강씨가 반만 태우고 껐던 꽁초에 다시 불을 붙여 물곤 반신반의하는 투로 물었다.

"탈출로는 갯가를 통한 바닷길입니더. 밤중에 빈 어선을 슬쩍하는 거지 예."

그러면서 허삼도는 그동안 이미 몇 차례 야음을 틈타 인근 포구의 지형지물을 탐색했으며, 해안의 경비 상태도 파악해 보았는데, 아직은 어로 작업의 비철이라 여느 때보다 대인 감시가 상대적으로 느슨하다고 했다. 게다가 그는 고향에 있을 때 부산을 중심으로 한 남해 연안에서 돗코다이(특공대:밀수조직) 일원으로 활약했던 만큼 야음을 이용한 뱃길의 운행에도 일가견이 있음을 왕년의 무용담을 곁들여 과시하기도 했다.

"잘 알겠네. 하지만 무엇보다도 주위의 입과 귀를 조심하시게."

강씨는 동참의 뜻을 이렇게 표현하며 사위를 주시했다. 밖은 여전히 굵은 빗줄기가 허공에다 사선을 그어대고 있었다.

43

이심전심이라고나 할까, 허삼도가 은밀히 이웃 세대주들—평소 접촉에서 믿음직스러운—의 속내를 타진해 본 결과, 태반이 적어도 그 시도에 대해선 강씨와 같은 긍정적인 반응을 나타냈다. 그러면서도 탈출에 수반되는 갖가지 불안감과, 실패했을 경우에 겪게 될 두려움을 떨칠 수는 없었다. 그 누구도 내색은 안 했지만. 문제는 언제까지나 지옥과 같은 생활을 감내하느냐, 아니면 이를 벗어나기 위해 죽음을 각오한 모험을 감행하느냐의 양자택일이었다.

　이제 공은 허삼도에게서 이웃들로 넘어간 셈이었다. 그는 평소 작업장에서나 집으로 돌아온 후에 자기를 대하는 태도나 걸어 오는 말투를 예의 주시하고 분석하는 한편, 각 가구의 적격성 여부도 판가름했다. 식솔 중에 환자나 유아 또는 노인네가 끼여 있을 경우에는 정적과 민첩을 요하는 야간 행동에 장애를 초래할 것이기 때문이었다. 다행히, 허삼도가 확인한 바로는 지금까지 은밀히 동참 의사를 비치는 자 중에 그런 가족은 없었다. 맨 윗대가 58세, 최연소자가 철부보다 조금 낮은 인민학교 4학년생이었다. 그리고 허삼도가 속보로 직접 걸어 본 결과, 집에서 포구까지는 약 한 시간 걸렸으므로 돌발적 장애 요인만 발생하지 않는다면 밀행에 무리한 거리는 아니었다. 그보다는 탈주자 일행이 승선한 후 포구를 빠져나와 해안 초소의 감시망을 벗어나는 일이 위험 요소가 더욱 높았다.

　그렇기에 허삼도는, 요즈막에 이르러 그동안 머릿속에 점찍어 뒀던 사람들이 직극적인 동참의 뜻을 암시해 오자, 심야에 몇 차례 포구로 나가 감시 초소의 동태를 파악하고, 또 선창에 매어 놓은 어선에 잠입하여 선내의 구조와 공간, 그리고 장비 등을 살펴보기도 했다.

　그러는 가운데에서도 시간은 살같이 흘러 11월로 접어들었다. 늦가을 추위 속에서, 지난 두어 달에 걸쳐 달성하지 못한 작업 할당량을 채우기 위한 혹심한 작업으로 여기저기 탄광과 광산에서 사상자가 속출했다. 강씨와 허삼도의 '다' 동에서도 이 달 들어 세 명의 장사를 치러야 했다.

　'이제 더 이상 미룰 수 없다!'

드디어 행동을 결심한 허삼도는 일단 D데이를 11월 하순(25일 전후)으로 잡고, 야음을 최대한 이용하기 위해 집결 시간을 새벽 두 시로 정했다. 그리고 결행의 암호는 '오늘도 수태 춥습네다' 였다.

허삼도는 만에 하나 계획이 탄로날까 봐 의사 소통을 릴레이식으로 하지 않고, 작업장에서 기회를 엿보아 자신이 직접 맨투맨으로 전했다. 지금까지 접촉이 이루어진 가장으로서 뜻을 굳힌 세대가 대여섯, 그러니까 이들의 가족을 모두 합치면 입의 수가 20개가 넘었다. 한 구멍으로라도 잘못 새어나가는 날엔 만사가 끝장나고 말 터였다.

"무사히 헤어날 수 있을 것 같아요?"

강씨가 허삼도로부터 암호에 대한 설명을 듣던 날, "이제부터 마음의 준비를 단단히 해야할 것 같소."라는 그의 말에 대한 아내 기쿠코의 반응이었다.

"허 씨의 기백과 능력을 믿어 봅시다. 우리 모두 신불의 가호를 빌어야 잖겠소?"

연신 살담배를 뻐끔거리던 강씨는 아내에게서 눈길을 돌려 방구석의 어슴푸레한 전등불 밑에서 사과 상자를 뜯어 만든 책상에서 한글 공부를 하고 있는 아들의 모습을 안쓰럽게 바라보았다. 지금쯤 자유의 땅에서 부모에게 한창 어릿광을 부리며 자라고 있을 아들 자식을, 자신의 그릇된 판단으로 생지옥과 같은 이런 곳으로 끌어들이고 만 것이라 생각하니 가슴이 미어지는 듯한 심경이었다. 본디 두메산골 출신으로서 어려서부터 육체적 노동이 몸에 밴 자기 자신이야 탄광 일이든 광산 일이든 버텨내면서 이러구러 남은 생을 마감한다 하더라도 처자식, 특히 아들 철부만은 결코 이대로 방기할 수가 없었다. 강씨가 허삼도의 계획에 적극적으로 동참하게 된 동기도 거기에 있었다.

"철부야."

담배연기 속에서 상념에 잠겨 있던 강씨가, 공책 위에서 잠깐 고개를 돌린 아들의 시선과 마주치자 가라앉은 목소리로 불렀다. 아들은 대답 대신 눈을 동그랗게 떴다.

"일본으로 되돌아가고 싶지?"

"일본으로요?"

재빨리 돌아앉은 아들의 눈동자가 반짝였다.

"가자! 얼마 안 남았다. 단단히 마음 준비를 하고 있거라."

강씨의 말에 이어 기쿠코가 "그때까지 절대로 입 밖에 내거나 남들이 눈치채게 해선 안 된다! 알았지?" 하고 주의를 주며 집게손가락을 자기 입술에 곧추세웠다.

드디어 D데이 — 11월 20일 저녁.

날짜가 애초 예정했던 25일보다 며칠 앞당겨진 것은, 허삼도네가 속한 작업반의 석탄 생산량이 목표를 초과 달성함으로써 그날 상금과 함께 지도원들에 대한 표창식이 있었기 때문이었다. 덕분에 연장 작업이 취소되고 그 대신 동사무소 강당에서 조촐한 먹자판 겸 술판이 벌어져 동사무소나 인민반 직원들의 경계도 여느 때보다 느슨해진 것이었다.

"지도원 동지, 축하합네다. 오늘도 수태 춥스다래."

허삼도는 지도책의 잔에 술을 따르며 짐짓 큰 소리를 지르곤 주위 사람들을 둘러보았다. 강씨를 비롯한 탈출 당사자들은 알았다는 듯 잔을 들어 올리며 엷은 웃음으로 받았다. 그러다간 시간이 지나면서 하나 둘 강당을 빠져 나갔다.

그 즈음, 허삼도의 부인에게서 오늘이 D데이임을 은밀히 전해 들은 기쿠코는, 그동안 방 한쪽 구석에 깊숙이 처박아 두었던 트렁크 하나를 끄집어내더니 테이프로 붙인 바닥의 판지를 뜯어냈다. 그러곤 조그만 비단 주머니를 살며시 집어들었다.

그때, 밖에서 또래 친구들과 놀이를 하던 철부가 들어왔다.

"데쓰 짱, 이리 온."

기쿠코가 눈을 돌려 나직이 불렀다.

"왜요, 엄마?"

"팬티를 갈아입도록 해라."

"팬틴 어제 갈아입었는데요."

어머니는 고리짝에서 아들의 새 포플린 팬티를 꺼내더니 그 안쪽에 천을 덧붙여 만든 주머니를 보여주고 나서는 비단 주머니의 지퍼를 열어 보게 했다.

"어! 이거 금붙이 아녜요?"

아들은 깜짝 놀라며 비단 주머니 안의 금반지며 금귀고리 들을 만져 보았다.

"그래, 엄마가 비상용으로 보관해 둔 거란다. 이젠 만일을 위해서 네가 간직하도록 하거라."

어머니는 다정하면서도 비장한 어조로 말하며 비단 주머니를 팬티 속 주머니에 집어넣고는 팬티와 같은 색의 실로 윗부분을 꿰매었다.

"자, 어서 갈아입거라."

아들에게 팬티를 건네주며 밖을 살펴본 어머니는 "오늘 밤 떠나기로 했다는구나." 하고 낮은 소리로 말했다. "목숨을 건 모험이야! 사선을 넘는 거나 다름없어! 앞으로 어떤 위험이 닥쳐올지 모른다. 하지만 그 어떤 위기에서도 삶을 포기해선 안된다. 그런 때일수록 사자 같은 용기와 여우 같은 기지를 발휘해야 한다. 그리구……."

때마침 방으로 들어서는 남편 강씨를 보자 기쿠코가 말을 멈추었고, 대신 강씨가 아들을 향해 말을 건넸다. "엄마의 말을 새겨 들어라, 철부야."(그는 들어오다가 방 밖에서 잠깐 아내의 말을 들은 것이었다.)

강씨는 아들 옆에 앉아 머리를 쓰다듬더니 "내가 언젠가 남조선의 아버지 고향 제주도에 친족이 있다고 가르쳐 줬는데 기억하고 있니?" 하고 뜻밖의 질문을 던졌다.

"네, 생각이 나요. 형수님하고 조카랑……."

잠깐 기억을 더듬던 아들이 대답했다.

"여기에다 이름을 한번 적어 보겠니?"

강씨는 수첩 한 장을 찢어 아들에게 내밀었다.

"네."

아들은 손에 들었던 팬티를 방바닥에 내려놓고는 연필을 잡고 비뚤배뚤 서툴게나마 이름을 적기 시작했다. 낮은 소리로 발음을 하면서.

"안화지(安花枝), 강현교(康賢教)…… 또 현재봉 아저씨의 부모님 현(玄)……."

"아니다, 됐다! 이제 그분들은 생각할 필요 없다. 네 형수와 조카만을 잘 기억해 두거라."

"알았어요, 아빠!"

"준비는 다 됐소?"

아들이 팬티를 들고 자기 방으로 나가자, 강씨가 아내에게 물었다.

"준비랄 게 뭐 있나요? 맨몸으로 가는 판에. 당신이 말한 대로 옥수수 약간하고 단무지 몇 토막 싸 두었어요."

"그거면 됐소. 그보다도 바닷바람이 몹시 찰 테니 옷이나 단단히 껴입도록 하오."

아내에게 이르고 난 강씨는 자기도 트렁크에서 헌 내의와 재킷을 꺼내 두세 겹 덧입고, 벽에 걸린 낡은 외투를 집었다.

이리하여 모두가 옷을 챙겨 입고 나자, 기쿠코는 저녁상을 차려 왔고, 세 식구는 집단 주거지에서의 마지막 식사—결국 최후의 만찬이 될—를 했다. 밖은 어느새 어둠의 장막이 드리워져 있었다.

44

마치 거대한 괴물의 아가리처럼 입구가 벌어진 해변 동굴. 수십 분 전부터 칠흑 같은 어둠을 헤치며 검은 그림자들이 삼삼오오 무리를 지어 그 아가리 속으로 빨려들듯 속속 모여들고 있었다. 주기적으로 밀려오는 파도가 갯바위에 부딪치며 철썩이는 소리만 들릴 뿐, 사위는 물새 소리 하나 없이 고즈넉했다.

"이제 한 집만 오면 단데!"

동굴 입구에서 줄곧 인원을 헤아리던 허삼도가 중얼거리며 야광 손목시계를 보았다. 자정을 10분 남겨두고 있었다. 어림잡아 계산해도 지금쯤은 별일이 없다면 모두가 당도해 있을 시각이었다. 저녁때까지 이어진 동사무소 술판에서 허삼도가 자신이 점찍은 사람(동참자)들이 다 퇴장하는 걸 직접 확인한 후 맨 나중에 그곳을 나왔으니까.

"아직 덜 온 거요?"

자정이 지나 강씨를 비롯한 두어 사내가 허삼도에게 다가와 귓엣말로 물었다.

"예, '다' 동 3층 송씨네."

허삼도는 초조한 투로 말끝을 흐리며 다시 야광시계를 보더니 급히 시선을 주위 사람들에게 향했다. "일단 다들 배에 타도록 하입시더. 송씨는 내가 여기서 기다릴 테니께. 리노이에(李家) 형이 조심해서 안내하이소."

"예, 그라지요."

오늘 밤 제일 먼저 이곳에 도착한 리노이에는 허삼도와 함께 일행이 타고 갈 배를 사전에 탐색한 후, 주위에 매여 있는 배들에서 기름(경유)을 확보해 두기도 했다. 삼십대 후반의 장년으로 태평양 전쟁 때 이오지마 전투에도 참전했던 그는 기질이 대담무쌍할 뿐 아니라 체력도 일행 중 가장 강건했다.

허삼도가 선택한 배는 그 포구에서 가장 커 보이는 어선으로, 방파제 중간 지점에 정박해 있었다. 리노이에는 어둠을 뚫고 각 가족을 4, 5분 간격으로 배로 인솔했다.

송씨네 가족이 나타난 건 그로부터 30여 분 지나서였다.

"왜 이리 늦었능교?"

"그놈의 술 때문에 깜빡 잠이 드는 바람에……."

허삼도의 긴박한 물음에 송씨는 기어드는 목소리로 대답했다. 그날 저녁,

송씨는 동행할 여느 사람들보다 술을 많이 했다. 그가 속한 인민반의 말단 직원이 그에게 여러 잔을 권했기 때문이었는데, 거기엔 그만한 이유가 있었다. 삼십대 후반에 접어들도록 노총각을 면치 못한 그 직원은 송씨의 과년한 딸에게 눈독을 들이곤 기회 있을 때마다 그의 환심을 사려고 안달이 났던 것이다.

그래, 둘의 대작이 더 늘어지려는 것을, 가만히 보다 못한 허삼도가 다가가 말단 직원에게 "오늘 너무 추워서 일찍 돌아가야겠수다래." 하고 눈웃음으로 대하면서 탁자 아래 송씨의 발등을 억세게 밟았다. 그제야 허삼도의 암시를 눈치챈 송씨가 직원에게 잘 먹었다는 인사를 남기곤 혼자서 비치적비치적 강당을 빠져나갔다.

그런데 주는 대로 거푸 들이켠 과음 탓으로 집에 이르렀을 땐 몸을 제대로 가눌 수 없는 데다 간잔지런해지면서 졸음이 몰려오는 바람에 방에 들어서자 이내 온기에 휩싸여 벽을 기댄 채 나무토막처럼 쓰러지더니 금세 코를 드르렁거렸다.

그러기를 두어 시간. 잠기와 술기에서 어슴푸레 깨어나면서 언뜻 "오늘 너무 추워서 일찍 돌아가야겠수다래."라던 허삼도의 목소리가 귓가에 되살아났다.

"여보, 지금 몇 시야?"

벌떡 몸을 일으킨 송씨가 옆방에다 소리쳤다.

"열두 시가 다 돼 가는데요."

아내가 건너오며 말했다.

"이크, 늦었군! 빨리 떠날 준비 해. 오늘 밤이야!"

송씨가 목소리를 낮추어 말하며 손짓으로 재촉했다. 그제야 그들 가족(아내와 딸, 인민학교 4학년인 아들)은 서둘러 옷을 챙겨 입고 부랴부랴 집을 나섰던 것이다.

"자, 날 따라오이소. 다른 집 사람들은 다들 먼저 탔십니더."

허삼도는 송씨네 가족을 이끌고 배 쪽으로 걸음을 재촉했다.

"왜 이리 늦은 거요?"

"뭔 일이 있었는감?"

"이녁 땜시 난 간이 콩알만 해졌다니께."

송씨네 가족이 배 안에 들어서자, 어둠 속에서 여러 중얼거림이 있었으나, 허삼도가 지금은 그런 말 할 때가 아니라며, "이제부터 다들 입에 작꾸(지퍼)를 단단히 채우소!" 하고 입단속을 했다.

그는 돗코다이 출신답게 능숙한 솜씨로 쇠말뚝에 묶인 밧줄을 풀고 닻을 끌어올리더니 리노이에와 함께 상앗대질과 노젓기를 하면서 선체를 포구 밖으로 미끄러지게 했다.

이윽고 15톤 정도의 발동선은 밤의 육풍을 받으며 파도가 철썩이는 방파제를 서서히 벗어나고 있었다.

아침녘.

지금까지 평온했던 조그만 귀국자 아파트 단지는 아침부터 혼란과 공포의 도가니로 빠져들었다. 작업장으로 갈 노역자들의 집단 결원으로 인해 여섯 가구가 빈집인 게 드러나면서 동사무장을 비롯해 안전보위부 보안원들이 들이닥친 것이었다. 게다가 출어하려던 어부가 배의 실종을 알려오자, 온 마을이 발칵 뒤집혔다. 그러나 소란은 오래가지 않았다. 결국 집단 탈출 사실이 밝혀졌고, 그 정황은 즉각 군부대로까지 보고되었다.

급기야 군 경비정이 출동했다. 이때가 아침 일곱 시 오십 분경. 허삼도가 조타하는 발동선이 출항한 지 6시간가량 지난 뒤로, 육지로부터 백여 킬로미터 항진한 상태였다. 그러니까 북한의 영해 12해리(약 22킬로미터)를 한참 벗어나 이미 공해상으로 빠져나온 것이었다.

겨울 바다의 격랑을 무릅쓰고 전속력으로 달려온 탓에 태반의 승선자들이 벌써부터 멀미에 시달려 바닥에 늘어진 채 신음하고 있었으나, 허삼도는 이에 아랑곳없이 지금껏 무사한 것만을 천행으로 여겼다.

'이럴 때 일본 순시선이 나타나 준다면 더없는 행운일 텐데……!'

허삼도는 그답지 않게 행운의 여신에 의탁하며 줄곧 남동쪽으로 기를 쓰고 배를 몰아갔다. 〔청진에서 일본 간 최단 거리인 이시카와(石川) 현 노토(能登) 반도까지는 약 760킬로미터이다.〕 그러기를 두어 시간. 그의 간구가 통한 것일까. 전방의 아스라한 수평선에 회색의 물체가 서서히 남진하고 있었다.

"이제 됐다!"

허삼도의 입에서 안도의 소리가 절로 새어 나왔다. 하지만 그런 심적 여유도 잠시뿐이었다. 그로부터 일 분도 채 못 되어 "경비정이 쫓아온다!"라는 외마디 부르짖음으로 안도감은 여지없이 스러지고 말았다. 갑판 위에서 수시로 배의 후방을 감시하던 리노이에가 탈주선을 향해 전진해 오는 두 척의 함정을 발견한 것이었다.

조타수인 허삼도는 물론 배 안에 앉아 있던 사람들은 금시에 공포와 절망에 휩싸이면서 사색이 되었다. 그러나 상황은 이판사판, 남은 길은 오직 전진뿐이었다.

북한의 쾌속 경비정은 시시각각 거리를 좁혀 오면서 정지 신호를 보냈으나, 허삼도는 이에 아랑곳없이 그냥 앞만 보고 한껏 스피드를 높였다. 하지만 속력에 한계가 있는 발동선은 격랑을 헤쳐 가느라 헐떡거렸고, 허삼도의 이마에선 구슬땀이 비오듯 흘러내렸다.

이윽고 후방에서 날아온 포탄이 뱃전 가까운 수면에 박히며 물기둥이 솟구쳤다. 경고사격이 시작된 것이다. 선체가 불규칙하게 요동치면서 안에 있던 사람들은 비명소리와 더불어 사방으로 나동그라졌다.

이때 강씨가 잠자코 어린 아들의 옆구리를 살그머니 토닥이더니 배의 기관실 구석으로 데리고 갔다. 그러고는 배 안에서 주워 모은 널빤지와 녹슨 함석 따위로 개집처럼 아들을 에워싸고 위에다간 천장처럼 낡은 담요와 자신의 외투를 덮은 후 밧줄로 대충 얽어맸다. 이를 쳐다보는 기관사는 아랑곳없이.

"이곳에 가만히 있거라. 목숨은 단 하나다. 결코 용기를 잃지 말거라!"

아들의 머리를 쓰다듬고 나온 강씨는, 허삼도가 키와 사투하다시피 하는 조타실로 갔다. 벌써 북한 경비정은 병사의 동작이 육안으로 식별되리만큼 지근 거리에 다다라 있었다.

"이제 작별의 시간이 온 것 같소. 우리 저승에서 또 만납시다."

바로 눈앞의 뱃전 옆에서 치솟는 물기둥을 본 강씨는 슬픈 미소를 지으며 두 개의 담배에 불을 붙이곤 하나를 상대의 입에 물려 주었다.

"헹님, 저기 보이소!"

담배 한 모금을 깊숙이 빨고 난 허삼도가 수평선의 전방을 가리켰다. 선수에 걸린 깃발의 둥그스름한 원이 어슴푸레 보였다.

"저거 히노마루(일장기) 아닝교? 일본 배 맞지 예!"

순간, 북한 경비정에서 발사한 포탄이 선체의 이물에 명중했고, 뒤이어 날아온 포탄은 조타실 우현을 연타했다. 조타실로 달려오던 리노이에와 허삼도와 강 씨의 몸뚱이가 공중으로 붕 떠오르는가 싶더니, 선체가 박살나면서 화염과 연기에 휩싸였고, 배 안은 주검에 대한 공포와 부상자들의 신음소리로 아비규환을 이루었다.

그러나 그것도 잠시뿐, 또 두세 발의 포탄이 배 위로 떨어지자 선체가 순식간에 기울어지면서 수면 아래로 가라앉기 시작했다. 붉게 물든 수면에는 사자(死者)들의 시체와 떨어져나간 팔다리들이 둥둥 떠다니며 한순간의 참상을 그려내고 있었다.

45

철부가 의식을 되찾은 것은 그날 해거름, 한 어촌 의원의 구석진 방에서였다. 처음엔 혼미한 정신 상태에서 남녀 간의 두런거리는 소리가 실낱같이 들렸으나, "아, 글쎄 저 꼬맹이가 널판때기에다 자기 몸을 묶어개지구선 떠다녔다지 뭡네까? 몽땅 물귀신이 됐는데 말입네다." 하는 소리에 귀가 번쩍 뜨이며 정신이 들었다.(그가 기억나는 건 배가 격파되어 화염에 휩싸였을 때, 널빤지를 몸의 앞면에다 대고 밧줄로 묶은 후 바다 위로 몸을 던진 게 다였다.)

'그럼 어머니랑 아버지도 죽었단 말인가?'

철부는 불현듯 고독감과 두려움에 휩싸이면서도 한편으론 "결코 용기를 잃지 말거라!" 하던 아버지의 마지막 말이 머릿속에 떠올랐다.

그는 눈을 바스스 뜨고 침구며 주위를 훔쳐보았다. 자신의 몸뚱이는 알몸으로 야전침대에 누여진 채 담요때기가 덮여 있고, 석탄 난로 옆에서 방한모에 군복 차림의 사관(상사)과 흰 가운을 걸친 사십대 간호사가 이야기를 나누고 있었다. 그리고 난로 한편에 놓인 긴 나무의자에 옷가지와 팬티가 널려 있는 것도 보였다. 자기 것임을 한눈에 알 수 있었다. 문뜩 그는 팬티의 주머니에 신경이 곤두섰으나 지금으로선 어쩔 도리가 없었다.

"참으로 다부진 녀석이다 이!"

사관이 침대 쪽을 흘긋 쳐다보았다.

나중에 염기철의 입을 통해 알게 된 사실인데, 탈주 당시 전원이 몰사하고 살아남은 자가 철부뿐으로, 정확히 말해 24명 중 유일한 생존자였다. 그것도 경비정의 병사들이 피격 현장을 수색하고 회항하던 중, 마치 돌고래가 물속에서 자맥질하는 양 떠올랐다 가라앉았다 하는 인체 형상을 발견하고 끌어올렸다는 것이었다.

철부가 부스스 몸을 일으킨 건 그의 뜬 눈이 사관의 시선과 마주쳤기 때문이었다.

"이자 정신이 드네?"

간호사가 제법 친절한 말투로 철부를 대하면서 "납성부터 입으라. 이잔 다 말랐을 끼야." 하고 의자에 걸쳐진 그의 옷을 걷어 가지곤 앞으로 휙 던져 주었다.

반사적인 동작으로 옷을 양손으로 받아 든 철부는 담요를 뒤집어쓰고는 재빨리 팬티를 더듬었다. 손끝에 딴딴한 촉감이 느껴졌다. 행심하게도 팬티 내면의 비단 주머니는 무사히 제자리를 지키고 있었다.

'역시나!'

내심 안도한 철부는 어머니의 선견지명과 주도면밀함에 갑자기 눈물이 왈칵 솟아올랐다. 그는 손등으로 얼른 눈시울을 훔치고 양다리를 뻗어 팬티를 끼워넣은 다음, 내복에다 겉옷까지 주섬주섬 챙겨 입었다.

"이제 멀쩡하누만."

사관이 철부의 위아래를 훑어보더니 "뭘 좀 먹여야겠지비." 하고 간호사에게 지시하듯 말을 던지곤 문을 나갔다.

"그래야디요."

간호사가 사관의 등 뒤로 대답하곤 철부를 보고 "배고프갔디? 잠시 기다리라 이." 라고 했다. 그러나 방을 나가려는 간호사에게 철부가 던진 말은 엉뚱했다. "우리 아버지, 어머닌 어디 있습니까?"

"뭐이 어드래?"

간호사가 홱 돌아서더니 어이없다는 듯 냉소 어린 표정을 지으며 "너의 부모는 벌써 고기밥이 돼서 야!" 하고 내뱉고는 훌쩍 나가 버렸다.

다음날, 철부가 그 사관에 의해 끌려간 곳은 산간 오지의 강제 노동 수용소였다. 동·서·남의 삼면이 산으로 둘러싸이고 북쪽만이 골짜기로 이어진 산자락을 따라 축사처럼 칸살을 한 ㅁ자형의 수용소 건물들이 군데군데 산재해 있었다. 건물 둘레에는 출입구를 제외하곤 높이가 6미터가 넘는 장방형의 담장과 철조망이 쳐져 있고, 네 구석마다 세워진 감시탑 위에선 보초병이 교대로 24시간 감시를 하고 있었다. 어른이건 아이건 간에 이곳을 탈출한다는 것은 언감생심, 죽음을 건 도박이나 다름없었다.(이 같은 수용소 시설은 시간이 갈수록 재소자가 급증함에 따라 건물이 늘고 구역화가 이루어지면서 규모도 현저히 커진다.)

철부가 수용된 곳은 제1구역에 해당하는 맨 남쪽 건물군의 끝 동(棟), 관리소의 바로 옆이었다.

그는 호송된 바로 그날부터 노역에 동원되었다. 작업장은 인근에 있는 마

그네사이트 광산으로, 어른들처럼 갱내에는 투입되지 않고, 광차로 운반돼 온 광석을 부리거나 제련소행 열차와 트럭에 싣는 일을 했는데, 작업의 고되기는 아이라 해서 인정사정을 두지 않았다. 하루 10시간 이상을 영하 십수 도가 오르내리는 혹한에서 맨손으로 삽질을 하거나 등짐을 지기도 했다. 어른·아이 할 것 없이 동상으로 손발이 문드러져 하룻밤 자고 나면 동사자가 생겨나는가 하면, 하루 옥수수 백 그램 내외의 형편없는 급식으로 굶주림을 이겨내지 못해 아사자도 속출했다.

'이러다간 저런 죽음이 언제 내 차례가 될지 모른다!'

철부는 전날까지만 해도 자기와 함께 작업을 하던, 피골이 상접한 또래 소년들의 시체가 마치 한약방의 바싹 마른 개구리 같은 모습으로 가마니때기에 실려 옮겨내어지는 걸 볼 때마다 어린 가슴에 측은지심에 앞서 말할 수 없는 공포감이 엄습했다. 동시에 "목숨은 단 하나다. 결코 용기를 잃지 말거라!"던 아버지의 마지막 유언이 뇌리에 번개처럼 떠올랐다. '그래, 죽으면 다 끝장이다! 살아야 한다! 어떻게든 이곳을 빠져나가야 한다!'

그러던 어느 날.

새벽녘에 난데없이 자동차 엔진 소리에 이어 브레이크 소리가 들리더니 10여 명의 범죄자들이 수갑을 찬 채 하나 둘씩 스리쿼터에서 내렸다. 호송원은 지난번 철부를 이곳으로 데려왔던 예의 그 사관이었다.

"전원 일렬로 정렬!"

그는 범죄자들에게 호령을 하고는, 운전병 옆자리에서 펄쩍 뛰어내리는 장교에게 말했다. "군관 동지는 소장실에 가 계십시오. 그 아이를 곧 데리고 가겠습니다."

사관은 범죄자들을 수용소 직원에게 인계하고 나서 소년들이 수용된 동(棟)으로 걸음을 옮겼다. 마침 노역장으로 나갈 채비를 하고 있던, 누더기옷을 걸친 깡마른 소년들은 핏기 없는 얼굴에 흐릿한 눈빛으로 이 반갑잖은 불청객을 쳐다보았다.

"강철부, 앞으로 나오라!"

대뜸 외치는 소리에 소년들의 시선이 일제히 철부에게로 쏠리는 가운데, 그는 눈을 동그랗게 뜨고 멈칫멈칫 앞으로 나아갔다. 그의 눈엔 아직 주위의 여느 아이들보다 생기가 남아 있었다.

"날래 따라오라."

난데없는 호출에 철부는 영문도 모른 채 얼떨떨한 기분으로 사관을 따라 관리소로 갔다.

"이 아이가 강철붑니다, 군관 동지."

관리소장실로 들어선 사관이 뒤따른 철부를 흘긋 돌아보며 보고했다. 연탄난로 옆에 앉아 있던 인민군 장교가 고개를 들어 철부의 전신을 위아래로 유심히 살피더니 마뜩잖은 표정으로 눈살을 찡그렸다.

"아직 젖비린내가 나누만……. 이래개지구서야 해외 공작 훈련을 받을 수 있가서?"

순간, '해외 공작'이라는 말이 철부의 중추신경을 자극했다. 캄캄한 터널 속에서 한 줄기 빛이 보이는 것 같았다. 그는 정신을 잔뜩 가다듬고 온몸에 힘을 주었다. 그러곤 눈을 똑바로 뜨고 군관을 바라보았다. 두 시선이 마주쳤다. 군관이 철부의 또랑또랑한 눈망울을 보며 입가에 알 듯 모를 듯한 미소를 띠었다. 어쩜 '이놈 봐라, 참으로 당돌한 녀석이구만!' 하고 여기는 듯이.

"그래도 나이에 비해 기백 하나만은 모두가 놀랐을 정돕니다."

옆에 서 있던 사관이 철부에 대한 지난해의 일을 상기하며 24분의 1의 생존율을 부각시켰다.

"나도 기거 하날 보고 온 거인디 역시 나이가 너무……."

군관이 말끝을 흐리더니 "올해 몇 살이가?"라고 물었다.

"열여섯살입니다."

철부는 곧이곧대로 대답했다.

"열여섯? 아무래도 한두 해 더 커야 되갔구만."

군관은 천천히 고개를 가로저었다. "나가 보라우."

철부로선 한 가닥의 희망이 절망으로 바뀌는 순간이었다. 바로 그때, 수용소 직원이 들어오더니 인솔 사관에게 방금 호송된 범죄자들에 대해 한 가지 확인해 줘야 할 것이 있다고 했다. 사관이 "알겠다"며 소장실을 나간 것과 철부의 뇌리에 한 가지 생각이 전광석화처럼 스쳐간 것은 거의 동시였다. "그런 때(위기)일수록 사자 같은 용기와 여우 같은 기지를 발휘해야 한다."

이젠 유언이 되어 버린 어머니의 마지막 한마디.

'지금이다!'

냉큼 소장실에서 물러난 철부는 용변을 구실로 변소에 들어가서는 팬티 속에 꿰매 둔 비단 주머니를 잽싸게 뜯어내 단숨에 소장실로 되돌아왔다.

"이걸 받아 주십시오!"

철부는 군관 앞에 무릎을 꿇고 양손으로 주머니를 바쳤다. 마치 제사상에 술잔을 올리듯이.

잠시 철부의 손바닥 위 주머니를 눈여겨본 군관이 "이게 뭐이가?" 하며, 주머니를 풀어 그 안을 들여다보더니 금세 표정이 일변했다.

"아니……!"

상대의 놀리워하는 외마디와 함께 금붙이를 더듬는 탐욕스러운 눈빛을 철부는 간파했다.

"저의 성의입니다. 제발 이곳에서 벗어나게만 해 주십시오. 죽을 때까지 그 은혜를 잊지 않겠습니다. 뭐든지 군관님이 시키는 대로 다 하겠습니다."

철부는 머리를 조아리고 두 손을 모아 나직하면서도 또박또박한 말씨로 간청했다.

"으음, 그러면……."

군관은 갑자기 근엄한 표정으로 입을 열었다. 마침 그때 문 밖에서 다가오는 발자국 소리가 들렸으므로 군관은 비단 주머니를 냉큼 군복 호주머니에 집어넣었고, 철부는 벌떡 몸을 일으켰다.

"아이고, 참 오랜만입니다. 전보다 신수가 좋아 보입니다."

아까 나갔던 인솔 사관과 함께 들어온 관리소장이 군관의 얼굴을 쳐다보며 인사를 건넸다.

"소장님도 근력이 좋아진 것 같습네다 그래."

군관도 의자에서 일어서며 손을 내밀었다.

"그래, 이번엔 무슨 일임메?"

악수를 풀면서 소장이 물었다.

"예, 이 아이를 우리가 데려갈까 합네다."

군관이 대답하며 철부를 일별했고, 순간 철부는 온몸에 전류가 흐르는 듯 짜릿함을 느꼈다.

"그리 하우다. 적재적소 아님메?"

상대가 대외연락부 소속임을 알고 있는 데다 지난번에도 두어 차례 같은 일을 경험한 소장은 흔쾌히 응하는 태도를 보였다. 부정적 의사나 토를 달아봤자 자기 뜻대로 되지도 않거니와, 설사 그래 본들 자신의 신상에 득이 될 게 없다는 걸 잘 알고 있기 때문이었다.

두 사람은 수용소 실태에 대한 의례적인 말 몇 마디를 나누곤 헤어졌다.

"리 상사, 야를 일단 입대시키라우. 뒷일은 내가 알아서 할 테니."

소장실을 나온 군관이 철부의 등을 툭 치며 인솔 사관에게 명령했다.

"알겠습니다, 군관 동지."

사관은 부동자세로 엄숙히 대답했고, 철부는 허리를 구십도로 꺾으며 "감사합니다!"를 연발했다.

"우선 신병 훈련부터 열심히 하라 이. 이 담에 또 보자우."

군관은 만족스러운 빛으로 철부의 인사를 등 뒤로 받으며 차가 서 있는 수용소 입구 쪽으로 걸음을 옮겼다.

이 군관이 바로 염기철로서, 철부와의 연(緣)은 이렇게 해서 맺어진 것이었다.

그로부터 사흘 후, 강철부는 강제 수용소의 수감자에서 신병 훈련소의 훈련병이 되어 있었다.

—❸권에 계속—